Greta Hansen
Zwischen uns der Ozean

D1917591

PIPER

Zu diesem Buch

Oktober 1893. Atemlos und voller Begeisterung blickt Paula Klausner auf die Freiheitsstatue, die sich langsam aus dem Nebel schiebt. Gemeinsam mit ihren Eltern und den beiden Schwestern ist sie per Schiff nach New York gereist, um hier einen Neuanfang zu wagen. Während der Einwanderungskontrollen auf Ellis Island geschieht das Unglaubliche: Paula, die einst Kinderlähmung hatte und seitdem hinkt, darf nicht einreisen. Unbarmherzig wird die Sechzehnjährige aus den Armen ihrer Familie gerissen und allein nach Hamburg zurückgeschickt. Der Überlebenskampf in der großen Stadt lässt das willensstarke und kluge Mädchen schnell erwachsen werden. Unterstützung erhält sie von Fanny, mit der sie auf der Rückfahrt von Amerika Freundschaft geschlossen hat. Und auch der Matrose Hans ist ihr ein Lichtblick. Eine nie heilende Wunde bleibt aber die Trennung von ihrer Familie, deren Spur sich in New York verloren hat. Die Jahre vergehen, doch Paula gibt die Suche nicht auf. Um ihr Glück zu finden, muss sie allerdings eine schwere Entscheidung treffen …

Greta Hansen wurde 1961 in Hamburg geboren und verbrachte ihre frühe Kindheit an der Ostsee. Sie studierte Germanistik und Politik in Hamburg und Paris. Danach arbeitete sie als Lektorin für verschiedene Verlage. Seit zehn Jahren ist sie freie Autorin sowie Journalistin und lebt mit ihrer Familie in Schleswig-Holstein. »Zwischen uns der Ozean« ist ihr erster Roman.

Greta Hansen

Zwischen uns der Ozean

Roman

Piper München Zürich

Mehr über unsere Autoren und Bücher:
www.piper.de

Quellennachweis:
Seite 5: aus Frank McCourt: Ein rundherum tolles Land. © 1999 Luchterhand Literaturverlag, München, in der Verlagsgruppe Random House GmbH. Übersetzung: Rudolf Hermstein;
Seite 365: »Ellis Island«, aus: Brockhaus Enzyklopädie in 24 Bänden © F. A. Brockhaus / wissenmedia in der inmediaONE] GmbH, Gütersloh / München.

FSC
Mix
Produktgruppe aus vorbildlich bewirtschafteten Wäldern und anderen kontrollierten Herkünften
www.fsc.org Zert.-Nr. GFA-COC-001223
© 1996 Forest Stewardship Council

Originalausgabe
August 2011
© 2011 Piper Verlag GmbH, München
Umschlagkonzept: semper smile, München
Umschlaggestaltung: Cornelia Niere mit Bettina Steenbeeke
Umschlagmotive: Mark Owen / plainpicture / Arcangel
Satz: Kösel, Krugzell
Gesetzt aus der Scala
Papier: Munken Print von Arctic Paper Munkedals AB, Schweden
Druck und Bindung: CPI – Clausen & Bosse, Leck
Printed in Germany ISBN 978-3-492-26442-6

… all die Menschen aus ganz Europa, die hier gelandet sind und denen das Herz bis zum Hals geklopft hat, weil sie Angst hatten, man könnte Krankheiten bei ihnen feststellen und sie zurückschicken, und wenn man daran denkt, kommt ein großes Stöhnen von Ellis Island her übers Wasser …

Frank McCourt, Ein rundherum tolles Land

I

New York, 11. Oktober 1893

An der Backbordseite schob sich die Freiheitsstatue langsam aus dem Dunst. Sie wurde von den Wartenden begrüßt, als sei sie eine alte Bekannte, die sie lange nicht gesehen hatten.

»Da ist sie! Da, direkt vor uns! Lady Liberty! Seht doch! Wir sind da! Wir sind in Amerika!«

Die Rufe ertönten gleichzeitig in einem Dutzend Sprachen, wurden in den verschiedensten Dialekten weitergegeben und setzten sich in einer anschwellenden Woge bis unter Deck fort. Die Passagiere der »Fürst Bismarck«, die dort noch in den dunklen Sälen ausharrten, horchten auf und drängten durch die schmalen Luken ins Freie. Jeder wollte das Symbol der neuen Freiheit mit eigenen Augen sehen, sich vergewissern, dass die Strapazen, die Enge, die Streitereien, das eintönige Essen und die Seekrankheit der letzten Tage wirklich überstanden waren. Die Mutlosen, die sich nach der alten Heimat sehnten und Angst vor der unbekannten Zukunft hatten, schöpften neue Zuversicht. Die Seekranken kamen in den ruhigen Gewässern des Hudson River wieder zu Kräften, die Gottesfürchtigen und die Dankbaren beteten. Männer warfen unter Hurrarufen ihre Hüte in die Luft, Mütter hoben ihre Kinder in die Höhe, damit sie die goldene Zukunft sehen konnten.

Paula Klausner war schon seit dem Morgengrauen auf dem Achterdeck, weil sie nicht hatte schlafen können, und hatte die Freiheitsstatue als eine der Ersten entdeckt. Sie legte den Kopf in den Nacken, bis ihr schwindlig wurde, und lehnte sich leicht an die Leiber der vielen Menschen um sie herum. Sie rochen nach Armut und Schmutz, nach den Kleidern, die sie seit Tagen und Wochen am Leib trugen, aber diesmal störte es Paula nicht. Sie war gefesselt vom Anblick der grünen Frau, die hoch über ihr, auf einem mächtigen Sockel stehend, in den Himmel ragte. An den langen Abenden während der Überfahrt hatte sich immer jemand gefunden, der von der Freiheitsstatue sprach, die Geschichte ihrer Reise über das Meer von Frankreich nach Amerika und ihre Bedeutung für die Einwanderer beschwor, und es hatte ihre Herzen bewegt und ihnen Hoffnung gegeben. Paulas Augen wanderten weiter nach oben, über den Faltenwurf bis zur Kupfertafel mit dem Datum der Unabhängigkeitserklärung Amerikas, die die Figur im linken Arm hielt. Der Kopf und der erhobene Arm mit der Fackel waren jedoch in den tief liegenden Wolken des ungemütlichen Herbsttages verschwunden. Die Freiheitsstatue sah aus wie der untere Teil einer zersägten Jungfrau.

»Jetzt mach doch schon!« rief Paula und stampfte ungeduldig mit dem Fuß auf. Dabei trat sie dem neben ihr stehenden Mann auf die Zehen.

»Nun mal nicht so stürmisch, Kleine«, sagte er mit einem empörten Blick.

Paula tat, als höre sie ihn nicht. Seit Wochen hatte sie davon geträumt, endlich diese Statue zu sehen, nun fuhr sie direkt auf sie zu, und der dumme Nebel versteckte sie vor ihr! Vor lauter Aufregung presste sie die Hände auf den Mund und biss sich auf die Fingerknöchel. Sie holte tief Luft und hielt den Atem an, als wollte sie mit dem nächsten Ausatmen den Nebel wegpusten.

Sie hörte, wie jemand ihren Namen rief, und entdeckte in dem Gewirr von Menschen, Gepäckstücken, Schornsteinen und Aufbauten ihren Vater, der seinen Kopf aus der Luke steckte, die unter Deck führte. Er war groß und überragte die meisten anderen Männer. Obwohl es noch früh am Morgen war, hatte er sein Haar bereits sorgfältig gescheitelt und pomadisiert. Der Schnauzbart war akkurat in Form gebracht. Für ihn war dies ein ganz besonderer Tag. Nach ihm drängten die Mutter und die beiden jüngeren Schwestern ins Freie. Ihr Vater winkte mit lang ausgestrecktem Arm zu ihr herüber und setzte die Ellenbogen ein, um sich einen Weg zu ihr zu bahnen.

»Na also!«, rief er, als er bei Paula ankam, und es hörte sich an, als habe er das Schiff eigenhändig von Hamburg nach New York gefahren. Er wandte sich nach seiner Frau um, und sein Blick verriet seine Verwirrung, als er bemerkte, dass sie in der Menschenmenge gefangen war. Er machte ein paar Schritte in ihre Richtung, bis er ihre Hand ergreifen konnte. Mit einem energischen Ruck zog er sie zu sich heran und legte den Arm um sie.

»Ich habe es euch doch gesagt! Jetzt wird alles gut.« Er strahlte seine Frau an, die allerdings abgelenkt war und nur mit einem flüchtigen Lächeln reagierte. Sophie-Luise hielt Ausschau nach Dorothea und Anna und war erst beruhigt, als sie dicht neben ihr standen.

Paula fiel ein Stein vom Herzen, als sie in das erwartungsfrohe Gesicht ihres Vaters blickte. Die letzten Tage während der Überfahrt im Zwischendeck hatten seinem Selbstwertgefühl schwer zugesetzt, doch in diesem Augenblick strahlte er wieder Zuversicht und Stärke aus. Er beschattete die Augen mit der Hand, um besser in den Himmel sehen zu können, obwohl die Sonne gar nicht schien. Mit der anderen zeigte er Dorothea und Anna die Freiheitsstatue, und die beiden sahen ebenfalls nach oben. Sophie-Luise atmete hörbar ein und aus. Sie fürchtete sich vor der unbekannten Zukunft, die in Amerika auf sie wartete, und ihre einzige Sorge bestand darin, ihre Familie zusammenzuhalten.

Anna, mit elf Jahren das Nesthäkchen der Familie, machte sich hingegen keine Vorstellung über die Endgültigkeit dieser Ankunft. Für sie war das Ganze ein Abenteuer. »Wann fahren wir wieder nach Hause?«, flüsterte sie an Paulas Ohr. Die zwinkerte ihr zu. Hoffentlich niemals, dachte sie. Ich bin froh, endlich in Amerika angekommen zu sein. Ich will auf keinen Fall zurück nach Hamburg. Aber sie hatte auch Gründe dafür, von denen Anna nichts zu wissen brauchte.

Heinrich Klausner zog eine seiner nur noch selten gerauchten Zigarren aus dem Etui. Zur Feier des Tages, sagte er. Die Art, wie er das Streichholz leicht schräg hielt, damit es nicht wieder ausging, erinnerte Paula unwillkürlich an Julian, der es ebenso gemacht hatte, was er natürlich seinem Vater abgeschaut hatte.

Julian war Paulas Zwillingsbruder, er war vor einem Jahr während der großen Choleraepidemie in Hamburg gestorben, und der Schmerz über seinen schrecklichen Tod war einer der Gründe, warum die Familie einen Neuanfang in Amerika wagte.

Paula seufzte tief. Sie war Julian wohl am nächsten gewesen, sie hatte seine Träume am besten gekannt. Wie gern wäre er jetzt hier gewesen. Er, der immer von Abenteuern und Expeditionen geträumt hatte! In den Stunden der Schlaflosigkeit der letzten Nächte hatte Paula die Gewissheit gewonnen, dass der Platz auf dem Schiff eigentlich Julian gehört hätte. Sie hatte sich geschworen, Julians Traum an seiner Stelle wahr werden zu lassen.

Der Nebel begann sich zögerlich aufzulösen und in Fetzen in die Höhe zu steigen. Da! Ein Aufschrei ging durch die Menge, als der Strahlenkranz von Lady Liberty sichtbar wurde. Viele reckten den Arm und wiesen in ihre Richtung, sodass sie beinahe aussahen wie kleine Freiheitsstatuen, als schließlich die vergoldete Fackel erschien. Ein verirrter Sonnenstrahl traf sie und ließ sie aufblitzen. Als das Schiff auf

Höhe der Statue war, hatte der Wind die letzten Nebelfetzen fortgeweht, und sie glitten an der grün glänzenden Verheißung vorüber. Die Passagiere drehten sich in ihre Richtung, um sie nicht aus den Augen zu verlieren, und immer noch strömten weitere Schaulustige aus den Tiefen des Schiffs.

Der erste Offizier erschien auf dem Oberdeck und stellte sich an die Reling. Er hatte bereits seine Ausgehuniform angelegt, und die blank polierten goldenen Knöpfe glänzten, als seien sie Schmuckstücke. Er legte die Hände wie einen Trichter vor den Mund und rief den Passagieren zu, doch nicht alle auf der Backbordseite zu stehen, weil das Schiff schon Schlagseite bekomme. Niemand hörte auf ihn, und er murmelte ein »Ach, was soll's«, und begab sich wieder zurück auf die Brücke.

Tuckernd und qualmend näherte sich ein kleines Beiboot dem Schiff und machte fest. Unruhige Blicke folgten dem Arzt und den grimmig dreinschauenden Einwanderungsbeamten, die über die Jakobsleiter an Bord kamen. Sie bahnten sich ihren Weg durch die Menge der Zwischendeckpassagiere und gingen ganz dicht an Paula vorbei, ohne Notiz von ihr zu nehmen. Leichtfüßig stiegen sie die Treppe hinauf zum Deck der zweiten Klasse.

Zwei holländische Jungen aus dem Zwischendeck verfolgten sie heimlich und postierten sich vor einem geöffneten Bullauge auf dem Oberdeck, obwohl das Betreten für die billiger reisenden Passagiere strengstens verboten war. Sie berichteten nach unten, was sich dort abspielte.

»Alle haben sich im Salon versammelt und müssen ihre Papiere zeigen«, rief einer der beiden zu den Wartenden hinunter.

Im Salon wurden die Passagiere nach eventuellen gesundheitlichen Beschwerden befragt, ein nachlässiger Blick in die Gesichter, und die Untersuchung war vorüber. Eine bucklige kleine Polin erregte die Aufmerksamkeit des Arztes. Auf seine Nachfrage hin sagte sie in stark gebrochenem Englisch, sie sei vor zwei Jahren wegen ihrer Behinderung abgewiesen worden, jetzt aber habe ihr Mann ihr das Geld für die Passage geschickt. Er und die Kinder erwarteten sie am Pier. Der Arzt zuckte mit den Schultern und winkte sie durch. Wer die Überfahrt zweiter Klasse bezahlen konnte, der würde der amerikanischen Fürsorge nicht zur Last fallen. Die Einwanderungsbeamten verglichen die Namen der Reisenden mit den Eintragungen im Schiffsmanifest, und nach einer halben Stunde war alles vorbei.

Inzwischen fuhr das Schiff den Hudson River hinauf, um am Pier in der 44. Straße festzumachen. Als das Schiff die Südspitze von Manhattan erreichte, boxte sich Paula unnachgiebig durch die Menge nach vorne, bis sie sich einen Platz an der Reling erobert hatte. Anna zog sie an der Hand hinter sich her. Direkt vor ihnen lag die atemberaubende Kulisse der Stadt.

»Sieh nur, Anna, sieh nur, wie hoch die Häuser sind! Einige verschwinden sogar in den Wolken.«

»Es sieht aus, als würden die Straßen senkrecht verlaufen«, gab ihre Schwester zurück.

Sie konnten einzelne Gebäude ausmachen, Simse, begrünte Balkone und Fahnenstangen. Der Süden der Stadt war dicht bebaut, doch je weiter sie den Hudson hinauffuhren, desto häufiger entdeckten sie brachliegende Flächen. Aber auch in den meisten Lücken entstanden bereits Gebäude. Wie Skelette ragten die Stahlkonstruktionen der neuen Hochhäuser empor, und sie waren noch höher als im älteren Teil der Stadt. Paula versuchte die Stockwerke zu zählen, aber sobald sie bei zehn ankam, geriet sie durcheinander und musste von vorne beginnen. Auf den Baustellen, die im Himmel angesiedelt zu sein schienen, turnten Arbeiter auf schmalen Stahlträgern herum.

Am Fuß der Häuser verliefen die schnurgeraden Straßenschluchten, die die Insel Manhattan von West nach Ost zerschnitten. Immer wenn das Schiff einen Häuserblock hinter sich gelassen hatte, konnten sie in eine weitere Straße blicken.

Mit einem überraschend sanften Stoß legte der riesige Dampfer schließlich an. Unten am Pier wieselten sofort Männer mit armdicken Tauen umher, um das Schiff festzumachen. Rasch wurde eine Gangway angelegt, und die Reisenden der ersten und zweiten Klasse verließen das Schiff.

Direkt neben ihnen knatterten die haushohen Segel eines Schiffs der White Star-Linie, das aus Neapel kam. Während die Matrosen die Segel einbrachten, krochen aus einer Luke, die unter Deck führte, völlig erschöpfte Menschen mit leeren Gesichtern, die sich kaum auf den Beinen halten konnten. Paula wandte verlegen den Blick ab. Gott sei Dank sind wir mit einem Schnelldampfer gefahren, dachte sie. Wenn ich mir vorstelle, wir hätten die Passage auf einem der langsamen Segler gebucht! Länger als die letzten zehn Tage hätte ich es im Zwischendeck nicht ausgehalten. Ganz zu schweigen von Mama und Dorothea. Sie wollte nicht, dass Anna die elenden Gestalten sah, und wies mit dem Finger zur Gangway der »Fürst Bismarck«. Dort ging gerade die bucklige Polin mit schnellen Schritten an Land, trotz der Last von zwei großen Wäscheballen, die sie auf dem Rücken trug. Hinter einer Absperrung standen ein Mann und vier Kinder, die durch wildes Winken auf sich aufmerksam machten und versuchten, sich zu ihr durchzudrängeln. Die Frau hatte sie soeben auch entdeckt, ließ ihr Gepäck fallen, um zu ihnen zu laufen, und verschwand in den Armen ihrer Familie, die sie seit zwei Jahren nicht gesehen hatte.

An den Piers herrschte ein völlig chaotisches Durcheinander. Die »Fürst Bismarck« war nicht das einzige Schiff, das an diesem Tag anlegte. Täglich kamen bis zu fünftausend neue Einwanderer aus Europa hier an, und allein die Hamburg-Amerika-Linie schickte jeden Monat zehn Schiffe von Hamburg nach New York. Einige, wie die »Fürst Bismarck«, fuhren die Strecke sogar zweimal im Monat. An jedem Pier, auch auf der gegenüberliegenden Seite des Hudson-River, in Hoboken und Jersey, lagen Schiffe. Die meisten waren riesige Doppelschrauben-Schnelldampfer der neuen Generation mit drei oder vier mächtigen Schornsteinen, aus denen es qualmte und rauchte, aber es gab auch immer noch eine Menge Segelschiffe, die schlank und schön, aber eben viel langsamer die Ozeane kreuzten. Ungezählte Schlepper, Fähren, Fischer- und Ausflugsboote kamen dazu. Auf dem Wasser und an Land herrschte ein unglaublicher Lärm durch das dumpfe Tuten und Pfeifen, das Dröhnen von schweren Hämmern auf Metall, dazwischen das Schlagen der Segel, die im starken Wind eingeholt werden mussten, durch die Kommandos der Matrosen und das Rasseln der Motoren, das Wiehern der Droschkenpferde, die Willkommensrufe, das Geschrei der vielen fliegenden Händler, die Zimmer, Essen, Wasser, Fahrkarten, Dollars und tausend andere Dinge feilboten.

Paula und Anna kannten die Geschäftigkeit, die Geräusche und Gerüche des Hamburger Hafens, seit sie in der Nähe des Fischmarkts gewohnt hatten, aber im Vergleich zu hier wirkte Hamburg geradezu provinziell. Sie sperrten Augen und Ohren auf und machten sich gegenseitig immer wieder auf neue Sehenswürdigkeiten aufmerksam. Im Grunde vertrieben sie sich aber nur ungeduldig die Zeit, bis sie nach den Reisenden der Oberdecks endlich selbst das Schiff verlassen konnten. Die Stimme ihrer Mutter drang zu ihnen.

»Kommt, gleich sind wir an der Reihe. Wir müssen noch unsere Koffer holen! Jetzt macht schon, sonst geht in dem ganzen Durcheinander noch etwas verloren.« Dabei winkte sie ungeduldig mit beiden Armen.

Paula nahm ihre kleine Schwester an die Hand, um sich mit ihr einen Weg durch die Menge zu bahnen. Sie hatte absolut keine Lust, erneut in das stickige Zwischendeck hinabzusteigen, aber es blieb ihr nichts anderes übrig, das wusste sie.

Da hörten sie ein Murren in ihrer Nähe. Paula drehte sich wieder zur Reling herum und sah, dass nach den letzten Passagieren auch der Arzt und die Einwanderungsbeamten das Schiff verließen. Dann erfolgte die Ankündigung, dass alle übrigen Passagiere die Nacht über an Bord bleiben müssten und erst am nächsten Morgen mit Fähren nach Ellis Island übersetzen könnten.

»Oh! So eine Gemeinheit!« Vor Enttäuschung darüber, noch eine Nacht auf dem Schiff verbringen zu müssen, obwohl das Ziel zum Greifen nahe war, verzog Paula das Gesicht. Ihr Vater bemerkte ihre Wut und drückte tröstend ihre Hand.

»Ich habe nicht gewusst, dass es auch im Land der Gleichheit und Freiheit Menschen gibt, die mehr Rechte genießen als andere«, sagte Sophie-Luise spitz. Sie und Dorothea hatten sich wieder zu Paula und Anna durchgekämpft.

»Wahrscheinlich ist es für heute zu spät«, antwortete Heinrich beschwichtigend. »Seht nur, es wird schon dunkel.«

Doch nicht nur die Klausners waren verstimmt. Viele Fahrgäste machten ihrer Wut Luft. Fäuste wurden in Richtung des Oberdecks geschüttelt, Flüche ausgestoßen, erregte Wortwechsel geführt. Nur die wenigsten hatten verstanden, was der Offizier gesagt hatte, aber dass die Beamten von Bord gingen und die Gangway wieder eingeholt wurde, sagte alles. Die Stimmung begann zu brodeln. Diejenigen, die an der Reling standen, wurden von hinten in Richtung der Aufgänge zu den Oberdecks geschoben. Voller Unruhe beobachtete Paula, wie die Matrosen sich mit entschlossenen Mienen in einer Reihe vor der Menge aufstellten. Sie sah sich nach ihrem Vater um.

Plötzlich wurde sie von ihrer Familie fortgerissen und mehrere Male um ihre eigene Achse gewirbelt. Für eine Schrecksekunde wusste sie nicht, was mit ihr geschah, und ihr begannen die Sinne zu schwinden. Sank das Schiff, und wurde sie nun in die Tiefe gezogen? Versuchten die Matrosen mit Gewalt, den Unmut der Leute zu ersticken? Doch dann erkannte sie zu ihrer Verblüffung, dass ein Mann sie fest an sich gepresst hielt. Er legte den Arm um sie und zog sie einige Schritte von der Reling weg, wo zu viele Leute standen. Paula sah in ein lachendes Gesicht, das von einem mächtigen Schnauzbart und weißen Zähnen dominiert wurde.

»Komm, lass uns tanzen«, rief der Mann ihr zu. Er machte eine ziemlich übertriebene Verbeugung, bevor er sie wieder an sich drückte. »Ich habe dem großen Kaiser von Österreich-Ungarn meinen Allerwertesten gezeigt, als ich zum Militär sollte. Stattdessen mache ich in Amerika mein Glück! Komm, tanz mit mir!«

Er ließ Paula keine Zeit für eine Erwiderung. Sie fühlte seine Hand auf ihrem Rücken, die sie schob und im Kreise drehte. Sie gab jeden Widerstand auf und ließ sich von dem Mann führen, zumal sie ihn jetzt wiedererkannte. Er gehörte zu einer Gruppe von drei jungen Kroaten, die die anderen während der letzten Tage mit ihrem verwegenen Aussehen und ihrer lauten Fröhlichkeit amüsiert hatten. Wegen ihrer hohen Pelzmützen und der bunt bestickten Westen, die einmal weiß gewesen sein mussten, waren sie leicht auszumachen.

Paula wurde in vier Tagen sechzehn und hatte noch nie mit einem Mann getanzt, nur mit ihrer Schwester Dorothea, aber diese Schritte hätte man ihr ohnehin nicht beigebracht. Der Tänzer hielt sie fest, drehte sie rasend schnell herum, erst in die eine, dann in die andere Richtung, und gab dabei mit seinem tiefen Gesang den Takt vor. Paula kam gar nicht auf die Idee, auf ihre Schritte zu achten. Sie wurde hochgehoben, durch die Luft gewirbelt und kam mit einem Stampfen ihrer

Absätze wieder zum Stehen. Die Umstehenden zeigten lachend mit den Fingern auf sie, doch Paula war es egal. Sie genoss die wilde Bewegung. Wieder nahm der Mann sie um die Taille und hob sie hoch, und wieder landete sie mit beiden Füßen zugleich auf dem eisernen Deck. Paula war unsagbar glücklich. Sie hätte ein Leben lang so weitertanzen können. Auch andere um sie herum begannen sich jetzt zu drehen, eine Fidel erklang, eine zweite kam dazu, dann folgte ein Akkordeon, und bald erzitterte das Deck vom Stampfen der Schritte.

Mit den zarten Walzerklängen, mit denen die Bordkapelle die Oberdeckpassagiere zum Tee unterhielt, hatte diese Musik nichts gemein. Sie war reine Ausgelassenheit und Fröhlichkeit und wirkte wie ein Ventil. Die Anspannung der letzten Wochen fiel in den ungestümen, durch Rufe und Klatschen der Umstehenden begleiteten Bewegungen von den Tänzern ab.

»Mach dir nichts draus«, rief der Mann in seinem harten Deutsch an Paulas Ohr.

»Woraus soll ich mir nichts machen?«, fragte Paula, und die Leichtigkeit des Augenblicks verschwand mit einem Mal. Hilfesuchend sah sie sich nach ihrer Familie um. Was würde ihre Mutter dazu sagen, dass sie mit einem wildfremden Mann Polka tanzte? Aber da stand sie und klatschte, und jetzt hakte sie ihren Vater unter, und die beiden tanzten wie alle anderen.

»Wir sind morgen früh an der Reihe. Für uns haben sie sich etwas ganz Besonderes ausgedacht, drüben in Ellis Island.« Der Kroate zeigte in die Richtung, aus der das Schiff gekommen war. Paula sah verwirrt zu ihm auf, dann machte sich ein strahlendes Lächeln auf ihrem Gesicht breit. Der Mann hatte nicht von ihrem kranken Bein gesprochen, das sie für alle erkennbar hinken ließ. War es möglich, dass er es nicht einmal bemerkt hatte?

»Was ist daran so lustig?«, fragte der Kroate, doch Paula ging nicht auf seine Frage ein. Sie folgte seinem Blick und entdeckte die kleine Insel, die nur einige Hundert Meter von der Freiheitsstatue entfernt lag.

»Das ist Ellis Island? Ich habe gedacht, es sei hier, wo wir festgemacht haben.«

Er nahm ihre Hand und zog sie mit sich aus dem Gewühl der Menschen heraus. Wieder nahm er sie um die Hüften und hievte sie mit einem kräftigen Schwung auf eine der flachen Aufbauten. Von hier oben konnten sie besser sehen. Paulas Gesicht war von dem wilden Tanz gerötet, und sie fächelte sich die kühle Luft der neuen Welt zu. Der Kroate setzte sich neben sie, und gemeinsam sahen sie über die Köpfe der Tanzenden hinweg auf die Häuser der Stadt vor sich.

»Na gut, dann eben morgen früh«, sagte Paula mehr zu sich selbst.

Er nickte mit einem Lächeln und sprang wieder aufs Deck, um mit einer anderen Frau zu tanzen. Paula blieb sitzen und sah zu, wie Tausende von Lichtern die Stadt vor ihr in der zunehmenden Dämmerung erhellten. Ihre Mutter kam, um zu sehen, wo sie blieb, und mit einem leichten Bedauern verließ sie ihren Platz.

In ihrer letzten Nacht an Bord der »Fürst Bismarck« schlief Paula kaum. Sie rieb ihre eiskalten Füße gegeneinander und zitterte, wobei sie nicht wusste, ob vor Kälte oder vor Aufregung. Ich bin in Amerika, dachte sie immer wieder. Heute muss ich zwar noch in der abgestandenen Luft des Zwischendecks ausharren, aber auf der anderen Seite der Bordwand liegt New York, und morgen werde ich die Stadt betreten!

Paula ahnte, dass es vernünftiger wäre, etwas Respekt vor den Anforderungen eines Neuanfangs in einem fremden Land zu haben, doch sie konnte einfach nicht anders, als

Zuversicht und freudige Erwartung zu empfinden. In Amerika würde alles wieder gut werden, wie früher, auf jeden Fall aber besser als das letzte Jahr in Hamburg. Der Anfang war jedenfalls vielversprechend gewesen. Sie hatte mit einem Mann getanzt, und der hatte kein Wort über ihr lahmes Bein verloren. Vielleicht war den Amerikanern das egal?

Sie wurde von einer lautstarken Auseinandersetzung geweckt. Der Lärm kam von nebenan aus dem Männerschlafsaal.

»Sie haben eine Insel gewählt, weil man von hier aus die Unerwünschten, die Kranken, die Armen, die Verdächtigen gleich wieder zurückschicken kann, woher sie gekommen sind, ohne dass ihre Füße den Boden des gelobten Landes jemals betreten hätten!« Das war die Stimme eines der Männer, die Paula bei sich Ketzer nannte, weil sie ständig an allem herummeckerten und Unruhe an Bord stifteten. Dieser, ein unglaublich hagerer Mann aus dem Süddeutschen, war der Schlimmste von allen.

»Unsinn! Sie haben eine neue Kontrollstation gebraucht, weil die alte viel zu klein für die Masse der Einwanderer war«, entgegnete eine andere Stimme, und Paula erkannte mit Schrecken, dass sie ihrem Vater gehörte. Heinrich konnte seine Wut nur schwer im Zaum halten. »Außerdem ist es dort viel besser, es gibt mehr Platz, Schlafräume, Ärzte …«

»Und woher willst du das wissen, Klugscheißer?« Am Poltern der Schritte und dem Fluchen der Männer, die er aus dem Schlaf riss, konnte sie hören, dass der Hagere sich einen Weg durch die engen Gänge zur Bettstelle ihres Vaters bahnte.

Paula hielt den Atem an. Der Ketzer und ihr Vater hatten sich während der Überfahrt immer wieder gestritten, einmal war es sogar zu einer Rauferei gekommen. Paula war beim Anblick ihres sich prügelnden Vaters entsetzt gewesen.

Ängstlich horchte sie in die Dunkelheit hinein, ob auch ihre Mutter wach geworden war, die in der Koje über ihr schlief. Die Matratze über ihrem Kopf bewegte sich kurz, dann war es wieder still. Sie wollte aufstehen und zu ihrem Vater hinübergehen, als sie hörte, dass ein paar besonnene Männer auf die Streithähne einredeten und den Disput beendeten.

Kurze Zeit später herrschte Ruhe, wenn man vom Stöhnen, dem Flüstern, den im Traum ausgestoßenen Schreien, dem Schnarchen und tausend anderen Geräuschen absah, die entstanden, wenn Dutzende Schlafende zusammen in einem Raum waren.

Am nächsten Morgen begannen alle schon vor dem Weckruf, in ihren Weidenkörben und Koffern zu kramen, um die Sonntagskleider hervorzuholen. Jeder machte sich so schön er konnte und zog seine besten Sachen an. Sophie-Luise legte sich zum Schluss sogar den Polarfuchskragen um die Schultern und kontrollierte, ob der Haken an der zierlichen Schnauze fest in der Öse am Schwanz saß. Sie setzte ihren leicht distanzierten Blick auf, den sie so gut beherrschte, und sofort erkannte ihr Mann in ihr die schöne Frau wieder, die er vor fünfzehn Jahren geheiratet hatte.

»Es ist kalt, und warum soll ich den Amerikanern nicht zeigen, was ich habe?«, fragte sie. Es sollte kokett klingen, doch es war ein Seitenhieb auf Heinrich. Sophie-Luise konnte ihrem Mann nicht verzeihen, dass er ihr die Überfahrt im Zwischendeck zugemutet hatte. Auch Heinrich hatte seinen Entschluss während der Reise im Geheimen bereut und unter Sophie-Luises stummen, klagenden Blicken gelitten. Doch jetzt waren sie angekommen und konnten sich wieder wie Menschen fühlen! Sophie-Luise bestand darauf, dass die Mädchen die dunklen, federgeschmückten Filzhüte aufsetzten. Durch ihre elegante Kleidung unterschieden sich die Klausners vom Großteil der anderen Reisenden. Deren Hosen und Jackenärmel waren oft zu kurz oder geflickt, sie trugen zwei Mäntel übereinander, und statt eines Hutes hatten sie sich Schals oder Wolldecken gegen die Kälte um Kopf und Schulter gelegt. Und viele mussten Hosen- und Rockbünde mit Sicherheitsnadeln enger machen, weil ihnen die Kleidung um die Mitte schlotterte.

Die Koffer wurden wieder geschlossen und neben den Kojen aufgestapelt. Die Matrosen verteilten zum letzten Mal Kaffee und Schwarzbrot, dann reihten sich die Passagiere in die langen Schlangen ein, die sich im Zwischendeck in den Gängen zwischen den Bettenreihen sowie auf dem Deck bildeten, um auf die Fähre zu gelangen, die sie hinüber nach Ellis Island bringen sollte.

Das Boot war ein klappriges Gefährt, das Paula nicht besonders seetüchtig vorkam. Das untere Deck war an den Seiten offen, bot aber immerhin ein Dach über dem Kopf. Es war schnell überfüllt, und die Beamten wiesen die Klausners an, auf das offene Oberdeck zu gehen, wo sie der Witterung schutzlos ausgeliefert waren. Über Nacht war es noch kälter geworden, und ein feiner Nieselregen ging nieder. Die wenigen Bänke waren sofort belegt, und sie mussten während der Überfahrt dicht gedrängt stehen, die Gepäckstücke zu ihren Füßen.

Viele der Einwanderer verstanden nicht, wohin man sie brachte. Sie sahen, dass sie New York den Rücken kehrten, und befürchteten, wieder nach Europa zu fahren. Ihre ängstlichen, wütenden Rufe begleiteten die Fahrt.

Vater hat recht mit dem, was er über Ellis Island gesagt hat, dachte Paula, während sie langsam auf die Insel zusteuerten. Ein so stattliches Gebäude kann nur zum Wohl seiner Benutzer gebaut sein.

In früheren Zeiten war der Flecken nichts weiter als eine matschige Erhebung inmitten der Austernbänke gewesen, hatte sie gehört. Nur Vögel hatten die flache Sandbank bewohnt, die bei jedem Hochwasser zu versinken drohte. Doch seit knapp zwei Jahren standen hier die riesige neue Einwanderungshalle und einige Nebengebäude, an denen zum Teil noch gebaut wurde.

Alles sah solide, um nicht zu sagen prächtig aus. Paula musste an eines der Seebäderhotels an der Ostsee denken, wo sie früher Ferien gemacht hatten. Die Wände des Hauptgebäudes waren aus blank poliertem Holz gezimmert, an den vier Ecken und neben dem Eingang erhoben sich majestätische Türme, darüber ein blaues Schieferdach, über dessen gesamte Länge sich eine Lichtkuppel hinzog. Als die Sonne plötzlich zwischen den Wolken hindurchblitzte und sich in den langen Fensterreihen fing, schien das Gebäude in Flammen aufzugehen und wirkte wie ein beleuchteter Ozeandampfer in der Nacht. Direkt darüber spannte sich für ein paar Sekunden ein Regenbogen. Der Anblick war schön und tröstlich, hielt aber nur für kurze Zeit, dann verschwand die Sonne wieder hinter den Wolken. Fast gleichzeitig erreichte sie wieder der feine Regen, der vom Wind in winzigen Tröpfchen in ihre Gesichter gepeitscht wurde.

Die Fähre steuerte das u-förmige Hafenbecken an, an dessen rechter Seite das Hauptgebäude lag. Vor ihnen warteten noch zwei andere Schiffe darauf, festmachen zu können. Bis die erste Fähre entladen war, vergingen gut zwei Stunden. Anna weinte, weil sie fror und auf die Toilette musste. Sophie-Luise hatte Paula gedrängt, sich auf einen der Koffer zu setzen, weil sie sehen konnte, dass ihr das lange Stehen schwerfiel. Anna quetschte sich neben sie, und sie legten sich gegen die Kälte einen Schal um die Schultern. Sie waren froh, ihre Hüte aufgesetzt zu haben, so wurden sie wenigstens nicht völlig durchnässt.

»Die schönen Hüte«, jammerte Sophie-Luise und sah grimmig auf ihren Fuchs, aus dessen Fell Wasser tropfte.

»Ich kaufe euch neue, sobald wir in der Stadt sind«, sagte Heinrich. »Jetzt seht doch, wir sind an der Reihe!«

Endlich legte das Schiff an. Die Taue waren noch nicht festgezurrt, da kam bereits Bewegung in die ungeduldigen Passagiere. Jeder sah um sich, ob er seine Koffer, seine Kinder bei sich hatte. Eine aus groben Balken zusammengezimmerte Gangway wurde an die Bordwand herangeschoben. Als die Relingspforte sich öffnete, setzte ein Schieben und Drängen ein. Mehrere Hundert Menschen wollten, nachdem sie ihre Heimat verlassen hatten – viele von ihnen nicht freiwillig –, nach einer langen, beschwerlichen Reise, für die sie ihr letztes Hab und Gut versetzt hatten, nur noch eines: so schnell wie möglich amerikanischen Boden betreten. Die Mannschaft trieb die von Bord Strömenden durch barsche Befehle noch zusätzlich an.

Ein junger Mann von vielleicht zwanzig Jahren mit dunklen Locken verließ als Erster das Schiff und betrat Ellis Island. Der ungewohnte feste Boden unter seinen Füßen ließ ihn taumeln, die bunt bemalte Truhe, die er auf der rechten Schulter trug, drohte ihm zu entgleiten. Er setzte sie ab, ließ sich auf die Knie fallen und küsste die Erde. Die Nachrückenden verharrten einen Moment, während er wieder aufstand, sich zu den anderen herumdrehte und in einer triumphierenden Geste die Arme ausbreitete. Dieser Augenblick des Innehaltens, in dem der junge Jude stellvertretend für alle seine Gefühle ausdrückte, dauerte nur die Länge eines Wimpernschlags, dann setzte das Gedränge wieder ein.

Zuerst stiegen diejenigen aus, die auf dem unteren Deck waren. Paula sah, wie die Menschen unter ihr von Bord gingen. Einige von ihnen kannte sie vom Sehen, mit einigen hatte sie während der Überfahrt Bekanntschaft geschlossen. Was wohl aus ihnen allen werden würde? Was aus der polnischen Familie mit den sechs Kindern, die am ganzen Körper von einem nässenden Schorf bedeckt waren? Aufgereiht wie

Orgelpfeifen verließen sie das Schiff, das Kleinste trug die Mutter auf dem Arm, die anderen gingen hinter ihr, jedes ein geschnürtes Bündel auf dem Arm, das viel zu schwer war und Daunenbetten und Schnaps enthielt. Eine Frau hatte einen hölzernen Lehnstuhl unter den einen Arm geklemmt, an dem zusätzlich ein schweres Bündel hing. Auf dem anderen Arm trug sie ihr Kind. Die Lehne verhakte sich in den Tauen, mit denen die Gangway seitlich gesichert war. Die Frau konnte nicht weiter, zog und zerrte an dem Möbelstück, ohne es freizubekommen. Der Matrose, der die Leute von Bord scheuchte, sah das, rannte mit einem Fluch zu ihr hinüber und riss den Stuhl an sich, wobei er der Frau den Arm verdrehte. Sie schrie vor Schmerz auf. Den Matrosen störte das nicht. Mit einem vor Wut entstellten Gesicht hob er den Stuhl an und ließ ihn krachend auf die Reling niedersausen, wo er in seine Einzelteile zerbrach. Die Holzstücke warf er über Bord. Die Frau musste mit verrenktem Arm und ohne den Stuhl, den sie den weiten Weg von Europa bis hierher geschleppt hatte, ihren Weg fortsetzen, unter halb zustimmenden, halb mitleidigen Kommentaren.

Endlich war die Reihe an Paula. Sie hob ihren schweren schwarzen Koffer hoch und betrat die Gangway. Sie sah sich nach ihrer Familie um. Ihre Mutter mit dem zweiten großen Koffer war eben noch dicht hinter ihr gewesen, jetzt hatten sich plötzlich fremde Menschen zwischen sie geschoben.

»Warte auf mich. Wir müssen zusammenbleiben!« Ihre Mutter gab ihr Winkzeichen mit dem linken Arm, an dem eine kleine Reisetasche hing. Ihr Vater war noch ein Stück weiter hinter ihr. Paula konnte sehen, wie er die Schwestern auf die wacklige Gangway schob. Die Sekunde, die sie gebraucht hatte, um sich nach ihrer Familie umzusehen, ließ die hinter ihr Gehenden ungeduldig werden. Paula fühlte, wie sie vorwärtsgestoßen wurde, sie wollte stehen bleiben und auf ihre Mutter warten, doch die Nachrückenden drückten sie unerbittlich nach vorn. Sie packte mit der zweiten Hand den Griff des Koffers, weil sie befürchtete, er würde ihr durch den Strom der Menschen entrissen. Das Gedränge wurde immer dichter, sie roch den schlechten Atem und die ungewaschene Kleidung der anderen. Warum ging es denn nicht weiter? Sie schob sich noch ein paar Zentimeter nach vorne, stieß in eine Lücke, die in der Menge entstanden war, doch von hinten wurde schon wieder unbarmherzig geschoben und geschubst. Einzelne spitze Schreie ertönten, dazwischen die panische Stimme ihrer Mutter, die nach ihr rief. Paula konnte sie in dem Gedränge nicht mehr sehen, und sie wagte nicht, sich noch einmal nach ihr umzuwenden.

Von weiter vorn kamen ungeduldige Kommandos: »Slowly, langsam, Vorsicht! Jeder kommt an die Reihe.« Hinter sich hörte sie die Rufe der Matrosen, die die Menschen zur Eile antrieben. Paula fühlte, wie eine Bewegung gleich einer Welle die Menge erfasste. Plötzlich stand sie nur noch auf den Zehenspitzen, während ihr Oberkörper nach vorn gedrückt wurde. Vor den Beinen hatte sie den schwarzen Koffer, den sie nicht abstellen konnte und der sie am Vorankommen hinderte. Ein Mann stemmte sich mit seinem ganzen Gewicht gegen das Gepäckstück und versuchte, sich an ihr vorbeizuschieben. Der schwere Koffer drehte sich und mit ihm ihr Arm. Der Koffer wurde unerbittlich gegen ihr Knie gedrückt, und der Schmerz in ihrem kranken Bein ließ sie aufschreien. Sie versuchte an sich hinunterzusehen, um festzustellen, ob sie blutete, doch die Menge stand zu dicht. Sie begann nach ihrer Mutter zu rufen. Eben war sie doch noch hinter ihr gewesen? Sie weinte jetzt, vor Schmerz und vor Angst. Ihr wurde plötzlich schlecht, sie glaubte ersticken zu müssen. Schweißtropfen bildeten sich auf ihrer Stirn, ihre Zunge klebte am Gaumen. Sie hatte Angst, ohnmächtig zu werden, und ihr war unsäglich übel. Sie presste eine Hand vor den

Mund und würgte. Das Geländer der schwankenden Gangway bohrte sich in ihre Hüfte. Unter ihr brodelte das schwarze Wasser des Hafens. Sie konnte zwar schwimmen, aber die Aussicht, in das eiskalte Wasser zu fallen, wo sie doch ohnehin schon durchnässt war, jagte ihr einen Schauer über den Rücken. Sie biss die Zähne zusammen. Nur wenige Schritte vor sich sah sie das Ende der Gangway. Wie in einem Flussdelta verzweigte sich dort die Menge. Mit aller Kraft stieß sie ihre Faust wie einen Keil zwischen zwei Menschen vor ihr, wuchtete ihren Koffer in die entstehende Lücke und sich selbst hinterher. Noch ein Schritt, und die Menschenmenge teilte sich, strömte auseinander, machte Platz.

Keuchend stolperte sie ein paar Schritte zur Seite und betrat ein Stück struppigen Rasens, der mit grauem Matsch durchsetzt war. Dort ließ sie den Koffer auf die Erde fallen und versuchte zu Atem zu kommen. Sie zitterte am ganzen Körper, ihr Arm schmerzte wie verrückt. Schlimmer war aber ihr Bein. Sie spürte, dass etwas nicht in Ordnung war, dazu kannte sie ihr krankes, lahmes Bein zu gut. Sie wollte sich auf den Koffer setzen, um nachzusehen, als sie den weißen Pelz ihrer Mutter entdeckte.

»Hier bin ich!«, rief sie, so laut sie konnte. Sophie-Luise drehte sich suchend um, entdeckte ihre Tochter und drängelte sich rücksichtslos zu ihr durch.

»Gott sei Dank, Paula«, stieß sie atemlos hervor. »Wo sind Papa und die Mädchen? Ich kann sie nicht sehen.«

»Da drüben, auf der anderen Seite.«

Ihr Vater hatte sie auch entdeckt und kam durch die Menge zu ihnen herüber.

»Was ist mit ihr?«, fragte Heinrich besorgt.

Sophie-Luise zog ein Taschentuch heraus und wischte Paula das nasse Gesicht ab. Dann gab sie ihr einen Kuss auf die Stirn. »Alles in Ordnung?«, fragte sie.

Paula schüttelte den Kopf. »Mein Bein ...«, sagte sie.

»Was ist mit deinem Bein?«, fragte ihr Vater. »Doch nicht das kranke?«

Paula nickte. Das Blut in ihrem Knie pochte.

»Das sehen wir uns später an. Lasst uns jetzt erst einmal hineingehen. Drinnen ist es wenigstens trocken, und es gibt hoffentlich etwas zu essen und zu trinken.«

Erstaunt sahen sie Sophie-Luise an, von der sie derart praktisches Denken nicht unbedingt gewohnt waren. Sophie-Luise bemerkte die Blicke und fügte hinzu: »Wären wir zweiter Klasse gefahren, dann bliebe uns dies alles erspart. Dann wären wir jetzt schon in New York.«

Sie gingen in Richtung des Gebäudes, traten nach wenigen Metern durch die großen Türen und standen in einem riesigen, nur durch Säulen unterteilten Raum. Alles war sauber und prächtig ausgestattet, die Wände holzgetäfelt und der Boden mehrfarbig gefliest. Im ersten Augenblick empfand Paula nur Erleichterung darüber, dem eisigen Wind und dem Nieselregen entkommen zu sein. Dann trafen sie die Ausdünstungen der Menschen und der Geruch nach feuchter Wolle, säuerlich durch die Reste von Erbrochenem und Schweiß, wie ein Keulenschlag. Wahrscheinlich rieche ich ganz genauso, dachte sie. Und wenn ich diesen Koffer nur noch einen Meter weiter tragen muss, sterbe ich. Der regennasse Mantel drückte schwer auf ihre Schultern, von ihrer Hutkrempe tropfte ihr das Regenwasser in den Nacken. Sie setzte das Gepäckstück ab und schaute sich um. Sie bemerkte, dass sie sich in einem wilden Durcheinander von fliegenden Händlern befand, die Schilder in allen erdenklichen Sprachen und Schriften und zum Teil zweifelhafter Rechtschreibung vor sich hertrugen, auf denen Esswaren, Billetts, koschere Küche, Dienste als Gepäckträger, Barbiere, Friseure und viele andere Dinge angeboten wurden. Und dazu kamen die Einwanderer aus aller Herren Länder in zum Teil abenteuerlichen Kostümierungen, mit hohen Pelzmützen und über die Schulter geworfenen Fellen, grellbunten Röcken und Tüchern, Säbeln und Orden, langen Schläfenlocken, türkischen Pluderhosen, Familien, die daran zu erkennen waren, dass ihre Mitglieder Kleider aus dem gleichen karierten Stoff trugen. Menschen, die auf ihrem Gepäck zusammengerollt schliefen, die weinten, nach ihren Kindern riefen, apathisch vor sich hinstarrten. Über allem war ein Gewirr von fremden Lauten und Sprachen zu vernehmen, viel mehr, als sie schon auf dem Schiff gehört hatten. Paula fing den glutäugigen Blick eines Mannes auf, der sie lüstern anstarrte. Sie wurde über und über rot, es gelang ihr aber nicht, sich abzuwenden. Mit einem obszönen Zungenschnalzen drängelte der Mann sich viel zu dicht an ihr vorbei. An beinahe jedem Stand konnte man amerikanische Flaggen aus Papier kaufen. Viele hatten sie bereits erstanden und winkten damit hektisch und fröhlich, bevor sie sie an ihren Bündeln und Mützen befestigten.

»Mama, das ist wie ein … wie ein riesiger Ameisenhaufen!«, rief Anna aus.

Ein babylonisches Gewirr, dachte Heinrich und verlor für einen Augenblick die Orientierung. Seine Frau und die Kinder neben ihm verschnauften kurz, während er herauszufinden versuchte, wohin sie als Nächstes mussten. In einiger Entfernung entdeckte er den Mann, mit dem seine Tochter getanzt hatte. Er schien sich gut auszukennen. Zielstrebig bewegte er sich von ihnen fort. Heinrich räusperte sich, dann trieb er seine Familie zum Weitergehen an.

»Wir können hier nicht Wurzeln schlagen. Los jetzt. Wir müssen weiter, zur Einwanderungskontrolle.«

Ein Schild wies darauf hin, dass die Formalitäten zur Einwanderung im ersten Stock erledigt wurden. Auf dem Weg zur steilen Treppe, die hinaufführte, wurden sie von einem Beamten angewiesen, zuerst hier unten ihr Gepäck zu deponieren.

»Aber werden wir unsere Sachen jemals wiederbekommen?«, flüsterte Sophie-Luise ängstlich ihrem Mann zu, als sie sich vor einem der Schalter anstellten.

Heinrich ließ sich seine Besorgnis nicht anmerken. »Die machen das hier doch schließlich jeden Tag«, entgegnete er mit einem zweifelnden Blick auf die Berge von Gepäckstücken aller Art, die in einer Ecke des Raumes bereits mehrere Meter hoch gestapelt waren. Und dabei war es doch erst Vormittag. Wie mochte dieser Raum nach einem langen Tag aussehen, an dem immer neue Schiffe unzählige Passagiere brachten?

Sie waren erleichtert, als man ihnen im Tausch gegen die Koffer große weiße Zettel mit einer Nummer anheftete, und wandten sich wieder zu der Treppe, die hinauf in den ersten Stock führte. Auf dem Weg wurden ihnen von Frauen in Uniformen, die an die Heilsarmee erinnerten, Bananen und kleine Brötchen gereicht.

»Guckt mal, die essen die Banane mit der Schale«, flüsterte Anna und deutete mit dem Kinn auf eine Familie, die mit den weißen Kitteln und den hohen Stiefeln russische Bauern zu sein schienen.

»Wahrscheinlich haben sie noch nie welche gesehen«, gab ihre Mutter zurück.

Anna machte der Frau vor, wie sie die Frucht schälen sollten. Sie folgte ihrer Anweisung und biss erneut hinein. Die Schale verstaute sie sorgfältig in ihre Kitteltasche.

Paula war unendlich froh, von dem schweren Koffer befreit zu sein, und biss hungrig in ihr Brot. Es war das leckerste Butterbrot ihres Lebens, obwohl ihr der Geschmack fremd war, leicht scharf und gleichzeitig süßlich. So schmeckt die neue Heimat, dachte sie, während sie kaute. Sie bückte sich, um das schmerzende Knie zu befühlen. Wie sie befürchtet hatte, war es stark angeschwollen. Der Schmerz war kaum auszuhalten.

»Geh um Gottes willen rasch und halte dich gerade«, flüsterte ihre Mutter ihr zu. Sie hatte die Männer in den weißen Kitteln gesehen, die oben an der Treppe standen und die Heraufkommenden beobachteten. Wer zu langsam war oder sichtlich außer Atem, dem malten sie mit einem Stück Kreide etwas auf den Rücken. Paula bemühte sich, nicht zu hinken, obwohl sie, seit sie mit neun Jahren an Kinderlähmung erkrankt war, immer leicht den Fuß nachzog, und jetzt mit der Verletzung noch mehr. Kurz bevor sie am Arzt vorbei musste, packte ihre Mutter sie fest am Oberarm und richtete sie auf. Der Arzt sah Paula prüfend ins Gesicht, dann an ihr hinunter. Sein Blick blieb an ihrem Bein hängen.

»Sie ist vorhin in dem Gedränge gestürzt«, sagte ihre Mutter hastig. »Weiter ist es nichts, sie ist nur hingefallen.«

Der Arzt gab nicht zu erkennen, ob er sie verstanden hatte. Mit einem Zeigestock fuhr er unter den Saum von Paulas Rock und wies sie an, ihn zu heben. Paula beeilte sich, seiner Aufforderung Folge zu leisten, dann befühlte der Arzt grob ihr Knie. Paula unterdrückte einen Schmerzenslaut.

»How old?«, fragte er, »wie alt?«

»Sechzehn«, entgegnete Paula schroff, bevor ihre Mutter antworten konnte, und straffte die Schultern. Eigentlich hatte sie erst in drei Tagen Geburtstag, aber irgendetwas trieb sie dazu, sich älter zu machen. Später sollte sie sich immer wieder fragen, ob sie ihr Schicksal hätte abwenden können, wenn sie dem Arzt die Wahrheit gesagt und ihr schönstes Lächeln geschenkt hätte. Doch die Gelegenheit war bereits vorüber.

Ohne ein weiteres Wort drehte der Arzt Paula herum und malte ihr mit Kreide ein Zeichen auf die Schulter.

»Was bedeutet das?«, fragte Anna flüsternd.

»Es sieht aus wie ein L.« Automatisch versuchte Sophie-Luise, den Fleck vom Mantel ihrer Tochter zu wischen, aber die Kreide blieb hartnäckig haften.

L für lahm, dachte Paula. Jetzt trug sie das Mal. Eine solche Markierung hatte nichts Gutes zu bedeuten, das hatte man ihnen schon in Hamburg und wieder und wieder auf dem Schiff bedeutet. Ankommende mit einem Kreuz oder einer anderen Kennzeichnung wurden ohne Umstände auf Kosten der Reederei nach Europa zurückgeschickt.

»Wir sind vor der Abreise in Hamburg medizinisch untersucht worden, und es hat keinerlei Beanstandungen gegeben. Wenn die Reeder keine Möglichkeit sehen, uns in Amerika loszuwerden, nehmen sie uns gar nicht erst mit!«, stieß Heinrich gepresst hervor und zwirbelte seinen Schnauzbart. Das war für die Familie ein sicheres Zeichen, dass er höchst beunruhigt war. Paula wollte seinen Worten trotzdem gern Glauben schenken, aber sie kannte auch die Gerüchte, nach denen die Schifffahrtslinien viele Auswanderungswillige, die ihre Krankheiten leicht in Europa hätten auskurieren können, nach schlampigen Untersuchungen an Bord ließen, nur damit sie in Ellis Island abgewiesen wurden. Viele kamen ärmer und elender zurück, als sie gefahren waren, ohne Heimat, ohne Arbeit, und nur den wenigsten gelang ein zweiter Versuch.

Paula bemühte sich, einen gleichgültigen Blick aufzusetzen, da trafen sie die Größe und Pracht des Raumes, den sie betreten hatte, mit aller Macht. Die steile Treppe, ihre erste Prüfung in Amerika, führte direkt in die Mitte der riesigen Registrierungshalle. Ihre überwältigende Herrschaftlichkeit ließ Paula sogar für ein paar Minuten die Schmerzen in ihrem Knie vergessen. Sie legte den Kopf in den Nacken und drehte sich einmal um sich selbst. Niemals hatte sie einen Raum dieser Größe gesehen, so groß wie ein Fußballfeld und höher als alle Kirchenräume Hamburgs. Die leicht gewölbte Decke hoch über ihrem Kopf wurde von einer feingliedrigen Balkenkonstruktion getragen. Eine umlaufende Galerie mit vielen Türen gab dem Raum tatsächlich etwas Sakrales. Paula durchzuckte eine Gewissheit: Wenn die Amerikaner Räume solchen Ausmaßes bauen konnten, in denen sie, Paula Klausner, klein wie ein Wurm war, dann würden sie sich auch nicht daran stören, dass sie hinkte, und sie in ihr Land lassen.

Durch die gesamte Halle zog sich ein Labyrinth aus schmalen Gängen, die durch Absperrungen aus Eisenrohr gebildet wurden und wie Käfige wirkten. An den Wänden reihten sich weitere dieser Eisenkäfige mit Verkaufsständen für Fahrkarten, Essen oder Dollarnoten. Die Pforten fielen mit einem scheppernden Klacken ins Schloss, sobald sie nicht festgehalten wurden. Um sie herum klackte und klapperte es, als würde jemand auf eine überdimensionierte Schreibmaschine einhämmern. Es mussten mindestens tausend Menschen sein, die hier einer hinter dem anderen, in einem gleichmäßigen Summen der Stimmen, aus dem einzelne Sprachen, Schreie oder Lacher hervorstachen, die endlosen Gänge entlangwanderten. Alle hatten große Zettel an die Brust geheftet, auf denen der Name ihres Schiffs und die Nummer des Schiffsmanifests standen. Die Gänge verbreiterten sich zu Abteilungen, in denen – auch hier wieder ähnlich wie in einer Kirche – meterlange Bänke standen, auf denen die Ankommenden warteten, bis sie vor die Schreibtische der einzelnen Registrierungsbeamten gerufen wurden.

Paula und ihre Familie reihten sich in den mäandernden Strom von Menschen ein, bis sie an eine der Bankreihen kamen. Wenigstens konnten sie sich hier setzen. Paula ließ sich auf die hölzerne Bank fallen und streckte das schmerzende Bein aus. Das Kreidezeichen hinten auf ihrem Mantel fühlte sich wie ein Brandmal an und schien sich durch den Stoff in die Haut zu brennen. Dorothea und Anna setzten sich rechts und links neben sie. Dorothea nahm Paulas Hand.

»Sieh nur, wie viele hier ein Kreuz haben. Das hat bestimmt nichts zu bedeuten.« Sie nickte Paula beruhigend zu.

Alle drei sahen zu einem Mann hinüber, der ein Kreidekreuz auf seinem Mantel trug. Als er sich umwandte, erkannten sie den hageren Meckerer von ihrem Schiff. Er stand vor einem Beamten, der ihm offensichtlich Fragen stellte, denn er nickte mal mit dem Kopf, mal schüttelte er ihn verneinend. Schließlich nickte der Beamte ihm aufmunternd zu, lächelte sogar und wies dem Hageren den Weg zum Ausgang. Ein Junge von vielleicht dreizehn Jahren, der wie ein Italiener aussah, hatte ebenfalls einen Buchstaben auf der Schulter. Er sah sich um, dann ließ er in einer unauffälligen Bewegung den Mantel vom Körper gleiten, legte ihn sich über den Arm, mit dem Futter nach außen, sodass das Zeichen nicht zu sehen war, und rückte seelenruhig in der Schlange vor. Dorothea stieß Paula an und zeigte fragend auf den Italiener. Doch beide wussten, dass es sinnlos wäre, es genauso zu machen, denn Paulas Hinken war unübersehbar, auch ohne Kreuz auf dem Rücken.

Nach einer Stunde waren sie in der Schlange bis an einen Tisch vorgerückt, an dem ein Arzt saß. Er winkte mit der Hand den Nächsten zu sich heran, ohne aufzusehen, während er eine Notiz machte. Paula stand hinter ihrem Vater und drängelte sich plötzlich an ihm, der sie zurückhalten wollte, vorbei nach vorne. Sie wollte unbedingt die Erste sein. Später sollte sie sich fragen, ob dies der zweite Fehler gewesen war, den sie an diesem Tag begangen hatte.

»Paula, was machst du denn?«, fragte ihr Vater aufgebracht. »Jetzt warte doch, bis du an der Reihe bist.«

Doch Paula spürte in diesem Augenblick eine namenlose Angst vor dem, was kommen würde. Und eine unbezähmbare Wut auf sich und ihr lahmes Bein. Sie stieß den Arm ihres Vaters zur Seite und schob sich an ihm vorbei, wobei sie ins Straucheln geriet und beinahe gefallen wäre. Der Arzt vor ihnen sah ungeduldig zu ihnen herüber, weil es nicht voranging. Sein Blick blieb an Paulas Bein hängen. Heinrich versuchte immer noch, sie zurückzuhalten, doch Paula schob sich mit einer heftigen Bewegung in dem engen Gang an ihm vorbei und stand dann vor dem Tische des Arztes, atemlos und mit schmerzverzerrtem Gesicht.

Der Mann in dem schmutzigen weißen Kittel tauchte seine rechte Hand in einen kleinen Eimer mit einer Flüssigkeit, zog einen kleinen eisernen Gegenstand heraus, der aussah wie der Haken, mit dem Sophie-Luise ihre Handschuhe zuknöpfte, und schoss damit unvermittelt auf ihr Auge zu, klappte das Lid energisch nach oben, fuhr mit dem Haken nach rechts und links und berührte dabei ihren Augapfel. Paula schrie vor Schmerz auf und kniff die Augen zusammen, und es tat noch mehr weh. Sie wollte zurückweichen, da stieß die haarige Hand schon auf ihr anderes Auge zu und wiederholte die Prozedur. Die Tränen liefen ihr über das Gesicht, doch der Arzt kümmerte sich nicht darum. Er war bereits damit beschäftigt, wortlos ihren Kopf hinunterzubeugen und darauf herumzukratzen. Mit einer Geste bedeutete er ihr, die Zunge herauszustrecken, und sah ihr in den Rachen. Schließlich forderte er sie auf, ein paar Schritte zu gehen. Halb blind vor Tränen machte sie zwei unsichere Schritte.

»More, mehr, zwanzig Schritte«, sagte er scharf, und Paula hinkte einmal um seinen Untersuchungstisch herum, ihr schmerzendes Bein hinter sich herziehend.

»Sie ist gestürzt, sie ist nur gestürzt, auf der Gangway, vorhin …«, hörte sie ihre Mutter rufen. Die Angst in ihrer Stimme übertrug sich auf Paula. Sie stolperte und musste sich am Tisch festhalten. Der Arzt reagierte mit keiner Geste. Er schob sie mit einem barschen »der Nächste« von sich und wandte sich Anna zu. Paula lehnte sich an eine der Absperrungen und schloss die tränenden Augen. Sie hörte Anna weinen, dann Dorothea, dazwischen die lauten Proteste ihrer Mutter und das ewige Scheppern der Drahtverhaue.

Wieder ein langer Gang, der mit Maschendraht vergittert war.

»Sieh nur, Paula, die Freiheitsstatue«, sagte Heinrich und wies mit dem Finger aus dem Fenster.

Paula warf nur einen kurzen Blick hinüber.

Dann standen sie vor dem nächsten Schreibtisch, der auf einem Podest stand. Der Inspektor saß dahinter und sah auf sie herab wie ein Richter auf einen Angeklagten. Neben ihm saß ein Dolmetscher, der die Fragen und Antworten übersetzte. Jetzt ging es um die Überprüfung ihrer Identität und der finanziellen Lage. Name? Herkunft? Beruf? Alter? Was und wohin wollten sie in Amerika? Hatten sie Verwandte hier? Wie viel Geld trugen sie bei sich? Waren sie in Europa kriminell geworden? Gab es Geisteskranke in der Familie? Waren sie Anarchisten? Und so weiter, und so weiter, insgesamt neunundzwanzig Fragen, die in aller Schnelligkeit heruntergerasselt wurden.

Paula hörte die Festigkeit und den Stolz, mit der ihr Vater antwortete. Er sei Handwerksmeister, Ofensetzer aus Hamburg in Deutschland, das sei ein traditionsreicher Beruf mit guten Möglichkeiten, Öfen würden die Leute immer brauchen, und dies sei seine Familie, alles ordentliche Leute. Nein, sie hätten keine Verwandte in Amerika und wollten in New York bleiben und Öfen verkaufen. Und kriminell oder geisteskrank sei niemand in seiner Familie, noch nie gewesen.

»Na also, ist doch alles glattgegangen«, sagte Heinrich und atmete erleichtert auf, als sie endlich am anderen Ende der großen Halle angekommen waren. Hier führte eine zweite Treppe wieder nach unten. »Das war die letzte Befragung. Der Einwanderungsinspektor war sogar ganz nett, und der Dolmetscher war aus Bremen, das habe ich an seiner Art zu sprechen gehört.«

Paula sah die Unruhe und die Erschöpfung in den Augen ihrer Mutter. Mit flackernden Blicken versuchte Sophie-Luise alles zu erfassen und senkte die Augen, wenn wieder einer der Ankommenden von Polizisten in einen der verschlossenen Räume hinter der Treppe geführt wurde.

Sie selbst wurden in Richtung der Treppen gewiesen.

»Eisenbahn?«, fragte ein Beamter auf Englisch und machte dazu mit angewinkelten Unterarmen die Bewegung sich drehender Räder.

»No«, sagte Heinrich, denn er sprach schließlich Englisch, und sie wollten ja in New York bleiben.

»Werden Sie von jemandem abgeholt?«, fragte der Beamte weiter, und Heinrich schüttelte den Kopf.

»In Ordnung, dann gehen Sie bitte unten durch die linke Tür. Alles Gute für Sie!«

Heinrich reichte seiner Frau in einer feierlichen Geste den Arm, und sie hängte sich ein.

»Ich würde dich glatt über die Schwelle tragen, wenn hier nicht so viele Menschen wären«, sagte er und küsste sie fest auf den Mund. Arm in Arm sahen sie sich nach ihren Töchtern um und forderten sie mit einem aufmunternden Nicken auf, ihnen zu folgen. Dorothea und Anna ließen sich von der guten Laune anstecken. Nur Paula konnte sich nicht freuen. Sie spürte, wie ihr Magen sich zusammenzog, und das Pochen in dem verletzten Bein. Auf der rechten Schulter brannte das Kreuz und schien sich in ihre Haut zu drücken. Irgendetwas stimmte nicht.

Die Beamten tauchten wie aus dem Nichts auf. Einer schien der Chef zu sein, er ging voraus, und zwei Schritte hinter ihm gingen zwei weitere. Alle trugen blaue Uniformen, die sie wie Polizisten oder Soldaten aussehen ließen.

»Paula Klausner?«, fragte der Wortführer streng mit einem Blick auf den Zettel an ihrer Brust.

In diesem Augenblick dachte sie nur daran, dass der Mann Deutscher sein musste, seiner akzentfreien Aussprache nach zu urteilen. Wieso werde ich hier von einem *deutschen* Soldaten angesprochen?, fragte sie sich. Ein darüber hinausgehender Gedanke ließ sich einfach nicht fassen. Der Mann wiederholte seine Frage, diesmal noch ein wenig strenger, und Paula nickte. Sie bemerkte Dorothea und Anna, die mit angehaltenem Atem zu beiden Seiten von ihr standen. Der Beamte zog Paula zwischen ihren Schwestern hervor und drehte sie herum, um das Kreidezeichen auf ihrem Mantel zu überprüfen. Paula war nicht darauf gefasst, und ein scharfer Schmerz durchfuhr ihr Bein. Sie sog die Luft ein. Den Beamten war das nicht entgangen. Sie senkten verlegen den Blick und nickten sich zu. Der Vorgesetzte tat, als würde er ihren Namen noch einmal mit den Angaben auf der Liste vergleichen, die er in der Hand hielt.

»Tut mir leid«, sagte er. »Mach keine Schwierigkeiten, du kannst es ohnehin nicht ändern.«

Die Eltern waren bereits die ersten Stufen der Treppe hinuntergegangen, als Sophie-Luise bemerkte, was sich hinter ihr abspielte. Sie schlug ihren Mann, der noch ahnungslos war und sie nach wie vor am Arm hielt, mit raschen, harten Schlägen auf die Brust, bis er sie endlich losließ, warf sich herum und rannte die Stufen wieder hinauf.

Paula hörte, wie ihre Mutter immer wieder ihren Namen rief. Sie sah das verständnislose Gesicht ihres Vaters und die weit aufgerissenen Augen der Schwestern. Sie fühlte, wie die Beamten sie an den Armen packten und in Richtung eines dunklen Gangs führten, von dem viele Türen abgingen. Paula drehte sich um und sah die ausgestreckten Arme ihrer Mutter, die hinter ihr herlief. Anna war nur einen Schritt neben ihr. Sie weinte.

»Wo gehst du denn hin, Paula?«, rief sie und dann, an Dorothea gewandt, die stocksteif dastand, mit hängenden Schultern, unfähig, sich zu rühren: »Wo will Paula denn hin? Ich denke, wir müssen diese Treppe hinunter? Doro!«

Es gelang Anna, für eine Sekunde Paulas Hand zu fassen, und die Berührung ihrer kleinen Schwester durchzuckte Paula wie ein elektrischer Schlag. Dann stellten sich die Polizisten endgültig zwischen sie und ihre Familie und scheuchten Anna davon. Der Inspektor ging mit schnellen Schritten voraus, auf eine schwere Tür zu. Ihr war, als würden die Beine ihr nicht gehorchen. Das unrhythmische Knallen ihrer Absätze, die hart auf den Boden trafen, weil sie nicht ging, sondern gestoßen wurde, dann dieses allgegenwärtige Geräusch in Ellis Island, wenn Metall auf Metall stieß. Die Tür hinter ihr hatte sich geschlossen, und plötzlich herrschte absolute Stille. Paula versuchte, draußen vor der Tür die Stimmen ihrer Mutter, ihres Vaters zu hören, doch von dort kam kein Laut.

Sie befand sich in einem kleinen Raum, nicht größer als ein normales Wohnzimmer, mit vergitterten Fenstern. Die einzige Tür ließ sich von innen nur mit einem Schlüssel öffnen. Der deutsch sprechende Beamte wies sie an, sich auf eine blank polierte Holzbank zu setzen, die unter dem Fenster stand. Dann wurde sie allein gelassen.

Während der nächsten Stunde starrte Paula auf die Maserung des rötlichen Holzes der Bank. Sie wollte nicht auf den Schmerz hören, der in ihrem verletzten Knie und in ihrem Herzen pochte. Sie wollte sich nicht vorstellen, was mit ihr passieren würde. Sie wollte einfach nur hier sitzen bleiben, bis ihr Vater sie abholte. Die Männer, die sie hergebracht hatten, waren verschwunden. Ein anderer Beamter kam und las ihr ein Schriftstück vor. Er sprach Englisch, und seine Worte rauschten an ihr vorüber, ohne dass sie verstand. Dann kamen die Polizisten wieder, und Paula war erleichtert, weil sie ihre Gesichter kannte. Zwei von ihnen nahmen sie wieder in ihre Mitte, der Deutsche ging voraus. Sie wurde auf eine Fähre gebracht und von dort an Bord eines Dampfers. Das ist nicht die »Fürst Bismarck«, dachte Paula, ohne zu wissen, was das zu bedeuten hatte. Man schubste sie in eine Kabine, und sie ließ sich auf das Bett fallen.

»Ich will nie wieder aufwachen«, dachte sie, bevor sie einschlief.

Die Glücklichen und die Mächtigen gehen nicht ins Exil.

Alexis de Tocqueville, Über die Demokratie in Amerika

2

Paula vernahm das Rauschen der Wellen am Strand von Boltenhagen, während sie noch durch den Streifen Kiefernwald lief, der hinter den Dünen lag. Es musste ein stürmischer Tag sein, denn das Geräusch war lauter als gewöhnlich. Ein Ferientag. Der Duft von Kiefernharz, die brütende Hitze auf dem Weg durch die windstillen Dünen, wo der Sand die Füße verbrannte, dann das eiskalte Wasser, in das sie und Julian vom Strand aus rannten, so schnell, dass sie nicht anhalten konnten, bevor ihnen das Wasser bis zu den Knien ging. Die nächste Welle ließ das eiskalte Wasser an die Oberschenkel klatschen. Dann nahm das Meer Besitz von der empfindlichen Stelle am Bauch unterhalb des Nabels, wo es sich immer am kältesten anfühlte. Kreischend sahen Paula und Julian einander an, dann ging es darum, wer zuerst den Mut hatte, unterzutauchen. Mit dem Kopf unter Wasser, sonst galt es nicht. Obwohl Sophie-Luise jedes Mal schimpfte, besonders mit Paula, deren langes Haar dann abends mühselig gewaschen und gekämmt werden musste.

Meistens war Julian schneller. Sein Ältester, diese Bemerkung konnte sich ihr Vater nicht verkneifen, denn Julian war zehn Minuten vor Paula auf die Welt gekommen. Die Zwillinge sahen sich mit ihrem dunkelbraunen Haar und den fein geschnittenen Gesichtern nicht nur sehr ähnlich, sie glichen sich auch vom Charakter her und steckten oft zusammen. Als wären sie eineiige Zwillinge, dachte ihr Vater oft.

Julian war der Anstifter für zahllose Abenteuer, und Paula eiferte ihm nach, obwohl sie ein Mädchen war und sich das für sie nicht schickte. Dorothea war ein Jahr jünger und zeigte mehr Ähnlichkeit mit ihrer Mutter. Sie hatte die blonden schweren Locken und die Bedächtigkeit der Familie Runge geerbt. Anna war die Jüngste und kam zwar vom Aussehen her nach der Mutter, von der Wesensart aber eher nach dem Vater.

Die Ferien rochen nach Kiefernharz und modernden Muscheln am Strand. Hamburg schmeckte nach geschmolzenem Metall hinten auf dem Gaumen und hatte den Duft von Schmiere und Beauner Wachs. Das Wachs aus Traubenkernen wurde aus Frankreich bezogen und diente zum Polieren der Öfen, die ihr Vater in seiner Werkstatt im Flachsland, einer zum Kanal hin gelegenen Straße im Hamburger Vorort Barmbeck, baute. Paula trug oft kleine Kügelchen davon in den Taschen ihres Kleides mit sich herum. Sie war eine Meisterin darin, sie mit einer Hand zu perfekten Gebilden zu formen.

Spitze Finger zupften energisch an Paulas Blusenärmel. Sie zupften weiter, obwohl Paula bis ganz an die Wand rückte, um ihnen zu entkommen. Dann erwischten sie ein Stückchen Haut, und es tat weh. Paula stieß einen unwilligen Schmerzensschrei aus, und das nahm die Person, zu der die Finger gehörten, offensichtlich als Ermutigung.

»Steh jetzt endlich auf und wasch dich. Du riechst ziemlich streng. Nachher gibt es Essen.«

Paula rollte sich wütend zusammen. Was fiel dieser dummen Gans ein, sie zu stören? Sie wollte nicht aufstehen. Sie wollte hier liegen bleiben, am liebsten für immer.

»Jetzt mach schon. Du bist nicht die Einzige, der das Schicksal übel mitgespielt hat. Und glaub bloß nicht, es würde besser, wenn du hier herumliegst!« Mit diesen Worten wurde sie unsanft an der Schulter gerüttelt.

Paula schlug mit der Hand nach den Fingern.

»Na also, wenigstens lebst du noch. Ich hätte dich allerdings für stärker gehalten, nicht für einen Jammerlappen, der sich die Decke über den Kopf zieht. Wo soll das denn hinführen, bitte schön? Wirklich schade.« Die helle Stimme zog dabei das A des letzten Worts bedauernd in die Länge.

Die Bemerkung machte Paula noch wütender. Sie drehte den Kopf, um den Störenfried mit einer unfreundlichen Bemerkung zu verjagen, und entdeckte vor ihrem Bett eine junge Frau, blass und schmal. Sie blickte mit einem spöttischen Lächeln, das kleine weiße Zähne sehen ließ, auf sie herab. Sie konnte nicht viel älter sein als Paula selbst. Die Fremde schüttelte den Kopf, und ihre glänzenden Locken, die Paula an Anna erinnerten, tanzten vor ihrem Gesicht und verbargen die Augen.

»Was willst du von mir? Lass mich in Ruhe«, brummte Paula. »Ich kenne dich nicht.«

»Aber ich kenne dich«, kam es triumphierend zurück. »Ich habe dich ein paar Mal auf dem Schiff gesehen, als du mit deiner Schwester auf dem Achterdeck gesessen hast. Ihr habt Delfine beobachtet.«

Paula drehte sich abrupt auf den Rücken. »Du kennst Anna? Wo ist sie?« Eine verrückte Hoffnung durchzuckte sie.

Die andere schüttelte bedauernd den Kopf. »Das war auf der Hinfahrt. Ich habe beim Spülen aus dem Fenster geguckt, und da habe ich euch gesehen.«

»Beim Spülen …?«

Die junge Frau warf den Kopf in den Nacken, und ein perlendes, ansteckendes Lachen ertönte. »Ich habe in der Küche gearbeitet, um mir die Überfahrt zu verdienen. Guck nicht so mitleidig. Ich habe bestimmt besser gegessen als du. Auf dem Oberdeck ist die Verpflegung vorzüglich, kann ich dir sagen.«

Paula dachte an Weißbrot und frisches Gemüse, und ihr Magen zog sich schmerzhaft zusammen.

»Was ist, stehst du jetzt endlich mal auf? Wo wir gerade von Essen reden: Lange kann es nicht mehr dauern. Ich habe Hunger.«

Sie ergriff Paulas Arm und zog kräftig daran, bis Paula schließlich nachgab und sich aufsetzte. Ihr war schwindlig, was an ihrem Hunger liegen mochte. Als sie die Füße aufsetzte, durchzuckte ein stechender Schmerz ihr krankes Bein. Er strahlte von ihrer Kniescheibe bis hinunter in die Wade. Sie machte vorsichtige Versuche, es zu beugen und zu strecken. Unwillkürlich hielt sie dabei die Luft an. Vorsichtig stand sie auf und humpelte ein paar Schritte durch den kleinen Raum.

Jedes Mal, wenn sie in den letzten zwei Tagen kurz aufgewacht war, hatte sie die Wahrheit in Sekundenschnelle wie ein Schlag getroffen. Die drei Polizisten hatten sie mitgenommen, eine Tür war mit lautem Knall ins Schloss gefallen, und sie war allein. Aber weiter wollte sie nicht denken, nicht daran, wo ihre Familie jetzt war, und nicht daran, was aus ihr selbst werden sollte. Deshalb hatte sie die Augen sofort wieder zugemacht und sich in den Schlaf geflüchtet.

Doch jetzt war es damit vorbei. Wie eine Welle überkamen sie die Gedanken an ihre Familie. Wo mochte sie jetzt sein? Während der Fahrt von Ellis Island an den Pier hatte sie sich schier die Augen aus dem Kopf geguckt. Sie hatte jede Fähre, jedes Schiff, sogar die Uferstraßen abgesucht in der vergeblichen Hoffnung, ihre Eltern zu entdecken. Als sie begriff, dass man sie allein nach Europa zurückschicken würde, hatte sie geschrien und geweint, hatte versucht, sich loszureißen. Wenn die Polizisten Mitleid mit ihr gehabt hatten, dann hatten sie es nicht gezeigt. Irgendwann war sie so erschöpft gewesen, dass sie keinen Widerstand mehr geleistet hatte, und man hatte sie in diese Kabine gebracht.

Und nun stand diese Fremde vor ihr, in einem altmodischen Wollrock, der ihr um die Hüften viel zu weit war und sie älter wirken ließ, als sie wahrscheinlich war.

»Ich bin Fanny Klingerman«, sagte sie und streckte Paula die Hand hin. »Tut mir leid, wenn ich grob zu dir war, aber irgendjemand musste dich aus deinem Zustand herausholen. Du hast zwei Tage lang auf diesem Bett gelegen.«

»Zwei Tage? Und ... habe ich nicht mal aufs Klo gemusst?« Ängstlich sah sie an sich herunter.

Fanny zuckte nur mit den Schultern. »Und dabei haben wir hier richtigen Luxus«, sagte sie. »Mit den Zuständen auf der Herfahrt nicht zu vergleichen. Toilette und Badewanne sind über den Gang. Ich schlage vor, du gehst da erst mal hin. Keine Angst, da ist niemand sonst. Wir sind die einzigen beiden Frauen, die sie zurückgeschickt haben, deshalb waren sie so gnädig, uns eine eigene Kabine zu geben.«

Paula sah sich um und stellte fest, dass sie sich in einer Vierbettkabine befand. Zwei Etagenbetten mit umlaufender Holzreling, ein Waschtisch, ein kleiner Schrank, auf dem die Schwimmwesten lagen, ein paar Haken an der Wand. Kein großer Luxus, aber viel besser als das Zwischendeck.

Paula blickte wieder an sich herunter. Sie trug ihre guten Sachen, mit denen sie in New York von Bord gegangen war. Aber jetzt waren sie völlig verdreckt und zerknittert. Sie hob ihren Rock an und rümpfte die Nase: Sie roch ziemlich streng.

»Nun geh schon. Ich habe doch gesagt, es gibt gleich Essen. Hier, nimm meine Seife, aber sei sparsam damit.«

Paula griff danach und verließ die Kabine.

Immer wieder tauchte Paula ihre Hand mit der Seife in das kalte Wasser und seifte ihren Körper ein. Sie schrubbte und rubbelte ihn, bis Arme und Beine krebsrot waren. Die Erinnerungen an die Bäder in der kalten Ostsee mit ihrem Bruder kehrten zurück, und sie begann hemmungslos zu weinen. Sie nahm keine Rücksicht auf ihr wundes Knie und malträtierte es, bis der Schmerz kaum noch auszuhalten war. Aber lieber die körperliche Qual ertragen müssen als die Verzweiflung in ihrem Herzen.

Warum bin ich hier?, fragte sie sich. Wie bin ich in diesen Waschraum gekommen, auf dieses Schiff mitten im Atlantik? Und wo ist meine Familie? Wo sind Mama und Papa, Dorothea und Anna? Sind sie mittlerweile in New York? Suchen sie mich? Die Vorstellung von der Verzweiflung ihrer Eltern trieb ihr neue Tränen in die Augen. Ein weiterer Gedanke durchzuckte sie: Wohin ging diese Reise überhaupt? Sie nahm an, dass man sie zurück nach Hamburg brachte, weil man abgewiesene Einwanderer in ihre Heimathäfen zurückschickte. Aber stimmte das überhaupt? Und was sollte in Hamburg aus ihr werden? Sie war doch noch ein halbes Kind. Um Himmels willen, was war denn nur mit ihr geschehen?

Ungefähr zwei Wochen zuvor, am 2. Oktober 1893, hatte die »Fürst Bismarck« unter Kapitän Albers in Hamburg abgelegt. Am 11. Oktober sollte das Schiff in New York eintreffen.

Am Vorabend der Abreise versammelten Heinrich und Sophie-Luise Klausner ihre drei Töchter um sich und packten den Rest ihrer Habseligkeiten, die in einige Koffer und Bündel passten. Niemand von ihnen fühlte großes Bedauern, als sie zum letzten Mal den Schlüssel in der kleinen, dunklen Wohnung in der Großen Petersenstraße herumdrehten.

Der Vater beugte sich zu Paula hinunter und flüsterte ihr ins Ohr: »Deinen Geburtstag feiern wir schon in Amerika. Ich werde dir eine Torte in den Landesfarben kaufen.«

Die Wohnung hatte ein eigenes WC gehabt, weil Sophie-Luise unter allen Umständen darauf bestanden hatte, »wenn ich schon aus unserer schönen Villa an der Sophienterrasse ausziehen muss«. Aber das Dienstmädchen, das Klavier und das gute Geschirr, all das und vieles mehr war verloren. In der Petersenstraße gab es dafür Wanzen. Über Monate hatte sie kochendes Wasser bereitgehalten, um damit den immer neuen Nestern den Garaus zu machen.

Paula hatte noch das Seufzen ihrer Mutter im Ohr, während sie darauf wartete, dass Heinrich seinen Koffer aufnahm. Trotz aller Widrigkeiten war dies doch ihr Zuhause gewesen, wer wusste schon, wie ihre nächste Wohnung in New York aussehen würde? Die Hausmeisterin war aus ihrer Wohnungstür getreten und hatte wortlos die Hand nach den Schlüsseln ausgestreckt, weil die neuen Mieter bereits warteten. Heinrich wollte noch etwas sagen, doch ihr Blick ließ ihn verstummen. Die Hausmeisterin wünschte ihnen kein Glück. Sie konnte ihnen immer noch nicht verzeihen, dass nach Julian auch ihr eigener Sohn an der Cholera gestorben war.

Sie machten sich auf den Weg zum Amerikakai, denn ihre letzte Nacht in Hamburg mussten sie wie alle Auswanderer in einer der zehn Hallen verbringen, die die Reederei Hapag für die Auswanderer gebaut hatte. Tausendvierhundert Passagiere konnten hier untergebracht werden, und ebenso viele Plätze bot die »Fürst Bismarck«.

Der Weg zum Hafen war so kurz, dass sie ihn zu Fuß zurücklegten. Nur Heinrich nahm eine Kutsche für das Gepäck. Von der Anhöhe oberhalb der Landungsbrücken aus sahen sie auf das Gewirr der schlanken Segelmasten am Niederhafen hinunter. Auf der anderen Hafenseite, am Amerikakai, lag die »Fürst Bismarck«. Der Doppelschrauben-Schnellpostdampfer war das größte Schiff, das je auf einer deutschen Werft gebaut worden war. Seine ungeheure Größe ließ alle anderen Schiffe im Hafen wir Spielzeuge aussehen.

Als Heinrich und seine Familie mit der Barkasse zum Amerikakai hinüberfuhren, kam das Schiff langsam näher. Wie eine Wand ragte es über ihnen auf.

»Im letzten Jahr hat die ›Fürst Bismarck‹ den Atlantik in sechs Tagen und elf Stunden überquert«, sagte Heinrich, »das war absoluter Rekord. Allerdings sind die Maschinen mit maximaler Leistung gelaufen, und das hat zu starken Vibrationen geführt. Den Passagieren ist reihenweise schlecht geworden, außerdem hat das Schiff zu viel Kohle verbraucht. Da hat die Hapag die Geschwindigkeit wieder heruntergefahren. Zum Wohle der vierhundertzwanzig Passagiere der ersten und hundertzweiundsiebzig der zweiten Klasse.«

»Die Zwischendeckpassagiere hat man in diese Überlegungen nicht mit einbezogen?«, fragte Sophie-Luise, doch Heinrich ließ sich in seiner Begeisterung für technische Neuerungen nicht stören.

»Es gibt sogar elektrisches Licht an Bord. Und eine Badeanstalt, ist das zu glauben? Ich habe gelesen, dass allein zweihundertfünfzig Mann Besatzung für die Maschinen und ihre Bedienung zuständig sind.«

»Dann dürfen wir auf dem Schiff schwimmen gehen?«, fragte Anna begeistert.

»Nein, das Schwimmbad ist nur für die Passagiere der ersten und zweiten Klasse«, erwiderte Heinrich mit einem Lachen. »Und wir fahren im Zwischendeck. Aber dort ist es auch nett. Schließlich haben wir auf einem der modernsten Schiffe überhaupt gebucht.«

Sie sahen die Schiffswand hinauf. Aus ihrer Perspektive war es lediglich eine schwarze Mauer mit Bullaugen, die sich wie Perlen auf einer Schnur aneinanderreihten. Der mächtige Schiffskörper schien auf sie herabzustürzen. Erst nachdem sie am Kai ausgestiegen waren, konnten sie die beiden Masten mit den Fahnen – vorne das Sternenbanner, achtern die blau-weiße Hapag-Flagge – ausmachen, dazwischen erhoben sich drei haushohe Schornsteine in blendendem Weiß. In der Mitte des Schiffs lagen die Kabinen, darüber die Promenaden- und Sonnendecks für die Kajütenpassagiere. Im

Vorschiff, in den unteren Decks, waren die billigen Großraumkabinen für die Zwischendeckpassagiere untergebracht. Die Rettungsboote auf Höhe der Schornsteine schienen in der Luft zu schweben, und hinter ihnen lugten die vielen Lüftungsschächte heraus, die aussahen wie kleine Hörrohre. Alles sah unglaublich gut organisiert aus und wirkte durch die überall an Deck gespannten Schnüre mit bunten Wimpeln geradezu feierlich.

Heinrich erfüllte der Anblick mit Zuversicht. Zackig nahm er seinen Koffer auf und forderte seine Frau und die Mädchen auf, ihm zu folgen. Sie gingen vom Anlegesteg aus durch ein Tor und befanden sich nun in einer umzäunten Anlage. Der Anblick der flachen Auswandererbaracken war lange nicht so imposant wie das Schiff. Wie hingeworfene Zigarrenkisten lagen sie vor ihnen, zwischen struppigem Gras, durch das sich Trampelpfade zogen. Kein einziger Baum, nicht einmal ein Busch stand hier, nichts, worauf der Blick hätte verweilen mögen. Diese Baracken waren dafür da, Menschen so schnell wie möglich durchzuschleusen. Wohlfühlen sollte sich hier niemand.

Im Inneren der Hallen sah es nicht besser aus. Ein roh gezimmertes Dach über groben Balken, in der Mitte ein unförmiger Kanonenofen, der Heinrichs Handwerkerstolz beleidigte. Der Boden bestand aus festgetretenem Lehm. Die Fenster waren vergittert. Heinrich fing Sophie-Luises verstörten Blick auf.

»Du lieber Gott, Heinrich! Hast du das gewusst?«

Er schüttelte den Kopf. »Nein, so habe ich mir das nicht vorgestellt.«

»Wird es auf dem Schiff genauso sein?«, fragte Sophie-Luise leise und sah sich nach ihren Töchtern um.

Er zuckte mit den Schultern.

Die Mädchen waren inzwischen aus ihrer Erstarrung aufgewacht.

»Ich will hier sofort weg. Warum können wir nicht zu Hause schlafen und morgen früh wiederkommen?«, sagte Dorothea und begann zu weinen. Anna suchte die Hand ihrer Mutter, als ein paar Kinderhände begehrlich nach ihrem roten Wollmantel griffen.

Auch Paula sah fassungslos auf das Durcheinander aus unzähligen Betten und Menschen, das vor ihnen lag. Viel zu viele Personen drängten sich in dem Raum. Schimpfende oder apathisch dasitzende Mütter, eine Horde von Kindern, die wild herumrannten und durcheinanderschrien, dazwischen einzelne Hapag-Beamte und Polizisten, die sich vergeblich bemühten, für Ordnung zu sorgen. Die Frauen und ihre Kinder waren zerlumpt und dreckig, sie trugen riesige Schürzen und Kopftücher, die Kinder steckten in Kleidern und Hosen, die ihnen viel zu groß oder zu klein waren. Einige waren sogar ohne Schuhe. Sie sahen fremdartig und furchterregend aus.

Heinrich räusperte sich. »So sind nun mal die Bestimmungen. Wir werden untersucht, bevor wir an Bord gehen dürfen. Damit die Reederei sicher ist, dass wir in Amerika auch einreisen dürfen. Kranke nehmen sie nicht.«

Heinrich musste in eine andere Baracke, die für die Männer bestimmt war. Vorher küsste er seine Lieben auf die Stirn.

»Bis morgen«, sagte er, »schlaft gut.« Ihm wurde der Zynismus seines Wunsches bewusst, und er ging rasch davon, ohne sich noch einmal umzudrehen.

Am nächsten Morgen, nach einem schier endlosen Appell, bei dem die Namen der siebenhundert Zwischendeckpassagiere aufgerufen und mit langen Listen abgeglichen wurden, bestiegen sie das Schiff. Allerdings führte die Gangway nicht an Deck, sondern zu einem großen schwarzen Loch in der Bordwand, knapp oberhalb der Wasserlinie. »Das Tor zur

Hölle«, flüsterte ein alter Mann hinter ihnen angstvoll. Die Nachrückenden konnten sehen, wie die Öffnung einen nach dem anderen verschluckte. Am Eingang wurden die Fahrscheine ein letztes Mal überprüft. Von dort ging es in die Dunkelheit der riesigen Schlafsäle des Zwischendecks. Während sie warteten, wurde über eine parallele Gangway, die direkt in die Laderäume führte, Proviant in ungeheuren Mengen an Bord gebracht.

Als wären wir auch nur Gepäckstücke, dachte Paula grimmig. Sie fing den Blick ihres Vaters auf, der denselben Gedanken zu haben schien.

In den schmalen Gängen, von denen die Schlafsäle abgingen, standen Stewards und wiesen den Ankommenden mit knappen Handbewegungen ihre Plätze zu. Es gab Räume für Familien, für alleinreisende Männer, andere nur für Frauen. Heinrich wurde aufgehalten und in einen der Säle geschoben. Als Sophie-Luise mit den Kindern folgen wollte, lachte der Steward kurz auf. »Ihr nicht. Ihr geht in den nächsten Saal.« Weil zu viele Familien an Bord waren, musste Heinrich in den Männerschlafsaal.

»Ihr rührt euch keinen Zentimeter von meiner Seite«, sagte Sophie-Luise mit aller Bestimmtheit, als sie in den Frauensaal kamen.

Schon jetzt war die Luft in dem niedrigen Raum schlecht, obwohl die Bullaugen geöffnet waren. Von draußen fiel kaum Licht herein, und die wenigen Lampen tauchten alles in ein Dämmerlicht. Wenigstens elektrisch, dachte Paula in Erinnerung an rußende Gaslampen. Trotzdem war es im unteren der beiden übereinanderstehenden Metallbetten fast völlig dunkel. Zwischen den ungefähr vierzig Betten, die in drei langen Reihen den Raum füllten, zogen sich schmale Gänge hin, durch die man nur mit eingezogenem Bauch und angewinkelten Ellenbogen passte. Jetzt waren sie vollgestopft mit Menschen und Gepäck. Wollte jemand vorbei, musste man sich auf die Betten setzen. Am Ende des Raums, gut dreißig Meter gegenüber der Tür, gab es einen Waschraum mit einer Waschrinne. An der den Bullaugen gegenüberliegenden Seite des Saales waren Tische mit Bänken aufgestellt, an denen sie speisen würden. Auf den langen Tischen stand bereits Blechgeschirr, so als würde es gleich etwas zu essen geben. Bei dem Gedanken an das hässliche Quietschen des Bestecks auf dem Blech tat Paula der obere Backenzahn weh. Sie nahm Dorothea am Arm, deren Unterlippe verdächtig zitterte.

»Es ist doch nur für ein paar Tage«, sagte sie, obwohl sie eigentlich keine Lust hatte, ihre Schwester zu trösten, die immer einen Grund zum Wehklagen fand. Außerdem hatte sie selbst Zuspruch nötig.

Immer mehr Passagiere wurden in die großen Schlafsäle unter Deck getrieben, um Platz für die Nachrückenden zu machen. Sophie-Luise blickte mit offenem Mund auf das Durcheinander. Die Aussicht, sich und ihre Töchter in diesem Gewirr durch die nächsten Tage bringen zu müssen, ließ sie kurz erstarren. Dann fasste sie sich blitzschnell. Sie nahm die Schultern zurück und kniff die Augen zusammen.

»Ihr kommt augenblicklich, wenn ich euch rufe«, befahl sie ihren Töchtern. »Und lasst das Gepäck nicht eine Sekunde aus den Augen.«

Sie stellte ihren Koffer ab und pflügte geradezu durch die Menge. Sie hatte freie Schlafplätze nahe der Bordwand entdeckt, auf die steuerte sie jetzt zu. Sie stellte sich mit ausgebreiteten Armen davor und rief laut nach ihren Mädchen, wobei sie jeden verscheuchte, der versuchte, eines der Betten zu belegen. Sie hatte Plätze möglichst nahe an den Bullaugen und möglichst weit entfernt von den Aborten ergattert, zwei Etagenbetten, die durch den schmalen Gang getrennt waren.

»Anna, du kommst mit mir nach oben, Paula und Dorothea schlafen unten«, entschied sie.

»Kinder unter zwölf teilen sich ein Bett«, herrschte ein Steward sie an, der plötzlich aufgetaucht war.

»Aber meine Tochter ist fast fünfzehn!«, empörte sich Sophie-Luise. »Sie hat eine eigene Fahrkarte!«

Als hätte er sie nicht gehört, riss der Steward das Gepäck aus dem unteren Bett, in dem Dorothea schlafen sollte, und schleuderte es nach oben. Sofort stürzte sich eine andere Frau auf den frei gewordenen Schlafplatz, und Sophie-Luise blieb nichts anderes übrig, als lauthals zu schimpfen.

Nachdem sie ihre Koffer in einem der Gepäckräume verstaut hatten, sagte Sophie-Luise: »Ich gehe mit Anna an Deck und sehe nach, ob ich Papa finde.« Noch immer wütend, verließ sie den Schlafsaal.

Es war, als wollte Hamburg ihnen den Abschied leicht machen. Ein feiner Sprühregen lag wie ein Schleier über der Stadt und verhinderte, dass der Qualm aus den unzähligen Schloten, Kaminen und Schiffsschornsteinen in den Himmel steigen konnte. Man konnte nicht mehr als hundert Meter weit sehen.

Die Menschen, die unten am Kai standen, waren jedoch nah genug, damit man sie erkennen konnte. Zum größten Teil waren es Auswanderer, die immer noch in langen Schlangen darauf warteten, an Bord gelassen zu werden. Es gab aber auch andere, die gekommen waren, um Abschied von Verwandten und Freunden zu nehmen. Für die meisten von ihnen war es ein Abschied ohne Hoffnung auf ein Wiedersehen, und so flossen an Land und an Bord Tränen, wurden weiße Tücher geschwenkt, letzte Ermahnungen und gute Wünsche hin und her gerufen.

Sophie-Luise hielt die Reling mit ihren kleinen Händen umklammert und suchte mit zusammengekniffenen Augen die Menge ab. Ihr Blick streifte die eleganten Damen, die über eine gesonderte Gangway die Kabinen im Oberdeck aufsuchten, hinter sich die Zofen, die sich um das Gepäck, die

Hunde und die Kinder kümmerten. Ein tiefer Seufzer der Erbitterung entfuhr ihr, als sie sich die große Garderobe vorstellte, die diese Frauen für die Reise geordert hatten: feine Knöpfstiefelchen, bestickte Leibchen und Unterröcke mit Volants, Roben für die abendlichen Diners und Tanzabende, mit Pailletten bestickte Jupons, Reisekostüme aus wärmenden Stoffen, Mäntel, Hüte, Federboas, Pelze, Schmuck …

»Pah!«, rief sie plötzlich so laut, dass die Umstehenden fragend herübersahen. Sophie-Luise ließ sich davon nicht stören. Sie hieb einmal mit der Hand auf die Reling, dann wandte sie den Blick von den Erste-Klasse-Passagieren ab. Darauf kam es jetzt nicht an, diese Zeiten waren vorbei.

Sophie-Luise hatte nicht mehr viele Freundinnen, denen sie von ihren Auswanderungsplänen hatte erzählen können, seit ihr Mann mit der Ofensetzerfirma Bankrott gemacht hatte. Aber sie wünschte sich, die eine oder andere dort unten zu entdecken. War es nicht eine unsägliche Schande, seine Heimat zu verlassen, und niemand war da, der einen betrauerte, der versprach, ihn zu vermissen, ihm zu schreiben, ihn nicht zu vergessen? Sie dankte Gott, als sie zwei Freundinnen aus ihrem Bridgeklub sah, die die Köpfe reckten und nach ihr Ausschau hielten. Aufgeregt winkte sie mit einem Taschentuch, bis sie auf sich aufmerksam gemacht hatte. Anna, die neben ihr stand, zupfte an ihrem Ärmel und zeigte auf eine kleine Frau. Jetzt erkannte auch Sophie-Luise ihre ehemalige Köchin. Martha winkte ihnen zu und legte die Hände wie einen Trichter vor den Mund, um Glück zu wünschen. Sophie-Luise hob die Hand zu einem letzten Gruß, dann drehte sie sich mit einem Ruck um und ging ohne einen weiteren Blick auf die Luke zu, hinter der die Treppe zum Zwischendeck lag.

Paula war unten geblieben, um die Betten und das Gepäck zu bewachen. Sie legte sich probehalber auf die schmale Matratze, rückte ihr Kopfkissen zurecht und fragte sich, wo sie Platz für ihre Habseligkeiten finden sollte. Plötzlich spürte sie ein leichtes Vibrieren, dann folgte ein Stampfen, das von irgendwo unter ihr kam.

Sie waren so tief in den Bauch des Schiffes hinabgestiegen, dass sie glaubte, unter ihr könnte nichts mehr sein, nur noch der Schiffsboden und der Ozean. Doch sie hatte sich getäuscht. Zwei Decks unter ihr, noch unterhalb der Proviant- und Gepäckräume, gab es sogar Menschen: die Heizer und Trimmer und Maschinisten, die hier wie Bergleute in Dunkelheit und Hitze schufteten und dafür sorgten, dass ein haushoher Kolben nach dem nächsten anfing sich zu bewegen und zu stampfen, damit sich das Riesenschiff von der Stelle bewegen konnte.

Paula sprang auf, und als der Lärm der Maschinen sie vollends erreicht hatte, spürte sie das Zittern der Eisenplanken unter ihren Füßen. Alles um sie herum vibrierte und klapperte, die Bettgestelle, die Tische und Stühle, die Koffer, das Geschirr auf den Tischen, das Trinkwasser in den Fässern, die Kinder in den Armen ihrer Mütter. Sogar ihre eigenen Wangen zitterten. Niemand sprach mehr, nur vereinzelte spitze Schreie waren zu hören. Für die Dauer eines Wimpernschlags verstummten alle. Es waren die einzigen Sekunden während der ganzen Überfahrt, die nicht vom Gesumme, den gemurmelten Gebeten, den Schreien der Ängstlichen, dem Zetern der Streithähne getränkt waren.

»Ach, hier seid ihr. Wir legen ab!«, sagte ihr Vater, der plötzlich neben ihr stand.

Die Worte elektrisierten Paula. Sie wand sich an den Entgegenkommenden vorbei die Treppe hinauf. Sie wollte zum Bug des Schiffes, um keinen Moment des Abschieds zu verpassen. Als sie an Deck kam, wurden die Leinen bereits unter ohrenbetäubendem Tuten losgemacht, und unmerklich vergrößerte sich der Abstand zwischen der Kaimauer und der

Schiffswand. Erst von hier oben konnte Paula erkennen, wie hoch die »Fürst Bismarck« war. Die Menschen unten am Kai wurden nach und nach kleiner, ein letztes Winken, bevor der Dunst sie verschluckte. Am Ende waren es nur noch Hunderte von bunten Papierbändern, die den stählernen Koloss mit dem Festland verbanden. Eins nach dem anderen riss, und das Schiff war mitten auf der Elbe. Links von ihnen glitten die Werften vorbei, das Dröhnen gewaltiger Hammerschläge war zu hören. Neben den halb fertigen Schiffsrümpfen, die wie Skelette gespenstisch in den Himmel ragten, waren die großen Schatten der Frachter zu sehen, die ihre Ladung löschten. Am rechten Ufer ging es etwas beschaulicher zu. Erst passierten sie die Landungsbrücken, dann den Fischmarkt, auf dessen Höhe die Große Petersenstraße lag. Es hörte auf zu regnen, und man konnte den Speicher und die Matrosenkneipen am Ufer sehen, dann kamen hinter Övelgönne die Rückfronten der ersten Elbvillen mit ihren Terrassen und Gärten in Sicht.

Paula blickte ihren Vater an, der einige Meter hinter ihr stand. Er warf ihr ein aufmunterndes Lächeln zu, und Paula gab es zurück.

Heinrich fragte sich, wie seine Tochter es geschafft hatte, sich trotz ihres Beins durch die Menschenmenge bis ganz nach vorn durchzukämpfen. Ihm selbst gelang es nicht, bis weiter an die Reling vorzudringen, denn alle wollten einen möglichst unverstellten letzten Blick auf die alte Heimat werfen. Paula aber konnte von einer Beharrlichkeit und zuweilen Rücksichtslosigkeit sein, die ihn abwechselnd mit Stolz und mit Beunruhigung erfüllte. Vor einigen Jahren noch hätte er nicht zu hoffen gewagt, dass es je so kommen würde.

Im Jahr, in dem Paula zehn Jahre alt wurde, verlebten sie wie gewöhnlich den Sommer an der Ostsee. 1887 war das gewesen, vor sechs Jahren.

Anfang September kehrten Sophie-Luise und die Kinder aus Boltenhagen zurück, nach vier Wochen grenzenloser Freiheit an den langen Stränden. Heinrich war nur für ein paar Tage zu ihnen gestoßen, da er seine Firma auf der Hamburger Gewerbeausstellung präsentierte, die sich für ihn zu einem grandiosen Erfolg ausweitete. Bei ihren Streifzügen am Meer hatte Paula einen Klumpen Bernstein gefunden, der sich im Seetang verfangen hatte. Er war so groß, dass sie ihn nur knapp mit ihrer Kinderfaust umschließen konnte. In seinem Inneren eingeschlossen war ein Insektenflügel. Der Juwelier in Boltenhagen, zu dem sie ihren Fund brachten, war erstaunt, da man Bernstein gewöhnlich erst im Spätherbst und Winter fand, wenn die Wassertemperatur niedrig war und der Bernstein schwamm.

Heinrich fragte Paula, was sie daraus gearbeitet haben wolle. »Er soll bleiben, wie er ist«, entgegnete sie. Sie einigten sich darauf, dass er poliert werden und eine Goldfassung bekommen solle, damit sie ihn an einer Kette tragen könne, um ihn nicht zu verlieren.

Zwei Wochen nach ihrer Rückkehr klagte Paula plötzlich über hohes Fieber und Durchfall. Das Fieber verschwand, und als es nach einigen Tagen wiederkam, konnte sie ihren Nacken nicht mehr bewegen. Voller Angst hatte Heinrich mit seiner Frau an ihrem Bett gestanden, und gegenseitig hatten sie versucht, sich Mut zu machen. Das geht schon vorüber. Kinder haben doch immer mal Fieber. Das kommt von ihrer ewigen Herumtoberei.

Am 15. Oktober, ihrem Geburtstag, stellte der Arzt eine Kinderlähmung fest. Wegen der Ansteckungsgefahr wurde Paula in ein Quarantänezimmer ins Krankenhaus gesteckt. Einige Wochen später konnte sie ihre Beine nicht mehr bewegen. Während dieser Zeit, in der Paula zwischen Leben und Tod schwebte, erkannte Heinrich, wie sehr er dieses wilde Kind liebte, auch wenn er oft mit ihr schimpfen musste.

Warum musste ausgerechnet Paula mit dieser bösartigen Krankheit geschlagen sein, fragte er sich voller Verzweiflung, während er an ihrem Bett saß. Gerade sie, die nie still sitzen konnte, die nichts mehr liebte, als mit ihrem Bruder herumzutollen, und damit das ganze Haus in Aufruhr versetzte? Die Disziplin und das Alleinsein mehr als alles andere hasste?

Nach dem vollen Ausbruch der Krankheit war sie ein halbes Jahr unter unsäglichen Schmerzen ans Bett gefesselt, eine quälende Tortur durch Krankenhäuser und Ordinationszimmer begann. Ihre Beine wurden massiert und geknetet, gestreckt, monatelang in ein Gipsbett gepresst, am Schluss wurde das rechte Bein sogar gebrochen und neu zusammengesetzt. Drei unendlich lange Monate musste sie eine Schiene tragen, die bei jedem Schritt quietschte und ihr die Haut wund rieb. Im linken Bein gingen die Symptome zurück, doch das Hinken und die Schmerzen im rechten Bein ließen sich nicht vollständig vertreiben. Paula würde zeitlebens darunter leiden, dass es unterhalb des Knies seltsam verdreht und dadurch etwas kürzer war als das andere. Sie war gezwungen, bei jedem Schritt, den sie mit dem rechten Fuß tat, zuerst die Zehenspitzen aufzusetzen, dann leicht den Hacken nach außen zu drehen und das Bein nachzuziehen. Wenn sie alt genug ist, um lange Röcke zu tragen, wird nur ein genauer Beobachter ihren Makel erkennen, dachte Heinrich damals und versuchte Trost in dem Gedanken zu finden.

Er war es vor allen anderen, der sie zu den Ärzten begleitete, weil Sophie-Luise von den jüngeren Kindern gebraucht wurde. Heinrich tröstete seine Älteste und saß an ihrem Bett, und wenn sie vor Schmerz und Verzweiflung weinte, dann erzählte er ihr alte Geschichten aus seiner russischen Kindheit.

In schwachen Momenten glaubte Heinrich, Paulas Krankheit sei der Preis, den er für seinen gesellschaftlichen Erfolg zahlen musste. War es denn nicht so, dass Paula sich angesteckt hatte, während er auf der Gewerbeausstellung gute Geschäfte machte?

Heinrich beobachtete, wie Paula unverwandt in die Richtung sah, in die das Schiff fuhr. Sie beugte sich ein wenig über die Reling, um den feuchten Wind in ihrem Gesicht zu spüren. Mit einer Hand hielt sie ihren kleinen Hut fest, der ihr vom Kopf zu wehen drohte.

Er war sich nicht bewusst, dass er bei ihrem Anblick betete. Lieber Gott, mach, dass Dorothea und Anna, besonders aber Paula in der Neuen Welt eine Zukunft haben. Und bitte sorge dafür, dass Sophie-Luise mir vergibt und mir weiterhin ihre Liebe schenkt. Amen.

Er wandte sich um und sah in Richtung der Stadt, die er verließ. Der größte Teil seines Lebens lag dort, unterhalb der Kirchtürme Hamburgs. Er hatte seine Kindheit in Russland zurückgelassen, als er so alt war wie Paula heute. Im Alter von vierzehn Jahren war er mit seinen Eltern und seinem Bruder Fritz aus einer deutschen Siedlung in Russland gekommen. Die ersten Jahre in Hamburg waren schwer gewesen. Die Souterrainwohnung am Großen Neumarkt in der Nähe des Hafens war winzig und feucht, die Arbeit – wenn der Vater und der Bruder denn welche hatten – schwer und schlecht bezahlt. Heinrich hatte als Einziger das Glück, in die Schule gehen zu können. Er wollte mit aller Macht ein besseres Leben. Und er wusste, dass seine Familie dafür bezahlte. Er war im ersten Lehrjahr, als sein Bruder Fritz bei einer Wirtshausschlägerei ums Leben kam. Einige Jahre nach ihm starb auch Heinrichs Vater. Seine Mutter blieb verbittert zurück. Sie beobachtete Heinrichs gesellschaftlichen Aufstieg mit Misstrauen. »Das kann nicht gut gehen«, wiederholte sie bei jeder Gelegenheit.

Die Gräber seiner Eltern, seines Bruders und seines Sohnes blieben in Hamburg zurück. Heinrich war sicher, sie nicht wiederzusehen. Denn zurückkommen wollte er nicht, selbst wenn es möglich sein sollte. Er musste es in Amerika schaffen, für einen dritten Anlauf fehlten ihm Lebenszeit und Kraft. Plötzlich überkam ihn eine lähmende Angst vor dem Schritt, den er getan hatte. Würde es ihm gelingen, für sich und seine Familie eine neue Existenz aufzubauen? Hatte er noch genügend Kraft? Hätte er nicht doch besser in Hamburg bleiben sollen, wo er sich auskannte und immer noch einige Verbindungen hatte? Mutete er Sophie-Luise und den Mädchen zu viel zu, wenn er sie aus ihrem alten Leben riss? Er fühlte, wie alle Kraft aus ihm wich und eine unerklärliche Last seine Schultern niederdrückte. Seine Hand suchte nach Halt, weil seine Gedärme sich schmerzhaft zusammenzogen. Da fühlte er Paulas Hand, die sich in seine schob.

»Papa«, sagte sie nur.

Er nickte ihr zu und lächelte schwach. Er schwor sich, nie wieder den Mut zu verlieren. Nicht vor Sophie-Luise und den Mädchen. Vor allem vor Paula würde er nie wieder Schwäche zeigen.

Das Schiff glitt durch die Marschen, die ein letztes Grün zeigten. Hinter Cuxhaven weitete sich schon die offene Nordsee vor dem Schiff, als Paula endlich ihren Platz an der Bugreling verließ und die eiserne Treppe ins Zwischendeck hinunterstieg. Sie bemerkte einen Klumpen Hamburger Dreck unter den Fußsohlen. Entschlossen streifte sie ihn an einer der Stufen ab.

Hapag: Haben alle Passagiere auch Geld?

So kürzte der Hamburger Volksmund ab.

3

»Wie lange brauchst du noch?« Das war die Stimme von dieser Fanny Klingerman hinter der Tür. Paula zuckte zusammen und legte fröstelnd die Arme um ihren Oberkörper. Sie holte tief Luft und bemühte sich um einen festen Klang in ihrer Stimme.

»Einen Augenblick noch«, rief sie.

»Beeil dich. Es läutet gleich zum Essen.«

Kaum war sie wieder allein, wurde sie erneut von ihren Ängsten übermannt. Wo mochte ihre Familie sein? Die Eltern und die Schwestern? Hoffentlich waren wenigstens sie heil von Ellis Island heruntergekommen. Aber was würde aus ihr werden? In ein paar Tagen würde sie wieder in Hamburg sein. Und dann? Paula presste die Hand auf den Mund. Sie fürchtete, sich übergeben zu müssen, so sehr hatte die Angst von ihren Eingeweiden Besitz ergriffen. Sie stürzte auf die Toilette.

Sie keuchte, dann atmete sie einige Male tief durch. Sie brauchte jetzt einen kühlen Kopf, um nachzudenken. Ihre Eltern würden natürlich nach ihr suchen und alles tun, um zu erfahren, wohin man sie brachte. Ihre Mutter würde außer sich sein vor Sorge und wahrscheinlich zu keiner vernünftigen Überlegung fähig. Ihr Vater würde Himmel und Hölle in Bewegung setzen, sich an die Reederei wenden und Briefe an Bekannte und Behörden nach Hamburg schreiben. Vielleicht war er in diesem Augenblick auf dem nächsten Schiff nach

Hamburg? Vielleicht war er nur ein paar Seemeilen von ihr entfernt? Paula schüttelte den Kopf. Nein, das war ausgeschlossen, ihr Vater würde die anderen nicht allein in New York zurücklassen. »Wir müssen jetzt zusammenhalten, noch mehr als früher«, hatte er immer wieder betont. »Nur gemeinsam können wir es schaffen.« Aber er würde sie finden, früher oder später, das glaubte sie in diesem Augenblick ganz fest. Und bis dahin musste sie Geduld haben und irgendwie überleben.

Wahrscheinlich würde sie in der ersten Zeit in Hamburg auf sich allein gestellt sein, bis ihr Vater den Kontakt zu ihr hergestellt hatte. Vor ihrem inneren Auge sah sie sich selbst in Hamburg das Schiff verlassen und einsam auf dem Kai stehen. Wohin sollte sie dann gehen?

Die kleine Reisetasche fiel ihr ein, die sie während der Kontrollen in Ellis Island immer bei sich gehabt hatte. Auch, als die Beamten sie in den abgesperrten Raum geführt hatten. Aber wo war sie jetzt? Hatte sie sie mit an Bord dieses Schiffes genommen? Sie musste das unbedingt sofort herausfinden. Sie trocknete sich so schnell wie möglich ab. Als sie ihre stinkenden Kleider vom Haken nahm, stieg würgender Ekel in ihr auf. Niemals würde sie es über sich bringen, sie wieder anzuziehen. Daher zog sie nur ihren Unterrock an, schlang das Handtuch um den Körper und huschte über den Gang, nachdem sie sich vergewissert hatte, dass niemand dort war.

»Na endlich«, begrüßte Fanny sie.

»Ich bin gleich fertig«, sagte Paula und sah sich um.

Da, an einem Haken, hing ihre Tasche, in der sie einen Satz Wäsche und eine frische Bluse hatte. Stumm dankte sie ihrer Mutter, die darauf bestanden hatte, dass jeder ein paar Sachen zum Wechseln bei sich trug. »Man kann nie wissen, wozu man sie braucht«, hatte sie gesagt. »Es ist wichtig, anständig gekleidet zu sein.«

Nach einem scheuen Seitenblick auf Fanny zog Paula sich

frische Wäsche und eine saubere Bluse an. Den Rock musste sie leider wieder überstreifen, es ging nicht anders, sie würde ihn gleich nach dem Essen waschen.

Als sie angezogen war, nahm sie die anderen Sachen Stück für Stück aus der Tasche und legte sie vor sich auf das Bett. Alles war noch da. Der Atlas, der Julian gehört hatte und in den er mit Bleistift die Reisen eingetragen hatte, die er später hatte machen wollen. Auch New York war dabei. Ihr Ausweis, ein Kamm und ein Taschentuch. Und ihr kostbarster Besitz: ein gerahmtes Photo der sechsköpfigen Familie vor dem Haus in der Sophienterrasse. Paula wollte jetzt nicht weinen, weil sie nachdenken musste, also drehte sie das Photo schnell mit dem Rücken nach oben. Was hatte sie noch?

Sie drehte sich vorsichtig nach Fanny um, die auf ihrem Bett lag und ihr zusah.

»Wenn ich dich hätte bestehlen wollen, dann hätte ich längst Gelegenheit dazu gehabt«, sagte sie und lächelte dabei freundlich.

»Entschuldigung«, sagte Paula.

Fanny zuckte nur mit den Achseln.

Paula durchsuchte den Saum ihres Rocks, wobei ihr erneut der widerliche Geruch nach Schweiß und einer süßlichen Feuchtigkeit in die Nase stieg. Ihre Fingerspitzen ertasteten das Geld, das Sophie-Luise eingenäht hatte. Fünfzig Mark, das war das halbe Monatsgehalt eines Arbeiters, beileibe nicht viel, aber alles, was sie hatte. In der Tasche ihres Mantels fand sie ein kleines Buch mit englischen Vokabeln. Sie erinnerte sich, wie ihr Vater es ihr an Deck nach einer seiner Englischstunden gegeben hatte, damit sie es wieder zu den anderen Sachen legte. Darunter, im Saum versteckt, war der Bernstein aus Boltenhagen an seiner goldenen Kette. In der anderen Tasche stießen ihre Finger auf etwas Weiches. Sie zog ein weißes Taschentuch hervor, das ihre Mutter mit Paulas Monogramm bestickt hatte. Paula führte das Tuch an die

Nase und roch daran, in der Hoffnung, den Duft ihrer Mutter, von zu Hause darin zu finden. Aber das Taschentuch roch nur nach ihren eigenen Ausdünstungen. Sie merkte, wie ihr die Tränen in die Augen stiegen, und jetzt wehrte sie sich nicht dagegen. Sie weinte leise vor sich hin, während sie die Sachen sorgsam wieder verstaute.

Fanny legte ihr die Hand auf die Schulter. »Kopf hoch«, sagte sie.

Paula versuchte ein Lächeln, aber es gelang ihr nicht.

Eine Glocke ertönte und rief sie zum Abendessen.

»Wir essen gemeinsam mit den Männern, die man wie uns zurückgeschickt hat. Es sind ziemlich traurige Gestalten, wundere dich nicht«, sagte Fanny, während sie die Tür hinter sich zuzog.

Der Männerschlafsaal war ähnlich wie der Raum, in dem Paula die Hinreise verbracht hatte: so niedrig, dass sie befürchten musste, sich den Kopf anzustoßen, dunkel, muffig, die Betten, von denen allerdings nur ein paar belegt waren, in engen Reihen über- und nebeneinander. Dann hatte Paula nur noch Augen für die Suppe und das Brot. Sie aß, so viel sie konnte.

Zurück in der Kabine, fing sie an, ihre Sachen auszuwaschen. Fanny reichte ihr wortlos ihr Stück Seife, und Paula nickte ihr dankbar zu. Während sie hin und her ging und sich über den Waschtisch bückte, achtete sie sorgsam auf ihr Bein. Beim Baden hatte sie unterhalb der Kniescheibe einen großen blauen Fleck entdeckt, der ziemlich wehtat, aber sonst schien sie den Unfall auf dem Weg von der Fähre glimpflich überstanden zu haben. Sie konnte das Bein bewegen, natürlich nur so eingeschränkt wie immer.

Als alles geschrubbt und ausgewrungen war, hängte sie die Kleider über die Heizung, die luxuriöserweise in der Kabine vorhanden war. Sie setzte sich, bekleidet mit ihrer Bluse, aber mit bloßen Beinen, auf das Bett und sah zu Fanny hinüber, die an dem kleinen Tisch saß und ihr schweigend bei ihrer Beschäftigung zugesehen hatte.

»Was ist mit dir?«, fragte Paula sie. »Warum fährst du zurück?« Ihre Stimme zitterte dabei ein wenig, denn sie befürchtete, gleich eine traurige Geschichte zu hören.

»Ich?« Fanny drehte sich zu ihr herum und ließ ihr klingendes Lachen hören. »Ich bin doch nur ein armes schutzbedürftiges Judenmädchen, das ganz allein in Amerika bestimmt unter die Räder kommt. Zumindest haben das die Inspektoren geglaubt.«

»Sie haben geglaubt, du würdest dich an fremde Männer verkaufen?« Paula wusste selbst nicht, woher sie plötzlich von diesen Dingen wusste. Mit ihrer Mutter hatte sie nie über so etwas gesprochen.

Fanny nickte. »Eine Frau aus unserem Dorf in Russland, die vor einigen Jahren nach New York ausgewandert ist, sollte mich abholen. Aber sie ist nicht gekommen. Die Inspektoren haben sogar ein Telegramm an ihre Adresse geschickt, aber sie ist wie vom Erdboden verschluckt. Da haben sie mich zurück aufs Schiff verfrachtet.«

Auf einmal war die Fröhlichkeit, die ihr so gut stand, verschwunden. »Wenn mein Vater das wüsste, er würde sich vor Scham umbringen – oder mich.«

»Warum ist dein Vater nicht bei dir?«

»Bei uns in der Familie war nur genug Geld da für eine Passage nach Amerika. Ich bin die Älteste meiner Geschwister, ich spreche gut Deutsch und habe eine Ausbildung zur Weißnäherin gemacht. So ist die Wahl auf mich gefallen, vorauszufahren, Geld zu verdienen und meine Familie nachkommen zu lassen.« Für eine Sekunde leuchtete Fannys Gesicht vor Stolz.

Paula starrte sie mit offenem Mund an. »Ganz allein?«

Jetzt war es an Fanny, erstaunt zu sein. »Wie denn sonst? Mit Gouvernante?«

Sie lachte laut heraus, und Paula wunderte sich, wie sie in ihrer aussichtslosen Lage die Kraft dazu fand. Aber ehe sie sich's versah, kicherte sie selbst, und ihr Gelächter wurde wild und hysterisch, die Tränen liefen ihnen über die Wangen, und sie lachten weiter, bis sie nicht mehr wussten, ob es Tränen der Freude oder der Verzweiflung waren.

Das Frühstück am nächsten Morgen war entsetzlich. Bereits auf dem Weg die Treppen hinunter kam die Erinnerung an den Geruch und die stickige Luft im Zwischendeck. Am vergangenen Tag hatte Paula vor lauter Hunger nicht darauf geachtet.

Ein gutes Dutzend Männer saß um den Tisch herum. Paula und Fanny setzten sich an einen Nebentisch. Verstohlen beobachtete Paula die Mitreisenden. Einer von ihnen hatte eine so flache Stirn, dass der Haaransatz fast bis hinunter zu den Augenbrauen reichte. Trotz des borstigen Haars waren die blutig gekratzten Stellen auf der Kopfhaut zu sehen. Er krächzte vor sich hin und starrte sie aus tief liegenden Augen an. Paula hatte den Verdacht, dass er nicht wusste, wo er sich befand. Ständig redete er von Amerika.

»Wahrscheinlich glaubt er, immer noch auf dem Weg in die Neue Welt zu sein«, meinte Paula leise.

»Vielleicht besser für ihn«, flüsterte Fanny.

Zwei Matrosen kamen herein und knallten eine Kanne mit Kaffee, Zwieback und Butter auf den Tisch. Augenblicklich stürzten sich die Männer darauf, jeder versuchte, sich als Erster zu bedienen, und ein Großteil des Essens landete auf dem Tisch und dem Boden. »Gesindel!«, schimpften die Matrosen. Paula sah den Männern fassungslos zu.

Einer der Männer, der zu den Jüngeren gehörte, stand plötzlich auf und schob ihr in einer heftigen Bewegung einen gefüllten Teller quer über den Tisch zu. Sie sah ihn unsicher an, und er kam zu ihr herüber, um sich neben sie zu setzen. Paula musste dicht an Fanny heranrücken, damit er Platz hatte. Sofort begann er, ihr die Geschichte seiner Abweisung zu erzählen. Er hatte vor der Einwanderungsbehörde stolz angegeben, eine Arbeit bei der Pennsylvania-Eisenbahn zu haben. Daraufhin wurde er zurückgeschickt, denn es war verboten, bereits in Europa Arbeitsverträge zu schließen. Keine billigen Arbeitskräfte aus Übersee, die den Amerikanern die Jobs wegnahmen! Das war die Devise.

Während er redete, schwollen die Adern auf seinen Schläfen immer stärker an, und am Ende hatte er sich in eine ohnmächtige Wut hineingesteigert. Immer wieder hieb er mit der Faust auf den Tisch, trat sogar so heftig gegen den Tisch, dass der einen Satz machte. Die anderen reagierten nicht, wahrscheinlich kannten sie die Geschichte schon, aber Paula erschreckte sich fast zu Tode.

»Guck dir doch diese Gestalten an!«, schrie der Mann dicht an ihrem Ohr, und sie spürte seine Speicheltropfen auf der Wange. »Nur Versager, Verbrecher, Verrückte! Da drüben, unser jüdisches Quartett. Sieh sie dir an mit ihren Hüten und Bärten. Was die jedes Mal für ein Geschrei machen, wenn das Essen nicht koscher ist. Sollen sie doch in ihren stinkenden Dörfern koscher essen. Bis zum nächsten Pogrom. Oder die da!« Er wies mit dem Finger auf zwei alte Männer am Nebentisch. »Armenier, die dem Tod von der Schippe gesprungen und auch noch stolz darauf sind. Na, jetzt werden sie zurückgeschickt, und diesmal sind sie dran!« Er machte mit dem Finger eine Bewegung quer über seinen Hals, als würde ihm die Kehle durchgeschnitten. Er lachte hämisch, bevor er seine Tirade wiederaufnahm. »Wen kennst du denn noch nicht aus unserer erlauchten Gesellschaft? Die Frauenaufschlitzer? Keine Ahnung, wo sie sind. Sie haben sich mir leider nicht vorgestellt. Nicht einmal hier prahlen sie mit ihren Taten, obwohl sie doch in so guter Gesellschaft wären …« Wieder kam er mit seinem Gesicht dicht an Paula heran. »Nun iss schon! Schmeckt es dir etwa nicht?«

Paula sah hilfesuchend zu Fanny hinüber. Die war bereits aufgestanden. Auch Paula erhob sich und schob sich aus der Bank. Obwohl sie keinen Bissen zu sich genommen hatte, wollte sie nur noch weg.

»Ach, na sieh an, wen haben wir denn da?«, brüllte der Mann ihr nach. »Einen kleinen Krüppel. Obwohl, so ein bisschen Hinken schadet doch nicht, kommt darauf an, was man vorhat …«

»Ich gehe da nie wieder hin«, sagte Paula mit bebender Stimme, und warf sich auf ihr Bett. »Lieber verhungere ich.«

Fanny nickte. »Dann müssen wir uns was einfallen lassen.« Dann kam die Frage, auf die Paula schon gewartet hatte. »Was ist mit deinem Bein?«

»Kinderlähmung, als ich neun war. Aber ich habe eben festgestellt, dass es Schlimmeres gibt.«

»Stimmt, du musst wenigstens keine Angst haben, dass dich irgendwelche Leute umbringen, nur weil du nicht an ihren Gott glaubst.« Die Worte klangen schärfer, als Fanny beabsichtigt hatte.

Aber sie zeigten Paula, dass sie es besser getroffen hatte. Ihr Leben war nicht bedroht, und Hamburg war ihre Heimatstadt. Sie lachte bitter auf.

»Was soll aus uns werden?«, fragte sie.

Fanny hatte ihre Fröhlichkeit schon wiedergefunden. »Sieh mal, was man uns freundlicherweise geschenkt hat«, sagte sie und wies auf eine Apfelsine, die auf ihrem Kopfkissen lag.

»Wie kommt die hierher?«, fragte Paula.

Fanny lächelte versonnen. »Ich glaube, ich habe eine Idee, wie wir zu unserem Essen kommen«, meinte sie nur.

Das Schiff unterschied sich wenig von der »Fürst Bismarck«. Es war vielerorts eng und dunkel, es gab lange, schmale Gänge und unendlich viele Treppen. Es roch nach rostendem Metall und nach Heringen. Auf der Hinfahrt hatte es den Kindern Platz für viele Abenteuer geboten, doch jetzt strahlten die leeren Gänge nur Trostlosigkeit aus. Man musste aufpassen, dass man nicht an den eisernen Schwellen der Luken hängen blieb. Oder über die vielen Nieten stolperte, mit denen die stählernen Bodenplatten verbunden waren.

Auf dem Weg von Hamburg nach New York hatten siebenhundert Passagiere in den verschiedenen Schlafsälen für Männer, Frauen und Familien gehaust, sie waren überall gewesen. Entweder saßen sie auf den Betten und ließen die Beine baumeln, sodass man nicht an ihnen vorbeikam. Oder sie standen in den engen Gängen zwischen den Schlafplätzen, um in ihren Sachen zu kramen, und versperrten so den Weg. Sie verstopften die Treppen, die nach oben führten, und wenn man sich endlich den Weg an Deck erkämpft hatte, lagerten sie auch dort, um Karten zu spielen, zu musizieren und zu tanzen oder sich zu streiten. Irgendwie musste man die Zeit ja totschlagen.

Jetzt, auf der Rückfahrt, waren Paula und Fanny meistens allein, wenn sie auf dem Achterdeck frische Luft schnappten. Die Männer aus dem Zwischendeck kamen nur selten nach draußen. Sie hatten keine Veranlassung zum Tanzen oder Poussieren wie noch auf der Hinreise.

Dafür ließen sich manchmal Herren vom Oberdeck dazu herab, zu ihnen auf das Achterdeck zu kommen. Sie strahlten die Lässigkeit derjenigen aus, die es in Amerika geschafft hatten und jetzt nach Europa zurückkehrten. Gut gekleidet, in eleganten Anzügen und wollenen Mänteln, mit feschen Hüten und feinen Bindern, flanierten sie an Deck. Mit großspurigen Gesten erzählten sie, wie sie in ihrem Dorf endlich den Laden eröffnen oder das Stück Land kaufen würden, von dem sie schon immer geträumt hatten. Sie zeigten ihren Reichtum und waren der lebende Beweis dafür, dass jeder es in Amerika schaffen konnte. Und wem es nicht gelang, der war selbst schuld.

Die Trennung zwischen den Klassen war nicht mehr so streng wie während der Hinfahrt.

»Wir sind ja nur zwei junge Frauen, vor uns müssen sie keine Angst haben«, lautete Fannys lakonischer Kommentar, nachdem zum ersten Mal zwei Herren die Treppe vom Oberdeck zu ihnen heruntergekommen waren und den Hut vor ihnen gelüftet hatten.

Normalerweise war die erste Klasse wie ein fremder Stern für die Zwischendeckpassagiere. Es gab keine Berührungspunkte zwischen dem Grau unter Deck und dem pompösen Luxus der Kabinen. Niemand von hier unten bekam die verspiegelten Salons, die Musikzimmer, Schwimmbäder und Tennisplätze zu sehen. Alles an Bord war strikt nach Klassen getrennt, selbst die Küche. Das wussten auch die Möwen, die sich auf die Reste der Bankette stürzten – feinstes Weißbrot in ganzen Laiben und Kalbsbraten –, die nach den Mahlzeiten über Bord geworfen wurden.

Zu Paulas Erstaunen regte sich Fanny kaum über diese Verschwendung und Ungerechtigkeit auf. Sie zuckte nur mit den Schultern: Die da oben lebten in einer Märchenwelt, um die man sich am besten nicht weiter kümmerte.

So weit, dass sie Paula und Fanny mit in ihren Bereich des Schiffes genommen hätten, ging die Freundschaft der Herren vom Oberdeck dann aber doch nicht. Das übernahm Hans Wichert, einer der Smutjes. Er war in Fanny verliebt, seit er sie an Bord hatte kommen sehen: den Kopf stolz erhoben, mit einer tödlichen Verachtung für die Verdächtigungen der Beamten. Diese Haltung war sie ihrem Vater schuldig.

Fanny hatte Hans' Blicke bemerkt, und sie ahnte auch gleich, von wem die Apfelsine auf ihrem Kopfkissen stammte.

Nach der unangenehmen Szene beim Frühstück hatte sie ihn vor der Kombüse abgefangen und ihm mit einem unwiderstehlichen Lächeln ein gut gefülltes Frühstückstablett abgenommen, das eigentlich für einen der Offiziere bestimmt war. Als er erfuhr, dass sie bei der Hinfahrt in der Küche gearbeitet hatte, war es vollends um ihn geschehen. »Warum bin ich erst in New York an Bord gegangen«, schimpfte er. »Ich hätte neben dir in der Kombüse stehen können.«

Fortan versorgte er die beiden mit Lebensmitteln. Und immer, wenn es Hans möglich war, traf er sich mit Fanny zu einem Spaziergang, wie auch an diesem Vormittag.

Paula sah den beiden nach, die über das Achterdeck spazierten. Kein Wunder, dass Hans sich in Fanny verliebt hat, dachte sie. Sie war so fröhlich und selbstbewusst. Und Hans passte gut zu ihr: Er war groß und kräftig, die hellblauen Augen bildeten einen ungewöhnlichen Kontrast zu seinem dunklen Haar. Er war gutmütig und nett und ging ein Risiko ein, wenn er für sie Lebensmittel aus der Küche stibitzte. Paula beobachtete, wie Hans sich zu Fanny hinüberbeugte und ihr etwas ins Ohr flüsterte. Sie hörte Fannys perlendes Lachen und sah, wie sie dabei den Kopf zurückwarf, sodass die vollen Locken ihr Gesicht umtanzten.

Das Rollen des Schiffs begann beinahe unmerklich und langsam, steigerte sich aber mit zunehmender Windgeschwindigkeit zu einem wilden Schlingern. Ein Matrose erschien in ihrer Kabine. Aus seinen Kleidern tropfte das Wasser.

»Die Wellen gehen schon meterhoch über das Deck. Wir werden einen richtig schönen Sturm kriegen. Ihr bleibt hier unten und rührt euch nicht von der Stelle.«

Er verließ die Kabine, und sie hörten, wie draußen ein Riegel vorgeschoben wurde.

Fanny sprang auf und rüttelte an der Tür. »Der hat uns eingeschlossen!«, rief sie entrüstet.

»Heißt das, wir sind hier unten eingesperrt?«, fragte Paula und fühlte Angst in sich aufsteigen.

Gemeinsam versuchten sie die Tür zu öffnen, sie hieben mit den Fäusten dagegen und riefen um Hilfe, aber nichts geschah. Als wären sie ganz allein auf dem Schiff.

Zwei Stunden später glaubten sie, wie von Riesenhand in der Kabine hin und her geworfen zu werden. Alles, was nicht niet- und nagelfest war, kullerte und fiel durch den Raum, ihre Kleidung tanzte an den Haken, als sei sie lebendig. Die Wucht der Wellen war so heftig, dass Fanny sich, als sie nicht aufpasste, den Kopf anschlug. Paula kühlte die Wunde mit Wasser. Als sie den Hahn aufdrehte, wurde das Wasser aus dem Becken des Waschtischs auf den Boden gespült.

Bloß nicht auf das Bullauge schauen, dachte Paula. Das ewige Hin und Her, die Bewegung des tosenden Meers, das in wildem Gegurgel auf- und abstieg, in Wogen an das Glas schlug, um dann für eine Sekunde den Blick auf eine Wand aus Wasser freizugeben, führte dazu, dass sich ihr Magen unangenehm bemerkbar machte. Hier in der Außenkabine waren die Schlingerbewegungen viel stärker als mittschiffs. Der Anblick des wild schäumenden Wassers machte ihr Angst und verstärkte außerdem die Übelkeit. Auch Fannys Blick hing wie gebannt an dem kleinen Fenster. Ohne es zu bemerken, machte sie die Bewegung des Wassers nach und beugte sich vor und zurück. Auch ihr war schlecht.

Schließlich stand Paula auf und hangelte sich an der Bettreling bis hin zum Waschtisch und dann weiter bis zum Bullauge. Sie hängte ein Handtuch davor. »Jetzt ist es besser«, sagte sie, und Fanny nickte zustimmend.

Der Sturm wurde noch heftiger. Er brüllte jetzt nicht mehr, sondern er brummte und vibrierte in tiefsten Tönen. Die Nacht setzte viel zu früh ein, weil die Sonne hinter schwarzen Wolken verschwand und die Luft nicht mehr vom Wasser zu unterscheiden war.

Paula und Fanny lagen in ihren Kojen, ohne Schlaf zu finden. Sie erzählten sich Geschichten, irgendwann begannen sie zu singen, um ihre Angst zu bekämpfen. Paula sang christliche Kirchenlieder und Kinderlieder, Fanny sang auf Jiddisch. Das Schiff ritt auf den Wellen wie ein durchgegangenes Pferd, und sie fühlten sich wie in einem riesigen Aufzug, der mit Höllengeschwindigkeit hinauf und hinab fuhr.

Plötzlich stürzte Fanny zum Waschbecken und übergab sich. Paula wurde sich schmerzlich ihrer eigenen Übelkeit bewusst, die durch den säuerlichen Geruch noch verstärkt wurde. Trotzdem stand sie mühsam schwankend auf, um Fanny beizustehen. Sie setzten sich nebeneinander auf ein Bett und nahmen sich bei den Händen. Am schauerlichsten war es, wenn die Schiffsschraube sich mit dem Heck aus dem Wasser hob und mit einem jammervollen Rasseln in der Luft drehte. Das Geräusch ließ einen an die schlimmsten Albträume von Untoten und Geistern denken.

Plötzlich tutete ganz in der Nähe ein Nebelhorn, und Paula schrie vor Entsetzen auf. Die Vorstellung, dass dort draußen in der tosenden See andere Schiffe waren, hatte nichts Tröstliches an sich.

Fanny war sogar zu schwach, um zu schreien. Stöhnend kauerte sie auf ihrem Bett, während Paula ihre Hand hielt. Ich muss durchhalten, sagte sie sich immer wieder. Ich muss auf uns beide aufpassen. Ich muss durchhalten!

Für einen Moment musste sie dennoch eingenickt sein, denn als sie kurz darauf erwachte, stand Hans vor ihrem Bett. Paula hätte beinahe angefangen zu weinen, so erleichtert war sie.

»Müssen wir sterben?«, fragte sie ihn.

Hans schüttelte den Kopf. »Nein, das nicht, aber so einen Sturm hatten wir schon lange nicht mehr. Wie geht es ihr?«

Er sah auf Fanny hinab, die nur noch ein wimmerndes Elend war. Immer noch musste sie würgen, aber ihr Magen gab schon lange nichts mehr her. Wieder lief die Schraube leer, und Paula spürte, wie Fannys kleine kalte Hand nach ihr tastete. Hilflos sah sie zu Hans auf, während das Schiff in den Abgrund zwischen zwei Wellen raste. Sie schrie vor Angst, denn sie wusste, dass dies der gefährlichste Moment für das Schiff war. Wenn es im Wellental zu tief mit dem Bug ins Wasser schnitt, würde es nicht wieder hochkommen und untergehen. Das hatte ein Seemann erzählt. Auf der Hinfahrt hatten sie sich bei seinen Ausführungen lustvoll gegruselt, aber da hatte es auch keinen Sturm gegeben.

Hans sah ihre Angst, beugte sich herunter, packte sie an beiden Oberarmen und schaute ihr fest in die Augen. »Hör zu«, sagte er, »ich muss wieder hoch.«

»Nein, du musst bei uns bleiben!«, schrie Paula. Doch er schüttelte den Kopf.

»Ich komme wieder, so schnell ich kann. Hier«, er zog eine kleine Flasche aus seiner Hosentasche, »gib Fanny ein paar Tropfen, und nimm du auch welche. Dann geht es euch nicht gar so schlecht.« Mitfühlend strich er ihr über das Haar.

»Bitte schließ uns nicht wieder ein!«, rief Paula.

Er schüttelte den Kopf. Als er die Tür aufriss, spritzte Salzwasser in die Kabine. Mit weit aufgerissenen Augen sah Paula, wie es über den Fußboden lief. Sie fragte sich, ob das Schiff womöglich schon untergegangen war und als Unterseeboot weiterfuhr.

Nachdem Hans gegangen war, überkam Paula eine namenlose Angst vor der unendlichen Tiefe unter ihr, die so groß war wie der Ozean vor ihr, so gewaltig wie der Himmel, der sich über dem Schiff spannte, den sie aber nie wieder zu sehen glaubte. Flüsternd begann sie zu zählen: eins, zwei, drei … Bei vier wurde das Schiff steil in die Höhe gerissen, um den nächsten Wellenkamm zu erklimmen. Paula atmete hörbar aus. Dann kam erneut der furchterregende Moment, in dem das Schiff innezuhalten schien, mit dem Propeller in der Luft, und dann begann erneut das Sausen, Rutschen, Fallen ins Nichts. Dazu kamen das Tosen der Sturms und das gespenstische Heulen der Tampen und Taue, die sich aneinanderrieben. Die Kabine war zu einer riesigen Falle geworden.

Nach einer schier endlosen Nacht voller Schrecken brach kaum merklich der Tag an. Endlich flaute der Sturm ab.

Gegen Mittag versuchte Fanny stöhnend, sich zu erheben, und Paula half ihr. »Ich muss hier raus. Ich ersticke sonst!«, stieß Fanny keuchend hervor.

Sich gegenseitig stützend, schleppten sie sich an Deck und atmeten gierig die frische Luft ein. Sie fanden eine windgeschützte Ecke hinter einem Aufbau. Hier saßen sie und betrachteten den Horizont. Möwen flogen hinter dem Schiff her und stürzten sich kopfüber auf den Inhalt der Eimer, die die Matrosen über Bord kippten. Paula roch an ihrem Kleiderärmel und schüttelte sich unwillkürlich. Sie fragte sich, ob sie den Gestank nach Vergorenem in ihrem Leben wieder loswerden würde. Fanny sah ihre Geste und verzog angewidert das Gesicht. Aber sie konnte schon wieder grinsen. Ein älterer Matrose kam vorbei. Er trug eine Kanne mit Tee und reichte ihnen einen Becher.

Der Geruch nach Pfefferminze war himmlisch. Fast noch schöner als die heiße Süße auf der Zunge. Die beiden tranken in kleinen Schlucken und blickten wieder auf den Horizont.

Fanny nahm Paulas Hand. »Danke«, sagte sie. »Für heute Nacht.«

»Ich war auch froh, dass du bei mir warst«, entgegnete Paula.

Voller Zuneigung sahen sie sich an. Doch dann wurde Paula durch Bewegungen auf dem Wasser abgelenkt.

»Sieh mal da drüben! Da rechts!« Paula zeigte auf das Meer.

»Das heißt nicht rechts, sondern das ist die Steuerbordseite, jedenfalls wenn ihr in Fahrtrichtung steht. Und was ihr da seht, sind Tümmler. Sie begleiten das Schiff.« Der Matrose war zurückgekommen und hockte sich neben sie. »Das bedeutet, dass das Wetter schön wird. Das Schlimmste habt ihr überstanden.«

Sie sahen den Delfinen zu, die aus dem Wasser stiegen und wieder eintauchten. Fast sah es aus, als würden sie lachen. Paula nippte an ihrem heißen Tee und lächelte.

Der Matrose fragte Fanny, ob sie noch etwas nachgeschenkt haben wollte, und sie hielt ihm den Becher hin. »Du auch, Hinkebein?«, fragte er. Der Moment des Friedens war vorüber. Wütend schüttelte Paula den Kopf.

Eine halbe Stunde später wurde es dunkel, und Paula saß immer noch an Deck. Sie zitterte bereits vor Kälte. Als sie schließlich hinuntergehen wollte, vernahm sie in der Ferne ein Geräusch. Sie stand auf, und das Stampfen kam rasch näher. Paula stellte sich an die Reling. Du meine Güte, was war da draußen? Mit weit aufgerissenen Augen starrte sie in die Nacht, um zu erkennen, was da herankam. Vor ihren Augen schälte sich langsam ein riesenhaftes Ungeheuer aus der Dunkelheit, das sich nun beinahe lautlos näherte. Kurz darauf konnte sie erleuchtete Bullaugen ausmachen, die sie wie tote Augen anstarrten. Dann zerriss ein dröhnendes Tuten die Luft. Paula fuhr zusammen und stieß einen Schrei aus. Jetzt erst begriff sie, dass es sich um ein anderes Auswandererschiff handeln musste, das auf dem Weg nach Amerika war. Als das fremde Schiff auf gleicher Höhe war, traf sie ein Hauch der kalten Luft, die das Schiff verdrängte, gleich dem Atem der Auswanderer unter Deck. Aber sie konnte keine Menschenseele erkennen, und kurz darauf wurde das Meeresungeheuer wieder von der Dunkelheit verschluckt. Nur aufgeschäumte Wellen blieben zurück.

Der verwöhnte Gast fühlt sich wie ein Eiswürfel im Champagnerglas.

Werbung für die Passage erster Klasse der Hapag

4

Am nächsten Morgen war die See wieder spiegelglatt.

Der Schiffsarzt, Dr. Cornelius, klopfte an die Tür ihrer Kabine, um zu überprüfen, wie es ihnen ging. Paula fuhr erschrocken zusammen, als er sich vorstellte, doch der besonnene ältere Mann konnte sie beruhigen.

»Ich komme nur zu Ihnen, weil ich sonst keine Patienten habe. Die Rückfahrten von New York nach Europa sind immer recht ereignislos. Ich weiß das, weil ich schon seit zwanzig Jahren als Schiffsarzt fahre. Hat man Sie wegen des Beines abgewiesen?«, fragte er nach einem Blick auf eine Liste, die er umständlich aus der Tasche zog.

Paula nickte. Sie war verwirrt, weil sie gesiezt wurde. Das war ihr noch nie passiert. Sie warf einen verstohlenen Blick in den Spiegel neben dem Kleiderschrank. Hatten die paar Tage ohne ihre Familie sie etwa so verändert?

»Ist denn jetzt alles in Ordnung mit Ihnen?«, fragte Dr. Cornelius.

»Ja, mein Bein ist wie immer. Es hinkt.«

»Darf ich einen Blick darauf werfen?« Er bemerkte ihr Zögern. »Machen Sie sich keine Sorgen, ich will Ihnen nichts Böses. Und in Hamburg muss man Sie an Land lassen, seien Sie unbesorgt.«

Er betastete ihr Bein vorsichtig und ließ sie ein paar Beugungen machen. »Das kommt aber nicht von dem blauen Fleck.«

»Ich hatte Kinderlähmung, als ich neun war.«

»Und dann haben Sie sich ausgerechnet das kranke Bein verletzt? So ein Pech«, sagte er dann. »Der Bluterguss wird noch eine Weile schmerzen, aber das ist nicht weiter schlimm.« Er sah sie bekümmert an. »Manchmal sind die Entscheidungen der amerikanischen Einwanderungsbehörden nur schwer nachzuvollziehen.«

»Ich habe es mir beim Verlassen des Schiffs auf der Gangway verdreht.«

Der Arzt schüttelte den Kopf. »Gibt es jemanden in Hamburg, zu dem Sie gehen können?«

Nun war es an Paula, den Kopf zu schütteln.

»Ich nehme an, bei Ihnen verhält es sich genauso?«, fragte er Fanny.

Sie nickte.

Dr. Cornelius gab ihnen beiden die Hand und drückte sie fest. »Alles Gute für Sie beide«, sagte er dann und verließ die Kabine.

»Der war nett«, sagte Fanny.

»Hm. Viel netter als sein Kollege, dieser Meisterknecht, der auf der Hinfahrt für uns zuständig war.«

Dr. Meisterknecht war zwar ein gutmütiger Kerl mit einem feschen Hut gewesen, doch seine Flatterhaftigkeit und die Nervosität zeigten deutlich, dass ihm die Zustände unter Deck nicht geheuer waren.

Sein erster Weg hatte ihn zum Bett einer hochschwangeren Frau geführt, einer Italienerin, die zwei Reihen neben Paula schlief.

Die Frau litt unter starken Krämpfen, die wiederum dem Baby nicht bekommen waren. Immer wieder stöhnte sie vor Schmerzen. Rund um ihr Bett stand und saß eine wilde Horde dunkelhaariger Kinder, die nicht aufhörten, sie mit Fragen zu bestürmen. »Mamma, Mamma«, hörte Paula immer wieder. Aber die Frau war zu schwach, um sich um sie kümmern. Sie wimmerte leise vor sich hin.

Eigentlich wurden schwangere Frauen nicht an Bord gelassen, um zu verhindern, dass sie womöglich während der Reise entbanden, aber es gab immer welche, die es schafften, sich durchzumogeln.

Dr. Meisterknecht tätschelte der Frau nur die Wange, scheuchte die Kinder fort und ging dann zu der Mutter der polnischen Kinder hinüber, deren Körper mit blutigem Schorf bedeckt waren. Mit spitzen Fingern reichte er ihr einen Tiegel mit einer nach Petroleum stinkenden Paste. »Reiben Sie sie damit ein«, sagte er, und als die Frau ihn verständnislos ansah, rief er nach einem Dolmetscher. Eine junge Polin, die Deutsch verstand, musste seine Anordnungen übersetzen.

»Solange der Ausschlag da ist, sollen sie dort hinten in der Ecke schlafen. Ich will nicht, dass das ganze Schiff angesteckt wird.«

Unter dem unwilligen Gemurmel der Frauen bahnte sich der Doktor seinen Weg und ging.

»Jetzt kann er den reichen Söhnchen da oben Trostpflästerchen verabreichen«, höhnte eine ältere Frau mit käsigem Gesicht und erzählte, was sie über ihn wusste.

Der gute Dr. Meisterknecht hatte eine Praxis in Altona gehabt, die aber leider nicht gut lief. Seine Gutmütigkeit und die prekäre finanzielle Lage mündeten in dem Gerücht, er würde Frauen aus ausweglosen Situationen helfen. »Sie wissen, was ich meine?«, kicherte die Frau. Die Polizei und ein paar gehörnte Ehemänner waren ihm auf den Fersen. Man konnte ihm jedoch nichts nachweisen, aber die Racheschwüre der betrogenen Ehemänner bewogen ihn wohl dazu, die Stadt zu verlassen, bis Gras über die Sache gewachsen war.

Das wiehernde Gelächter der Frauen setzte sich in Wellen durch den Schlafsaal fort, als die Geschichte auch für die

Polen und die Russen, die Italiener und die Griechen sowie die Juden übersetzt wurde, und schien Dr. Meisterknecht vor sich herzutreiben.

Im Zwischendeck lachte man über den feschen Arzt, aber im Lauf der Reise sollte er Größe beweisen. Am Tag darauf setzten bei der Italienerin vorzeitig die Wehen ein. Sophie-Luise wurde losgeschickt, um Dr. Meisterknecht zu holen.

Jeder konnte sehen und hören, wie die Frau sich quälte. Nach sechzehn Stunden war die Geburt immer noch nicht vorangegangen. Dr. Meisterknecht murmelte etwas von Steißlage und unglücklichen Umständen und entschloss sich, die Schwangere auf die Krankenstation zu verlegen. Es dauerte noch einmal sechs Stunden, bis der winzige Junge geboren wurde, mit der Nabelschnur um den Hals und leblos.

Die Beerdigung am nächsten Morgen gehörte zum Traurigsten, das Paula an Bord miterlebte. Der winzige Säugling wurde in ein Leinentuch gewickelt und auf die Leichenklappe gelegt. Kapitän Albers, den sie bei dieser Gelegenheit zum ersten Mal zu Gesicht bekamen, sprach das Vaterunser. Auch einige Kajütenpassagiere hatten sich auf dem Deck über ihnen eingefunden und sahen auf sie herab. Die Mutter des toten Babys konnte sich vor Schwäche kaum auf den Beinen halten. Um sie herum standen ihre Kinder und zerrten an ihrem Rock. Mit leerem Blick sah sie zu, wie das Brett sich über die Bordkante neigte, tiefer und tiefer. Aber der Säugling war zu leicht, trotz des Gewichts, mit dem der Leichnam beschwert war. Er blieb auf der Planke liegen. Alle hielten den Atem an, als einer der Matrosen an dem Brett zu ruckeln begann. Das eingewickelte Bündel rührte sich nicht. Schließlich trat Dr. Meisterknecht an die Leichenklappe heran, nahm das kleine Bündel behutsam in den Arm und legte es ganz vorne an das Ende des Bretts, von wo aus es ins Meer fiel und in den Fluten versank.

In der Nacht nach dem Sturm, Paula und Fanny schliefen schon, klopfte es an die Tür ihrer Kabine.

»Wollt ihr was sehen? Dann kommt mit, die Luft ist rein. Aber seid leise!« Sie erkannten die geflüsterte Stimme von Hans Wichert.

Hans wartete auf dem Flur, während sie sich im Dunkeln anzogen. In der Enge der Kabine stießen sie zusammen, als sie in Rock und Bluse stiegen. Sie mussten kichern, als sie das Gleichgewicht verloren. Hans klopfte erneut ungeduldig.

»Los jetzt, sonst sind wir zu spät!«

»Wo wollen wir denn eigentlich hin?«, fragte Fanny, als sie schließlich vor ihm standen.

Hans antwortete nicht, und sie folgten ihm zögernd die Treppen hinauf. Auf einem der oberen Decks gingen sie einen endlos langen Gang entlang, von dem die Kabinen abgingen. Die über den Türen angebrachten Notlampen spiegelten sich im polierten Holz und ließen Reflexe wie Sterne aufblitzen. Alles sah wunderbar geordnet und vornehm aus. Ihre Füße versanken in dicken Teppichen. Lautlos hasteten die Mädchen hinter Hans durch den Gang.

»Das hier sind die Erste-Klasse-Kabinen«, sagte Hans lässig, als sie an einer Biegung kurz haltmachten. »Die Suiten liegen weiter oben, da können wir nicht hin.«

Paula passte nicht auf und stieß an ein Paar Schuhe, die jemand zum Putzen vor die Tür gestellt hatte. Sie schrie vor Schreck leise auf, bückte sich und rückte die Schuhe wieder an ihren Platz.

»Psst! Leise, um Gottes willen.«

Sie bogen nach rechts, und ein weiterer Gang, ebenso lang und vornehm, erstreckte sich vor ihnen. Am Ende lag ein kleiner Salon. Hans öffnete die verspiegelten Türen, und Paula und Fanny verschlug es den Atem angesichts der sich ihnen darbietenden Pracht. Überall dicke Polster und bunte

Teppiche, sogar an den Wänden, Kamine in jeder Ecke, »sind aber nur Attrappen, wegen der Brandgefahr«, erklärte Hans. Davor waren üppige Sessel, bezogen mit feinstem Chintz, und kleine Tischchen gruppiert. Eine komplette Wand wurde von Regalen eingenommen, auf denen in Leder gebundene Bücher standen. Auf einem Tisch davor lagen Zeitungen und Magazine in verschiedenen Sprachen aus.

Paula wollte eines der Bücher aus dem Regal nehmen, doch Hans ließ ihr keine Zeit. »Ich will euch doch etwas ganz Besonders zeigen«, wisperte er und lief weiter. Er stieg eine weitere Treppe hinauf und dann noch eine. Paula hatte längst die Orientierung verloren, wie viele Decks sie schon hochgestiegen waren. Noch eine Treppe, und sie befanden sich auf dem seitlich zum Meer hin verglasten Promenadendeck. An der Reling standen in zwei Reihen Liegestühle aus feinstem Tropenholz, Decken und Auflagen waren für die Nacht säuberlich in einer Ecke gestapelt worden. Hier oder in lockeren Sitzgruppen aus Korb mit ausladenden Lehnstühlen konnten die Passagiere die Tage verdösen. Paula musste an das Hotel in Boltenhagen denken, wo es ganz ähnlich ausgesehen hatte, früher, in besseren Zeiten.

»Wollen auf See sein, aber Wasser und Wind stören sie«, brummte Hans mit Blick auf die Glasscheiben.

Fanny ließ sich in einen der Liegestühle fallen und tat so, als winke sie einem Kellner. »Champagner, bitte!«, sagte sie mit gekünstelter Stimme. »Und sorgen Sie doch bitte dafür, dass der Wind nicht so bläst.« Sie legte den Handrücken an die Stirn. »Ach, diese Salzluft macht mir immer Migräne.«

Sie prustete los, und Paula lachte mit.

»Meine Güte, müssen die Sorgen haben!«

Sie gingen das Promenadendeck hinunter, und durch die Fensterscheiben konnten sie weitere verglaste Räume mit Palmen darin sehen.

»Sind die echt?«, fragte Paula verblüfft.

»Was denkst du denn!«, gab Hans zurück. »Nun kommt schon!«, sagte er ungeduldig.

Durch eine mit poliertem Messing beschlagene Tür traten sie auf das Sonnendeck hinaus. Hier standen Liegestühle rund um ein Tennisfeld. Doch auch für diesen Luxus hatte Hans keinen Blick. Er wies mit dem Finger nach Norden. »Na, habe ich zu viel versprochen?«

»Wie wunderschön«, flüsterte Paula ergriffen. Ohne es zu merken, griff sie nach Fannys Hand. Was sie sah, war so überirdisch schön, dass sie sich an jemandem festhalten musste, um es zu begreifen.

Der Himmel vor ihnen war erfüllt von einem geheimnisvollen Leuchten. In allen Schattierungen von Grün und Türkis zogen Schleier über den Horizont.

»Als würde jemand ein brennendes Holzscheit durch die Luft wirbeln und die Flammen hinter sich herziehen«, flüsterte Paula. »Was ist das?«

Auch Hans flüsterte ungewollt. »Das ist das Nordlicht. Ich habe es schon ein paar Mal gesehen, aber so schön wie heute Nacht war es noch nie. Das Grün ist außergewöhnlich.«

Die Lichtbänder schwebten wie tanzende Elfen vor ihnen.

»Wie Meerjungfrauen«, meinte Paula. Erst schienen sie weit entfernt, dann kamen sie so nah, als reichte es, nur die Hand auszustrecken, um sie zu berühren. Durch sie hindurch funkelte der Sternenhimmel, sodass die Schleier aussahen wie mit glitzernden Diamanten oder Perlen bestickt.

Paula merkte an den zuckenden Schultern neben ihr, dass Fanny weinte.

»Ich kenne das«, sagte sie, während ihr die Tränen über das Gesicht liefen. »Ich kenne es vom Himmel über Russland. Das bringt so viele Erinnerungen mit. Meine Eltern haben mir erzählt, es sei der Hochzeitsschleier einer Prinzessin, der vom Wind fortgetragen wird.«

Paula drückte ihre Hand noch fester, und Fanny erwiderte

den Druck. Ohne darüber nachzudenken, begannen sie sich leicht zu wiegen, im Rhythmus der aufleuchtenden Schleier oder Meerjungfrauen oben am Himmel.

Einige Minuten standen sie so und sahen hinauf, während sie ihren Gedanken nachhingen, die von Heimweh und Sorgen um die Zukunft geprägt waren. Und doch spürten sie in diesem Moment, dass sie nicht ganz allein waren und dass die Schönheit der sie umgebenden Natur Trost brachte.

Dann wurden die Farbbänder schwächer, das Grün verblasste, kam noch einmal kurz zurück, um dann zu verlöschen.

»Vielen Dank für den wunderschönen Abend, Hans«, sagte Fanny mit belegter Stimme.

»Hab ich mir doch gedacht, dass es euch gefällt«, antwortete er. »Wie wär's jetzt mit Champagner? Hattest du nicht vorhin welchen bestellt?«

Er ging zu einem der Stühle und griff hinter ihn. Als er sich zu ihnen umdrehte, schwenkte er eine Flasche und drei Gläser. »Heute ist eine besondere Nacht«, sagte er, »auch für mich.«

»Was ist los?«, fragte Paula.

Hans sah auf die Uhr. »Mitternacht durch. Ich habe Geburtstag und wüsste niemanden, mit dem ich lieber darauf anstoßen würde als mit euch beiden.«

Sie wünschten ihm Glück und nippten am Champagner.

Paula verschluckte sich heftig an dem ungewohnten Getränk. Sie hustete, bis ihr die Tränen kamen, und auf einmal musste sie richtig weinen. »Ach, du meine Güte«, sagte sie.

Fanny und Hans sahen sie fragend an.

»Gestern war *mein* Geburtstag«, sagte sie unter Tränen. »Und ich habe gar nicht daran gedacht.«

»Bei dem Sturm kein Wunder. Ihr wart ja wirklich anderweitig beschäftigt«, entgegnete Hans.

»Wie meine Eltern und meine Schwestern diesen Tag wohl

verbracht haben? Ohne mich. Sie müssen vor Sorge halb verrückt sein.« Und sie dachte daran, wie wichtig ihr ihre Geburtstage immer gewesen waren, wie sie auf diesen Tag hingefiebert hatte. Aber das hatte jetzt wohl alles keine Bedeutung mehr.

Fanny legte den Arm um sie. »Jetzt denk doch lieber an dich. Komm, lass gut sein. Schließlich bist du allein, und sie haben wenigstens einander. Du kannst es ohnehin nicht ändern. Sobald du in Hamburg bist, schreibst du ihnen. Wahrscheinlich haben sie schon Himmel und Hölle in Bewegung gesetzt, um dich zu sich zu holen.«

»Meinst du?«

»Ja«, sagte Fanny, und Hans nickte bestätigend.

»Wir sind eine moderne Reederei. Hier geht niemand einfach so verloren. Du wirst schon sehen«, warf Hans großspurig ein. »Wie alt bist du eigentlich geworden?«

»Sechzehn«, erwiderte Paula. »Und du?«

»Einundzwanzig.« Hans grinste breit. »Ich bin ab sofort volljährig. Und der Älteste von uns, wie es sich gehört. Darauf sollten wir trinken.«

Sie leerten die Gläser, und Hans schenkte nach. Paulas Zunge wollte ihr nicht mehr so recht gehorchen, aber sonst fühlte sie sich leicht und unbeschwert.

»Meine Güte, einundzwanzig! Dann bist du ja schon ein richtiger Mann«, kicherte Fanny, der der Champagner ebenfalls zu Kopf gestiegen war.

Die drei lagen nebeneinander auf den Liegestühlen, nippten an ihren Gläsern und sahen in den Himmel, der jetzt sternenübersät war. Die Oktobernacht war kalt, und Hans hatte Decken geholt und sie über die Mädchen gebreitet. Paula seufzte tief vor Behagen. Lass diesen Abend nie vorübergehen, dachte sie.

Sie bemerkte, wie Hans unter dem Schutz der Decke nach Fannys Hand griff, und musste kichern. Meine Güte, was erlaubten sie sich hier eigentlich? Müssten sie nicht längst im Bett liegen, ganz abgesehen davon, dass sie sich verbotenerweise in diesem Teil des Schiffs aufhielten? Und dann auch noch Champagner? Wenn ihre Mutter das wüsste! Aber Sophie-Luise wusste es nicht und würde es nie erfahren. Es gab niemanden mehr, der ihr irgendwelche Vorschriften machen konnte.

Aus den Augenwinkeln sah sie, wie Hans' Hand sich auf Fannys Körper bewegte. Sie verspürte ein Prickeln auf ihrer Haut, als sie sich seine Berührung auf ihrem eigenen Leib vorstellte. Wer sollte sie daran hindern? Aber Hans hatte sich Fanny ausgesucht, kein Wunder ... Sie nahm den letzten Schluck aus ihrem Glas und wurde schläfrig.

Sie musste kurz weggedöst sein, da Fanny ihr mit den Worten »Aufwachen! Es wird gleich hell. Bald kommen die Stewards« leicht auf die Wange klopfte. Sie gab ihr die Hand und zog sie hoch. Hans hatte schon die Flasche und die Gläser zusammengeräumt.

Ein letzter Blick auf das Promenadendeck, ein Huschen durch die stillen Gänge, die Treppen hinunter, und sie waren wieder vor ihrer Kabine. Hans gab Fanny einen Kuss, und dann trat er auf Paula zu und küsste auch sie leicht auf den Mund. Paula fühlte weiche Lippen und den herben Geruch von Champagner.

»Danke für den Abend, Ladys«, sagte Hans, dann war er verschwunden.

Paula und Fanny ließen sich in ihre Betten fallen und schliefen sofort ein.

»Ich glaube, ich weiß, was du meinst. Die Tatsache, dass ich ganz allein bin, kann mir auch von Nutzen sein, oder?« Paula nahm die Hände von der kalten Reling und sah Fanny fragend an.

Sie waren hier heraufgekommen, weil Paula es in der engen Kabine nicht mehr ausgehalten hatte. Einer der Kavaliere vom Oberdeck hatte ihr am Morgen eine Schiffspostkarte geschenkt, auf der ein Dampfer in leuchtenden Farben abgebildet war, wie er über das schäumende Meer fuhr. Ohne zu überlegen, war Paula in die Kabine gelaufen und hatte sich an den Schreibtisch gesetzt, um an ihre Familie zu schreiben. Als sie aber die Adresse einfügen wollte, verharrte die Hand mit dem Stift in der Luft. Sie wusste doch nicht einmal, wo ihre Eltern wohnten! Und auch sonst kannte sie niemanden, dem sie diese Karte hätte schicken können. Sie hatte zu weinen begonnen und konnte nicht wieder aufhören, bis Fanny sie schließlich am Arm genommen und sie hinter sich her auf das Deck gezogen hatte.

Jetzt nickte Fanny heftig mit dem Kopf. »Ich weiß, das hört sich ein wenig hochtrabend an, und manchmal zweifle ich an meinen eigenen Worten, aber ich zwinge mich, daran zu glauben: Es hat auch seine Vorteile, allein zu sein.«

Paula seufzte. »Es wäre mir lieber, ich hätte mich selbst dazu entschlossen, meine Familie zu verlassen, und wäre nicht dazu gezwungen worden.«

»Du hast mir in den letzten Tagen von deiner Familie erzählt. Ich kann nicht glauben, dass du so werden willst wie deine Mutter. Oder deine Schwester Dorothea. In allem korrekt und immer übervorsichtig. Ich glaube, die Zeiten, in denen du die Tochter aus gutem Hause spielen konntest, sind für dich und deine Familie vorbei.«

Paula musste kurz über das Gesagte nachdenken. »Wahrscheinlich schon.« Sie klopfte mit der Faust gegen ihr Knie. »Das dumme Bein ist schuld daran, dass ich anders als die anderen bin. Damit lässt man mich ja nicht einmal nach Amerika. Und es hat wohl keinen Zweck, darauf zu warten, dass eines Tages einer kommt und mich heiratet. Nein, ich tauge nicht zum Stillsitzen und Schöne-Augen-Machen.«

Es sollte leichthin und überzeugt klingen, aber Fanny hörte den traurigen Unterton.

»Du glaubst, weil du hinkst, wird dich keiner lieben?«

Paula zuckte mit den Schultern.

»Es soll Männer geben, für die Schönheit nicht alles ist. Weißt du denn nicht, wie anziehend du bist in deiner Lebendigkeit und deiner Klugheit? Du bist gerade erst sechzehn, und du weißt so viel. Es macht Spaß, mit dir zusammen zu sein, ich muss dauernd lachen. Ganz abgesehen davon, dass du die Männer ganz schön unter der Fuchtel hast.«

Paula musste lächeln. Da hatte Fanny recht. Die Kavaliere vom Oberdeck rissen sich darum, für Paula einen Stuhl zurechtzurücken oder ihr einen Tee zu holen, und sie genoss diese unbekannte Art der Aufmerksamkeit in vollen Zügen.

»Aber die machen sich doch einen Spaß daraus. Die sehen mich doch nicht als Frau«, gab sie zu bedenken.

»Noch nicht«, sagte Fanny.

»Hm, in einem Punkt stimme ich dir zu. Manchmal nehme ich mir wegen meines Beins kleine Freiheiten heraus, die andere sich nicht erlauben können.«

Fanny sah sie fragend an. »Aha?«

»Na ja, mich starren doch sowieso alle an, wenn ich dahergehinkt komme, da kann ich auch gleich noch mehr auffallen. Mein Vater hat früher beinahe täglich zu mir gesagt: ›Wenn du nur nicht so wild und temperamentvoll wärst!‹ Und meine Mutter hatte immer nur Angst um mich.«

Als sie damals nach den Monaten der strengen Bettruhe wieder hatte aufstehen dürfen, war sie nicht mehr zu bändigen gewesen. Als müsste sie die Zeit des erzwungenen Stillstands nachholen und allen beweisen, dass sie ebenso stark, gelenkig oder mutig war wie vor ihrer Erkrankung. »Was soll nur aus dir werden, wenn du dich weiterhin so wenig fügst?«

Diese Worte hatte sie bei jeder Gelegenheit von ihrem Vater zu hören bekommen. Aber Paula erinnerte sich auch gut an den Stolz, der in seinen Augen aufgeblitzt war, nachdem sie und ihr Bruder Julian zum zwölften Geburtstag Fahrräder geschenkt bekommen hatten. Paula war ebenso schnell wie Julian am Ufer der Alster entlanggesaust. Ihre Mutter hatte kleine Angstschreie ausgestoßen, und ihr Vater hatte sie daraufhin ermahnt, doch langsamer zu fahren, aber sie hatte ihm angesehen, dass er sie lieber angefeuert hätte.

Und wie hatte er sich immer gefreut, wenn sie in sein Kontor gekommen war, ihm über die Schulter sah und ihn über die Zahlen in den Auftragsbüchern und die Skizzen ausfragte. Sie wollte ihm unbedingt helfen, und anfangs gab er ihr die Aufgabe, alle Bleistifte zu spitzen und peinlich genau auf dem Schreibtisch auszurichten. Mit der Zeit waren andere Pflichten dazugekommen: das Kontrollieren von Rechnungen, das Abfassen eines einfachen Schriftstücks. Die gemeinsamen Nachmittage im Kontor waren Heinrich und Paula zur lieben und unverzichtbaren Gewohnheit geworden.

Ihr Vater hätte es nie zugegeben, doch Paula war seine Lieblingstochter. Er liebte sie, weil er sich in ihr wiedererkannte, und er war stolz auf ihre Intelligenz, darauf, wie leicht ihr die übertragenen Aufgaben von der Hand gingen, und auf die Weisheit, mit der sie ihre Krankheit akzeptierte. Wer bereit war, sich nicht von ihrem lahmen Bein täuschen zu lassen, der erkannte ihr einnehmendes Wesen. Ohne Schwierigkeiten ging sie auf andere Menschen zu und bezirzte sie.

Sophie-Luise beklagte sich oft über ihr mangelndes Interesse an den Dingen, die ein Mädchen, das in ein paar Jahren heiratsfähig war, wissen sollte. Heinrich gab ihr zwar recht, aber bei sich dachte er, dass Paula anders sei als andere Mädchen in ihrem Alter. In ihr war eine große Sehnsucht nach Begegnungen mit Menschen und nach Erlebnissen, die über den häuslichen Alltag hinausgingen. Als er Julian die Bücher des Afrikaforschers Henry Morton Stanley geschenkt hatte, hatte Paula sie verschlungen und die Kochbücher und die Gesellschaftsromane links liegen lassen. Heinrich brachte es nicht über sich, sie dafür zu tadeln. Denn in der Tiefe seines Herzens fürchtete er, sie würde mit ihrem Hinken zu unattraktiv für einen Ehemann sein. Er schämte sich zutiefst für diesen Gedanken, konnte ihn aber nicht aus seinem Kopf verdrängen.

»Wenn es so ist, wie du sagst, dann ist das noch ein Grund mehr für dich, keine falsche Rücksicht zu nehmen«, riss Fanny sie aus ihren Gedanken. »Achte lieber darauf, dass du zu deinem Recht kommst.« Fanny legte ihre Hand auf Paulas und sah sie eindringlich an. »Wir beide sind noch so jung, unser Leben liegt vor uns. Und wenn wir uns vergaloppieren und einen Fehler machen, na und? Wir haben immer noch genügend Zeit, um ihn wieder auszubügeln.«

Paula schüttelte den Kopf. »Woher hast du nur all diese Ideen? Sie hören sich klug an, so überzeugend und erwachsen. Aber ich weiß nicht, ob sie so einfach funktionieren. Das Leben kommt mir trotzdem ziemlich kompliziert und schwierig vor. Denk doch nur an die Männer unten im Zwischendeck. Die würden sich durch deine Theorien verhöhnt fühlen.«

Fanny ließ ihr ansteckendes Lachen hören, und ihre Locken flogen. »Haben wir denn eine andere Möglichkeit, als es zu versuchen?«

»Wenn jetzt Delfine auftauchen, wird alles gut«, sagte Paula anstelle einer Antwort.

Mit zusammengekniffenen Augen suchte sie die Oberfläche des Ozeans ab, wo sich kleine Wellen bewegten. Aber es waren keine Delfine zu sehen. Paula zog den Mantel enger um die Schultern. Auch Fanny fror, das sah sie an ihrer roten

Nasenspitze und dem dampfenden Atem. Dennoch wollte keine von ihnen wieder hinuntergehen. Der Augenblick war zu kostbar.

In zwei Tagen würden sie Hamburg erreichen. Die bange Frage, was mit ihnen passieren würde, wenn sie das Schiff verließen, wurde immer drängender. Trotz ihres Optimismus bekam auch Fanny Angst, wenn sie daran dachte. Paula ließ sich nichts anmerken, aber sie hörte sehr wohl, dass Fanny sich nachts aus der Kabine schlich. Sie traf sich mit Hans. Die beiden waren ein wunderschönes Paar, beide mit dunklem Haar, beide von unbändiger Lebenslust. Fremde hätten sie für Geschwister halten können. Aber sie waren ein Liebespaar, das wusste Paula, auch wenn Fanny nicht darüber sprach.

Als Fanny an diesem Morgen, kurz bevor es hell zu werden begann, zurück in die Kabine kam, weckte sie Paula.

»Ich muss mit dir reden.«

Paula setzte sich schlaftrunken auf. Ihre Augen mussten sich erst an das Licht der Lampe gewöhnen. An Fannys aufgelöstem Haar und ihrem schnellen Atem merkte sie, dass etwas geschehen sein musste.

»Ich werde heiraten. Noch hier an Bord. Morgen.«

»Was? Aber das ist ja wunderbar!«

»Ja, ich bin auch erleichtert«, sagte sie.

Paula stutzte. Irgendetwas stimmte nicht. In Fannys Stimme war nicht die kleinste Spur von Glück oder Begeisterung zu hören. Und wieso war sie »erleichtert«? Das war doch wohl eine unpassende Beschreibung.

»Wie hat Hans dich denn gefragt? Und wo?«

»Hans? Wieso Hans?«

Jetzt verstand Paula gar nichts mehr. »Wer denn sonst? Hans hat dich gefragt, ob du seine Frau wirst. Damit war ja zu rechnen. Ich bin doch nicht blind. Natürlich habe ich bemerkt, dass du dich jede Nacht mit ihm triffst, seit er uns die Nordlichter gezeigt hat.«

Fannys Kopf fuhr herum. Mit flackerndem Blick sah sie Paula an. »Ich spreche nicht von Hans!«

»Nicht? Aber … du liebst ihn doch, das sieht ein Blinder. Und er liebt dich. Gerade gestern Abend habe ich noch gedacht, was für eine schönes Paar ihr seid. Ich verstehe das nicht …«

Fanny sackte plötzlich in sich zusammen. Die aufgeregte Röte in ihrem Gesicht war zu einer fahlen Blässe geworden, jede Lebendigkeit schien aus ihrem Körper gewichen zu sein.

»Ich werde den Zweiten Steuermann heiraten. Er hat mich vorhin gefragt, und ich habe Ja gesagt. Er ist jüdischen Glaubens wie ich, und er kann mir eine Zukunft bieten. Ich habe meine Chance in Amerika vertan. Ich habe eine Verantwortung gegenüber meiner Familie, sie verlassen sich auf mich. Ich muss ihnen Geld schicken. Ich habe Jakob davon erzählt, und er versteht meine Situation. Es ist die ideale Lösung. Jakob liebt mich.« Ihre Worte klangen abgehackt.

»Und du? Liebst du ihn auch?«

Statt etwas zu erwidern, legte Fanny sich in ihr Bett und kehrte Paula den Rücken zu.

Am nächsten Morgen machte Paula sich auf die Suche nach Hans. An seinem übernächtigten Aussehen und den trotzig nach vorn geschobenen Schultern konnte sie erkennen, dass er bereits Bescheid wusste.

»Sie hat es mir gesagt«, stieß er zwischen zusammengepressten Lippen hervor.

»Ein falsches Spiel zu spielen würde auch nicht zu Fanny passen.«

Hans nickte. »Ich kann sie sogar verstehen. Was kann ich ihr schon bieten?«

»Wie wär's mit Liebe?«

Er sah sie an, und sein Gesichtsausdruck wurde böse. »Glaubst du, unsereiner kann sich den Luxus von Liebe leisten? Das ist wohl eher etwas für die da oben.« Er wies mit dem Kopf in Richtung Oberdeck und ging mit langen Schritten davon.

Es war vereinbart worden, dass der Kapitän die zivile Trauung kraft seines Amtes an Bord vollzog, damit Fanny, wenn das Schiff in Hamburg anlegte, keine Schwierigkeiten bekam. Als rechtmäßige Frau eines Zweiten Steuermanns der deutschen Handelsmarine konnte man sie nicht nach Russland zurückschicken.

Paula war Trauzeugin, ein Steward stand Jakob Spitzer zur Seite. Während der nüchternen Zeremonie hatte sie Zeit, den Bräutigam zu beobachten. Er war vierzig Jahre alt, doppelt so alt wie Fanny, und wurde schon ein bisschen füllig. Er überragte seine Frau um einen Kopf, sodass sie neben ihm zu verschwinden schien. Er war kein schöner Mann, aber die verliebte, fürsorgliche Art, in der er nach Fannys Hand tastete, ließ Paula hoffen. Fanny sah wunderschön aus. Eine Frau aus der ersten Klasse hatte von der bevorstehenden Hochzeit an Bord gehört und ihr ein Kleid geliehen. Es war das schönste Kleid, das Fanny in ihrem bisherigen Leben gesehen hatte, roséfarben, mit einem üppig in Falten gelegten Rock. Die Farbe ließ ihre dunklen Augen leuchten, aber Paula sah auch, wie blass ihre Freundin war.

»Bist du sicher, das Richtige zu tun?«, hatte sie leise gefragt, als sie nebeneinander in die Offiziersmesse gingen, wo die Trauung stattfinden sollte. »Ist das die Chance, die du ergreifen willst?« Sie biss sich auf die Lippen, kaum hatte sie die Worte herausgebracht. Hatte sie überhaupt das Recht, Fanny diese Frage zu stellen? Machte sie es der Freundin dadurch womöglich noch schwerer?

Doch Fanny blieb stehen und sah sie lange an. »Ganz

sicher.« Sie machte einen Schritt und wandte sich noch einmal um. »Wie geht es Hans?«, fragte sie.

Paula senkte den Blick.

»Kümmerst du dich um ihn, bitte?« Fanny blickte sie eindringlich an.

Dann hob sie den Kopf, setzte ein strahlendes Lächeln auf und betrat die Offiziersmesse.

»Überleg dir gut, was du denen sagen willst. Oder glaubst du, die lassen dich einfach so von Bord marschieren? Wenn du Pech hast, stecken sie dich gleich ins Arbeitshaus.«

»Ins Arbeitshaus?« Paula blickte Hans entsetzt an.

»Was denkst du dir denn? Ein alleinstehendes Mädchen, gerade mal sechzehn. Aus lauter Angst, du könntest in einem der Freudenhäuser auf St. Pauli landen, werden sie dich einkassieren. Das habe ich schon mehr als einmal mitverfolgt, wenn wir eingelaufen sind.«

»Aber was soll ich denn tun?«, fragte Paula besorgt. »Ich will nicht in ein Arbeitshaus.«

Hans zuckte mit den Schultern. Er hatte wieder diesen harten Ausdruck in den Augen. »Fanny hat es schon richtig gemacht«, stieß er hervor, wandte sich um und ließ sie allein zurück.

Paula mochte Hans, und er tat ihr leid. Sie hoffte, er würde sich fangen und die Härte, die er sich nach Fannys Hochzeit zugelegt hatte, wieder verlieren. Sie ging auf dem menschenleeren Deck auf und ab. Was konnte sie tun, um ihre Lage zu verbessern? Der wilde Gedanke durchzuckte sie, sich ebenfalls einen Mann zu suchen. Dabei kam Hans ihr in den Sinn. Doch die Idee war so aberwitzig, dass sie laut herauslachen musste. Sie war viel zu jung, und Hans liebte eine andere.

Vor ihrem inneren Auge ging sie noch einmal ihr Gepäck durch – die wenigen Dinge, die sie zufällig bei sich gehabt hatte, als die Polizisten in Ellis Island sie abgeführt hatten. Sie hatte fünfzig Mark, damit würde sie die ersten Wochen über die Runden kommen. Sie hatte die Kleidung, die sie auf dem Leib trug, zum Glück waren es ihre guten Sachen, die sie für die Ankunft in New York angezogen hatte. So würde sie einen gepflegten Eindruck machen. Dazu kamen die wenigen Stücke Ersatzwäsche aus der kleinen Tasche. Und das Wichtigste: die Erinnerungsstücke, das Foto, Julians Atlas und der Bernstein.

Aber was sollte sie den Hafeninspektoren sagen, wenn sie morgen in Hamburg von Bord ging?

Nur eines wusste sie mit aller Bestimmtheit: Sie würde die Überfahrt ein zweites Mal machen, so schnell wie möglich, aber das durfte sie natürlich nicht preisgeben. Wenn sie es wieder probierte, musste sie in der zweiten Klasse reisen, wo die Passagiere nicht überprüft wurden. Sie würde ihr Bein während der ganzen Überfahrt schonen und in New York leichtfüßig von Bord gehen. Doch woher sollte sie das Geld nehmen? Sie würde es irgendwie verdienen müssen. Aber wie? Und wie lange würde das dauern? Eine Passage im Zwischendeck kostete ungefähr hundertsechzig Mark. Und wie teuer mochte eine Kabine sein? Bestimmt doppelt so teuer. Ach, diese endlosen Grübeleien waren sinnlos. Sie lief hin und her, von Reling zu Reling, und das Einzige, was sie davon hatte, war ein schmerzendes Bein.

Die gewaltsame Trennung von ihrer Familie in Ellis Island war brutal, aber kurz gewesen. Damals war keine Zeit für tröstende Worte, für Versprechungen und Abmachungen gewesen.

Die Trennung von Fanny hingegen war auf schreckliche Weise vorhersehbar und unausweichlich. Die letzten Stunden, bevor das Schiff im Hamburger Hafen festmachte, zogen sich quälend langsam dahin und verliefen doch wieder viel zu schnell. Zum letzten Mal wachten Paula und Fanny nebeneinander in der kleinen Kabine auf.

Fanny war inzwischen Fanny Spitzer geworden, eine verheiratete junge Frau. Sie und ihr Mann hatten ihre Hochzeitsnacht verschoben, bis sie an Land waren, denn Jakob bestand darauf, dass vorher ein Rabbiner die Trauung nach jüdischem Ritus vollzog.

Sie packten ihre wenigen Habseligkeiten zusammen und bemühten sich, ein Gespräch aufrechtzuerhalten, aber etwas hatte sich zwischen ihnen verändert, und die Aussicht auf den baldigen Abschied ließ sie verstummen.

Fanny legte ihr Hochzeitskleid sorgfältig zusammen und versuchte es in ihrem kleinen Koffer zu verstauen, ohne es allzu sehr zu zerknittern.

»Stell dir vor, die Frau wollte ihr Kleid nicht wiederhaben. Hatte ja zwischendurch auch jemand anders getragen. Ich behalte es und werde daraus meine ersten Stücke nähen und verkaufen. Das kann ich schließlich. Sobald du weißt, wo du unterkommst, musst du mir deine Adresse mitteilen. Wir bleiben doch in Verbindung?« In Fannys Gesicht zeigte sich Angst, doch sie hatte sich sofort wieder im Griff.

Wieder herrschte Schweigen.

»Wenn du damit nach Amerika willst, musst du zweiter Klasse reisen«, sagte sie mit Blick auf Paulas Bein. Sie lachte auf. »Erster Klasse geht natürlich auch. Du willst doch wieder hin?«

Paula nickte. »Ich werde fahren, und zwar in einer Kabine, die pompöser ist als diese hier.«

Dann war es Zeit, an Deck zu gehen. Die wenigen Kabinenpassagiere verließen bereits das Schiff.

»Ich würde dir so gern etwas geben, als Erinnerung. Aber ich habe nichts. Nur diese Postkarte.« Paula reichte Fanny die Schiffspostkarte, die sie an ihre Eltern geschrieben hatte.

Fanny nahm sie. »Danke, ich werde sie jeden Tag ansehen

und dabei an dich denken.« Dann zog sie einen ihrer Kämme aus dem Haar, einen Schildpattkamm, nichts Besonderes, aber für Paula war er in diesem Moment das schönste Geschenk der Welt. »Für dich«, sagte Fanny.

»Das kann ich nicht annehmen. Du hast doch selbst nichts.«

»Ich habe zwei Kämme. Und einen Mann. Das ist mehr, als du vorweisen kannst. Ich möchte, dass du ihn nimmst.«

Paula nahm den Kamm und steckte ihn sich ins Haar.

»Ich werde ihn immer tragen.«

Sie nahmen ihr Gepäck auf und gingen an Deck.

Paula vermied es, nach Altona und St. Pauli hinüberzusehen. Dort war nicht mehr ihr Zuhause.

Auf dem Weg zur Gangway gab Fanny ihr einen Zettel mit der Adresse, wo sie und ihr Mann wohnen würden, aber nur für kurze Zeit, denn nun, da er verheiratet war, wollte Jakob eine größere Wohnung mieten.

»Ich wünsche dir alles Glück dieser Erde. Lass mich wissen, wenn du irgendwo untergekommen bist«, sagte Fanny zum Abschied. Sie machte einen Schritt auf Paula zu und nahm sie fest in die Arme.

Paula schmiegte sich an sie. Die unerwartete körperliche Berührung ließ sie zittern. Wie lange wird es dauern, bis mich wieder jemand in den Arm nimmt?, fragte sie sich ängstlich.

»Ich wünsche dir auch Glück. Vielen Dank für alles. Ich weiß nicht, was ich ohne dich getan hätte«, sagte sie leise. Sie gab Jakob Spitzer die Hand, und dann ging Fanny am Arm ihres Mannes die Gangway hinunter. Am Kai drehte sie sich noch einmal um und winkte. Dann war sie in einer Kutsche verschwunden.

Auch Hans hatte Fanny nachgesehen. Verabschiedet hatte er sich nicht von ihr.

»Ich werde mir ein anderes Schiff suchen«, sagte er zu

Paula. »Ich könnte es nicht ertragen, unter ihrem Mann zu fahren.«

»Es tut mir so leid.«

»Muss es nicht. Du kannst nichts dafür. Sorge lieber für dich. Hier«, er steckte ihr einen Zettel zu, »das ist die Adresse meiner Mutter. Ich wohne bei ihr, wenn ich Landgang habe. Ich weiß ja nicht, wo du hingehen wirst. Aber bitte melde dich bei mir. Wenn du Hilfe brauchst. Und auch sonst.«

Paula war gerührt und dankbar. Sie spürte Hans' Kuss auf ihrer Wange wie einen warmen Hauch. Sie legte die Hand an die Stelle, wo seine Lippen ihre Haut berührt hatten, wie um den Moment festzuhalten, während sie ihm nachsah, wie er zurück in die Schiffsküche eilte.

Dann nahm sie ihre Tasche auf und ging von Bord.

Ellis Island mit den Geistern derjenigen,
die hier durchgegangen sind, ist das Spukhaus Amerikas.

Fred Mustard Stewart, Ellis Island

5

Unten am Kai wartete ein Mann in einer dunkelblauen Uniform, der ungeduldig von einem Bein auf das andere trat. Brauner Schneematsch spritzte unter seinen Füßen auf. Es ist Winter geworden, dachte Paula. Ich bin nicht einmal drei Wochen weg gewesen, und schon hat sich alles verändert.

Der Mann machte einen Schritt auf sie zu, als sie die Gangway verließ.

»Paula Klausner?«, fragte er in strengem Ton.

Paula machte keine Anstalten, ihm zu entkommen. Sie hätte nicht gewusst, wohin.

Er stellte sich als Mitarbeiter der Hapag-Auswandererhilfe vor. Seinen Namen nannte er nicht. Er hatte keine große Mühe gehabt, Paula ausfindig zu machen. Sie war das einzige unbegleitete Mädchen, das die Gangway der dritten Klasse herunterkam. Der Agent trug einen ungepflegten Backenbart von schmutzig gelber Farbe. Er sah verfroren und nervös aus. Ohne ihr die Hand zu geben, stellte er ihr Fragen nach ihren Eltern und dem Grund der Abweisung.

»Hast du Verwandte in Hamburg?«

»Nein.« Paula schüttelte den Kopf.

»Irgendwelche Bekannte? Freunde?« Er wartete die Antwort nicht ab, sondern seufzte schwer, und Paula meinte, eine Spur Mitleid in seinen Augen zu erkennen.

»Auch das noch. Was haben deine Eltern sich nur dabei gedacht?« Wieder gab er ihr keine Möglichkeit zu antworten.

»Dann bleibt uns nichts anderes übrig als das Waisenhaus. Dort bleibst du erst mal heute Nacht, dann sehen wir weiter.«

Das Wort versetzte Paula in Panik. Aber was hätte sie tun sollen?

Eine Kutsche brachte sie in das Waisenhaus auf der Uhlenhorst. Der Weg dorthin erschien Paula wie das Fegefeuer, denn sie fuhren entlang der alten Wege, die sie bis vor Kurzem täglich gegangen war und von denen sie geglaubt hatte, sie für immer hinter sich gelassen zu haben. Paula wollte nicht hinsehen und konnte doch nicht anders, während sie neben dem schweigsamen Hapag-Mann saß. Er hatte ihre Tasche auf seinen Schoß genommen und hielt sie fest an sich gepresst, so als fürchtete er, Paula könnte ausreißen. Da war die Schlachterei auf St. Pauli, in der ihre Mutter immer eingekauft hatte. Im Schaufenster hing ein großes Schild: »Neuer Eigentümer«. Sie fuhren an St. Michaelis vorbei und bogen nach links in die alten Gängeviertel rund um den Großen Neumarkt. Hier hatte ihr Vater mit seiner Familie gehaust, nachdem sie aus Russland nach Hamburg gekommen waren. Damals war er ungefähr so alt gewesen wie sie heute. Durch die Wexstraße ging es in Richtung Kleine Alster, am Neuen Wall sah sie die hell erleuchteten Auslagen von Schmoelcke, wo sie in besseren Zeiten ihre Kleider gekauft hatten. Links glitzerte das Wasser, während sie Richtung Barmbeck fuhren. Nach einer knappen Stunde erreichten sie die Mundsburg.

Hier, direkt an der großen Kreuzung, hatte vor zwei Jahren noch das bekannte Badehaus gestanden, bis es bei einem verheerenden Feuer zerstört worden war. Paula konnte trotz der einsetzenden Dämmerung erkennen, dass ein Richtkranz vom Dachgerüst hing. Die Firma ihres Vaters hatte in dem abgebrannten Haus die Ofenheizung gesetzt. Ein Messingschild mit dem Namen Heinrich Klausners hatte dort neben der Ofenanlage gehangen. Das hatte Heinrich Klausner immer so gehalten: voller Stolz sein Namensschild anbringen, wenn er einen Ofen in einem öffentlichen Gebäude setzte. Nach dem Brand hieß es, der Ofen sei die Ursache gewesen. Es war zu einem hässlichen Prozess gekommen, in dem man Kübel voll Schmutz und Verleumdungen über die Firma und ihren Chef ausgegossen hatte. Heinrich Klausner war von allen Vorwürfen freigesprochen worden, aber der gute Ruf seiner Firma hatte unwiderruflich Schaden genommen. Und dabei hatte dieses Bauvorhaben ein Neuanfang sein sollen, nachdem er sein gesamtes Kapital beim Bankrott eines Siedlungsbaus in Barmbeck verloren hatte.

Sie glaubte schon, die Kutsche würde weiter nach Barmbeck fahren, wo die ehemalige Werkstatt ihres Vaters lag, und war froh, als sie nach links abbogen und kurze Zeit später vor einem dreiflügeligen Gebäude hielten. Weitere Erinnerungen hätte sie nicht ertragen. Ihre Füße fühlten sich an wie Eisklumpen, ihr ganzer Körper war starr vor Kälte. Dem Mann von der Hapag schien es ähnlich zu gehen. Er stampfte mit den Füßen auf, um sich zu wärmen.

Die Aufnahmeprozedur im Waisenhaus war ebenso demütigend wie die Befragungen auf Ellis Island. Paula ging hinter dem Hapag-Mann her einen langen Gang entlang, der nach frisch gebohnertem Linoleum roch. Am Ende angelangt, klopfte er an eine Tür. Niemand antwortete. Der Mann räusperte sich und zupfte einige Haare von seinem Mantel, bevor er noch einmal klopfte. Schließlich erklang von innen eine Stimme, und sie traten ein.

Hinter einem Schreibtisch saß eine Frau. In ihren Augen konnte Paula weder Freundlichkeit noch Wohlwollen entdecken. Sie winkte Paula mit der Hand zu sich und taxierte sie dabei ungeniert von oben bis unten. Paula hinkte ein paar Schritte auf den Schreibtisch zu, während sie den Blick aus den kalten Augen brennend auf ihrem Bein spürte. Vor lauter Unsicherheit übersah sie die Kante eines Teppichs und stolperte. Nur mit Mühe konnte sie sich fangen. »Ach du meine Güte, auch noch ein Dorftrampel«, kam es von der anderen Seite des Schreibtischs. Die Frau hatte sich leicht von ihrem Stuhl erhoben, um sich das tollpatschige Mädchen genauer anzusehen. Paulas Wangen brannten vor Scham. Dann nahm die Frau wieder hinter dem großen Schreibtisch Platz und befragte Paula nach Name, Alter, Herkunft. Anschließend nach ihren Eltern.

»Waren sie verheiratet?«

Paula verstand die Frage nicht.

»Ob du ein eheliches Kind bist, will ich wissen! Unsere Statuten verbieten die Aufnahme von Kindern, die in Sünde gezeugt worden sind.«

Paula brauchte einen Moment, um zu verstehen, wovon die Frau redete. Ihr stockte der Atem.

»Warum haben sie dich allein zurückgelassen?«

Sie sah die Frau hinter dem Schreibtisch mit offenem Mund an, unfähig, ein Wort herauszubringen. Der Hapag-Mann, der ungeduldig darauf wartete, nach Hause gehen zu dürfen, schaltete sich ein. »Wenn Sie bitte in die Unterlagen sehen wollen, Frau Schadewaldt. Das Kind hat Eltern und ist wegen eines lahmen Beins abgewiesen worden. Ich nehme an, es ist erschöpft von der Reise.«

»Ich habe eher den Eindruck, sie ist taub. Also gut, für heute kann sie hierbleiben. Morgen sehen wir weiter.«

Nach einer schlaflosen Nacht musste Paula am nächsten Tag vor dem Waisenhaus-Kollegium erscheinen. Als sie das Büro von Frau Schadewaldt betrat, saßen dort im Halbrund rechts und links vom Schreibtisch der Direktorin fünf ältere Herren. Paula, die sich vor ihnen hinstellen musste, suchte in ihren Gesichtern vergeblich nach einer freundlichen Regung.

Verschlossen und mürrisch sahen die Herren sie an und rückten ihre Monokel zurecht.

Sie wurde nach ihrem Namen und den Namen ihrer Eltern gefragt.

»Die Tochter von Heinrich Klausner?«, platzte einer von ihnen verblüfft heraus, ein dicker Mann, der während der ganzen Befragung seine goldene Uhrkette durch die Finger laufen ließ. Er beugte sich nach vorn, um sie genauer zu betrachten. »Die, die Kinderlähmung hatte?«

Beim Klang seiner Stimme lief es Paula eiskalt den Rücken hinunter. Sie kannte diesen Mann. Fieberhaft durchsuchte sie ihr Gedächtnis, dann fiel es ihr wieder ein. Der Mann war Erwin Suder, der Architekt, der die großen Wohnhäuser in Barmbeck geplant hatte, bei deren Bau ihr Vater seine Firma verloren hatte. Er war einige Male bei ihren Eltern zu Besuch gewesen, als sie noch in der Sophienterrasse gewohnt hatten. »Ein verkappter Sozialist«, hatte ihr Vater ihn genannt, und Paula hatte nicht gewusst, was ein Sozialist war. Damals war es darum gegangen, für die Erweiterung des Hamburger Hafens die Brookinseln mit Speichern zu bebauen. Die Hafenarbeiter und ihre Familien, die bisher auf dem Brook lebten, über zwanzigtausend Menschen, mussten umgesiedelt werden. Paula erinnerte sich, dass Suder von hellen, gesunden Wohnungen geschwärmt hatte, die er in Barmbeck, in Wandsbeck und auf der Veddel errichten würde. Nur leider stellten sie sich für die Hafenarbeiter als viel zu teuer und außerdem zu weit vom Hafen entfernt heraus. Viele Leute hatten damals einen Haufen Geld verdient, auch ihr Vater, der einen preiswerten kleinen Ofen entworfen hatte. Paula sah ihn vor sich, wie er in seiner Werkstatt über Plänen und Formeln brütete. Heinrich Klausner hatte einen siebten Sinn für Technik und konnte sich stundenlang in einer Tüftelei verlieren, um ein kleines Teil, ein Werkzeug, eine Form zu verbessern. Wochenlang rührte er in zwei alten Weinfässern und mischte Lehm, Sand und Schamott, bis er einen leichten, haltbaren und extrem wärmespeichernden Schamottstein gebrannt hatte. Den neuen Stein, der höchsten Temperaturen standhielt und die Wärme auch nach dem Ausgehen des Ofens noch stundenlang speicherte, ließ er sich patentieren. Dann entwarf er einen kleinen Ofen mit buntem Majolika-Aufsatz, der den eisernen Kanonenofen ablösen und Farbe und Individualität in die Wohnungen bringen sollte. Die neuen Öfen fanden reißenden Absatz und begründeten den Wohlstand der Firma. Immer mehr, immer schneller wurden die Öfen gebaut. Aus der kleinen Werkstatt war längst eine Fabrik geworden.

»Soll's morgens früh gemütlich sein, dann heiz mit Klausners Öfen ein!«

Als der Architekt den ehemaligen Werbespruch der Firma Klausner zitierte, erinnerte sich Paula wieder, wo sie sich befand.

»Ach, das war der Vater der Kleinen?«, fragte der neben ihm sitzende Mann neugierig. Er war jünger als die anderen und der Einzige, der ihr ein aufmunterndes Lächeln schenkte.

Suder nickte heftig nach beiden Seiten.

Paula fühlte, wie ihr heiß wurde. Noch vor zwei Jahren hatte jedes Kind in Hamburg diesen Satz gekannt. Vor zwei Jahren war ihr Vater ein angesehener, wohlhabender Unternehmer gewesen, mit einer Wohnung in einer imposanten Villa in Alsternähe und guten Beziehungen zu wichtigen Männern in der Baubehörde und der Politik. Besonders Erwin Suder hatte zu seinen Förderern gehört, als Wohltäter des kleinen Mannes hatte er ihren Vater gerühmt, der durch seine Erfindungen jedem Wärme und Behaglichkeit ins Wohnzimmer brachte. Und er hatte ihn in Sicherheit gewiegt, als Gerüchte über die merkwürdige Zahlungsmoral der Bauherren der Wohnsiedlung aufkamen.

»Auch ich lasse mein Geld in dem Projekt, glauben Sie mir. Mensch, Klausner, wir sind doch Geschäftsmänner. Da muss man auch mal Mut zum Risiko haben, nicht wahr? Wenn jetzt alle ihr Geld abziehen, dann gehen wir wirklich pleite, da hat man doch eine Verantwortung für das Ganze.«

Paula erinnerte sich genau an diesen Satz, den Suder zu ihrem Vater gesagt hatte, denn sie war dabei gewesen, als er damals den Architekten in seinem Büro aufgesucht hatte, weil er sich Sorgen um den Fortgang des Baus machte.

Zwei Tage später war der Betrug aufgeflogen. Die Chefs der Baufirma hatten sich übernommen und sich mit dem Geld der Handwerker nach Südamerika abgesetzt. Heinrich blieb auf dem größten Teil seiner Rechnungen sitzen. Weil er Suders Versicherungen vertraut hatte, hatte er nicht, wie ursprünglich geplant, seine bereits angelieferten Öfen von den Baustellen abgeholt. Als er es endlich tun wollte, waren sie längst gestohlen worden. Öfen im Wert von fünfzigtausend Mark.

Erwin Suder hatte ihn mitleidig angesehen, als er ihn zur Rede stellte, und nur gemeint: »Aber mein lieber Klausner. Jeder ist doch seines eigenen Glückes Schmied. Wer konnte das denn ahnen?«

Und jetzt sollte dieser Mann über ihr weiteres Schicksal befinden. Paula sah ihn voller Panik an, und Suder betrachtete sie seinerseits mit unverhohlener Neugierde.

»Na, sieh mal an«, sagte er gedehnt. »Was ist denn eigentlich aus deinem Vater geworden? Wie kommt es, dass du hier vor uns stehst?«

Paula brachte keinen Ton heraus, konnte die Erinnerungen nicht zurückdrängen.

»Willst du morgen noch am Leben sein, heiz nicht mit Klausners Öfen ein.« Dieser Spruch war am Tag nach dem Brand an der Mundsburg, als ohnehin schon alles verloren war, durch die Stadt gegeistert. Auch Paula und ihren Schwestern hatte man ihn schadenfroh ins Gesicht geschleudert.

»Willst du nicht antworten oder kannst du nicht?«, hörte sie die Stimme des Architekten. Sie sah ihn voller Hass an, immer noch unfähig, etwas zu erwidern.

An ihrer Stelle meldete sich Frau Schadewaldt zu Wort und gab einen kurzen Bericht ab. Suder nickte bestätigend und beugte sich nach rechts und links, um seine Kollegen von den Vorgängen damals in Kenntnis zu setzen. Er gab sich keine Mühe, seine Stimme zu senken, als er von Bankrott, Brandstiftung und polizeilicher Untersuchung sprach.

»Mein Vater hat mit dem Brand an der Mundsburg nichts zu tun«, sagte Paula und konnte nicht verhindern, dass ihre Stimme dabei zitterte. »Und am Bankrott der Baufirma trifft ihn auch keine Schuld.«

»Diese Göre!«, echauffierte sich Suder. »Willst du damit sagen, andere Leute hätten deinen Vater in die Pleite geritten? Aber das kennen wir ja zur Genüge in dieser Stadt: Fehler machen und sie dann anderen in die Schuhe schieben! Dein Vater hat mit seinem Geld nur so um sich geworfen! Und die Kinder überlässt man dann der öffentlichen Fürsorge.« Um Zustimmung heischend sah er nach rechts und links.

»Na, na, Herr Suder!«, mahnte der Mann neben ihm. Aber die anderen gaben dem Architekten nickend recht.

Paula fühlte sich plötzlich, als wären ihre Knochen aus Pudding, und sackte in sich zusammen. Sie hatte schon damals gewusst, dass ihr Vater sich auf das riskante große Bauvorhaben auch deshalb eingelassen hatte, weil er immer noch Hoffnung auf Paulas Heilung hatte.

In seinen schwärzesten Momenten gab Heinrich sich die Schuld an ihrer Krankheit, und er hatte sich geschworen, dass sie wieder vollständig gesund würde. Zu wie vielen Ärzten hatte er sie geschleppt, immer auf der Suche nach einem Wunderarzt, nach einer neuen Therapie? Unsummen hatte er dafür ausgegeben. Paula wusste das alles, weil sie in einer schlaflosen Nacht ein Gespräch zwischen ihren Eltern mitgehört hatte.

»Lass die Finger von dieser Siedlung. Ich traue diesen Leuten nicht«, hatte ihre Mutter gesagt.

»Ich muss es tun, für Paula«, hatte ihr Vater geantwortet.

Als ihr das wieder in den Sinn kam, verlor Paula ihren kämpferischen Geist.

»Ich füge mich«, flüsterte sie kaum hörbar.

»Du redest nur, wenn du dazu aufgefordert wirst«, wies Frau Schadewaldt sie scharf zurecht.

Paula wurde nach ihrer Schulbildung befragt und musste Fragen zu Literatur, Geschichte und Mathematik beantworten, was sie zufriedenstellend zu erfüllen schien, denn die Männer des Kollegiums nickten in Richtung von Frau Schadewaldt. Paulas Aufnahme in die Gruppe der konfirmierten Mädchen wurde zugestimmt.

»Die Kosten werden aus dem Vermögen des Waisenhauses bestritten, sollten alimentationspflichtige Verwandte ausfindig gemacht werden, haben sie die für das Stiftungskind aufgewendeten Kosten zu erstatten.« Das war wieder die Stimme von Erwin Suder. Paula erwartete fast, gleich einen Gerichtshammer zur Bestätigung des Urteils niedersausen zu hören.

Sie war jetzt Zögling im Waisenhaus. Zwanzig konfirmierte Mädchen wohnten in dem Heim. Sie erhielten eine Grundausbildung in häuslicher Arbeit, waren für Haus und Garten, die Wäsche und die Küche zuständig und hatten Unterricht in hauswirtschaftlichen Fächern. Die Aufseherin ihres Schlafsaals war ein Fräulein Schubrinck, die Paula vom ersten Moment an mit ausgeprägtem Misstrauen begegnete.

Während der ersten Woche fürchtete Paula manchmal, den Verstand zu verlieren. Ihr Bett stand mit denen der anderen in einem großen Schlafsaal, und Fräulein Schubrinck, die in einem Nebenraum schlief, hatte die Mädchen durch ein Fenster unter ständiger Beobachtung. Jede Träumerei, jedes Zwiegespräch wurde von Fräulein Schubrinck gestört. Nie gab es einen Moment des Alleinseins, jede Bewegung wurde registriert. Dennoch fühlte Paula sich so einsam wie noch nie in ihrem Leben.

Ihr kam es vor, als würde sie in einen dunklen Abgrund stürzen, ähnlich wie in den Tagen der erzwungenen Rückreise. Aber damals hatte Fanny sie ins Leben zurückgeholt. Hier gab es niemanden, dem das gelungen wäre. In den ersten Minuten nach dem Aufwachen glaubte sie oft, wieder im Zwischendeck zu sein. Zu ähnlich sahen sich die Schlafräume hier und dort, mit ihren übereinandergestellten Betten und den engen Gängen. Dann wurde ihr bewusst, wo sie sich befand, und die quälenden Grübeleien setzten wieder ein. Wenn wenigstens Fanny dagewesen wäre! Als Folge von Verzweiflung und Trauer rebellierte auch ihr Körper. Ständig war sie müde, nach jedem Essen litt sie an Durchfall, sie wurde mager, und ihre monatliche Blutung, die sie kurz vor der Auswanderung zum ersten Mal bekommen hatte, blieb aus.

Jeden Morgen um sechs stand sie auf und zog die dunkelblaue Waisenhaus-Uniform mit dem weißen, gestärkten Kragen an, der am Hals kratzte. Vor dem Frühstück kam das Gebet, dann ging es über den Hof in die Klassenräume. Der Unterricht war ihr Trost, weil er sie vom Nachdenken abhielt. Außerdem waren die Lehrerinnen nett, und sie gaben sich Mühe, den Zöglingen das Leben im Waisenhaus erträglich zu machen. Besonders die Deutschlehrerin Ilse Marquard zeigte den Mädchen bei jeder Gelegenheit, wie sehr sie sie mochte.

Nach vier Wochen bat sie Paula nach dem Unterricht, noch zu bleiben.

»Warum lehnst du jeden Kontakt ab?«, begann sie. »Manches ist leichter, wenn man eine Freundin hat.«

Paula antwortete nicht. Hätte sie sagen sollen, dass sie so

schnell wie möglich von hier fort wollte, nach Amerika, zu ihrer Familie?

»Ich bin selbst Waise«, begann Frau Marquard wieder. »Und ich habe gelernt, mich in das Unabänderliche zu fügen.«

»Ich bin aber keine Waise«, begehrte Paula auf.

»Ich habe davon gehört. Deine Eltern sind in Amerika?«

Paula nickte.

»Und du willst zu ihnen?«

Sie nickte erneut.

Die Lehrerin nahm ihre Hand, bevor Paula sie wegziehen konnte. »Dann nutze die Möglichkeiten, die sich dir hier bieten: vor allem die Ausbildung. Sie wird dir helfen, dein Leben allein zu meistern. Ich habe gehört, du bist gut im Rechnen?«

»Ich habe früher meinem Vater im Kontor geholfen.«

Ilse Marquard sah einen Moment aus dem Fenster und überlegte. »Würdest du so etwas auch gern hier machen?«, fragte sie dann.

Zum ersten Mal, seit sie im Waisenhaus war, lächelte Paula. »Ich würde alles lieber machen als nähen und waschen.«

Auch die Lehrerin lächelte. »Ich weiß nicht, ob ich dich ganz davon befreien kann, aber ich will es versuchen.«

Nachdenklich ging Paula in den Speisesaal zum Mittagessen. Ihre Lehrerin hatte ausgesprochen, was auch Paula sich schon vorgenommen hatte. Sie musste so viel wie möglich lernen, um das Geld für die Überfahrt verdienen zu können. Und hier im Waisenhaus bekam sie eine Ausbildung umsonst. Vielleicht sogar in einem Kontor?

Während der Hausaufgaben am Nachmittag und der folgenden Nähstunde dachte Paula über das nach, was Fräulein Marquard gesagt hatte. An diesem Tag stand ein Spaziergang der Zöglinge in Begleitung von Fräulein Schubrinck und einer weiteren Aufseherin an. Sie gingen die ewig gleichen Wege an der Alster entlang, immer schön zu zweit nebeneinander. Paula sah hinüber zum anderen Ufer. Dort, wo die Außenalster sich wieder zu einem Fluss verjüngte, nur einen Kilometer entfernt und doch Lichtjahre von hier, lag die Sophienterrasse, wo sie früher mit ihrer Familie in einem schönen Haus mit Dienstboten gewohnt hatte.

Ihr Vater hatte es durch seine Intelligenz, durch Fleiß und Beharrlichkeit geschafft, sich aus dem Gängeviertel hochzuarbeiten und es zum Unternehmer zu bringen. Dass am Ende ein Bankrott gestanden hatte, änderte nichts an seinem Aufstieg. Paula hatte viel von ihm, sie hatte ihm oft bei der Arbeit zugesehen, sie wusste, wie er dachte und warum. Eine Erkenntnis durchzuckte sie. Sie blieb stehen, und das hinter ihr gehende Mädchen trat ihr in die Fersen.

»Aufschließen«, rief Fräulein Schubrinck.

Paula fasste wieder Tritt und ging weiter. Fräulein Marquard hat recht, dachte sie bei sich. Ich werde hier so lange aushalten, wie es nötig ist, und so viel lernen, wie ich kann. Und dann werde ich mir eine Stellung suchen.

Die Sonntage im Waisenhaus waren besonders schlimm. Die Nachmittage ohne Beschäftigung waren langweilig und trostlos. Alle vier Wochen war Besuchstag. Es gab immer einige Kinder, die das Glück hatten, diesen Tag bei Verwandten oder in Pflegefamilien zu verbringen, andere bekamen Besuch von Angehörigen. Die Zurückbleibenden fühlten sich dadurch umso einsamer.

Paula nutzte die freie Zeit, um Briefe nach New York zu schreiben. In der Stunde, die sie in glücklicheren Zeiten gemeinsam mit ihrer Familie um den Kamin in der Sophienterrasse gesessen hatte, während Martha in der Küche das Abendbrot richtete – aufgewärmten Braten vom Mittag mit geröstetem Brot, das Lieblingsessen der Kinder –, hielt sie jetzt Zwiesprache mit ihrer Mutter und ihrem Vater. Nachdem sie die Seiten mit ihren Gedanken und Wünschen gefüllt hatte, faltete sie die Blätter sorgfältig und schickte sie an Familie Heinrich Klausner, New York, Amerika. Sie fügte unterschiedliche Zusätze ein, um die Adresse zu präzisieren: Hapag-Büro, Amt des Bürgermeisters, Ellis-Island-Kontrollstation, Heilsarmee …

Doch wohin sie die Briefe auch schickte, nach einigen Wochen kamen sie zurück, und der verwischte Stempel besagte: Empfänger unbekannt. Der achte Brief blieb verschollen, und Paula machte sich Hoffnungen, er hätte ihre Eltern erreicht. Die folgenden Briefe adressierte sie wie diesen einen an die Handelskammer. Als jedoch eines Tages ein ganzer Stapel von Briefen mit einer bedauernden Absage zurückkam, man kenne dort leider keine Familie Klausner, war sie der Verzweiflung nahe. Ihr fiel niemand mehr ein, an den sie sich hätte wenden können. Sie machte sich Vorwürfe, nicht schnell genug und nicht genügend Briefe geschrieben zu haben. Vielleicht war ihre Familie gar nicht mehr in New York, weil sie aus Hamburg keine Nachricht bekommen hatte? Wo war sie dann? Und ging es ihnen gut?

Die ganze Woche über quälte Paula sich mit solchen Fragen, und am folgenden Sonntag schrieb sie doch wieder einen Brief an Familie Heinrich Klausner, New York.

Sie hatte zwei Wochen nach ihrer Ankunft auch an Fanny geschrieben, aber ebenfalls keine Antwort erhalten. Sie fand sich damit ab, dass Fanny und Jakob nun woanders lebten und sie wohl längst vergessen hatten.

Hans hatte sie an die Adresse seiner Mutter mitgeteilt, wo sie untergekommen war. Doch auch von ihm hörte sie nichts.

Was sie nicht wissen konnte, war, dass er ihr sogleich geantwortet hatte. Doch Frau Schadewaldt, die jeden Brief an ihre Zöglinge öffnete, hatte es für nicht schicklich befunden, wenn ihre Mädchen sich mit jungen Männern Briefe schrieben, und ihn verschwinden lassen.

Ein paar Tage nach ihrem Gespräch mit Ilse Marquard begann Paula in der Küche zu arbeiten. Als die Lehrerin vorgeschlagen hatte, dass sie hier helfen könnte, war Paula zuerst davor zurückgeschreckt. Bis ihr klargeworden war, dass sie beim Einkauf der Lebensmittel und den Abrechnungen helfen sollte. Jeden Tag durfte sie eine Stunde früher die nachmittäglichen Näh- und Hauswirtschaftsstunden verlassen und sich in das winzige Büro neben der Küche setzen. Dort kontrollierte sie die Rechnungen, prüfte Mengen, Preise und Rabatte und schrieb auch mal einen Brief, wenn eine Lieferung nicht ordnungsgemäß vonstatten gegangen war. Die Arbeit war nicht anspruchsvoll, aber sie machte ihr Spaß. Und manchmal machte sie sie traurig, wenn sie an früher dachte, als sie im Kontor ihres Vaters gesessen hatte, ihm gegenüber, und ihm geholfen hatte.

Für ihre Tätigkeit erhielt Paula eine winzige Summe, die jedoch von Frau Schadewaldt einbehalten wurde. Und bei Fräulein Schubrinck machte sich Paula durch »diese Extravaganzen«, wie die Aufseherin es nannte, auch nicht gerade beliebter.

Es war Januar geworden. Vor den Fenstern lag schmutzig grauer Schnee, und im Aufenthaltsraum der Mädchen war es ungemütlich kalt.

Paula saß an ihrem Tisch und schrieb an ihre Eltern, wie jeden Sonntag. Von den Fortschritten, die sie in der Schule machte, dass sie jetzt Soßen kochen konnte und dass sie im Kontor arbeitete und so etwas wie eine Lehre absolvierte. Sie betonte, dass es ihr gut ging. Warum sollte sie ihre Eltern unnötig beunruhigen?

Fräulein Schubrinck, die die Angewohnheit hatte, sich

unbemerkt hinter die Mädchen zu stellen und zu lesen, was sie schrieben, ließ plötzlich ihre Hand schwer auf Paulas Schultern fallen. Paula zuckte zusammen.

»Deine Familie will nichts mehr von dir wissen, das muss dir doch endlich klar sein. Oder kannst du mir einen anderen Grund nennen, warum deine Briefe zurückkommen? Sieh her, hier ist schon wieder einer!« Sie zog einen Brief aus ihrer Schürzentasche, hielt ihn in die Höhe und drehte sich im Kreis, damit alle ihn sehen konnten. Dann warf sie ihn vor Paula auf den Tisch. Paula erkannte ihre Handschrift und den verfluchten Stempel der Post. Fräulein Schubrinck beugte sich leicht zu ihr herunter und zischte: »Wenn es sie überhaupt gibt. Wer sagt denn, dass du überhaupt in Amerika gewesen bist? Du kannst uns hier ja viel erzählen. Wach endlich aus deinen Träumen auf und akzeptiere, dass du keine Eltern hast! Du bist nicht besser als die anderen hier! Paula New York, dass ich nicht lache!«

Paula stand auf, nahm ihre Sachen und verließ wortlos den Raum. Sie fühlte die Blicke der anderen, die an ihrem Rücken und an ihrem rechten Bein hingen. »Paula New York« wurde hinter ihrem Rücken gekichert.

Von diesem Tag an hatte sie den Spitznamen weg. Die anderen Mädchen waren ihr von Anfang an gleichgültig bis feindselig begegnet, nachdem sie alle Annäherungsversuche abgewiesen hatte. Aber jetzt, wo sie sie geringschätzig »Paula New York« nannten, machten sie ihre Abneigung für alle deutlich. Paula störte sich nicht einmal besonders daran. Sie wollte im Waisenhaus keine Freundin finden, weil sie spürte, dass diese Freundschaft nicht lange halten würde. Und weil sie zu traurig war, um zu lachen und unbeschwert zu sein. Sie verbrachte ihre Tage zurückgezogen und in sich gekehrt. Der einzige Mensch, den sie an sich heranließ, war Fräulein Marquard.

Zu Ostern gab es Zeugnisse. Paula war die beste Schülerin ihrer Klasse und bekam eine Belobigung für ihre Arbeit in der Küche. Sie musste zu Frau Schadewaldt ins Büro, um ihr Zeugnis abzuholen. Vor dem Schreibtisch der Direktorin saß Erwin Suder. Paula fühlte sofort, dass das nichts Gutes zu bedeuten hatte.

»Das hat sich ja als richtige Entscheidung herausgestellt, dich hier aufzunehmen«, sagte er, nachdem er sich halb zu ihr herumgedreht hatte. Er betrachtete sie mit einem abschätzigen Blick. »Na ja, dumm warst du ja damals schon nicht.« Er las noch einmal ihr Zeugnis. »Die Frage ist, was wir mit dir anstellen. Deine Schulbildung ist beinahe abgeschlossen. Spätestens an Michaelis wirst du die Schule verlassen.«

Paula rechnete nach. Michaelis war am 29. September. Das war in fünf Monaten.

»Wir können niemanden hierbehalten, der sich auch selbst versorgen könnte«, warf Frau Schadewaldt ein. »Es gibt schließlich andere Kinder, die bedürftiger sind.«

»Allerdings können wir dich auch nicht einfach so gehen lassen. Wer weiß, in welche Schwierigkeiten du gerätst. Du bleibst selbstverständlich unter der Vormundschaft des Waisenhauses, bis du volljährig bist.«

»Ich verstehe nicht ...«, wagte Paula einzuwenden.

»Natürlich verstehst du nicht!«, brauste der Architekt auf. Dann kam er endlich zur Sache. »Ich brauche ein Hausmädchen, spätestens im Oktober. Dann bekommt meine Frau ein Kind und braucht Unterstützung.« Er legte die Fingerspitzen aneinander und machte eine Pause. »Ich biete dir eine sichere Stellung, trotz deiner Behinderung.«

»Und nebenbei hättest du die Möglichkeit, dich für die dir erwiesenen Wohltaten erkenntlich zu zeigen«, fügte Frau Schadewaldt hinzu.

»Kost und Logis. Und ein kleines Taschengeld. Dein Gehalt

wird auf ein Konto der Sparkasse des Waisenhauses eingezahlt.«

»Das ist so üblich«, sagte Frau Schadewaldt.

Paula sah die beiden ungläubig an. Sie sollte umsonst für den Mann arbeiten, der ihren Vater in den Ruin getrieben hatte? Und dann auch noch als Hausmädchen? Und zu allem Überfluss sollte sie ihm auch noch dankbar sein, weil er sie trotz ihres Beins nahm? Niemals. Sie schluckte, ihr Mund war ganz trocken vor Wut. Aber sie sagte nichts.

»Ich sehe, du bist vernünftig«, sagte Frau Schadewaldt abschließend.

Damit war Paula entlassen. Sie verließ eilig den Raum. Zitternd vor Empörung und ohnmächtiger Wut blieb sie im Flur vor dem Direktionszimmer stehen. Was sollte sie nun tun?

Am nächsten Tag fand sie sich erneut vor Frau Schadewaldts riesigem Schreibtisch ein.

»Lassen Sie mich zur amerikanischen Handelsvertretung gehen. Oder ins amerikanische Generalkonsulat in Hamburg. Die müssen mir helfen, meine Familie zu finden!«, flehte sie und versuchte, dem kalten Blick der Direktorin standzuhalten.

Frau Schadewaldt winkte ab. »Die müssen gar nichts. Und wir können es nicht verantworten, dass unsere Zöglinge das Haus ohne Begleitung verlassen. Ich bin sicher, wenn deine Eltern gewollt hätten, dann hätten sie sich längst an uns gewandt. Zudem unternehmen auch wir Schritte, um sie ausfindig zu machen.«

»Was unternehmen Sie denn? Wie soll denn meine Familie mich finden, wenn ich hier eingesperrt bin?« Wütend sprang Paula von ihrem Stuhl auf und verließ ohne Erlaubnis der Direktorin das Zimmer. Zur Strafe für ihr ungebührliches Betragen musste sie anschließend eine Stunde auf

Knien verbringen. Danach konnte sie nicht aufstehen, und ihr krankes Bein war stark angeschwollen.

Als sie an diesem Abend endlich im Bett lag und ihr schmerzendes Knie rieb, traf sie eine Entscheidung. Sie würde aus dem Waisenhaus fliehen. Schon viel zu lange hatte sie ausgeharrt und wertvolle Zeit verstreichen lassen, in der sie ihre Familie hätte suchen können. Das Gespräch mit der Direktorin hatte ihr deutlich gemacht, dass man im Waisenhaus kein Interesse daran hatte, ihre Eltern zu finden. Dann würde dem Haus ja eine lukrative Einnahmequelle entgehen!

Die nächsten Wochen verbrachte sie damit, Fluchtpläne zu schmieden. Denn dass sie nie, niemals in das Haus von Erwin Suder gehen würde, stand für sie fest. Je länger sie über diesen Vorschlag nachdachte, umso wütender wurde sie. Es wäre ihr wie ein Verrat an ihrem Vater vorgekommen. Sie hasste den Architekten aus tiefstem Herzen für seine Idee. Und dafür, dass er sich dabei auch noch edelmütig vorkam.

Ich werde nach Amerika gehen, dachte sie jeden Abend vor dem Einschlafen.

Sie vertraute sich Ilse Marquard an, um sie zu fragen, ob sie gezwungen werden könnte, die Stellung als Hausmädchen anzunehmen. Die Lehrerin konnte ihr nur sagen, dass es üblich sei, Waisenhauszöglinge in die Lehre zu geben und ihren Lohn einzubehalten.

»Man bekommt das Geld zurück, wenn man volljährig ist«, fügte sie hinzu.

»So lange kann ich nicht warten«, antwortete Paula.

Es wurde aber Ende August, bis sie den Mut und die Gelegenheit fand, das Waisenhaus zu verlassen.

Denn als ob Frau Schadewaldt etwas ahnte, ließ sie Paula

nicht eine Sekunde aus den Augen. Sobald sie sich in der Nähe des Eingangstores aufhielt, rief sie sie zu sich. Ständig hatte sie Extraaufgaben für Paula, die sie sogar von den offiziellen Spaziergängen befreiten. Und wenn sie mitdurfte, wurde ihre Kleidung am Ausgang kontrolliert.

Ohne ihre persönlichen Dinge aber wollte sie nicht gehen. Sie konnte sich nicht von den wenigen Erinnerungen trennen, die sie noch mit ihrer Familie verbanden. Ihre Sachen lagen schon seit Wochen in einen Leinenbezug gewickelt hinter dem Vorrat an Putzmitteln ganz oben in einem Regal in der Küche bereit. Die fünfzig Mark aus ihrem Rocksaum, die bisher niemand entdeckt hatte, waren in ihren Unterrock eingenäht.

Am monatlichen Besuchstag Ende August bot sich dann eine günstige Gelegenheit, denn Frau Schadewaldt war nicht im Hause, stand also nicht wie sonst am Ausgang, um die Besucher zu verabschieden. Paula setzte ihren sorgfältig geschmiedeten Plan in die Tat um.

Während des Gottesdienstes in der kleinen Kirche, die zum Waisenhaus gehörte, beobachtete sie die Anwesenden. Da war auch, wie an jedem Besuchstag, das Ehepaar, das zwei Pflegekinder im Vorschulalter besuchte. Paula hatte sie schon öfter gesehen. Sie tat, als sei ihr übel, und verließ die Kirche. So schnell sie konnte, rannte sie in die Küche, um ihre Sachen zu holen, dann huschte sie unbemerkt zurück. Als der Gottesdienst vorüber war, schloss sie sich dem Ehepaar und den beiden Mädchen an, die das Gelände verlassen wollten, um in einem nahe gelegenen Ausflugslokal zu Mittag zu essen. Paula war so unverfroren, sich bei der Frau einzuhaken und sie lachend in ein Gespräch zu verwickeln, als sie sich dem Tor näherten. Die fremde Frau sah sie nur verblüfft an und brachte kein Wort heraus. Sobald das schwere Tor sich hinter ihnen geschlossen hatte, ließ Paula die Frau los. Doch als sie weglaufen wollte, wurde sie von dem Mann festgehalten.

»He! Moment mal, wo willst du denn hin?«

Ohne zu zögern trat Paula ihm mit aller Kraft gegen das Schienbein. Als er sie wütend losließ, begann sie zu rennen.

»Das ist Paula New York«, hörte sie die beiden Mädchen hinter ihr her rufen.

Sie haben uns erzählt, dass die Züge in Amerika auf den Dächern der Häuser fahren. Das war wie Zauberei für uns. Niemals hatten wir etwas Vergleichbares gesehen. Nachdem der Zug losgefahren war, während der Fahrt, konnte man in die Fenster sehen, und man konnte die Menschen in den Häusern sehen und was noch alles!

Arnold Weiß, polnischer Jude, 1921 eingewandert.

6

New York, Sonnabend, 25. August 1894

Meine kleine Paula,

Papa wird mir nicht zustimmen, wenn ich Dich klein nenne. Er glaubt ganz fest daran, dass Du erwachsen genug bist, um allein in Hamburg zurechtzukommen. Ich weiß, er sagt das, damit ich mir nicht so viele Sorgen um Dich mache. Wenn Du wüsstest, wie sehr ich mir wünsche, er möge recht haben!
Dies ist mein siebenunddreißigster Brief an Dich.
Ich schreibe Dir jeden Sonnabend, wenn die anderen nicht da sind. Ich freue mich jede Woche aufs Neue auf diese Momente der Ruhe und der Zwiesprache mit Dir. Ich habe Dir schon so viele Briefe geschrieben, genau wie Dein Vater und Deine Schwestern, aber sie sind alle ohne Antwort geblieben. Sie sind zurückgekommen oder einfach verschwunden. In jedem Fall haben sie Dich nicht erreicht, denn sonst hättest Du uns geantwortet. Inzwischen schicke ich sie nicht mehr ab und hebe die Briefe für Dich auf. Du wirst sie lesen, wenn wir uns wiedersehen.
Wenn ich mir vorzustellen versuche, wo Du jetzt gerade bist, wie es Dir geht, dann blutet mir das Herz. Was würde ich für ein Lebenszeichen von Dir geben!

Ich bete jeden Abend zu Gott, er möge für Dich sorgen. Alles, was ich mir wünsche, ist, dass es Dir gut geht, dass Du glücklich bist und die Trennung gut überstehst. Besser als ich, das hoffe ich von Herzen. Ich mache mir unendliche Vorwürfe, weil ich nicht besser auf Dich aufgepasst habe. Wir haben doch schon Julian verloren! In der ersten Zeit hier in New York habe ich Dorothea und Anna nicht eine Sekunde aus den Augen gelassen, weil ich immer befürchtete, auch sie könnten einfach verschwinden, so wie Julian und Du.
Ich will Dir so genau wie möglich unser Leben hier beschreiben, damit Du das Gefühl hast, immer bei uns gewesen zu sein, wenn Du endlich hier ankommst. Aber ich muss nach den richtigen Worten suchen, denn hier ist alles ganz anders, als wir es kennen und es uns vorgestellt haben. Wenn man sie nicht mit eigenen Augen gesehen hat, möchte man viele Dinge nicht für möglich halten, die hier passieren.
Wir sind in ein Land gekommen, das sich so schnell ändert, dass es sich selbst kaum kennt und sich jeden Tag neu erfindet. Wie alle, die kommen, waren wir auf der Suche nach einer neuen Heimat, aber wir konnten sie nicht finden. Wir mussten lernen, dass wir diese Heimat selbst erschaffen müssen.
Wir haben alles hinter uns gelassen, was wir kannten: Freunde und Familie, den gewohnten Alltag, die Straße vor dem Haus, das Osterfrühstück, einfach alles. Aber wir hatten uns, wir waren eine Familie, auch wenn Julian uns unsäglich fehlte, besonders Dir, meine kleine Paula.
Als wir die Fähre verließen, die uns von Ellis Island nach Manhattan brachte, hatten wir auch Dich verloren. Nachdem Du hinter dieser unseligen Tür verschwunden warst, bekam Dein Vater einen wahren Tobsuchtsanfall.

Er wollte Dir nach. Die Beamten waren drauf und dran, ihn zu verhaften.
In den ersten Tagen waren wir wie gelähmt. Glücklicherweise hatte uns jemand, den wir auf Ellis Island kennengelernt hatten, eine Adresse gegeben. Dort konnten wir ein Zimmer mieten. Ein Zimmer und ein Bett für uns alle! Wir haben abwechselnd geschlafen, das ist hier gang und gäbe. Aber wir waren froh, überhaupt irgendwo unterzukommen. Einige Vermieter nehmen keine Juden, andere nur Juden, ein Dritter wollte nur Katholiken, aber keine Iren und so weiter. Als wir endlich ein Dach über dem Kopf hatten, haben wir dagesessen und uns gefragt, was werden sollte, wie wir Dich wiederfinden sollten.
Auf Ellis Island hatte man uns gesagt, Du würdest mit dem nächsten Schiff nach Hamburg zurückgeschickt. Vom Morgengrauen bis in die Dunkelheit standen wir an den Piers und haben mit den Augen alle Decks abgesucht, um Dich zu finden. Dein Vater war entschlossen, Dich notfalls mit Gewalt von Bord zu holen, aber es war alles umsonst.
In den folgenden Wochen bin ich jeden Tag, an dem ein Schiff aus Hamburg ankam, an die Piers gegangen und habe nach Dir Ausschau gehalten. Ich wollte einfach daran glauben, dass Du eines Tages auf einem anderen Schiff nach New York kommen würdest.
Ich bin so oft dort gewesen, dass die Leute mich schon kannten und jemand sogar einen Zeitungsartikel über mich verfasst hat. Früher hätte ich niemals meine Einwilligung dazu gegeben, das kannst Du Dir denken, aber die Hoffnung, dass Du diese Zeitung vielleicht lesen würdest, hat mich zustimmen lassen.
Ich würde immer noch alles tun, um Dich zurückzubekommen!

Nun will ich Dir aber, wie versprochen, von unseren Erfahrungen hier erzählen.
In Manhattan sind wir mit einem Zug gefahren, der auf Stelzen über den Straßen fährt. Man nennt das hier Elevated Train. Wenn man in ihm sitzt, kann man in die Fenster des ersten Stockwerks sehen, das hier übrigens schon das zweite Stockwerk ist. Du siehst die Leute beim Essen, beim Schlafen und auch bei anderen Beschäftigungen, und es kümmert sie nicht. Und diese Züge machen einen Krach, den Du Dir nicht vorstellen kannst. Die Erde bebt, und der Putz rieselt in den Häusern von der Decke. Ich weiß das, weil wir jetzt in der Delancey Street wohnen, über die die Bahn hinwegdonnert. Aber man gewöhnt sich an den Lärm. Dein Vater hat es geschafft, uns eine Wohnung zu besorgen, die so ähnlich ist wie die in der Großen Petersenstraße. Aber ein paar Straßen weiter hausen die Menschen mit ganzen Familien von acht oder zehn Personen in höchstens drei Zimmern. Ich bin einmal in einer solchen Wohnung gewesen, es ist zum Weglaufen, noch schlimmer als die Hamburger Gängeviertel. Nur ein Zimmer hat ein Fenster zur Straße. Die beiden anderen sind so klein, dass höchstens ein Bett hineinpasst, und sie schließen an das große Zimmer an. Licht und Luft bekommen sie nur durch einen Mauerdurchbruch zum ersten Raum. Die Treppenhäuser sind ohne Licht; hier spielen die Kinder, manchmal fünfzig oder sechzig in einem Haus! Den Lärm und den Dreck kannst Du Dir vorstellen. Ununterbrochen wird in diesen Häusern in allen möglichen Sprachen geredet und geschrien. Aber die Worte haben keine Bedeutung. Niemand scheint sie zu hören. Vom Dach, auf dem die Wäsche getrocknet wird und Hasen gehalten werden, bis zur Straße hinunter gibt es eine Art offenen Schacht. Ich bin nur froh,

dass unsere Wohnung keine Fenster da raus hat, denn die Leute werfen ihren Abfall hinein, und es stinkt.

Wenn Du wüsstest, was wir alles unternommen haben, um Dich zu finden. Gleich am zweiten Tag nach unserer Ankunft haben Dein Vater und ich Briefe an den Senat nach Hamburg geschrieben, an Freunde, an die Hapag. Heinrich ist ins hiesige Büro der Reederei marschiert und hat einen Riesenkrach veranstaltet. Es hat alles nichts genützt. Wenn man uns überhaupt geantwortet hat, dann, dass man nichts über Dich wisse.
Das unerschütterliche Vertrauen Deines Vaters in Deine Klugheit und Kraft hat mir geholfen, das alles zu überstehen. »Sie ist sechzehn, und sie ist bisher mit allen Schwierigkeiten allein fertig geworden. Außerdem fährt sie nach Hamburg, nicht nach Timbuktu. Sie wird es schaffen«, sagt er immer zu mir.

Man nennt uns hier Klossner, weil unser Name auf Englisch so ausgesprochen wird. Ich hatte anfangs Mühe, mich daran zu gewöhnen, aber dann habe ich mir gesagt, wenn ein russischer Bauer sich innerhalb eines Tages an fließendes Wasser, Gaslicht, Wolkenkratzer und durch die Straßen donnernde Ungetüme gewöhnen kann, dann ist ein neuer Name nicht weiter schlimm.
Hier wird die Geschichte eines alten Juden erzählt, der auf Ellis Island ankam und sich einen guten amerikanischen Namen wünschte. Ein Mann bei der Gepäckaufbewahrung riet ihm, sich Rockefeller zu nennen.
Als der alte Jude an der Reihe war, seinen Namen zu nennen, hatte er das Wort vergessen und sagte das auch auf Jiddisch: »Schon vergessen«. Der Beamte verstand John Ferguson, und so kam der Mann zu seinem neuen Namen.
Mein Vorname hat sich übrigens auch geändert. Hier heiße ich Sophie, wobei das »o« betont wird und in

einem »u« ausklingt. Für das »Luise« meines Vornamens haben die Amerikaner keine Zeit.
Daran wirst Du Dich gewöhnen müssen, wenn Du hier bist. Alles hier muss schnell, schnell gehen. Wehe, Du verstehst nicht gleich, was von Dir erwartet wird, dann droht Dir ein Donnerwetter. Zum Glück verstehe ich nicht alles, was die Leute zu mir sagen. Ich spreche zwar schon ganz gut Englisch, aber diese Wörter will ich gar nicht kennen.
Willst Du wissen, wie unsere Tage hier aussehen?
Die Mädchen gehen in die Schule. Am ersten Tag hat man sie zu den Achtjährigen in die Klasse gesteckt, weil sie nicht genügend Englisch konnten. Die haben sich natürlich lustig über sie gemacht, und das hat sie so geärgert, dass sie gepaukt haben wie noch nie. Jetzt gehen beide in ihre entsprechenden Klassen. Stell Dir vor, auch Dein Vater und ich besuchen die Abendschule, um Englisch zu lernen und die amerikanische Verfassung, denn Dein Vater hat sich in den Kopf gesetzt, dass wir alle Amerikaner werden. Er hofft, dann wird es leichter, Dich herüberzuholen. Er hat einen winzigen Laden nicht weit von unserer Wohnung entfernt gemietet und dort angefangen, seine Öfen zu bauen. Der letzte Winter war schneidend kalt, wir hatten viel Schnee, viel mehr als in Hamburg. Dein Vater ist jeden Tag die Baustellen weiter im Norden der Stadt abgelaufen und hat seine Öfen angepriesen. Deutsche Handwerker haben hier einen guten Ruf, und sein Geschäft wird langsam bekannt. Jetzt hat er sogar eine Hilfe eingestellt, einen jungen Österreicher. Vorher hatte er einen Russen, mit dem aber eine Verständigung nicht möglich war. Ständig hat er etwas falsch gemacht, und außerdem hat er sich die Nase am Ärmel abgeputzt.

Am Sonntag gehen wir oft spazieren und sehen uns die Stadt an, vor allem die neuen Wolkenkratzer, die an jeder Ecke entstehen. Sie sind noch viel höher als unsere Hamburger Kirchen, und ich habe das Gefühl, dass sie von den Amerikanern auch als die neuen Kirchen angesehen werden. Sie stehen davor und sehen andächtig hinauf, als würden sie beten. Deine Schwestern gehen Eis essen, und ich erlaube es ihnen, denn jeder hier macht das. Die Leute bewegen sich freier als in Hamburg. Ich weiß, wie sehr Dir das gefallen würde. Viele junge Frauen arbeiten als Shop girls, das sind Verkäuferinnen. Sie verdienen aber viel mehr als die erste Verkäuferin bei Schmoelcke. Dorothea möchte auch gern ein Shop girl sein, am liebsten in einem der Kaufhäuser am Broadway, das ist die berühmteste und eleganteste Straße hier in New York.

Stell Dir vor, wir haben Erich Harms wiedergetroffen. Erinnerst Du Dich, der junge Mann war Hafenarbeiter in Hamburg, er hatte sein Bett auf der »Fürst Bismarck« neben Deinem Vater. Er hatte immer rote, tränende Augen und befürchtete schon, es sei ein Trachom. Er ist mit seiner Schwester Annelie ausgewandert, nachdem die übrigen Familienmitglieder an der Cholera gestorben waren. Erich hat es tatsächlich geschafft und hier ein Bierlokal aufgemacht. Es heißt »Luchow's«, warum er diesen komischen Namen gewählt hat, weiß ich nicht. Es ist groß genug, dass er am Wochenende deutsche Musikkapellen engagiert. Das musst Du erleben, wie da getanzt wird! Auch Dorothea geht oft zu ihm, manchmal hilft sie dort aus, was Deinem Vater gar nicht recht ist. Ich glaube, sie schwärmt für Erich.

In unserem Viertel leben sehr viele Deutsche. Fast alle Apotheker und Ärzte kommen aus Deutschland, und die meisten Lebensmittelläden, die hier Delis oder Grocers heißen, werden von Deutschen geführt. Da erfährt man die eine oder andere Geschichte, wenn man einkaufen geht. In unserer Straße wohnt zum Beispiel eine Familie Helferich. Der Vater war ein berühmter Geigenbauer, bis er bei einem Unfall zwei Finger verloren hat. Einst hat unser Kaiser, so wird gesagt, ihm eine Violine geschenkt. Und stell Dir vor, diese Geige wurde gestohlen. Sein Sohn, der auch Geigenbauer ist, hat eine neue gebaut, die genau gleich aussieht, und sie an ihren Platz gelegt. Jeder in der Straße kennt die Geschichte, und niemand verliert gegenüber dem Alten ein Wort darüber. So sind die Leute hier.

Manchmal glaube ich, in Hamburg zu sein, wenn ich aus dem Hinterzimmer einer Gaststätte einen deutschen Chor höre. Es gibt aber auch andere, die ihre Herkunft verleugnen. In der Straße gibt es einen Krämer aus Frankfurt, der sich weigert, ein einziges Wort Deutsch zu sprechen. Bei ihm gibt es keine Leberwurst, sondern nur Liver Sausage. Anna war anfangs mit seiner Tochter befreundet, aber der Vater hat ihr verboten, mit »Ausländern« zu spielen.

Deine Schwester Anna hat sich am schnellsten hier zurechtgefunden. Sie spricht schon fast perfekt Amerikanisch und übernimmt das Gespräch, wenn wir wieder zur Ballin-Reederei hier in New York gehen, um nach Dir zu fragen. Obwohl wir wohl neulich zum letzten Mal dort waren. Die Leute sind zwar einigermaßen freundlich, können uns aber absolut nicht helfen. Und Deine Rückreise liegt nun ja auch schon fast ein ganzes Jahr zurück.

Unsere Wohnung liegt am nördlichen Ende der Lower East Side, das ist ein Stadtteil. Wenn ich in südöstlicher Richtung gehe, komme ich ziemlich schnell an den Fluss East River. Dort habe ich ein kleines grünes Plätz-

chen gefunden, wo ich mich immer hinsetze und auf die Brooklyn Bridge schaue. Ich denke dann immer an Dich und stelle mir vor, dass diese Brücke über den Atlantik führt und Dich wieder zu mir bringt, meine kleine Paula.
Gleich kommen Deine Schwestern zurück. Ich werde diesen Brief zu den vielen anderen in die Schublade legen, in der Gewissheit, dass Du sie eines Tages lesen wirst, wenn wir wieder vereint sind.

Bis zum nächsten Sonnabend,
Deine Dich liebende Mutter Sophie

Wer nach ein paar Jahren wiederkommt, erkennt seine Stadt nicht wieder. Kein Haus, keine Markierung ist geblieben.

Ein irisches Dienstmädchen

7

Paula hielt erst an, als sie das Wasser der Alster vor sich glitzern sah. Keuchend stemmte sie die Ellenbogen in die Seiten. Nachdem sie wieder zu Atem gekommen war, wühlte sie ihre Taschen durch und stellte erleichtert fest, dass sie beim Laufen weder Papiere noch Geld verloren hatte. Alles war noch da. Ihre Finger fanden auch den Bernstein und umschlossen ihn, bis er ganz warm wurde. Die Berührung gab ihr Mut. Unter ihrem Mantel, in ihren Rockbund gesteckt, trug sie Julians Atlas, zwischen dessen Seiten sie das Familienphoto gelegt hatte. Mit einem Griff in ihr Haar vergewisserte sie sich, dass der Schildpattkamm, den sie zum Abschied von Fanny bekommen hatte, noch an seinem Platz war. Dieser Kamm war ihr in den letzten Monaten beinahe so wichtig geworden wie die Andenken an ihre Familie.

Während sie langsam wieder zu Atem kam, überprüfte sie, dass ihr niemand gefolgt war. Dann ging sie zu einer Reihe von Kutschen, die auf Kunden warteten.

»Zum Ohlsdorfer Friedhof«, sagte sie und stieg ein.

Der Friedhof sollte ihr erstes Ziel sein. Während die Kutsche nach Norden rollte, bereitete Paula sich innerlich darauf vor, gleich am Grab ihres Bruders zu stehen. Niemand wollte ihr glauben, dass sie eine Familie hatte, dass sie die Überfahrt tatsächlich gemacht hatte, sie wurde als Paula New York gehänselt. Sie wollte den Namen ihrer Familie auf einem Grabstein lesen, um sich zu vergewissern, dass es sie gab.

Während der Fahrt zog sie den Anstaltsrock aus, unter dem sie ihren eigenen Rock trug. Er war zu weit geworden, sie hatte ihn noch im Waisenhaus enger gemacht. Dann legte sie den verhassten weißen Kragen ab. Beides ließ sie unter die Bank in der Kutsche gleiten. Sie trug jetzt noch ihre Waisenhausbluse, aber die konnte sie unter ihrem Mantel verbergen. Er war eigentlich zu dick für die Jahreszeit, aber sie hatte ihn nicht im Heim zurücklassen wollen. Der schöne Filzhut, den ihre Mutter ihr für die Reise gekauft hatte, war schon in Amerika verloren gegangen.

Als sie in Ohlsdorf ankamen, weigerte sich der Kutscher, ihren Geldschein zu wechseln, und schimpfte.

»Jetzt haben Sie sich nicht so«, sagte Paula. »Warten Sie hier.« Sie hatte instinktiv den Ton angenommen, in dem ihre Mutter zu Dienstboten gesprochen hatte: freundlich, aber bestimmt, Widerspruch zwecklos. Und sie war verwundert, wie schnell der Kutscher sich fügte.

Sie ging auf die andere Straßenseite und kaufte in einer Friedhofsgärtnerei einen Strauß Blumen.

Dann ging sie zu dem Mann zurück und bezahlte ihn.

»Das nächste Mal bitte passend«, brummte er noch.

Paula entgegnete nichts darauf. Sie hatte bereits das Tor geöffnet und ging langsam die geharkte Hauptallee entlang. Feierlich setzte sie Schritt vor Schritt. Seit fast einem Jahr hatte sie das Gelände des Waisenhauses nur unter Aufsicht verlassen, es war ein ganz ungewohntes Gefühl, allein und unbeobachtet zu sein. Sie konnte nach rechts oder nach links gehen, sie konnte stehen bleiben oder den Schritt beschleunigen ohne Fräulein Schubrincks Kommentare oder Anweisungen im Ohr.

Aber ohne die anderen aus dem Waisenhaus war sie auch allein. Bisher hatte sie sich ganz gut geschlagen, aber sie hatte immerhin ein Dach über dem Kopf gehabt. Das war jetzt anders.

»Ich habe eine Familie«, flüsterte sie, als sie schließlich am Grab ihres Bruders angekommen war. *Julian Klausner, 1877–1892* stand auf dem Holzkreuz. Für einen richtigen Grabstein hatten sie bei seinem Tod schon kein Geld mehr gehabt. Ach, Julian, dachte Paula wehmütig. Und wie früher führte sie ein stummes Zwiegespräch mit ihrem Zwillingsbruder. Sie erzählte ihm von der Auswanderung, vom Schiff und von Ellis Island und dass man sie zurückgeschickt hatte. Davon, dass sie wusste, wie gern er mitgefahren wäre. »Du hättest es geschafft«, sagte sie mit Blick auf das Grab.

Und plötzlich meinte sie, im Rauschen der hohen Baumwipfel die Stimme ihres Bruders zu hören. »Du wirst es auch schaffen. Du bist stärker als ich, bist es immer gewesen. Deine Krankheit hat dich nicht nur schwach gemacht. Sie hat dich stark gemacht. Sie hat dich gelehrt, mit Widrigkeiten umzugehen und dich nicht von ihnen umwerfen zu lassen.«

Unwillkürlich sah Paula sich suchend um, obwohl sie wusste, dass die Stimme im Grunde aus ihrem Inneren kam. »Vielleicht hast du recht«, flüsterte sie. »Aber es ist manchmal alles so schwer und tut so weh.«

Sie hatte schon lange gewusst, dass sie die Stärkere von beiden war, hatte es jedoch nie auszusprechen gewagt. Weil sich das für ein Mädchen nicht gehörte und weil sie Julian so sehr geliebt hatte.

»Ich habe Eltern, die mich lieben, ich habe zwei Schwestern. Ich hatte einen Bruder, der auf diesem Friedhof begraben ist. Ich habe eine Familie …« Sie atmete tief durch und nahm selbstbewusst die Schultern zurück. Es wurde schon dunkel, und der Friedhofswärter schlug bereits die Glocke, als sie den Friedhof wieder verließ. Sie entschloss sich, noch einmal Geld für eine Kutsche auszugeben. Sie ließ sich zum Rödingsmarkt fahren, wo ihre ehemalige Köchin Martha wohnte.

Wenn man sich eine Begegnung oft genug vorstellt, die Worte und die dazugehörigen Gesten im Kopf hat, dann glaubt man, für alles gewappnet zu sein. Paula hatte sich seit ihrer Rückkehr immer wieder in Marthas Armen liegen sehen. Die Köchin würde sie trösten und sich ihrer annehmen, genau wie früher, wenn sie sich das Knie aufgeschlagen hatte und die Wunde vor den besorgten Augen ihrer Mutter hatte verbergen wollen.

Als sie nun vor Marthas Wohnungstür stand, hämmerte das Herz dennoch in ihrer Brust. Sie klopfte.

Die Tür öffnete sich, und die ehemalige Köchin musterte Paula von oben bis unten. Als Paula Marthas großen Hut mit der Pfauenfeder an der Garderobe sah, der früher bei ihnen zu Hause immer an einem Nagel an der Küchentür gehangen hatte, fing sie an zu weinen. Ihr Weinen steigerte sich zu einem unstillbaren Schluchzen. Sie brachte kein Wort heraus. Im Gesicht der Köchin las sie Erschrecken und Mitleid, aber auch Panik.

»Meine Güte, Kind! Wie siehst du denn aus, so dünn und abgerissen? Was ist denn um Himmels willen passiert? Bist du allein? Wo sind deine Eltern?« Martha reckte den Hals und blickte die Treppe hinunter. Sie gab sich Mühe, leise zu sprechen, und zog die Tür etwas hinter sich zu, sodass sie halb im Treppenhaus stand. Sie starrte Paula an, aber sie nahm sie nicht in die Arme, machte nicht einmal einen Schritt auf sie zu.

Da verstand Paula. Wie konnte ich nur so dumm sein, zu glauben, ich könnte mich an Martha, eine ehemalige Dienstmagd, um Hilfe wenden, dachte sie entsetzt. Niemals würde ich es über mich bringen, ihr die Geschichte meiner missglückten Auswanderung zu erzählen. Ich müsste auf der Stelle vor Scham sterben.

Sie brachte kein Wort über die Lippen, so unangenehm war ihr alles. Und schlimmer noch: Sie schämte sich für ihre

Eltern, denen es nicht gelungen war, sie zu beschützen und vor der Zurückweisung zu bewahren. Was würde Martha erst von ihnen denken? Ihr Gesicht brannte vor Scham und Wut, die Tränen liefen ihr über die Wangen. Immer noch standen sie vor der Tür in dem nur schwach erleuchteten Stiegenhaus. Die Stimme von Marthas Ehemann dröhnte aus der Wohnung. Paula hatte sich als Kind immer vor ihm gefürchtet, weil er sie wegen ihres Beins verhöhnt hatte, wenn er getrunken hatte. Jetzt hörte sie, wie sich seine schweren Schritte der Tür näherten.

»Was ist denn schon wieder los? Mit wem redest du da?« Die Stimme klang gereizt.

Martha sah sich gehetzt um und machte noch einen Schritt hinaus in den Hausflur, um die Tür weiter zuziehen zu können. Paula war gezwungen, bis zur Türschwelle der gegenüberliegenden Wohnung zurückzuweichen. Alles, was Martha sagte, war: »Ich will nicht in Schwierigkeiten kommen. Es tut mir leid ...«

Ohne ein einziges Wort gesagt zu haben, zwängte Paula sich an ihr vorbei und rannte wie von Furien gehetzt die Treppe hinunter.

Die folgende Nacht war die einsamste ihres Lebens. Hamburg, die Stadt, in der sie ihr ganzes bisheriges Leben verbracht hatte, war nicht länger ihre Stadt. Sie kam sich vor wie eine Fremde, ausgestoßen. Niemand fiel ihr ein, den sie um Hilfe bitten konnte. Sie spielte mit dem Gedanken, in ein Hotel zu gehen, doch sie befürchtete, man werde die Polizei rufen. Und wenn ein Konstabler sie hier auf der Straße entdeckte, würde er sie sicher mit auf die Wache nehmen, weil sie so jung war. So lief sie ziellos und voller Angst zwischen Hafen und Neustadt hin und her.

In einer verrückten Hoffnung trieb es sie vor das Haus in der Großen Petersenstraße, in dem sie gewohnt hatten. Sie blickte in den zweiten Stock hinauf und sah Licht. Sie hielt den Atem an. Aber dort wohnte jetzt eine andere Familie, natürlich. Sie wandte sich um und ging den Weg zurück, den sie gekommen war. Früher war ihr alles hier so vertraut gewesen, doch jetzt waren die Straßen und Gebäude ihr fremd geworden. Sie boten ihr keinen Trost, und Paula spürte, dass sie hier nicht mehr her gehörte.

Gegen Mitternacht fing es an zu schütten wie aus Kübeln. Binnen Kurzem war Paula bis auf die Haut durchnässt. Dazu wurde es plötzlich unangenehm kalt. Doch ihr blieb nichts anderes übrig als weiterzugehen.

Als der Regen schließlich aufhörte, setzte sie sich auf eine Bank, um ihr schmerzendes Bein ein wenig zu entlasten. Stöhnend streckte sie es von sich und lehnte sich an, um für einen Moment die Augen zu schließen. Da hörte sie Männerstimmen, und jemand sagte: »Was macht die Kleine denn da?« Hastig stand sie wieder auf und ging eilig weiter. Ein paar Straßen weiter ließ sie sich auf eine andere Bank fallen, aber wegen der Kälte stand sie kurze Zeit später wieder auf und irrte weiter durch die Straßen. Sobald sie hörte, dass sich jemand näherte, versteckte sie sich in einem Hauseingang.

Am nächsten Morgen gegen sechs Uhr, als es langsam hell wurde, hatte sie keine Kraft mehr. Sie zitterte vor Kälte, und der durchnässte Mantel schien Tonnen zu wiegen.

Sie ging die Rosenstraße hinunter in Richtung des Platzes, auf dem das neue Rathaus gebaut wurde. Sie konnte nicht einmal mehr sagen, wie sie hierhergekommen war. Wenn jetzt nicht ein Wunder geschieht, muss ich zurück ins Waisenhaus, dachte sie voller Verzweiflung. Da hörte sie jemanden ihren Namen rufen.

»Paula, Paula Klausner?«

In der Gewissheit, entdeckt worden zu sein, ging sie schneller.

»Paula! Jetzt bleib doch stehen! Ich bin es, Fanny!«

»Ein bisschen kann ich deine Martha verstehen. Sie wäre bestimmt in Schwierigkeiten gekommen, wenn sie dich aufgenommen hätte.«

»Mit ihrem Mann ist nicht gut Kirschen essen.«

»Ich meine die Behörden. Die lassen es sich nicht so leicht gefallen, wenn ihnen eine Schutzbefohlene durch die Lappen geht.«

»Die sind doch froh, wenn sie mich nicht durchfüttern müssen.«

»Hier, nimm noch einen Schluck Rum in den Tee, damit dir wieder warm wird.« Fanny pendelte zwischen Küche und Wohnzimmer, wo Paula auf dem Sofa lag, hin und her, holte noch einen Tee, noch eine Decke.

»Wie konnte ich nur so dumm sein, ausgerechnet zu unserer ehemaligen Köchin zu gehen! Die hat genug eigene Probleme.«

»Und es muss auch ein komisches Gefühl für einen Dienstboten sein, wenn der ehemalige Arbeitgeber vor der Tür steht und um Hilfe bittet.«

»Ich wäre ja gleich zu dir gekommen, wenn ich gewusst hätte, wo du wohnst. Aber mein Brief an dich ist als nicht zustellbar zurückgekommen.«

Fanny nickte. »Jakob und ich sind eine Woche nach unserer Ankunft in diese Wohnung gezogen. Ist sie nicht schön?«

Das war sie. Es gab eine Küche und ein gemütliches Wohnzimmer und zwei kleine Zimmer. Ein Schlafzimmer für Jakob und Fanny und ein Kinderzimmer. Denn Fanny war im siebten Monat schwanger.

Fanny sagte zu Paula, sie solle hinübergehen und sich ins Bett legen. Aber Paula antwortete nicht. Sie war bereits fest eingeschlafen.

»Die Kleine steht schon wieder da unten und hält die Männer von der Arbeit ab. Wie ist sie überhaupt an Bord gekommen?

Verdammt noch mal!«, sagte der Erste Offizier der »Prussia«. Er stand auf der Brücke und beobachtete Paula, die auf einen Matrosen einredete und ihm schließlich ein kleines Päckchen gab. Wütend verließ er seinen Posten und befahl den Matrosen zu sich.

»Und du, verschwinde!«, rief er Paula hinterher, die bereits an der Gangway war und nun das Schiff so schnell wie möglich verließ. »Beim nächsten Mal hole ich die Polizei! Du hast hier nichts zu suchen!«

»Was hat dieses hinkende Mädchen Ihnen gegeben?«, blaffte der Offizier den Matrosen an, der mit der Mütze in der Hand vor ihm stand. Der Mann griff in seine Hosentasche und zog verlegen einen Packen Briefe hervor.

»Entschuldigen Sie, aber sie tut mir leid. Ihre Eltern sind in New York, und sie weiß nicht, wo. Sie schickt ihnen Briefe. Wir nehmen sie mit und versuchen, sie zu finden.«

»In New York? Zeigen Sie mal her. Da steht ja nicht einmal eine Straße. Wie wollen Sie diese Leute finden?«

Der Matrose knetete verlegen seine Mütze. »Was soll ich denn machen? Ich kann ihr doch wenigstens etwas Hoffnung geben.«

Sein Vorgesetzter stieß eine Art Knurren aus. »Die kommt mir nicht mehr an Bord. Womöglich fällt die hier noch unglücklich hin mit ihrem Bein. Wenn Sie mit ihr etwas zu bereden haben, dann bitte in Ihrer Freizeit. Und jetzt gehen Sie wieder an die Arbeit!«

Paula stand unten am Kai und beobachtete den Wortwechsel zwischen den beiden Männern. Der Matrose, dem sie die Briefe gegeben hatte, trat an die Reling und wies mit einem aufmunternden Grinsen auf das Päckchen, das aus seiner Hosentasche lugte. Paula winkte ihm erleichtert zu. Er hatte ihre Briefe noch, und er würde sie mit nach Amerika nehmen. Seit sie auf die Idee verfallen war, den Seeleuten die Briefe an ihre Eltern mitzugeben, die als unzustellbar zurückgekommen waren, fühlte sie sich besser. Die Matrosen mussten ihr versprechen, in New York nach einer Ofenbaufirma und einer Familie mit Namen Klausner Ausschau zu halten. Sie klammerte sich an die Hoffnung, dass irgendjemand auf Heinrich und Sophie-Luise stoßen würde. Matrosen kamen doch in einer Stadt herum. Sie hatten Freundinnen, gingen in Bars und Theater, sie kannten eine Menge Leute. In jedem Fall tat es gut, etwas zu unternehmen.

Sie warf noch einen Blick zurück zur »Prussia«, die am Nachmittag nach New York abgehen sollte. Der leichte Wind wehte Fetzen von Musik zu ihr herüber. Sie drehte sich um, um zu sehen, woher sie kam, und entdeckte ungefähr hundert Meter weiter die Kaimauer entlang eine Blaskapelle. Die Musiker spielten einen schnellen Marsch und näherten sich zügig. In einigem Abstand und lange nicht so schnell und zackig folgte ein langer Zug von Menschen, die schwere Koffer schleppten und große Ballen auf dem Rücken trugen. Kinder liefen neben ihnen her, die größeren trugen ebenfalls Gepäckstücke. Es waren die Zwischendeckpassagiere, die mit der »Prussia« nach Amerika fahren wollten.

Paula schaute in die trotz der Müdigkeit hoffnungsfrohen Gesichter und stellte fest, dass diese Auswanderer sich wenig von denjenigen unterschieden, die Paula auf der »Fürst Bismarck« getroffen hatte. Sie waren eine ununterscheidbare Masse von Menschen, deren Vergangenheit keine Rolle spielte, die aber alle dasselbe Ziel, der gleiche Traum verband. Paula entdeckte Alte in der Menge, Frauen mit Säuglingen auf dem Arm, die sich nur mühsam voranschleppten, einen Jungen von zehn oder elf Jahren, der an Krücken ging. Würden sie es bis nach New York schaffen?

Der Anblick des verkrüppelten Jungen machte, dass Paula sich elend und hoffnungslos fühlte. Wenn er die Einreisebestimmungen nicht erfüllte, würde man ihn zurückschicken, und weder in Europa noch in Amerika würde es jemanden kümmern, er zählte nicht. Genauso wenig interessierte es irgendwen, wie es ihr selbst ging und ob sie ihre Familie wiederfand. Plötzlich müde geworden, setzte sich Paula auf einen der dicken Poller, an denen die Schiffe vertäut wurden, und beobachtete die Auswanderer, die sich jetzt vor der Gangway des Schiffes versammelten, um an Bord zu gehen. Die Menschenschlange wurde immer länger, zu dritt und zu viert nebeneinander standen sie und warteten. Die Kinder wurden ungeduldig und fingen an zu quengeln.

Der Junge schien auf diesen Augenblick gewartet zu haben. Er nahm seine Krücken hoch und drehte sich mit ausgestreckten Armen, um sich Platz zu schaffen. Unter dem Murren der Leute, die sich über seine Unverschämtheit ärgerten, warf er plötzlich eine Krücke, dann die andere, senkrecht in die Luft, so schnell, dass die an ihnen befestigten Bänder mit einem leichten Sirren hinter ihnen herflatterten. Hoch über seinem Kopf drehten sich die Krücken einmal um die Längsachse, dann sausten sie kopfüber nach unten, direkt auf den Jungen zu, der sie mit einer lässigen Armbewegung wieder auffing. Dabei machte er merkwürdige, abgehackte Schritte auf seinen unsicheren Beinen. Die Kinder lachten als Erste, sie setzten sich auf ihre Koffer und lehnten an ihren Bündeln. Müdigkeit und Durst waren vergessen, während sie mit in den Nacken gelegten Köpfen nach oben sahen. Die Krücken sirrten und klackten, wenn der Artist sie gegeneinanderstieß, bevor er sie wieder in den Himmel schickte. Er fing sie abwechselnd hinter dem Rücken und vor dem Körper auf. Der Junge beendete seine Vorführung mit einer selbstbewussten Verbeugung, bei der der biegsame Oberkörper in seltsamem Winkel zu den steifen Beinen stand, dann zog er seine Mütze, ließ auch sie aufsteigen, bevor er sie wieder auffing und sie herumgehen ließ, damit die Leute Geld für die gelungene Vorstellung zahlten.

Er kam sogar zu Paula herüber, als er sie auf ihrem Poller

sitzen sah. Er hatte eine große Zahnlücke, aber wunderschöne dunkle Augen. »Viel Glück drüben«, sagte Paula, während sie ihm eine Münze gab.

»Auf mein Glück verlasse ich mich nicht, lieber auf mein Geschick«, entgegnete er, und die dunklen Augen leuchteten übermütig. Er drehte sich um und humpelte an der Menschenschlange entlang, um seine Kunststücke weiter hinten vorzuführen.

Während Paula ihm nachdenklich nachsah, traf sie unerwartet die Erkenntnis: Dieser verkrüppelte Junge, der die Menschen zum Lachen brachte und sie ihre Sorgen für ein paar Minuten vergessen ließ, dieser Junge zählte sehr wohl. Es war wichtig, dass er seinen Weg nach Amerika machte, denn er konnte für dieses Land ebenso viel leisten wie jeder andere, egal wie reich oder gesund er war. Auf Paulas Gesicht breitete sich ein Lächeln aus. Sie schloss die Augen und hielt das Gesicht in die herbstliche Sonne. Sie stellte sich vor, wie der Matrose der »Prussia« in New York von Bord ging und bei einem Landgang an der Werkstatt eines Ofenbauers vorbeikam, sich an den Brief in seiner Tasche erinnerte und die zwei Stufen in die Werkstatt hinunterging ... Ein Schatten fiel auf ihr Gesicht, und sie spürte kühle Luft auf ihren Wangen. Sie öffnete die Augen und machte sie gleich wieder zu, denn sie glaubte zu träumen. Vor ihr stand Hans Wichert.

»Du bist es tatsächlich«, sagte er lachend. »Ich beobachte dich schon eine Weile. Du bist von dem Schiff da gekommen.« Er wies mit dem Arm in Richtung der »Prussia«. Mit dem schneeweißen Hemd zu der gut geschnittenen blauen Hose und der blauen Mütze auf dem Kopf sah er für Paula mehr wie ein Offizier denn wie ein Schiffskoch aus. Paula konnte sein Gesicht nicht richtig sehen, weil sie gegen die Sonne anblinzeln musste. Aber sie konnte ein breites, freundliches Lächeln erkennen.

Er reichte ihr die Hand, um ihr Guten Tag zu sagen, und zog sie von ihrem Poller zu sich herauf.

»Ich hätte nie gedacht, dass ich dich noch mal wiedersehe«, brachte Paula hervor. »Ich habe dir geschrieben ...«

»Und ich habe dir geantwortet«, entgegnete er.

»Aber ich habe nie einen Brief von dir bekommen!«, rief Paula aus. Dann wurde ihr klar, dass Frau Schadewaldt ihn an sich genommen haben musste. Noch ein Grund, um diese Frau von Herzen zu hassen. Ein anderer Gedanke durchzuckte sie: Und wenn man im Waisenhaus auch Briefe ihrer Eltern zurückgehalten hatte? Nein, das konnte nicht sein. So grausam konnte nicht einmal Frau Schadewaldt sein! Nein, beschloss sie, diese Möglichkeit schied aus.

Hans bemerkte ihr Schweigen. Ein forschender Blick aus seinen leuchtend blauen Augen traf sie. »Wie geht es dir? Du hast dich verändert. Du bist älter geworden.«

»Du auch.«

»Das Leben kann hart sein, nicht wahr?« Er kickte einen Kieselstein ins Wasser.

Sie senkte den Blick. »Ich komme zurecht.«

»Was ist mit deiner Familie? Hast du Nachricht von ihr erhalten?«

Sie schüttelte stumm den Kopf. Die Besorgnis in seiner Stimme tat Paula unendlich gut.

Wieder wies er mit dem Arm auf das Schiff. »Was hast du an Bord gemacht?«

»Ich gebe den Matrosen Briefe mit. Damit sie in New York nach meinen Eltern suchen.«

Er pfiff leise durch die Zähne und lächelte anerkennend. Paula konnte sich den Gedanken nicht verkneifen, dass Hans sehr gut aussah. »Du lässt dir so leicht nichts gefallen, das habe ich mir gleich gedacht. Was haben sie mit dir gemacht, nachdem du hier von Bord gegangen bist?«

»Sie haben mich ins Waisenhaus gesteckt. Ich war die

ganze Zeit dort. Vor zwei Wochen bin ich dann weggelaufen. Ich habe es dort einfach nicht mehr ausgehalten. Sie haben ja sogar deinen Brief unterschlagen!«

Mitfühlend legte er ihr seine Hand auf den Unterarm. Die Berührung ließ Paula wie unter einem elektrischen Schlag zusammenzucken. »Wo wohnst du denn jetzt?«

Paula war froh, etwas sagen zu können. »Bei Fanny. Wenn sie nicht gewesen wäre …«

Hans versteifte sich, sein Gesicht nahm einen harten Ausdruck an. »Bei Fanny?« Er nahm die Hand wieder von ihrem Arm.

»Ja, sie hat mich bei sich aufgenommen, nachdem ich aus dem Waisenhaus geflohen bin. Bei Fanny fühle ich mich wie zu Hause, aber ich kann dort nicht bleiben. Sie bekommt in einigen Wochen ein Kind. Und dann wird auch Jakob zurück sein.«

»Sie bekommt ein Kind von diesem Mann?« Die eben noch so sanfte Stimme hatte einen verächtlichen Ton angenommen.

»Sie ist mit ihm verheiratet«, bemerkte Paula leise.

»Hast du ihn gesehen?«

»Jakob?« Sie schüttelte den Kopf. »Er ist auf See und kommt erst in einigen Wochen zurück. Aber Fanny spricht sehr gut von ihm.«

Hans steckte die Hände tief in die Hosentaschen und kickte wütend alles in die Elbe, was er auf dem Boden vor sich finden konnte.

Hans Wichert blieb drei Wochen in Hamburg, bevor er wieder an Bord seines Schiffes musste.

Er und Paula sahen sich oft. Er nahm sie auch mit zu sich nach Hause, um sie seiner Mutter vorzustellen, einer herzlichen Frau, die sie mit Gemüse und Obst aus ihrem Garten beschenkte.

An einem strahlenden Sonntag Anfang Oktober machten Paula und er einen Spaziergang.

»Begleitest du mich nach Barmbeck, wo mein Vater seine Werkstatt hatte?«, fragte sie. »Ich würde das alles gern wiedersehen, aber allein traue ich mich nicht dorthin.«

Sie nahmen am Jungfernstieg einen Alsterdampfer und fuhren bis hinauf zum Mühlenkamp. Viele Segelboote waren auf dem Wasser, um den vielleicht letzten schönen Sonntag des Jahres zu nutzen, bevor die Schiffe ins Winterquartier mussten. Segeln war der neueste Sport der Hamburger, die es sich leisten konnten. Vom Wasser aus konnte Paula auf der anderen Alsterseite den Garten des Hauses an der Sophienterrasse sehen, in dem sie früher gewohnt hatte.

»So vornehm hast du früher gelebt?«, fragte Hans verblüfft, als sie ihm von dem Haus und von ihrem Bruder erzählte, der Mitglied in einem Segelklub gewesen war.

Paula lachte. »Ich kann es mir selbst kaum noch vorstellen.«

Am Gasthaus Mühlenkamp stiegen sie aus. Hans wollte sie zu einem Bier einladen, aber das Lokal war mit Ausflüglern überfüllt, kein einziger freier Platz war zu finden. So gingen sie in Richtung des Sierich'schen Parks. Hier war es still, nur einige Spaziergänger und Reiter kamen ihnen entgegen. Am anderen Ende des Parks angekommen, schlenderten sie am Ufer der Osterbeck entlang bis zum ehemaligen Zollhaus, das bis vor einigen Jahren die Stadt vom Umland getrennt hatte. Dahinter, in Richtung Osten, verlor sich der schmale Fluss in einer Wiesen- und Heckenlandschaft. Von der anderen Seite der Osterbeck drangen der Lärm und der Kautschukgeruch der New-York Hamburger Gummi-Waaren Compagnie herüber. Dann noch ein paar Schritte, und sie hatten die ehemalige Werkstatt von Heinrich Klausner erreicht, deren Rückseite sich zum Fluss hinunter erstreckte. Hier war bis vor Kurzem die Stadtgrenze gewesen, aber zwischen Brachflächen und Gemüsegärten entstanden bereits neue Straßen, neue Siedlungen. Sie nahmen einen kleinen Weg, der vom Wasser wegführte, um zur Vorderseite des Gebäudes zu gelangen. »Runge und Klausner« stand noch in verblassten Lettern über dem Eingang. Der Hof und die Werkstatt waren verlassen, Abfälle und trockenes Laub lagen herum, eine Fensterscheibe war kaputt.

Noch immer tat Paula das Herz weh, wenn sie hierherkam. Ohne es zu merken, nahm sie Hans' Hand und drückte sie kurz.

Hans räusperte sich, und sie ließ ihn wieder los. »Wer war Runge?«

»Mein Großvater, der Vater meiner Mutter. Er hat die Werkstatt gegründet.«

»Und was haben sie hier hergestellt?«

»Sie waren Ofenbauer«, antwortete Paula. »Und sie haben ihr Geschäft verstanden. Mein Vater war der jüngste Meister Hamburgs in seinem Beruf und hat ein paar Patente gehalten für seine Erfindungen.«

»Warum hat es dann nicht geklappt?«

Paula wies mit der Hand auf ein großes Gebäude, das in einiger Entfernung stand und ein ganzes Straßengeviert einnahm.

»Das war eine der Großbaustellen meines Vaters. Es sollte ein Vorzeigeobjekt werden, mit hellen und bezahlbaren Wohnungen für die Arbeiter, die ihre Unterkünfte am Hafen räumen mussten. Mit Kolonialwarenladen, Bäcker und Schlachter. Für diese Häuser hat mein Vater extra einen Ofen entwickelt, klein und günstig, aber sehr zweckdienlich. In jeder Wohnung sollte er stehen.« Ihre Stimme wurde bitter. »Zweihundert Öfen hat er bauen lassen und geliefert. Dann aber sind die Bauherren mit dem Geld getürmt. Und die Öfen sind über Nacht von der Baustelle gestohlen worden, ebenso wie Türen und Fenster, Rohre und alles, was nicht niet- und nagelfest war. Das hat jemand gut geplant.« Sie dachte an Erwin Suder, den Architekten, der ihren Vater zu dem Geschäft überredet hatte und der nicht bankrott gegangen war, sondern heute als respektiertes Mitglied der Gesellschaft einem Waisenhaus vorstand. Und an Otto Repsold von der Beerenberg-Bank, der nach dem Diebstahl jeden Zahlungsaufschub rundweg abgelehnt hatte.

»Und? Hat man die Gauner erwischt?«, fragte Hans.

Paula schüttelte den Kopf. »Es hat damals einen Riesenskandal gegeben, in dem es um Bestechlichkeit, falsche Kostenaufstellungen und Bilanzfälschungen ging. Einige städtische Beamte mussten ihren Hut nehmen, aber die Zeche gezahlt haben die Handwerksbetriebe. Einige Männer haben sich an dem Bankrott jedoch gesundgestoßen.«

»Du scheinst etwas vom Geschäft zu verstehen«, sagte Hans anerkennend, und Paula spürte, wie ihr unter seinem Blick ganz warm wurde.

»Ich bin gern hier gewesen und habe meinem Vater bei der Arbeit zugesehen. Da habe ich ein paar Dinge gelernt.«

»Eigentlich schade, dass du eine Frau bist. Du hättest einen guten Geschäftsmann abgegeben.«

Paula versetzte ihm mit der Faust einen Stoß gegen den Oberarm. »Schon mal daran gedacht, dass es auch Geschäftsfrauen geben könnte?« Aber sie freute sich dennoch über das Kompliment. »Komm, lass uns gehen. Gilt dein Angebot noch, mich zu einem Bier einzuladen?«

»Liebst du ihn eigentlich?«, fragte Fanny, als Paula an diesem Abend zurückkam. Hans hatte sie wie üblich nach Hause gebracht, sich aber schon an der letzten Straßenecke von ihr verabschiedet, weil er Fanny auf gar keinen Fall begegnen wollte.

»Als wärst du der Teufel und sie das Weihwasser«, hatte Paula beim Abschied angemerkt.

»Wohl eher umgekehrt«, zischte er wütend.

Als Reaktion auf Fannys Frage wurde Paula über und über rot. Die ganze Sache mit Hans war voller Fallstricke! Hans war in Fanny verliebt, und Fanny liebte Hans, aber die beiden weigerten sich, sich zu sehen und auszusprechen. Paula konnte das sogar verstehen. Fanny war schließlich verheiratet und durfte ihre Ehe nicht aufs Spiel setzen. Und Hans war in seinen Gefühlen und in seiner Ehre zutiefst gekränkt.

Wenn Paula sich mit Hans traf, fühlte sie sich manchmal wie Fannys Stellvertreterin. Sie durfte ihren Namen vor Hans aber nicht erwähnen, sonst wurde er fuchsteufelswild, und Fanny fragte sie nie nach Hans. Es war eine absolut verfahrene Geschichte, der Paula sich nicht gewachsen fühlte.

»Paula, liebst du Hans?«, wiederholte Fanny ihre Frage.

»Quatsch, ich bin doch viel zu jung für so etwas«, gab sie barsch zurück und wandte sich ab, um ins Bett zu gehen. »Gute Nacht.«

Doch Fannys Frage hatte sich in ihrem Kopf eingenistet und hinderte sie am Einschlafen. Liebte sie Hans Wichert? War es Liebe, wenn sie die Zeit ohne ihn kaum ertragen konnte? Wenn alle Sorgen unwichtig wurden, solange sie bei ihm war? Wenn jede zufällige Berührung ihren Körper erzittern ließ? Wenn sie ständig zu erforschen suchte, wie sie auf ihn wirkte? Wenn sie sich danach sehnte, von ihm geküsst zu werden? Und wenn sie, wie jetzt gerade, in ihrem Bett lag und ihren Körper auf eine bisher unbekannte Weise spürte, wenn eine merkwürdige Hitze in ihr aufstieg, die sie schneller atmen ließ und sie beschämte?

Drei Tage später brachte Paula Hans zu seinem Schiff. Sie hatten ausgemacht, sich an den Landungsbrücken zu treffen. Von dort aus sollte eine Barkasse ihn hinüber zum Amerikakai bringen, wo die »Persia« lag. Hans kam ihr entgegen, den Seesack über die Schulter geworfen. Doch er registrierte ihr

Winken nicht, blickte starr auf den Boden. Als er näher kam, bemerkte sie, dass er offensichtlich zutiefst niedergeschlagen war. Eine Hoffnung durchzuckte sie für ein Sekunde. Vielleicht war es die Trennung von ihr, die ihn bedrückte?

»Was ist denn los?«, fragte sie ihn sanft, als er wütend den Seesack neben ihr auf das Pflaster warf. Sie wartete darauf, dass er ihr die Hand gab oder sie auf die Wange küsste, wie er es manchmal tat. Aber er sah sie nicht einmal an.

»Ich habe gestern zufällig Fanny gesehen«, stieß er hervor. »Ist ja offensichtlich, dass sie ein Kind erwartet.« Der Zorn in seiner Stimme traf sie wie ein Peitschenschlag.

Allein ihr Anblick bringt ihn schier um den Verstand, dachte Paula bedrückt. Und ich dumme Kuh habe mir schon was eingebildet. Nie werde ich solche Gefühle bei ihm auslösen können. Sie atmete tief durch.

»Hast du mit ihr gesprochen?«

»Nein. Ich habe nichts mit ihr zu reden.«

Er nahm sein Gepäck auf und marschierte los, so schnell, dass Paula Mühe hatte, ihm zu folgen. Je schneller sie ging, umso deutlicher wurde ihr Hinken. Sie fühlte die Blicke der Menschen auf sich, überraschte, mitleidige, hämische Blicke. Sie schaute beschämt zu Boden und hastete schweigend hinter Hans die Landungsbrücken entlang, bis sie vor der Barkasse ankamen. Dort blieb er endlich stehen und wandte sich zu ihr um. Erst jetzt bemerkte er, dass Paula außer Atem war und Tränen in den Augen hatte. Auf seinem Gesicht lag immer noch ein gequälter Ausdruck, aber dann bemühte er sich um ein Lächeln.

»Gib nicht auf. Irgendwann wirst du deine Eltern finden. Oder sie dich. Ich werde die Augen aufhalten und ein paar Leute fragen.« Er nahm ihre Hand, und wieder brannte seine Berührung wie Feuer auf ihrer Haut. »Ich werde immer auf dich aufpassen, wie ein großer Bruder.«

Er zog sie an sich, und Paula hoffte, er werde sie auf den

Mund küssen, wie er es schon einmal getan hatte. Aber seine Lippen berührten stattdessen ihre Stirn. So wie ein Bruder seine Schwester küssen würde. Als er das Boot bestiegen hatte, wandte Paula sich ab und ließ ihren Tränen freien Lauf. Sie wollte nicht, dass Hans ihr wie ein Bruder begegnete! Die Leere, die sie in ihrem Inneren fühlte, sollte durch Liebe gefüllt werden.

Paula half Fanny im Haushalt, so gut sie konnte, und versuchte sich auch an Näharbeiten. Aber es war hoffnungslos. Fanny musste schiefe Nähte wieder auftrennen und zu groß geratene Knopflöcher ändern, einmal hatte Paula sogar ein Stück Stoff verschnitten.

»Ich bin einfach nicht dafür geschaffen, mit meinen Händen Geld zu verdienen. Ich bin völlig nutzlos.«

»Du hast eben die Erziehung einer höheren Tochter genossen, das rächt sich jetzt«, sagte Fanny. »Aber irgendetwas musst du doch können! Du musst irgendwie Geld verdienen.«

Paula nickte ergeben. »Aber bestimmt nicht mit Nähen oder Kochen. Hans meint, ich würde eine gute Geschäftsfrau abgeben – wenn ich ein Mann wäre.«

Fanny brach in heftiges Lachen aus. »Warum sind wir da nicht vorher draufgekommen? Dann brauchen wir ja nur noch ein Geschäft für dich. Was soll's denn sein? Gold und Silber?«

Doch dann wurde sie auf einmal ernst und wirkte fast verlegen. Paula fragte sie, was denn plötzlich los sei.

»Meine jüngere Schwester Sara wird kommen, um mir mit dem Baby zu helfen. Sie wird bei uns wohnen, bis sie einen Mann findet.«

Fanny hatte nämlich ihren Eltern geschrieben und ihnen eine geschönte Version der Ereignisse erzählt: Dass sie in Hamburg Jakob Spitzer getroffen hatte, einen gut verdienenden Offizier der Handelsmarine, und ihn geheiratet hatte. Die Überfahrt nach Amerika und ihre Abweisung dort verschwieg sie. Sie schickte regelmäßig Geld an ihre Familie in Russland, und jetzt hatte ihr Vater beschlossen, dass ihre jüngere Schwester ebenfalls das Land verlassen sollte.

»Ich weiß doch selbst, dass ich mir eine neue Bleibe suchen muss«, sagte Paula.

»Ich würde dich nie hinauswerfen, aber wenn Jakob zurück ist und Sara kommt, dann wird es hier zu eng.«

»Ich muss einfach etwas finden. Aber wo ich auch nach einer Arbeit frage, weist man mich ab. Und als Hausmädchen gehe ich nicht!«

Fanny lachte. »Das wäre auch keine besonders gute Idee.«

Der 15. Oktober kam, Paulas Geburtstag. Fanny hatte für sie einen Schokoladenkuchen gebacken und eine Kerze angezündet. Ausgiebiger konnten sie jedoch nicht feiern, denn gegen Mittag setzten bei Fanny leichte Wehen ein.

»Wie schön, dann habt ihr beide am selben Tag Geburtstag«, sagte Fanny und strich sich über den Bauch.

Es wurde Abend und Nacht, der Vollmond stand am Himmel, als Paula von Fannys panischen Rufen geweckt wurde. Die Wehen waren viel stärker geworden und kamen jetzt alle paar Minuten.

»Alles in Ordnung. Mach dir keine Sorgen«, sagte Paula, als hätte sie schon ein Dutzend Kinder auf die Welt gebracht. Den Gedanken an die endlose Quälerei der Italienerin und die Geburt des toten Babys während der Überfahrt schob sie energisch beiseite. Sie dachte an eine Beschreibung über Geburtshilfe, die sie mit Julian gemeinsam in einem Überlebensbuch für Afrikareisende gelesen hatte. Sie machte alles genauso, wie man es dort beschrieben hatte. Sie setzte Wasser auf und holte sauberes Leinen, sie redete beruhigend auf Fanny ein und trank heimlich einen Schluck Schnaps. Als die

Wehen für kurze Zeit nachließen und alles vorbereitet war, lief sie, um die Hebamme zu holen.

Als gegen Morgen das Kind immer noch nicht da war, bekam Paula Angst. Die Hebamme tastete Fannys Bauch und auch den Eingang des Geburtskanals ab.

»Ich kann den Kopf schon fühlen«, sagte sie. »Jetzt kann es nicht mehr lang dauern.«

Eine weitere Stunde verging. Während einer Wehenpause, als Fanny vor Erschöpfung schon nicht mehr ein noch aus wusste, klopfte es an die Tür. Es war Alma Janssen, eine Nachbarin, die kürzlich Witwe geworden war. Fanny hatte ihr erzählt, dass Alma Janssen sehr nett und hilfsbereit sei. Soviel Paula wusste, hatte sie keine Kinder.

»Ja?«, fragte Paula. Im selben Augenblick schrie Fanny erneut laut auf vor Schmerz.

»Habe ich doch richtig gehört«, sagte Frau Janssen und schob Paula einfach beiseite, um in die Wohnung zu gelangen. »Wo ist die Mutter?«

»Sie ist noch keine Mutter«, sagte Paula. »Kennen Sie sich aus?«

»Nein, aber ich bleibe trotzdem hier. Ich kann sowieso nicht schlafen. Das arme Ding! Ich glaube, alle könnten eine Tasse Kaffee vertragen.«

Morgens um elf Uhr wurde Fanny von einem Mädchen entbunden. Paula hätte gern die Nabelschnur durchtrennt, wie sie es in ihrem Buch gelesen hatte, aber die Hebamme lehnte das Ansinnen entrüstet ab. »So weit kommt es noch! Wir wollen das Glück doch nicht herausfordern.«

Als Fanny und die kleine Lea schliefen und die Hebamme gegangen war, saßen Alma Janssen und Paula in der Küche bei einer Tasse Kaffee zusammen – es musste die fünfte oder sechste an diesem Morgen sein.

»Das hast du gut gemacht«, sagte Frau Janssen. Während

sie sich das vierte Stück Zucker in den Kaffee rührte, musterte sie ihr Gegenüber mit unverhohlener Neugierde. Paulas Wangen glühten, und das Haar klebte ihr verschwitzt an der Stirn. »Dazu gehört eine ganze Menge Mut«, fügte sie hinzu und nickte anerkennend.

»Ich hatte keine Ahnung, wie viel Blut bei einer Geburt vergossen wird.«

»Ich auch nicht«, kam die trockene Antwort. »Bist du ihre Schwester? Ihr seht euch gar nicht ähnlich.«

Paula schüttelte den Kopf. Dann erzählte sie der Nachbarin, unter welchen Umständen sie Fanny getroffen hatte. Vielleicht lag es an ihrer tiefen Erschöpfung, dass sie alle Vorsicht und Scham vergaß und einer Wildfremden so offen davon berichtete. »Jetzt, wo Fanny ihr Kind hat und ihr Mann jeden Tag zurückkommen kann, muss ich das Haus verlassen. Wenn ich wenigstens eine Arbeit hätte!«

»Wie alt bist du?«

»Siebzehn.« Dass sie erst am Vortag siebzehn geworden war, erwähnte sie besser nicht.

»Und du suchst eine Bleibe?«

»Eine Bleibe und eine Arbeit«, ergänzte Paula.

Vermutlich in keiner Stadt der zivilisierten Welt ist das Leben so erschreckend unsicher. Grausige Verbrechen und mörderische Überfälle kommen so häufig vor, dass man sie kaum der Erwähnung wert findet.

Isabella Bird, schottische Schriftstellerin, nach einem Besuch in New York

8

New York, 6. Oktober 1894

Meine liebe Paula,

die Schlechtigkeit mancher Menschen lässt mich an Gott zweifeln. Du glaubst nicht, was uns gestern widerfahren ist.
Es klopfte an unsere Tür, und Anna ging öffnen. Ich hörte, wie sie anfing zu weinen. Ich lief ihr nach, und sie hielt ein fremdes Mädchen an der Hand.
»Mama, sieh doch, es ist Paula«, flüsterte Anna.
Mir blieb beinahe das Herz stehen. Ich machte einen Schritt auf das Mädchen zu, aber es warst nicht Du. Kannst Du Dir vorstellen, dass diese Göre mich Mutter nannte und versuchte, mich zu umarmen? Ich war so verärgert, dass ich sie von mir wegstieß und aus dem Haus jagte. Anna fragte, warum ich so gemein zu Dir sei.
Ich habe die Geschichte natürlich am Abend Deinem Vater erzählt. Er hatte auch schon davon gehört, dass Kinder, die ohne Eltern sind, sich als vermisste Söhne oder Töchter ausgeben, in der Hoffnung, ein neues Zuhause zu finden. Im Nachhinein tut dieses fremde Mädchen mir leid, und ich mache mir Vorwürfe, dass ich ihr nicht wenigstens etwas zu essen angeboten habe.

Aber ich war so aufgebracht, dass jemand behaupten konnte, Du zu sein. Und jetzt muss ich ständig daran denken, ob Du vielleicht auch versuchst, eine neue Familie zu finden, ob auch Du von jemandem weggestoßen wirst …
Ist es nicht schrecklich: Du bist schon so lange von uns getrennt, dass Anna Dich mit einem anderen Mädchen verwechselt hat. Das raubt mir den Schlaf.
Aber eines weiß ich: Ich würde Dich immer erkennen, unter Tausenden von Mädchen, die behaupten, Du zu sein. Du bist doch meine ganz besondere, unverwechselbare Paula.
Diese ganze Geschichte hat mich so erschüttert, dass ich immer noch kaum einen klaren Gedanken fassen kann. Deshalb beschließe ich diesen Brief.

In Liebe,
Deine Mutter

Wenn man durch Ellis Island gegangen ist und immer noch an Amerika glaubt, dann ist das so, als hätte man den Jüngsten Tag erlebt und würde immer noch an den Himmel glauben.

Stephen Graham, With Poor Immigrants to America, 1914

9

Jeden Freitag war es dasselbe: Bereits in aller Herrgottsfrühe herrschte in der Rosenstraße eine Betriebsamkeit, die nichts für zarte Seelen war. Da am Samstag und Sonntag die Hamburger die Ausflugslokale entlang von Alster und Elbe überfluteten, um ihr verdientes Wochenendbier zu trinken, befüllten die Wirte vorsorglich ihre Keller, und jeder wollte als Erster beliefert werden. Deshalb war in der Brauerei Janssen die Hölle los.

An diesem Freitag im Juli 1895 war es bereits morgens um sieben Uhr drückend heiß, und das Wetter sollte das ganze Wochenende über halten. In der Brauerei hatte man alle Hände voll zu tun, um sämtliche Bestellungen rechtzeitig zu den Gaststätten zu bringen. Die eigentliche Ursache für die Hektik war aber Alma Janssen, die Witwe des Brauereigründers, die alles durcheinanderbrachte und die Leute von der Arbeit abhielt.

Sie schimpfte lautstark auf die sturköpfigen Wirte, die ihr Bier nicht schon früher bestellten. »Dümmer als ein Brauereipferd, das sind sie! Wie oft habe ich ihnen schon gesagt, dass unser Bier gekühlt und pasteurisiert ist? Es verdirbt nicht mehr von einem Tag auf den anderen. Wir leben schließlich im Zeitalter der Erfindungen und nicht mehr im Mittelalter. Aber bring das mal einem Hamburger Döskopp bei!« Die Witwe Janssen trug trotz der Hitze zwei Unterröcke, weil es sich so gehörte. Rund und rotgesichtig stürmte sie an Paula vorbei durchs Kontor und den langen Gang zum Lager hinüber.

»Auch das noch«, stöhnte Paula, als sie das Krachen hörte, mit dem ein voller Bierkrug auf den Steinfußboden knallte. Er explodierte in tausend Scherben. Keine Sekunde später war das erboste Zetern der Witwe zu vernehmen, die über Friedrichs Ungeschicklichkeit schimpfte.

»Sie hat mir im Weg gestanden«, sagte Friedrich mit einem Augenrollen, als er Momente später an Paula vorbeieilte, gebückt und schwitzend ob der Fünf-Liter-Krüge in seinen Händen.

Von ihrem Platz am Schreibpult aus konnte Paula das Lager einsehen, das sich rechts den Gang hinunter auf der Hofseite befand. Das rundum verglaste Kontor lag in der Mitte des Hauses, und wenn sie sich nach links wandte, sah sie durch das Tor am Ende der Gasse auf die Straße hinaus, wo der Bierwagen wartete. Er war viel zu breit, um den engen Weg durch das Tor zu passieren, und deshalb mussten die Bierfässer vom Lager bis auf die Straße hinausgerollt werden. Paula konnte dadurch bequem von ihrem Kontor aus die bereitgestellten Fässer und die Krüge mit den Bestellungen abgleichen. Die beiden mächtigen Friesenpferde warteten schon ungeduldig darauf, dass der Wagen vollständig beladen war. Eben rollte Friedrich das letzte Fass am Kontor vorüber, gefolgt von Alma Janssen, die hinter ihm hertrippelte und ihn nicht aus den Augen ließ. Während Friedrich das Fass hochwuchtete, hob sie einen Krug aus einem der Holzkästen, die bereits auf dem Wagen standen, und überprüfte die Beschriftung. Dann ließ sie den Krug mit so viel Schwung zurück in den Kasten fallen, dass Paula fürchtete, auch er könnte in Scherben gehen, und keifte los: »Hast du den Pferden auch genug zu saufen gegeben? Bei dieser Hitze müssen sie viel Wasser bekommen! Und ich hoffe, du hast den Wagen richtig beladen. Und fahr nicht wieder so schnell! Bei den

Straßenverhältnissen zerschellt uns sonst die Ware, und die Krüge können explodieren. Ich habe dir doch gesagt, du sollst nur zwei Kästen übereinanderstapeln, sonst ist es zu wackelig! Lass mal sehen: Ist dein Hemd sauber? Du weißt, darauf achten die Kunden. Wer will denn sein Bier von einem Schmutzfink geliefert bekommen?«

Die Hände in die Hüften gestützt, stand Alma Janssen vor Friedrich und funkelte ihn kämpferisch an. Ihre weiße Spitzenhaube war bereits gefährlich verrutscht und gab den Blick auf das dunkle Haar frei, in das sich erste graue Strähnen mischten. Bevor Friedrich aber nur ein Wort erwidern konnte, machte sie kehrt und rannte ins Lager, um nachzuprüfen, ob Friedrich auch die Ware von ganz oben genommen hatte. Immer nahm er sie unten aus dem Regal, weil er da leichter hinkam! Friedrich rollte erneut mit den Augen, kletterte auf den Kutschbock und trieb die schweren Pferde an, um schnell seiner Chefin zu entkommen.

»Wo ist denn jetzt die Lieferung für Hennings?«, zeterte Alma Janssen. »Ich hatte doch schon vor zehn Minuten danach gefragt. Warum hört denn hier keiner auf mich? Ist Friedrich jetzt etwa schon gefahren? Er soll doch die Lieferung für Hennings…« Sie machte Anstalten, hinter dem Bierwagen herzulaufen.

»Die ist längst aufgeladen und auf dem Weg. Sieben Fässer hell, drei dunkel«, rief Paula und beugte sich wieder über ihre Listen.

»Und für den Kohlenkieker in Uhlenhorst?« Die Witwe kam durch die offene Tür ins Kontor und baute sich vor Paulas Pult auf. Ihr Kopf war hochrot, und sie atmete schwer.

»Hat Friedrich gleich mitgenommen. Ich habe ihm gesagt, er soll erst rechts um die Alster fahren, weil die auf der Uhlenhorst das Bier am schnellsten brauchen. Dann fährt er über die Krugkoppel und liefert in Eppendorf aus, und dann geht's weiter zu Hennings nach Eimsbüttel.«

Alma Janssen pustete lautstark aus und ließ sich auf einen Stuhl fallen. Sie schüttelte den Kopf. »Noch so ein Tag, und ich falle tot um. Wenn nur diese Holzköpfe von Wirten nicht immer alle auf den letzten Drücker bestellen würden.«

Paula sah nicht von ihrer Arbeit auf, während sie sagte: »Ich habe schon mehrfach einen Vorschlag gemacht, wie wir den Wirten das austreiben können.«

»Ich weiß. Du willst Expresszuschläge verlangen, wenn jemand zu kurzfristig bestellt. Aber darauf werden sich meine Kunden nie einlassen, und mein August würde sich im Grab umdrehen.«

»Falsch«, antwortete Paula und sah immer noch nicht hoch. »Ich will diejenigen mit Rabatten belohnen, die rechtzeitig bestellen.«

Die Witwe wiegte den Kopf hin und her und spitzte die Lippen.

Paula konnte sich eine kleine Gemeinheit nicht verkneifen. »Für heute haben wir es doch mal wieder geschafft. Es sei denn, Friedrich hat einen Radbruch oder kriegt die Route durcheinander.« Sie grinste frech.

Alma Janssen stöhnte. »Zuzutrauen wäre es ihm. Wie oft hast du ihm den Weg erklärt?«

Paula lachte. »Ungefähr zehn Mal. Aber keine Sorge, er kennt die Kunden. Das wird schon klappen.«

»Was macht Roland?« Roland war der Lehrjunge, der erst einige Wochen bei ihnen war.

»Er befüllt neue Krüge und klebt Etiketten für das Tafelbier.«

»Er soll erst mal die Schweinerei aufwischen. Friedrich hat eine ganze Kiste fallen lassen.« Sie seufzte. »Mädchen, Mädchen, wenn ich dich nicht hätte … Was liegt noch an?«

Paula sah ein letztes Mal prüfend auf die Papiere, die vor ihr lagen. »Ausgeliefert ist alles für heute. Wir müssen die Lieferungen für morgen zusammenstellen, aber dafür ist heute Nachmittag genug Zeit. Dann sollten Sie diesen Brief vom Senat lesen. Die wollen schon wieder Wassergebühren eintreiben, obwohl wir doch unseren eigenen Brunnen haben.«

Alma Janssen schnaubte verächtlich. »Halsabschneider, alle, wie sie da sind. Glauben, mit einer Frau können sie's machen. Die wissen doch genau, dass wir nicht auf das städtische Wasser angewiesen sind, weil wir einen eigenen Brunnen haben. Zum Glück, kann ich da nur sagen. Sonst wären wir doch schon während der Choleraepidemie ruiniert gewesen. Ach, damals lebte mein guter August noch! Damals war alles viel leichter.« Doch ihr Lächeln strafte ihre Worte Lügen.

Paula stützte das Kinn in die Handfläche. Die letzte Choleraepidemie war immer noch fest im Bewusstsein der Hamburger verankert. Jeder hatte seine eigenen traurigen Erinnerungen an die schrecklichen Ereignisse, die drei Jahre zurücklagen, so auch sie, und in der Stadt gab es seit damals eine neue Zeitrechnung: vor und nach der Cholera.

Der 20. August 1892, ein Sonnabend, war ein ungewöhnlich heißer Sommertag gewesen. Seit Wochen litt die Stadt unter der Hitze. In diesem Sommer waren Paula und ihre Geschwister nicht an die Ostsee gefahren. Sie wohnten auch nicht mehr in der Villa an der Sophienterrasse, denn ihr Vater hatte sein Vermögen schon verloren. In diesem Jahr bestand ihr Ferienvergnügen darin, in der Osterbeck zu baden, die hinter der Werkstatt des Vaters entlangfloss.

Kurz, eigentlich Kurt Helbing – wegen seiner geringen Größe von allen aber Kurz genannt –, fühlte sich nicht wohl. Der einzige verbliebene Angestellte von Heinrich Klausner litt an Durchfall und musste sich heftig erbrechen. Anfangs machte er noch Witze über die Hundstage in der Stadt. Am späten Vormittag ging es ihm aber so schlecht, dass Heinrich sich entschloss, ihn nach Hause zu bringen.

»Ich komme mit«, sagte Julian.

»Und ich auch«, fügte Paula hinzu.

Die Familie Helbing wohnte im besonders üblen Gängeviertel der östlichen Altstadt. In den engen und düsteren Gassen im Schatten der Türme von St. Jacobi und St. Petri standen dicht gedrängt alte, windschiefe und verwahrloste Fachwerkhäuser.

»Hier ist dann Schluss«, sagte der Kutscher, kurz bevor sie die Niedernstraße erreichten, »hier kann ich nicht weiter.« Er hielt vor einer mit Holz umkleideten Toreinfahrt. Dahinter erstreckte sich ein gut fünfzig Meter langer Hof mit einer schmalen Gasse in der Mitte. Zu beiden Seiten standen mehrstöckige Fachwerkhäuser, deren Giebel sich beinahe berührten. Der Weg war so eng, die Häuser so hoch, dass man sich mehr in einem Tunnel glaubte als in einer Straße.

Heinrich und Julian wuchteten den Gesellen, der mittlerweile besinnungslos war, aus der Kutsche. Sofort war eine lärmende Kinderschar zur Stelle. Als sie sahen, wer da gebracht wurde, rannten sie voraus, um Kurz' Familie zu benachrichtigen, die am Ende des Hofs wohnte.

Helbing musste sich noch einmal übergeben, und das Erbrochene beschmutzte ihnen Hosen und Schuhe. Vater und Sohn schleppten Kurz über das holprige Kopfsteinpflaster, auf dem Abfall in stinkenden Lachen schwamm. Paula folgte ihnen. Rechts und links reihten sich Wohnungen neben Pferdeställe und Wagenremisen, aus den allgemeinen Hofaborten stank es erbärmlich. Die Kinder hatten so laut Alarm geschlagen, dass aus allen Ecken die Bewohner gelaufen kamen. Fenster wurden geöffnet, deren Flügel so weit in die Gasse hineinragten, dass sie ihnen mühsam ausweichen mussten.

»Jetzt macht doch Platz«, schimpfte Heinrich.

Aus den geöffneten Türen drang ein feuchter, fauler Geruch. Die Hausflure verloren sich im Dunkeln. Heinrich wusste, wie es auf der Rückseite der Häuser aussah: Da zu wenig Unterkünfte zur Verfügung standen, hatte man dort Behausungen angebaut, die nicht mehr waren als Schuppen und Buden. Es gab Häuser in Hamburg, da mussten die Bewohner durch eine Art Tunnel unter den vorderen Häusern hindurchkriechen, um dorthin zu gelangen.

»Hier ist es«, sagte Heinrich, als sie endlich das letzte Haus im Hof erreicht hatten. »Kurz wohnt ganz oben.«

Im Treppenhaus schlug ihnen ein modriger Geruch entgegen, und als Julian mit dem Rücken an die Wand stieß, konnte er durch sein durchgeschwitztes Hemd hindurch die kalte Feuchtigkeit spüren. So ähnlich wurde in seinen Abenteuerbüchern das Innere der ägyptischen Pyramiden beschrieben, aber er hatte es sich nicht so ekelerregend vorgestellt. Sie legten sich Kurz' Arme über die Schultern und schleppten ihn die glitschigen Stiegen hinauf. Paula erschrak, als sie, oben angekommen, Kurz' Frau und die beiden jüngsten Kinder, drei und vier Jahre alt, sah. Seit ihrer letzten Begegnung, die ungefähr ein Jahr zurücklag, war Frau Helbing äußerlich stark gealtert. Tiefe Falten hatten sich um ihren Mund gelegt, die Schultern waren gebeugt, als schleppte sie einen Sack Kohlen. Sie reagierte kaum, als Heinrich und Julian den Kranken in eines der beiden Betten neben dem Herd legten, über dem Wäsche zum Trocknen hing. Sie konnten sich in der drangvollen Enge kaum rühren, so vollgestopft waren die beiden höhlenartigen Zimmer. Auf dem Fußboden standen Eimer und Töpfe, Holzspäne lagen vor dem Herd. Heinrich erklärte Frau Helbing in knappen Worten, was geschehen war.

Paula war der Anblick von Frau Helbing, die sie als fröhliche Frau in Erinnerung hatte, unangenehm, und sie sah aus dem Fenster. Das Haus lag mit der Rückseite an einem Fleet, und es herrschte Ebbe. Drei Stockwerke unter sich erkannte sie den grau glänzenden Matsch, auf dem Lastkähne und Schuten lagen. Ein widerlicher Gestank nach Exkrementen und Abfällen drang zu ihr herauf. Die Spuren von Ratten waren überall zu entdecken, und an einer Hauswand sah sie ein fettes Tier, das aus einem Loch in den Ziegeln spähte. Die Ratte ließ sich auch nicht durch zwei Fleetenkieker stören, die in ihren hohen Stiefeln im Morast auf und ab stapften und den Müll und Hausrat aufsammelten. Einige Kinder spielten barfuß im Matsch und bespritzten sich mit Schlamm. Heinrich bemerkte Paulas Blick und sah ebenfalls hinaus.

»Lassen Sie Ihre Kinder nicht dort unten in dem Dreck spielen«, sagte er zu Frau Helbing. Die sah ihn verständnislos an und stieß dann einen entsetzten Schrei aus, als ihr Mann sich plötzlich stöhnend aufrichtete und übergab, während sich gleichzeitig mit einem blubbernden Geräusch das Bettlaken unter ihm bräunlich verfärbte.

Der säuerliche Gestank war unerträglich. Paula presste die Hand vor den Mund und sah verzweifelt zur Tür.

Auf dem Weg nach Hause schwiegen sie lange.

»Wie kann man so leben?«, fragte Paula schließlich.

»Wenn man es muss«, antwortete Heinrich.

»Aber er hat doch für dich gearbeitet. Hast du ihm denn so wenig bezahlt?«

»Er hat acht Kinder«, antwortete Heinrich knapp. »Und früher ging es auch ihm besser.«

Am nächsten Tag erlebte Heinrich auf der Straße mit, wie eine Frau, als sie mit ihm auf gleicher Höhe war, plötzlich auf dem Gehweg zusammenbrach. Unter ihr breitete sich eine stinkende Lache aus.

Voller Unruhe machte er sich auf den Weg in die Niedernstraße zu seinem Angestellten. Er erfuhr, dass Paul Helbing in der Nacht gestorben war. Da konnte sich Heinrich der

Wahrheit nicht mehr weiter verschließen. Er kannte die Cholera, er hatte als Kind in Russland einige Epidemien erlebt. Er hatte kaum ein Wort des Trostes für Frau Helbing, die in einer Wolke atemberaubenden Gestanks auf einem Stuhl kauerte. Er ging zu dem kleinen Fenster, um es zu öffnen. Von draußen drang der modrige Geruch des Fleets bei Niedrigwasser herein. »Schaffen Sie ihn sofort hier weg, und waschen Sie alles, mit dem er in Berührung war«, wies er sie hastig an. Als die Frau nicht reagierte, wurde er heftig. »Ihr Mann ist an der Cholera gestorben.« Er stand schon in der Wohnungstür, bereit zum Gehen.

»Was reden Sie da? Cholera?«, fragte sie müde.

Heinrich erwiderte nichts.

Er rannte so schnell er konnte nach Hause, nahm sich nicht einmal die Zeit, auf eine Kutsche zu warten. Er hatte das Gefühl, um sein Leben zu laufen. Bereits an der Haustür rief er seine Familie zusammen. Als er erfuhr, dass es Julian nicht gut ging und er an Durchfall und Erbrechen litt, begann er zu schreien: »Was ist mit Paula? Wo ist sie?«

»Ich bin hier, Papa, mir geht es gut.« Paula kam aus Julians Zimmer, ein dreckiges, verschmiertes Betttuch tragend.

Heinrich schlug es ihr aus der Hand. »Geh nicht mehr in Julians Zimmer. Das gilt für alle! Ruft einen Sanitäter. Jetzt macht schon!« Dann stürzte er an das Bett seines Sohnes.

Obwohl Julian gleich ins Krankenhaus gebracht wurde, starb er noch am selben Abend.

»Er hat nicht gekämpft«, sagte die Schwester, die Heinrich und Sophie-Luise die schlechte Nachricht überbrachte.

»Was haben Sie gesagt?«, fragte Sophie-Luise.

»Cholera«, flüsterte Heinrich.

Er nahm Sophie-Luise am Arm, die neben ihm herging wie eine willenlose Puppe.

»Was hat sie damit gemeint, Julian hat nicht gekämpft?«,

fragte Sophie-Luise während der Rückfahrt. »Wieso hat er denn nicht um sein Leben gekämpft? Das muss man doch. Es ist, weil wir ihm seine Zukunft genommen haben, nicht wahr?«

»Warum hat Julian nicht gekämpft?«, war beinahe alles, was sie in den Tagen nach Julians Tod von sich gab. Sie wiederholte ihre Frage auch während der Beerdigung und auf dem Weg vom Ohlsdorfer Friedhof nach Hause. Mehr als diesen Satz sprach sie kaum und gab auch keine Antwort auf Fragen.

Paula litt unsäglich unter dem Tod ihres Zwillingsbruders. Warum hatte er sie allein gelassen? Warum hatte er sich aufgegeben? Sie fühlte sich verloren und einsam ohne ihn. Manchmal gelang es ihr, für ein paar Atemzüge seinen Tod zu vergessen, doch wenn sie dann ansetzte, ihm etwas zu erzählen, drang mit einem Schlag die schreckliche Wahrheit wieder in ihr Bewusstsein. Sie hatte niemanden mehr, um gemeinsam zu träumen. Niemanden, um stundenlang zusammenzusitzen und sich Abenteuer auszudenken. Niemanden, der dasselbe dachte. Wer außer Julian würde sie ermutigen zu Dingen, die alle anderen wegen ihres Beines für undurchführbar hielten?

Wenn sie an ihren Bruder dachte, stand ihr das Bild vor Augen, wie Julian Kurz nach Hause schleppte und mit seinem Erbrochenen besudelt wurde. Julian hatte sich angesteckt, und sie selbst war verschont geblieben. Sie hatte ihrem Vater von ihren Schuldgefühlen erzählt, doch der hatte nichts tun können, um sie überzeugend zu zerstreuen. Denn eigentlich fühlte Paula eine ganz andere Schuld ihrem Bruder gegenüber. In dem Jahr vor seinem Tod, seitdem sie in St. Pauli wohnten, war Julian so niedergeschlagen gewesen, und Paula hatte gespürt, wie die Verbindung zwischen ihnen schwächer geworden war. Sie hatte nicht mehr zu ihm aufgesehen wie früher einmal. Die Angst beschlich sie, dass sie ihm damit die Kraft zum Kämpfen genommen hatte.

Vier Tage nach Julians Tod räumte der Hamburger Senat offiziell ein, dass die Cholera die Stadt heimsuchte. Da gab es bereits Dutzende Tote und Hunderte von Infizierten. Die Choleraerreger konnten sich ungehindert über das Leitungswasser verbreiten, da das mit den Erregern verseuchte Elbwasser mit der auflaufenden Flut in die Trinkwasserentnahmestellen geriet. Weil die Stadt den Bau einer Sandfiltrieranlage – die die Erreger herausgefiltert hätte – über Jahre verschleppt hatte, gelangten sie in die Haushalte und auf die Tische. Die öffentliche Bekanntmachung, in der vor dem Genuss ungekochter Speisen und nicht abgekochten Wassers gewarnt wurde, kam zu spät. Tausende von Menschen erkrankten gleichzeitig. Die hygienischen Zustände in den Gängevierteln erledigten den Rest: Durch den Kontakt mit Kranken, ihren Ausscheidungen oder ihrer Kleidung steckten sich Familienmitglieder an. Gegen Ende August und in den ersten Septembertagen war der Höhepunkt der Epidemie erreicht. Fast fünfhundert Menschen starben an einem Tag, über tausend infizierten sich neu. Viele Hamburger versuchten in Panik, die Stadt zu verlassen, doch kein Schiff durfte den Hafen verlassen, keines wollte hinein. Mit den Zügen war es ebenso. Wer in diesen Tagen per Zug nach Hamburg fuhr, der befand sich allein im Abteil. Es gab sogar Leute, die vor einem Telefonat Angst hatten, das aus Hamburg kam, und entsetzt den Hörer aufknallten. Die Arbeit im Hafen, der öffentliche Verkehr, das gesamte Leben in der Stadt kamen zum Erliegen. Im Hafen verrotteten ganze Ladungen Fisch, in den Vierlanden gammelten Obst und Gemüse. Hastig zusammengestellte und schlecht instruierte Desinfektionskommandos richteten oft mehr Schaden an, als dass sie Gutes taten. Die Stadt roch unerträglich nach

Karbol und Chlor – und nach den Ausscheidungen der Kranken.

In den besseren Vierteln gab es kaum Erkrankungen, weil die Bewohner die Hygienemaßnahmen befolgen konnten. Die Dienstmädchen hatten alle Hände voll zu tun, stets kochendes Wasser bereitzuhalten und die gesamte Wohnung, die Bettwäsche, die Klosettschüsseln und Nachtgeschirre, die Handsteine, die Stiefel, Türklinken und so weiter täglich zu reinigen. Außerdem kamen keine Salate, kein frisches Obst oder Gemüse, kein Käse und keine kalten Suppen auf den Tisch.

In den Arbeitervierteln am Hafen jedoch, wo es keine frische Luft gab und die Bewohner das Wasser der Elbe tranken, starben die Menschen. Selbst wenn sie zu den wenigen gehörten, die die öffentlichen Anschläge lesen konnten, so waren sie durch ihre täglichen Pflichten und mangelnde finanzielle Mittel nicht in der Lage, die Instruktionen einzuhalten. Im Gegenteil: Eines Tages überraschte Heinrich die Familie Helbing dabei, wie sie um eine große Schüssel mit Pflaumen saßen. Als er entsetzt fragte, was in Gottes Namen sie da täten, antwortete Frau Helbing nur: »Die Preise sind so gefallen, dass ich für meine Kinder endlich auch einmal frisches Obst auf den Tisch bringen kann.«

Hamburg glich einem Schlachtfeld, mit seinen verbarrikadierten Häusern und den misstrauischen Bewohnern, die sich nicht die Hand gaben und nicht miteinander sprachen. Die städtischen Sanitätskommandos versetzten alle in Angst und Schrecken. Sie nahmen jeden mit, der auch nur im Verdacht stand, erkrankt zu sein, und in den hastig errichteten Krankenbaracken vor dem Eppendorfer Krankenhaus gab es keine Hilfe für sie. Viele, die auf der Straße zusammenbrachen und starben, wurden in den Massengräbern verscharrt, ohne dass man ihre Angehörigen verständigen konnte. Die

Straßen waren voller Betrunkener, denn es hielt sich das Gerücht, Alkohol würde die Ansteckungsgefahr mindern. Wunderheiler und Scharlatane hatten Hochkonjunktur. Die Sickergruben wurden nicht mehr geleert, und ihr stinkender Inhalt ergoss sich auf die Straßen. In den Krankenwagen, zu denen auch Kutschen und Lieferwagen umfunktioniert waren, wurden Tote und Erkrankte gemeinsam transportiert. Die Sitzpolster hatte man herausgerissen und Löcher in die Böden gehackt, und die Ausscheidungen der Infizierten sammelten sich auf den Straßen. Der Tod war allgegenwärtig. Menschen setzten sich mit gutem Appetit an den Tisch, und beim Dessert waren sie sterbenskrank. Männer verließen morgens das Haus, um zur Arbeit zu gehen, und wenn sie abends wiederkamen, waren Frau und Kinder ins Krankenhaus fortgeschafft worden.

Im November hatte die Seuche sich schließlich ausgetobt. Sechzehntausend Menschen waren erkrankt, mehr als die Hälfte von ihnen war gestorben.

Auch die Brauerei Janssen hatte damals, vor drei Jahren, schwere Zeiten durchgemacht. Während der Cholera wollten die Hamburger hochprozentigen Schnaps, kein Bier, das mit womöglich verseuchtem Wasser gebraut worden war. Gerettet hatte die Janssens der eigene Tiefenbrunnen, dessen Wasser nicht aus den städtischen Leitungen kam und somit bakterienfrei war. Aber das hatten die Leute erst begriffen, als die Epidemie bereits wieder abgeflaut war.

Ja, jeder hatte schreckliche Erinnerungen an die Katastrophe, die Hamburg im Spätsommer 1892 heimgesucht hatte. Viele hatten Angehörige oder Freunde verloren, für viele hatte die Cholera das Leben verändert. Für Paula und ihre Familie hatte sie den Tod von Julian bedeutet. Und die Einsicht, dass es in Hamburg keine Zukunft für sie gab. Wo würde ihr Zwillingsbruder jetzt wohl stehen, wenn er am

Leben geblieben wäre? Wäre ihre Familie dann überhaupt nach Amerika ausgewandert? Wäre sie, Paula, dann heute hier, in der Brauerei?

Alma Janssen riss Paula aus ihren trübseligen Gedanken.

»Hallo, Paula, ich rede mit dir! Gibt es sonst noch was, das wir klären müssen?«

Paula überlegte, ob sie jetzt davon anfangen sollte, wo Alma sich gerade so aufgeregt hatte. Aber sie regte sich eigentlich immer auf, weil es in ihrer Natur lag. Also konnte sie es auch ebenso gut gleich sagen: »Na ja, ich würde gern noch einmal mit Ihnen über diese Amerikasache sprechen.«

Die Witwe stöhnte. »Du willst einfach keine Ruhe damit geben, nicht wahr?« Sie sah sich in dem kleinen Kontor um. »Aber wenn ich mir ansehe, wie du hier alles in Schuss hältst, dann hast du womöglich auch in dieser Sache recht. Also gut, heute nach der Mittagspause. Jetzt bin ich völlig erledigt.« Sie stand auf und ging trotz ihrer Leibesfülle erstaunlich leichtfüßig in ihre privaten Räume, die eine halbe Treppe höher lagen.

Mit einem liebevollen Lächeln sah Paula ihr nach. Alma Janssen war ihre Rettung gewesen. Sie war zwar impulsiv und ein Nervenbündel, brüllte herum und trieb alle an, sah ständig irgendwelche Katastrophen voraus und trieb Paula manchmal mit ihrer Art zum Wahnsinn. Aber sie hatte ihr ein Zuhause und eine Aufgabe gegeben, und dafür liebte Paula sie.

Am Morgen nach Leas Geburt hatten Alma Janssen und Paula noch lange in Fannys Küche zusammengesessen. Paula hatte nicht nur von der Ankunft in New York und ihrem Jahr im Waisenhaus auf der Uhlenhorst, sondern auch von ihrem Vater und seinem Unternehmen gesprochen und wie gern sie in dem Kontor am Flachsland gewesen war. Als die

Glocken von St. Petri zwölf Uhr läuteten, redeten sie immer noch.

»Ich muss rüber, sehen, wie der Laden läuft«, sagte Alma. »Kannst du mich begleiten?« Es klang eher wie ein Befehl.

»Gern«, antwortete Paula. »Ich sehe nur noch mal kurz nach Fanny und dem Baby.«

Paula war schon oft an dem rotgeklinkerten Fachwerkhaus vorübergegangen, ohne jedoch besonders darauf zu achten. Jetzt wies Frau Janssen auf ein großes hölzernes Schild mit der Aufschrift »A. Janssen sel. Wwe. Bierbrauerei« hin, das über der Toreinfahrt hing. Es war erst vor Kurzem dort angebracht worden, die Farben leuchteten noch ganz frisch.

»Das sind Sie?«, hatte Paula gefragt.

»Ja, ich bin die selige Witwe«, kam die prompte Antwort.

Das große Tor war geschlossen, und Paula folgte der Witwe durch einen schmalen Durchlass in die Gasse. Im dunklen Torweg roch es wie nach Heu, und als sie weitergingen, sah Paula auf der linken Seite einen riesigen Haufen einer ihr unbekannten Pflanze liegen. Sie griff hinein und roch an den würzigen Blüten.

»Das ist Hopfen«, sagte Alma Janssen.

An der rechten Wand stapelten sich Bierfässer. Der Gang führte auf einen quadratischen Hof, nicht viel breiter als der Torweg, von dem auf der rechten Seite ein Kontor abging. Durch die Fenster konnte Paula zwei überladene Schreibtische und einen Aktenschrank sehen, aus dem Papiere hervorquollen. Noch ein paar Schritte weiter führte eine halbe Treppe zu einer Wohnung hinauf. Alma schloss die Tür auf.

Die Zimmer, deren Fenster auf den kleinen Innenhof hinausgingen, waren dunkel, aber die Räume auf der Rückseite lagen an einem größeren, begrünten Hof. In der Mitte stand eine große Kastanie, die Hunderte stachliger grüner Früchte trug. Paula kannte den Baum, sie hatte ihn schon oft von Fannys Küchenfenster aus bewundert, das sich auf der anderen Seite des Hofes befand.

Alma Janssen ließ sich schwer auf einen Stuhl fallen und riss Paula aus ihren Betrachtungen: »Ich brauche jemanden, der mir den ganzen Papierkram abnimmt. Seit mein Mann im letzten Jahr gestorben ist, muss ich die Brauerei nämlich allein führen«, erklärte sie, an Paula gewandt. »Als mein guter August noch lebte, war alles viel einfacher. Beim Bierbrauen macht mir so schnell keiner was vor, und der Laden läuft. Aber es hapert mit den Rechnungen und mit dem vermaledeiten Schriftverkehr.«

»Ich habe die unordentlichen Papierstapel im Kontor gesehen«, sagte Paula. »Ich kenne das, mein Vater hatte da auch seine Schwierigkeiten.«

»Aha, ich sehe, du weißt, wovon ich rede.«

»Ich habe kaufmännisches Rechnen in der Schule gelernt. Und im Waisenhaus habe ich die Wareneingänge der Küche kontrolliert.« Das war vielleicht ein bisschen übertrieben, weil Fräulein Marquard ihr geholfen hatte, aber Paula hätte es auch allein gekonnt, von daher war diese kleine Lüge verzeihlich.

Frau Janssen klatschte in die Hände. »Das hört sich gut an. Was ist mit deinem Bein?«

»Kinderlähmung«, sagte Paula schnell. »Aber es behindert mich fast gar nicht. Ich bin sehr flink. Außerdem sind die Wege in einem Kontor kurz.«

»Na, auf den Mund bist du nicht gefallen«, entgegnete Alma Janssen trocken und sah Paula dabei wohlwollend an.

Bereits zwei Tage später war Paula bei der Witwe eingezogen – »Ich war schon immer eine Frau von schnellen Entschlüssen«, hatte Alma Janssen gesagt – und machte sich im Kontor an die Arbeit.

Sie bewohnte ein kleines Zimmer in den rückwärtigen, helleren Räumen der Brauerei, wo es meistens nach Hopfen roch, manchmal jedoch auch nach vergorener Maische. Von ihrem Bett aus konnte sie das Grün der Kastanie sehen.

Seit sie hier wohnte, war ihr Leben wieder schöner und reicher geworden. Sie mochte ihre Arbeit und erledigte die Aufgaben im Kontor schnell und zuverlässig. In den ersten Tagen war sie damit beschäftigt, Ordnung in die seit Monaten vernachlässigte Korrespondenz zu bringen. Sie las alle Briefe, die zum Teil noch ungeöffnet waren und sich in allen möglichen und unmöglichen Ecken des Kontors versteckt hatten, trennte Wichtiges von Unwichtigem, schrieb unzählige Entschuldigungen, trieb unbezahlte Rechnungen ein, von denen ihre Chefin gar nichts wusste, und so weiter. Auf diese Weise bekam sie sehr schnell einen Überblick über die Geschäfte der Brauerei. Nach ein paar Wochen kannte sie alle Lieferanten und Kunden, wusste, wer welches Bier bestellte, kannte die säumigen Zahler. Sie legte neue Aktenordner an und dachte sich ein Ablagesystem aus. Sie wollte es Alma Janssen erklären, für alle Fälle, doch die winkte ab.

»Es läuft doch alles bestens, ich habe mehr Geld auf der Bank, als ich gedacht habe, das Kontor ist blitzblank aufgeräumt, mehr will ich nicht.«

Dabei blieb es. Paula erledigte sämtliche organisatorischen Arbeiten, stellte die Lieferungen nach den Bestellungen zusammen und schickte die Fahrer los. Die Arbeit ging ihr wie von selbst von der Hand. Sie genoss es, wenn abends alles seine Ordnung hatte und für den nächsten Tag zurechtgelegt war.

Als sie das Kontor im Griff hatte, eignete sie sich die technische Seite des Brauwesens an. In ihrer schnellen Auffassungsgabe und dem Sinn für Vereinfachungen und klare Strukturen ähnelte sie sehr ihrem Vater.

Ein gewisser Linde hatte vor einigen Jahren Versuche mit

Ammoniakkältemaschinen gemacht, und in Paris gab es einen Herrn Pasteur, der ein neues Verfahren zur Keimtötung entwickelt hatte. Beide Erfindungen waren sehr hilfreich für die Bierbrauer, deren Produkt leicht verderblich war. Bisher konnte nur in den Wintermonaten gebraut werden, wenn es kühler war, und es war ein Risiko, Bier über längere Strecken zu transportieren, weil es innerhalb weniger Tage schlecht wurde. Durch die neuen Entwicklungen änderten sich die Absatzmöglichkeiten rasant. Jetzt konnte man Bier bis in die nächste Stadt transportieren, und immer mehr Brauereien brauten das neue Exportbier mit einem höheren Alkoholanteil, das sich sogar bis nach Amerika verschiffen ließ, wo es wieder gestreckt wurde.

Das war die Amerikasache, wie Alma Janssen und Paula sie nannten, und die Paula seit einiger Zeit immer wieder zum Thema machte.

»Es leben so viele Deutsche in Amerika. Die wollen ihr heimisches Bier trinken, um ein Stück Heimat in der Fremde zu finden. Wir sollten uns dieses Geschäft nicht entgehen lassen.«

Die Witwe winkte energisch ab, aber an dem Glitzern in ihren Augen konnte Paula erkennen, dass ihr Interesse geweckt war – an der Verdienstmöglichkeit, aber auch an einer außergewöhnlichen Geschäftsidee. »Wir kommen doch auch so gut zurecht«, versuchte sie dennoch abzuwehren. »Warum soll ich ein Risiko eingehen? Bier bis nach Amerika, so eine Schnapsidee!« Sie kicherte. »Hi, hi, Bier und Schnapsidee! Warum wird denn drüben nicht gebraut?«

Paula erwiderte eifrig: »Es gibt natürlich auch amerikanische Brauereien, aber Bier nach deutscher Rezeptur schmeckt eben besser.«

»Und wie willst du das anstellen? Angenommen, du verschiffst Bier nach New York. Wie soll es zu den Kunden kommen?«

»Auch darüber habe ich bereits nachgedacht. Es gibt Exportagenten, die sich im Geschäft auskennen, aber …«

»… aber du willst selbst nach Amerika fahren und dich um alles kümmern«, beendete Alma Janssen den Satz.

Natürlich wusste sie, dass Paulas Familie vermutlich in New York lebte und dass das der eigentliche Grund für ihre Reisepläne war, aber sie sagte nichts. Sie konnte Paula ja verstehen.

Die Wohnung in der Rosenstraße und die Brauerei waren Paulas Zuhause geworden, und die Witwe Janssen war ihr wie eine geliebte Patentante. Paula aß mehr und war runder geworden und hatte sich zu einer attraktiven jungen Frau entwickelt. Sie war nicht direkt schön, weil ihrem Gesicht die Ebenmäßigkeit fehlte und die Nase ein wenig zu groß war, aber das glänzende dunkle Haar ließ den rosigen Teint leuchten, und die vollen, schön geschwungenen Lippen machten ihr Gesicht anziehend. Dazu kamen die Zartheit ihres Körpers und vor allem ihre Eleganz. Um von ihrem Bein abzulenken, hatte sie sich angewöhnt, die Blicke auf die anmutigen Bewegungen ihrer Arme und Hände zu lenken. Sie konnte den Kopf auf eine ganz entzückende Art neigen und gab damit ihrem Gegenüber das schmeichelhafte Gefühl, ihm ihr uneingeschränktes Interesse zu schenken. Außerdem hob sie des Öfteren in einer bezaubernden Geste die Arme, um eine Haarsträhne aus dem Nacken zurück in den Knoten zu stecken, den sie dann mit dem Kamm fixierte, den Fanny ihr geschenkt hatte. Doch trotz mancher Komplimente vergaß sie keine Sekunde, dass ihre Anmut und ihre Intelligenz die meisten Menschen nicht über ihre Behinderung hinwegsehen ließen.

»Ich muss besser auf dich aufpassen«, sagte Alma, wenn sie die begehrlichen Blicke der Männer bemerkte.

Paula lachte sie aus. »Was ist an mir schon dran?«

»Da fällt mir ein: Wann kommt denn dein Matrose mal wieder?«

Wieder lachte Paula: »Hans kommt nächste Woche.«

»Wird auch Zeit. Nach den vielen Briefen, die er dir immer schreibt.«

Der Oktober kam. Ein paar Tage vor ihrem achtzehnten Geburtstag saß Paula in ihrem kleinen Zimmer am Schreibtisch. Vor ihr auf dem Tisch lag Julians Atlas. An der Wand hing die Familienfotografie, die sie hatte rahmen lassen. Man hatte auch einige Kratzer retuschiert, die das Bild während seiner Atlantiküberquerungen bekommen hatte. Während sie an ihre Mutter schrieb, sah Paula das Bild lange an und versuchte sich vorzustellen, wie ihre Eltern und ihre Schwestern heute wohl aussehen mochten.

Wenn ihr Geburtstag nahte, vermisste sie sie noch mehr als sonst. In wenigen Tagen würde sie ihn schon zum dritten Mal ohne die Segenswünsche ihrer Eltern feiern. Ihren sechzehnten Geburtstag hatte sie auf dem Schiff begangen und erst einen Tag später daran gedacht. Ihren siebzehnten hatte sie mit Fanny gefeiert. Gerührt dachte sie an den Schokoladenkuchen, den ihre Freundin für sie gebacken hatte. Und bald würde sie achtzehn werden. Und Lea würde einen Tag später ihren ersten Geburtstag begehen. Wie die Zeit verging!

Auch im vergangenen Jahr waren ihre zahllosen Bemühungen, Bittgänge und Briefe, um ihre Familie in Amerika zu finden, ohne Ergebnis geblieben. Manchmal war sie nah daran, den Mut zu verlieren. Bilder von brutalen Straßenüberfällen kamen ihr in den Sinn, von denen es in New York so viele geben sollte. Konnte es sein, dass ihre Eltern und die Schwestern bereits lange tot waren? Am schlimmsten aber war das Gefühl, allmählich die Verbindung zu ihnen zu verlieren. Seit zwei Jahren hatte sie sie nicht gesehen und sie war in dieser Zeit erwachsen geworden. Würden ihre Eltern sie überhaupt als ihre Tochter wiedererkennen? Wenn sie daran dachte, wie groß Dorothea und besonders Anna geworden sein mussten. Anna war elf gewesen, als sie sie zum letzten Mal gesehen hatte, jetzt war sie vierzehn, fast erwachsen. Manchmal quälte sie die Angst, sie könne ihrer kleinen Schwester begegnen und an ihr vorübergehen, ohne sie zu erkennen.

Ein anderer Gedanke machte ihr zu schaffen: Lud sie Schuld auf sich, wenn sie sich im Haus der Witwe wohlfühlte und sie als eine Art Ersatzmutter betrachtete? Hatte sie das Recht, zu lachen und fröhlich zu sein? Verriet sie dadurch ihre Familie?

Diese Gedanken quälten sie. Um sich besser zu fühlen und ihren Eltern nahe zu sein, schrieb sie ihnen nach wie vor Briefe.

Paula nahm den Stift wieder auf und berichtete davon, dass es ihre Idee gewesen war, einen kleinen Gastraum neben der Brauerei einzurichten, denn immer wieder waren Leute gekommen, durstig und verschwitzt, die sich ein Bier geben ließen und es an Ort und Stelle tranken. Warum sollte man es ihnen nicht ein wenig gemütlich machen, ihnen Tisch und Stuhl anbieten und auch etwas, das das Bier noch besser schmecken ließ? Schweinerouladen, Käsebrote, eine Schinkenplatte. Mit ihrer Beharrlichkeit hatte sie Alma Janssen davon überzeugt, und der Erfolg hatte sich umgehend eingestellt. Ein zur Straße hin liegender Raum wurde zu einer Gaststube umfunktioniert, die nicht besonders gemütlich, aber zweckdienlich war. Viele Angestellte der Reedereien und Schiffsausrüster und leider auch des Schlachthofes, die in der Nähe arbeiteten, kamen in der Mittagspause, weil das Essen gut und günstig war. Die Leute vom Schlachthof waren Paula immer ein wenig unheimlich, sie waren kräftig und grob, und oft hatten sie Blutflecken an ihren Kitteln.

Die Mittagsgäste kamen auch, weil sie die Gesellschaft der resoluten Matrone und ihrer schlagfertigen Ziehtochter schätzten, aber das schrieb Paula lieber nicht.

Bevor sie ihren Namen unter das Geschriebene setzte, zögerte Paula. Die Hand mit dem Stift sank auf das Papier, und sie seufzte. Ihre Augen suchten das Foto an der Wand.

Sie machte sich keine Illusionen: Auch dieser Brief würde nicht ankommen. Dennoch konnte sie von der lieben Gewohnheit nicht lassen. Sie gab sich einen Ruck und setzte ihre Unterschrift auf das Blatt.

Es war noch früh am Abend, der Oktobertag war mild und sonnig, und deshalb beschloss Paula, sich auf den Weg zu den Landungsbrücken zu machen, um den Brief einem Matrosen mit auf den Weg zu geben. Am nächsten Tag fuhr ein Schiff nach New York, das hatte sie den Schiffsmeldungen in der Zeitung entnommen.

Kurz hinter dem Rödingsmarkt konnte sie bereits die Elbe und den Hafen erkennen. Die Abendsonne spiegelte sich im Wasser des Hafens und ließ die Kupferdächer der Backsteinspeicher leuchten. Die Häuser der Speicherstadt wuchsen hoch in den Himmel, und durch die Spiegelung im Hafenwasser wirkten sie noch majestätischer. Wie kleine Festungen. Wenn die Sonne direkt auf eines der Dächer traf, blitzte es auf wie eine edelsteinbesetzte Krone. Hier ruhte die Arbeit nie, auch jetzt waren unzählige Schauerleute dabei, Säcke und Ballen von den Schuten in die Speicher zu verfrachten. Von einigen Schiffen klang das gleichmäßige Geräusch herüber, mit dem Schaufeln über Metall kratzten. Das waren die Kohlenschaufler, die ein Schiff entluden. Sie waren an ihren geschwärzten Gesichtern leicht zu erkennen.

Am Dovenfleet passierte sie das Gebäude der Hapag-Reederei. Ein sich über alle fünf Stockwerke erstreckender Erker rundete die Straßenecke ab und lief oben in einer Kuppel aus.

Von dort oben musste man wie von einem Adlerhorst aus Straße und Hafen überwachen können. Paula blieb stehen, um an der mit Simsen und Außenstuck üppig dekorierten Fassade hinaufzusehen. Ganz oben auf dem Dach flatterte die Hapag-Fahne.

Die gesamte Straße entlang standen Kontorhäuser, und weitere waren im Bau. Der Reichtum, den der Hamburger Hafen brachte, fand hier in breiten Straßen und geschmückten Fassaden seinen Ausdruck. Doch nur ein paar Ecken entfernt hatte einst Frau Helbing, die Witwe von Kurz, mit ihren Kindern in einer dunklen Wohnung gehaust.

Paula war zu ihnen gegangen, nachdem sie zu Alma Janssen gezogen war. Die Möglichkeit war zwar verschwindend gering, aber sie hatte die winzige Hoffnung gehabt, bei Helbings eine Nachricht ihrer Eltern vorzufinden. Doch die Frau war mittlerweile mit ihren Kindern weggezogen, zu Verwandten in die Vierlande, wie sie von den neuen Bewohnern erfuhr. Nun lebte eine andere Familie in der ungesunden, ärmlichen Enge des Gängeviertels, in unmittelbarer Nachbarschaft zur Welt der reichen Hamburger Kaufleute. Vor zehn Jahren hatten auch dort, wo jetzt Speicher und Schuppen standen, einfache Leute gewohnt. Sie hatten den Neubauten weichen müssen. Und schon gab es in der Stadt Überlegungen, auch den noch verbliebenen Teil der Hafeninseln der Speicherstadt zuzuschlagen. Dann würden noch mehr Menschen ihre Wohnungen verlieren.

Paula ging am Hapag-Gebäude entlang, bis sie vor der riesigen hölzernen, mit gläsernen Einlegearbeiten verzierten Eingangstür zum Stehen kam. Als sie an den rechts und links der Tür positionierten Säulen hinaufblickte, wurde ihr schwindelig. Sie senkte den Blick und erinnerte sich des Briefs in ihrer Hand. Plötzlich kam ihr eine Idee. Ohne zu überlegen, stemmte sie sich gegen die schwere Tür und betrat die große Empfangshalle. Ein Fliesenmosaik in Rot, Schwarz und Weiß schuf unaufdringliche Eleganz, raumhohe goldgerahmte Spiegel gaben ihr Bild vielfach wieder.

Paula blickte fasziniert auf ihr Spiegelbild. Sie sah eine junge Frau, groß und schlank, mit einem kleinen braunen Hut, der auf dem üppigen Haar thronte. Weil sie den Oberkörper sehr gerade hielt, bemerkte man ihr Hinken unter dem langen, weiten Rock kaum. Nur wer das unregelmäßige Klappern ihrer Absätze auf dem gefliesten Boden wahrnahm und den Blick von ihrem Gesicht wandte, konnte es erkennen. Paula schenkte sich selbst ein übermütiges Lächeln.

Am Ende des Raumes erblickte sie einen in die Wand gemeißelten Spruch, den Leitspruch von Albert Ballin, der die Geschicke der Hapag lenkte: »Mein Feld ist die Welt!«

Paula war so in die Betrachtung der Empfangshalle versunken, dass sie erschrak, als hinter ihr die schwere Tür ins Schloss fiel. Plötzlich herrschte absolute Stille, der Straßenlärm war ausgesperrt.

Paula sah sich suchend um. Der Portier in seiner gläsernen Loge sah den Brief in ihrer Hand und winkte sie mit einer nachlässigen Handbewegung durch, bevor er sich wieder der Lektüre seiner Zeitung widmete. Paula ging auf den Paternoster zu und stieg ein. Er wird sein Büro ganz oben haben, dachte sie, die Großen sitzen immer ganz oben. Sie glitt an Stockwerksfluren vorüber, in denen Gemälde hingen. Wichtige Männer, in Öl gebannt, sahen mit strengem Blick zu ihr herüber. Sie erkannte Albert Ballin und wollte schon aussteigen, denn zu ihm wollte sie ja, aber dann dachte sie wieder daran, dass die Mächtigen immer in den höher gelegenen Etagen sitzen, und fuhr weiter. Im vierten Stock stieg sie schließlich aus. Unschlüssig sah sie nach rechts und links den langen Flur hinunter und wandte sich unsicher nach rechts.

»Kann ich Ihnen helfen?«

Paula fuhr herum. Sie hatte den Mann nicht bemerkt, der

aus seinem Büro gegenüber dem Paternoster getreten war. Er musste eben noch eine anstrengende Arbeit verrichtet haben, denn seine weißen Hemdsärmel waren bis zu den Ellenbogen hochgekrempelt, und das Haar sah aus, als sei er sich mit den Händen hindurchgefahren. Freundlich und aufmerksam sah er sie an.

»Zu wem wollen Sie?«, fragte er noch einmal, und dass er sie siezte, ließ sie erröten.

»Zu Herrn Ballin.«

Die Mundwinkel des Mannes zuckten amüsiert, aber sogleich war er wieder ernst. »Haben Sie einen Termin?«

»Nein.«

»Dann sind Sie doch bitte so freundlich und folgen mir in mein Büro.«

Ganz vorn auf dem mit Konstruktionsplänen und Zahlentabellen überladenen Schreibtisch stand ein Schild mit einem Namen: Julian Frenzen.

Er bot ihr einen Platz an. »Bitte, Fräulein …?« Fragend blickte er sie an.

Sie nannte ihren Namen und er seinen.

»Ich weiß«, sagte sie und schob das Schild, das gefährlich nah an der Tischkante stand, etwas weiter vom Schreibtischrand weg.

Frenzen musste lächeln.

»Was kann Herr Direktor Ballin denn für Sie tun?«

Paula versuchte, sich auf ihr Anliegen zu konzentrieren. Der Gedanke beschäftigte sie, dass der Mann, der ihr gegenübersaß, Julian hieß wie ihr verstorbener Bruder und dass das etwas zu bedeuten hatte. Vielleicht war er die richtige Ansprechperson und nicht Herr Ballin? Außerdem war er so freundlich zu ihr.

Sie richtete sich auf und erzählte Julian Frenzen in knappen Sätzen von der Auswanderung ihrer Familie und wie sie, kaum in Übersee angekommen, zurückgeschickt worden war. »Das ist jetzt fast genau zwei Jahre her. Und seitdem bin ich auf der Suche nach meiner Familie. Ich weiß nicht, wo sie in New York wohnen, aber irgendwer muss sie doch kennen. Ich möchte, dass jemand sie sucht.«

»Sie meinen andere Auswanderer?«

Sie war unendlich froh, weil er sie verstand. »Ja, genau.«

»Hm.« Er überlegte. »Haben Ihre Eltern denn nicht versucht, Sie zu erreichen?«

Paula senkte den Blick.

»Sie wissen natürlich auch nicht, wo Sie sich aufhalten«, schlug er vor.

Sie nickte.

»Wo wohnen Sie denn?«, fragte er. Als er ihr Zögern bemerkte, fügte er hinzu: »Ich meine, für den Fall, dass ich etwas herausfinde. Wie kann ich Sie benachrichtigen?«

Paula erzählte ihm kurz von Alma Janssen und wie sie dort Arbeit und Unterkunft gefunden hatte.

Sie kamen überein, dass Julian Frenzen sich um die Suche kümmern würde. Paula gab ihm die Namen und Geburtsdaten ihrer Eltern und Geschwister. Frenzen notierte alles und versprach, die Mannschaft der Schiffe und auch einzelne Passagiere, die ihm vertrauenerweckend schienen, von Paulas Familie zu erzählen und sie zu bitten, die Augen offen zu halten. Außerdem wollte er einen Brief an die Ballin-Vertretung in New York schreiben. Vielleicht wusste ja dort jemand etwas. Paula sollte alle paar Wochen bei ihm vorbeischauen und nach Neuigkeiten fragen.

»Geben Sie mir den Brief. Morgen läuft ein Schiff nach New York aus, der Kapitän schuldet mir noch eine Gefälligkeit«, sagte er.

»Das würden Sie für mich tun?«, fragte Paula und bedachte ihn mit einem strahlenden Blick aus ihren großen dunklen Augen.

Er nickte mit einem Lächeln. Dann erhob er sich und geleitete sie zur Tür, als wäre sie eine Dame. Das war Paula noch nie passiert. Er gab ihr zum Abschied die Hand, fast glaubte Paula, er würde sie an seine Lippen führen.

»Sie hinken, das ist mir vorhin schon aufgefallen. Hat man Sie deshalb nicht in Amerika einreisen lassen?«

Paula nickte und sprang mit einem kleinen Satz in den Paternoster, dessen Boden schon ein gutes Stück unter ihr war.

Sie musste nach oben schauen, um das Gesicht von Julian Frenzen sehen zu können.

Er schüttelte lächelnd den Kopf. »Diese Ignoranten.«

Warum sollte ich die Höllenfeuer fürchten?
Ich war in Ellis Island.

Wandinschrift in Ellis Island

10

New York, 15. Oktober 1895

Meine kleine Paula,

heute ist Dein Geburtstag. In den vergangenen Tagen und besonders heute denken wir alle noch öfter an Dich, als wir es ohnehin schon tun.
Wie gern wäre ich heute bei Dir, um Dich zu beschenken und ein Stück Geburtstagstorte mit Dir zu essen. Wenn ich nur wüsste, wo Du bist! An Tagen wie diesem habe ich Angst, die Trennung von Dir nicht länger ertragen zu können. Aber ich weiß, dass wir uns wiedersehen werden. Und ich muss für Deine Schwestern sorgen.
Du bist jetzt achtzehn Jahre alt, eine junge Frau. Du bist bestimmt sehr hübsch, ich sehe Deine dunklen Locken und Deine leuchtenden Augen vor mir, deren Farbe zwischen Dunkelblau und Braun wechselt.
Du bist in einem Alter, wo die Liebe in Dein Leben treten wird. Versprich mir, dass Du nicht ohne mich Hochzeit feierst! Das würde ich nicht ertragen.
Seit ein paar Wochen ist in New York endlich die entsetzliche Sommerhitze vorüber. Weil die hohen Häuser den Wind abhalten, kühlt es an heißen Tagen auch nachts nicht ab. Die reinste Hölle! Du glaubst nicht, wie ich zu diesen Zeiten die frische Hamburger Brise vermisse.

Viele Menschen schlafen dann auf den Balkonen und den eisernen Feuertreppen. Die gibt es hier an jedem Haus. Sie schlängeln sich im Zickzack die Fassaden hinunter, die Leute trocknen ihre Wäsche auf ihnen. Aber ich habe Dorothea und Anna nicht erlaubt, draußen zu schlafen. Ich habe große Laken angefeuchtet und sie nachts über uns gebreitet. Bei der Hitze verkauft dein Vater natürlich keinen einzigen Ofen. Aber er weiß über jedes größere Bauvorhaben in der Stadt Bescheid und geht dorthin und versucht Aufträge zu bekommen. Jetzt ist es wieder kühler geworden, und die Leute erinnern sich an ihn, und er hat viel Arbeit.
Zwischen der Hitze des Sommers und dem Herbst liegen immer die Septembertage mit Regen, Regen, Regen. Du kannst keinen Schritt nach draußen machen, ohne pitschnass zu werden. Die Straßen und Höfe sind überschwemmt, und die Abflüsse laufen über, dann stinkt es wie in Hamburg die dreckigsten Fleete. Und obwohl schon alles unter Wasser steht, regnet es immer weiter aus einem pechschwarzen Himmel. Ich befürchte, dass der kommende Winter wieder so unbarmherzig kalt werden wird wie der letzte. Alle Jahreszeiten sind hier stark ausgeprägt und kosten viel Kraft und Geduld.
Weil er auf der Suche nach Kunden durch die Stadt streift, kennt Dein Vater viele schöne Plätze und Sehenswürdigkeiten, und am Sonntag gehen wir dann gemeinsam dorthin und sehen sie uns an. Oft gehen wir auch in Parks. Ich vermisse die Wälder, besonders die Kiefernhaine an der Ostsee mit ihrem Duft nach Harz. Wenn mein Bedürfnis, allein zu sein, zu groß wird, gehe ich in den Central Park. Dort gibt es einen Garten, der mich an die Grünanlagen der Außenalster erinnert. Wenn ich das Klappern von Pferdehufen hinter mit höre, gelingt es mir manchmal für Augenblicke, mich in Hamburg und

in Deiner Nähe zu wähnen. Aber der Weg in den Park führt in eine andere Welt.
Dort, wo wir leben, in der Lower East Side, ist alles unglaublich eng, dunkel, schmutzig und laut. Hier wohnen die Armen, die Neuankömmlinge, deren einziger Besitz der Kinderreichtum ist. Aber Du musst Dir keine Sorgen machen, wir wohnen am Rande dieses Viertels, wie ich Dir ja schon geschrieben habe. Und Dein Vater hält bereits die Augen nach einer besseren Wohnung offen.
Wenn ich in nördlicher Richtung in den Park gehe, werden die Straßen rasch breiter, die Häuser stattlicher. Es gibt feine Restaurants und große Hotels, vor den Häusern stehen Wachmänner, die aufpassen, dass niemand hineinkommt, der dort nichts zu suchen hat. Sogar Aufzüge haben diese Häuser, aber sie sind ja auch sehr hoch, das müsstest Du sehen! Mich erinnert die Gegend um die Fifth Avenue immer ein wenig an den Jungfernstieg. Dort kann man Damen in schönen Kleidern flanieren sehen, vornehm und unnahbar, und hinter ihnen gehen Negerinnen oder Mulattinen aus der Karibik, die die Einkäufe zu eleganten Kutschen tragen. Aber mach Dir keine Sorgen, ich habe gelernt, ohne diese Dinge zurechtzukommen. Wenn ich daran denke, dass ich mein Silberbesteck mit der Gravur mit über den Atlantik genommen habe, aber Du bist nicht bei mir! Neulich hat meine italienische Nachbarin mitbekommen, dass Dein Vater und ich diese Wanderungen durch die Stadt unternehmen. Sie wollte es gar nicht glauben. »Waren Sie drüben in Amerika?«, hat sie mich gefragt. Sie selbst und die meisten anderen hier bewegen sich nur in den umliegenden Straßen. Sie haben keine Ahnung von dem anderen New York, von dem schönen, glitzernden Teil der Stadt. Die neuen Wolkenkratzer dort

tragen den Namen ihrer Besitzer oder Erbauer. Dann sagt man zum Beispiel: »Wir treffen uns um drei Uhr am New York World Building oder an der Manhattan Life Insurance.« Dann muss man wissen, wo das Haus steht, denn eine Adresse wird Dir niemand sagen. Wenn ich an meinen anderen Lieblingsplatz unter der Brooklyn Bridge gehe, um mich Dir nahe zu fühlen, komme ich oft am Gebäude der New York World vorbei – übrigens das höchste der Welt, eine Zeitung hat dort ihren Sitz. An manchen Tagen, wenn wir den Mut dazu finden, gehen Dein Vater und ich zu den Piers und sehen zu, wenn ein Hapag-Schiff anlegt und die Passagiere aussteigen. Ich kann nicht aufhören zu hoffen, dass Du eines Tages unter ihnen sein wirst …
Dein Vater und ich schreiben nach wie vor unzählige Briefe an die Behörden in Hamburg, an die Polizeidirektion, an die Schulen und Waisenhäuser. Am meisten wundere ich mich, dass unsere gute Martha nichts von sich hören lässt, obwohl wir ihr schon ein knappes Dutzend Briefe geschrieben haben. Ich bin sicher, Du würdest zu ihr gehen und sie um Hilfe bitten. Ihr wird doch nichts passiert sein? Manchmal frage ich mich, ob sie vielleicht nicht lesen und schreiben kann. Von den anderen Freunden und Bekannten, an die wir uns wenden, bekommen wir nur abschlägige Antworten. Niemand weiß, wo Du bist. Es ist wie verhext …
Habe ich Dir schon von Erich Harms erzählt, der einen Saloon eröffnet hat? Er heißt »Luchow's« und läuft so gut, dass er schon das Nachbarhaus gekauft und seinen Schankraum vergrößert hat. Er hat gute Verbindungen zu vielen Sängern und Künstlern hier in New York, denn sie treten bei ihm auf. Manchmal finde ich die Musik etwas gewöhnungsbedürftig, aber Dorothea ist beinahe jeden Abend dort, und manchmal gehe ich mit ihr. Das

sind dann fröhliche Abende, an denen wir lachen und uns amüsieren.
Aber in dieser Stadt kann das Leben auch unglaublich hart sein. Neulich habe ich beobachtet, wie ungefähr fünfzig Männer am Hafen einen Arbeitsvermittler umringten. Er sagte, er könnte nur zehn von ihnen brauchen, die anderen sollten gehen. Natürlich hat niemand freiwillig aufgegeben. Da hat der Mann zur Auslosung zehn Blechmarken zwischen die Männer geworfen, und sie haben sich darum geprügelt wie Hunde um einen Knochen. Es hätte mich nicht gewundert, wenn es Tote gegeben hätte. Gibt es so etwas mittlerweile auch in Hamburg?
Das Gold liegt hier nicht auf der Straße, aber wir sind zuversichtlich, dass wir es schaffen. Wenn Du nur bei uns sein könntest!

In Liebe,
Deine Mutter

P. S.: Auch wenn Dein Vater Dir nicht schreibt: Ich weiß, dass kein Tag vergeht, an dem er nicht an Dich denkt und in Gedanken mit Dir spricht. Er hat sich ein Notizbüchlein gekauft, das er in einer Schublade seines Nachttisches aufbewahrt. Ich glaube, er teilt Dir darin seine Gedanken und Erlebnisse mit.

Ich erinnere mich, dass die Leute, als ich noch ein Kind war, zu mir sagten: »In Amerika findest du das Gold auf der Straße.« Gold auf der Straße! Und als Kind sagte ich zu mir: »Junge, du bist in Amerika. Jetzt kannst du durch die Straßen gehen und Gold sammeln.«

Arnold Weiß, polnischer Jude, eingewandert 1921

II

»Paula! Wo steckst du denn? Ich kann die verflixte Bestellung für den Kohlenkieker nicht finden. Paula?«

Paula seufzte. »Komme schon!«, rief sie und warf noch einen Blick in den Spiegel. Sie drehte sich einmal links und einmal rechts herum und ließ dabei den Rock ihres neuen pflaumenblauen Kleides schwingen. Alma hatte es ihr zum Geburtstag geschenkt. Sie warf sich selbst ein Lächeln zu, das ihre vollen Lippen zur Geltung brachte, und versuchte einen koketten Augenaufschlag.

Wie hatte Alma noch vor ein paar Tagen gesagt? Sie müsse auf sie aufpassen, weil die Männer ein Auge auf sie warfen? Seitdem sie Julian Frenzen getroffen hatte, wollte sie das nur zu gern glauben und verbrachte mehr Zeit vor dem Spiegel als üblich. Der Hapag-Ingenieur hatte sie jedenfalls wie eine erwachsene Frau behandelt, er war höflich und zuvorkommend gewesen, und das hatte ihr sehr geschmeichelt. Sie beschloss, das in Zukunft von jedem Mann zu erwarten.

Auch von Hans Wichert. Sie träumte manchmal von ihm. Seit sie ihn zum letzten Mal gesehen hatte, waren fünf Monate vergangen. Sie hatte den Verdacht, dass er inzwischen auf Heimaturlaub gewesen war, sich aber nicht bei ihr gemeldet hatte. Jetzt schlich Hans sich in ihre Träume, in denen er sie küsste, und gegen Morgen wachte sie mit einem unbekannten Pochen zwischen ihren Schenkeln auf. Sie schämte sich dann und versuchte wieder einzuschlafen, stattdessen sah sie die Szene auf dem Schiff vor sich, als Hans Fanny unter der Decke berührt hatte, und wünschte sich, er würde dasselbe mit ihr tun. Schlaflos warf sie sich dann in ihrem Bett umher.

Sie strich mit der Hand über die Postkarte, die vor einer Woche angekommen war. Sein Schiff würde bald in Hamburg anlegen, und Hans hatte angekündigt, mit ihr ausgehen zu wollen.

Seit sie in den Schiffsnachrichten gelesen hatte, dass die »Persia« für den folgenden Tag in Hamburg erwartet wurde, konnte sie ihre Anspannung kaum noch verbergen.

»Paula, was ist denn jetzt? Wie lange soll Friedrich hier denn noch dumm rumstehen?«, rief Alma ungeduldig.

Noch einmal seufzte Paula, dann ging sie ins Kontor hinüber.

Sie musste sich noch drei Tage in Geduld üben, bis Hans Wichert endlich in der Rosenstraße erschien.

Paulas Herz schlug ihr bis in den Hals, als sie ihn sah, wie er den Torweg durchschritt. Hans war noch männlicher geworden, breiter in den Schultern und kantiger im Gesicht. Er strahlte Weltgewandtheit und Selbstbewusstsein aus. Mit einem strahlenden Lächeln kam er auf sie zu, drückte ihr die Hand und küsste sie leicht auf die Wange.

»Ich habe Urlaub bis über Weihnachten«, sagte er. »Ich muss erst Ende Januar wieder an Bord.«

Am selben Abend lud er sie ein, mit ihm auf den Hamburger Dom zu gehen, eine traditionelle Volksbelustigung mit Amüsierbetrieben und Markt. »Wir müssen doch noch unsere Geburtstage feiern«, sagte er.

Das Heiligengeistfeld war schwarz von Menschen, die sich vor den Buden, den Fahrgeschäften und den Ständen mit allerlei Tand drängelten. Lachen und Kreischen erfüllte die

Luft, die Mädchen und jungen Frauen hielten Luftballons in den Händen, trugen Lebkuchenherzen um den Hals und naschten Liebesäpfel, während die Männer an Schießbuden standen und am Hau-den-Lukas ihre Kräfte maßen.

Sie beklatschten einen Zauberer, der am laufenden Band Kaninchen aus einem roten Zylinder holte. In einer anderen Manege lachten sie über Affen, die auf winzigen Fahrrädern im Kreis umherradelten.

»Bist du schon mal mit dem Riesenrad gefahren?«, fragte Hans, als sie davorstanden.

»Nein«, entgegnete Paula und blickte mit großen Augen auf das Fahrgeschäft.

Die Kabine bewegte sich langsam und blieb immer wieder in der Luft stehen. Es dauerte lange, bis sie oben angekommen waren, weil das Rad immer wieder anhielt, um neue Mitfahrer aufzunehmen. Paula machte das nichts aus. Sie genoss es, sich in der engen Gondel an Hans' Oberarm lehnen zu können. Als sie endlich am höchsten Punkt angekommen waren, stieß sie vor Begeisterung einen kleinen Schrei aus. Der Blick auf Hamburg war traumhaft. Deutlich konnten sie in einiger Entfernung das dunkle Band der Elbe und davor die Lichter von St. Pauli erkennen. Und unter ihnen strahlten und blinkten die Lichter des Doms. Es war empfindlich kalt, denn ein scharfer Wind blies. Aber Paula machte das nichts.

»Für dich«, sagte Hans, »zum Geburtstag«, und reichte ihr ein kleines Päckchen, das in rotes Papier gewickelt war.

»Für mich?« Paula hätte in diesem Augenblick nicht glücklicher sein können. Sie wickelte das Papier ab und förderte eine kleine gläserne Kugel zutage, die mit Wasser gefüllt war. In ihrem Inneren erkannte sie die Silhouette von New York mit der Freiheitsstatue.

»Das ist eine Schneekugel. Du musst sie schütteln. Kräftig, sie geht nicht kaputt.«

Paula tat es, und plötzlich wirbelten Schneeflocken in der Kugel auf und umhüllten die Freiheitsstatue.

»Ist das schön!«, flüsterte sie und drückte Hans' Arm.

Fasziniert sah sie zu, wie der Schnee sich legte, und schüttelte die Kugel aufs Neue. Plötzlich glaubte sie, es würde auch um sie herum schneien. Der Moment fühlte sich magisch an. Ähnlich wie damals, als Hans ihr und Fanny die Nordlichter gezeigt hatte. Dann bemerkte sie, dass der Schnee in Wirklichkeit aus kleinen sprühenden Regentropfen bestand. Das Riesenrad ruckelte erneut, und kurze Zeit später standen sie wieder auf der Erde.

»Das war wunderschön«, sagte Paula, immer noch ganz ergriffen. »Vielen Dank, auch für dieses Ding.«

»Es ist eine Schneekugel«, wiederholte Hans. »Der letzte Schrei in New York.«

Um sich zu stärken und sich aufzuwärmen, gingen sie in ein Bierzelt und tranken Bier und aßen türkischen Honig, den Paula so entsetzlich süß und klebrig fand, dass sie gleich noch ein Bier bestellte.

Über den Rand ihres Glases hinweg beobachtete sie, wie Hans plötzlich erstarrte. Sie wandte den Kopf, um seinem Blick zu folgen, und entdeckte Fanny und Jakob Spitzer mit Lea, die an einem Nachbartisch saßen. Sie hatten sie bisher nicht bemerkt. Abrupt stand Hans auf und packte Paulas Handgelenk. Sie schrie leise auf, weil sein harter Griff ihr wehtat. Hans zog sie einfach hoch und hinter sich her. Er ging so schnell, dass sie Mühe hatte, ihm zu folgen. Hilflos stolperte sie hinter ihm her.

»He! Nun mal langsam mit den jungen Pferden«, schimpfte ein Mann, den sie angerempelt hatte. Wütende Blicke folgten ihnen.

»Was soll das denn?«, schrie sie Hans an, als sie sich genügend weit von den Spitzers entfernt hatten.

Statt einer Antwort zog Hans sie mit sich an einen Getränkestand, ließ sich ein neues Bier geben und dazu einen Schnaps. Sein Gesicht war von Wut und Schmerz verzerrt. Paula empfand plötzlich Mitleid, aber sie wusste nicht, wie sie ihn hätte trösten sollen. Sie blieb einfach neben ihm stehen, und als er sich ein weiteres Bier bestellte, trank auch sie eins.

»Lass uns gehen«, sagte sie schließlich.

Er brummte unwillig, setzte sich dann aber in Bewegung, ohne zu schauen, ob sie nachkam. Paula blieb nichts übrig, als ihm zu folgen. Sie war wütend, weil er sie so rücksichtslos behandelte, und außerdem war er mittlerweile betrunken.

»Jetzt warte doch auf mich!«, rief sie ihm nach.

Er reagierte nicht und drängelte sich weiter durch die Menge.

Das muss ich mir nicht gefallen lassen, dachte sie voller Zorn und beschloss, ohne ihn nach Hause zu gehen.

Sie blieb kurz stehen, um sich zu orientieren, und stellte fest, dass sie in der Nähe der Feldstraße war. Dieser Ort brachte ihr offenbar kein Glück. Sie war vor langer Zeit schon einmal hier gewesen, heimlich, mit ihren Schwestern und Julian. Sie waren ohne Sophie-Luises Erlaubnis bei Carl Hagenbeck's Tierpark gewesen, um sich die Elefanten anzusehen, die am Tag zuvor im Hamburger Hafen angekommen und durch die Straßen bis hierher geführt worden waren. Unterwegs hatten sie ihre Rüssel in die Blumentöpfe auf den Balkonen gesteckt. Die ganze Stadt sprach von nichts anderem. Auf dem Rückweg zur Sophienterrasse hatte Julian Anna und Dorothea von seinen Plänen erzählt, später Forschungsreisender zu werden. Dorothea hatte ihn ausgelacht, und Paula war wütend geworden, weil er ihr Geheimnis verraten hatte – ausgerechnet an Doro, die für solche Dinge nicht einen Funken Verständnis aufbrachte. Auf dem Rückweg hatten sie rennen müssen, damit ihr heimlicher Ausflug nicht entdeckt wurde, und Paula war auf dem geharkten Parkweg hingefallen. Eben hatte sie noch von afrikanischen

Abenteuern geträumt, und dann das! Ein demütigendes Erlebnis, an das sie ungern zurückdachte.

Sie wandte sich zum Ausgang, um an der Feldstraße eine Kutsche zu nehmen, als sie plötzlich unsanft in die andere Richtung gezogen wurde.

»Wo bleibst du denn?«, fuhr Hans sie an und zog sie mit sich.

Sie kamen an einer Bühne vorbei, auf der drei Frauen in offenherzigen Miedern frierend ihre Reize präsentierten. Lautstark forderte man die Vorübergehenden dazu auf, das Zelt zu betreten, die Frauen würden drinnen tiefere Einblicke gewähren. Einige Männer hatten sich vor der Bühne versammelt, pfiffen durch die Zähne und gaben derbe Kommentare zum Besten.

»Na, die hat wenigstens was zu bieten«, rief Hans plötzlich dicht an ihrem Ohr und zeigte auf eine der Frauen, die ziemlich dick war und vor allem einen sehr üppigen Busen hatte. Die Frau hatte Hans' Kommentar wohl gehört, denn sie beugte sich vor und ließ ihn ihr Dekolleté bewundern.

Paula schämte sich entsetzlich, als Hans einen Geldschein aus der Hosentasche fummelte und ihn der Frau zwischen die Brüste steckte. Dabei geriet er ins Schwanken und musste sich am Rand der Bühne festhalten.

»Das ist endlich mal eine richtige Frau!«, rief er und wandte sich mit glasigen Augen zu Paula um. »Hast du die Beine gesehen? Die fackelt bestimmt nicht lange.«

Die Worte trafen sie wie Peitschenhiebe. Sie wandte sich um und wollte gehen, doch wieder hielt er sie fest. »Ihr immer mit eurem Getue. Erst macht ihr einem schöne Augen, und dann ziert ihr euch.«

»Hans, bitte«, sagte sie hilflos. Sie wurde sich plötzlich der vielen Pärchen bewusst, die sich küssten und umschlungen hielten. Hier auf dem Dom schaute niemand so genau hin, und das Bier ließ viele ihre Zurückhaltung vergessen. Paula wollte nur noch weg. Ein rotgesichtiger Mann drängte sich zu ihr heran, er spitzte seine lüstern glänzenden Lippen, als wollte er sie küssen. Schnell drehte sie ihren Kopf zur Seite.

Und da trafen sie Hans' Lippen. Der Kuss war nicht weich und zärtlich, sondern fordernd und schmeckte bitter nach Bier. Entsetzt spürte sie seine Zunge, die sich in ihren Mund drängte, seine Hände auf ihrem Rücken. Sie wusste keinen anderen Ausweg, als zuzubeißen. Mit einem wütenden Schrei ließ Hans sie los, und Paula rannte weg.

Zitternd vor Wut und Scham lag sie später in ihrem Bett. Und sie hatte Hans für einen Freund gehalten! Wie konnte er es wagen, seine Wut auf Fanny an ihr auszulassen? Wie konnte er sie nur auf diese demütigende Weise benutzen? Was war sie doch für eine dumme Gans gewesen, weil sie seinen Kuss herbeigesehnt hatte. Bei Fanny hätte er sich ein solches Verhalten niemals erlaubt. Und dann hatte er sie auch noch wegen ihres Beins verhöhnt, oder? Wie war seine Bemerkung über die Beine der anderen Frau doch gleich gewesen? Hatte er sie mit ihr verglichen? In einem Anfall von plötzlicher Wut trat sie mit dem Fuß gegen das eiserne Bettgestell. Der Schmerz in ihrem Knie stellte sich augenblicklich ein, und da hatte sie endlich einen Grund zum Weinen.

Am nächsten Morgen war sie unausgeschlafen und mürrisch. Sie ging zwar ihrer Arbeit nach, war mit den Gedanken jedoch bei dem verpatzten Abend. Sie knallte die Türen der Aktenschränke zu und sah Friedrich so böse an, dass er fluchtartig das Kontor verließ. In der Gaststube blaffte sie einen Stammkunden, der einen harmlosen Witz gemacht hatte, mit den Worten »Mir ist nicht nach Scherzen!« an.

Sie beobachtete, wie die Männer sich beim Essen über die Lippen leckten, und spürte wieder Hans' Zunge, die in ihren Mund stieß. Fluchtartig verließ sie den Gastraum.

Als Hans kam, um sich bei ihr zu entschuldigen, weigerte sie sich, ihn zu sehen.

Alma gab ihr einen Brief von ihm. »So ein netter junger Mann«, sagte sie.

Fanny las den Brief und legte ihn vor sich auf den Tisch.

»Er will dich heiraten«, sagte sie.

»Oh ja, er will mich heiraten. Aber das hat nichts mit Liebe zu tun. Lieben tut er doch nur dich!«, erwiderte Paula erbost.

Fanny brauste auf. »Das ist doch Unsinn! Wir haben uns seit zwei Jahren nicht gesehen. Es ist verletzte Eitelkeit, die ihn umtreibt, nicht Liebe.«

»Das mag schon sein. Aber mich liebt er auch nicht.« Paula nahm das Blatt Papier vom Tisch uns las darin. »Hier: Er schreibt, dass er mich heiraten will, um mir seine Wertschätzung zu zeigen. Um mir zu beweisen, dass die Geschichte auf dem Dom nicht seine wahre Haltung mir gegenüber ist.«

Fanny sah sie an. »Du wirst nie wieder einen treueren Freund haben als ihn.«

»Ich will keine Freundschaft, ich will Liebe«, sagte Paula heftig. »Liebe oder gar nichts.«

»Manchmal muss man auf die Liebe verzichten.«

»So wie du?«, fragte Paula hitzig. »Du hast auf Hans verzichtet, um Jakob zu heiraten. Und wie oft hast du deinen Mann im letzten Jahr gesehen? Er war nur drei Mal hier bei dir und Lea und ist jedes Mal nach zwei Wochen wieder fort aufs Schiff gegangen, als sei der Teufel hinter ihm her. Ich sehe Hans häufiger als du Jakob. Vermisst du ihn denn gar nicht?«

»Er ist gut zu mir und meinem Kind.«

Die Bemerkung verstand Paula nicht. »Was hat das damit zu tun? Lea ist schließlich auch sein Kind!«

Fanny gab keine Antwort. Sie nahm Lea, die auf dem Fußboden spielte, und setzte sie so auf ihren Schoß, dass Paula beide Gesichter sehen konnte. Fanny sah sie mit einem Blick an, den Paula nicht recht deuten konnte. Lea fing plötzlich an zu lachen, weil Fanny sie kitzelte, und da sah Paula, was ihre Freundin ihr zeigen wollte: Lea hatte Hans' Lachen, die Grübchen waren unverkennbar. Und sie hatte seine wasserblauen Augen. Fannys und Jakobs Augen waren dagegen honigbraun.

Paula schnappte nach Luft. »Oh, mein Gott! Ich hatte ja keine Ahnung! Aber Fanny, was hast du getan?«, stotterte sie. »Weiß Jakob Bescheid?« In ihrem Kopf jagten die Gedanken hin und her. Sie versuchte sich zu erinnern und rechnete nach. Dann schlug sie die Hand vor den Mund.

»Fanny!«, rief sie aus. »Wie kann denn das sein? Wir sind im Oktober von Bord gegangen, und Lea ist genau ein Jahr später zur Welt gekommen. Das heißt ja ... das bedeutet, du musst Hans später noch einmal getroffen haben. Fanny! Jetzt sag doch etwas!«

Fannys Miene war plötzlich ganz starr. Doch ihre Schultern zuckten, und dann begann sie furchtbar zu schluchzen.

Lea erschrak und begann ebenfalls zu weinen. Paula nahm die Kleine auf den Arm und redete beruhigend auf sie ein. Als Fanny sich ein wenig gefasst hatte, begann sie zu sprechen, mit tonloser Stimme.

»Wir haben uns zufällig getroffen, ich weiß es noch genau, es war an einem Freitag Mitte Januar. Ich lebte seit gut zwei Monaten in Hamburg. Mir ging es gut, ich war versorgt, hatte dieses schöne Zuhause ... Und dann kam er mir auf der Straße entgegen. Ich habe mich sofort umgedreht und bin in die andere Richtung gegangen, ich wollte ihm nicht begegnen. Aber er lief mir nach.« Ihr Blick ging ins Leere. »Es war so schön, ihn wiederzusehen, mit ihm zu reden. Ich war so allein damals, Jakob war nach unserer Hochzeit nur vier Wochen in Hamburg gewesen, dann wieder für Monate auf

See. Oh, Paula, ich habe mich hinreißen lassen. Und ein paar Wochen später habe ich festgestellt, dass ich schwanger war.«

Paula hatte Mühe, zu fassen, was sie gehört hatte. »Und Jakob? Weiß er Bescheid? Er kann doch auch rechnen!«

»Jakob kam zwei Wochen später auf Urlaub heim. Alles hat gepasst. Natürlich habe ich ihm nichts gesagt, aber ich glaube, er ahnt etwas. Und deshalb bleibt er monatelang auf See und kommt nicht nach Hause.«

Paula schnaubte vor Zorn. »Hans hat sich also mit dir getroffen. Und warum ist er jetzt so wütend auf dich und weigert sich, auch nur deinen Namen zu erwähnen?« Sie fühlte, wie ihr Tränen in die Augen stiegen. »Und was ist eigentlich mit mir? Ich habe gedacht, Hans wäre in mich verliebt. Ich habe mich zur Idiotin gemacht! Und du hast die ganze Zeit Bescheid gewusst!«

Fanny zuckte zusammen. »Es tut mir alles so leid, Paula. Was meinst du, wie ich mich gefühlt habe, die ganze Zeit, als du dich mit Hans getroffen hast. Ich hätte dir viel eher die Wahrheit sagen müssen. Bitte verzeih mir!« Sie griff nach Paulas Hand und drückte sie. »Aber Hans darf es um Gottes willen nie erfahren! Das würde alles nur noch komplizierter machen. Ich will ihn nie wiedersehen!«

Wieder fing sie an zu weinen. »Ich vermisse ihn so«, sagte sie unter Tränen. »Ich will ihn zurückhaben.«

»Aber du weigerst dich standhaft, Hans auch nur zu sehen!«

Fanny sah sie mit tränenverschmiertem Gesicht an. »Nicht Hans. Ich meine Jakob. Ich will meinen Mann zurück.«

»Jetzt verstehe ich überhaupt nichts mehr«, entfuhr es Paula. »Ich hole jetzt erst mal einen Schnaps.«

Anschließend holte sie Taschentücher und kochte Tee. Dann war Fanny so weit, dass sie Paula alles erklären konnte. Der Schmerz stand ihr dabei so deutlich ins Gesicht geschrieben, dass Paula von tiefem Mitgefühl erfüllt wurde und gleichzeitig von inniger Zuneigung. In diesem Moment hätte sie sich für ihre Freundin in Stücke reißen lassen.

»Damals, auf dem Schiff, war ich in Hans verliebt. Er war so jung, so verwegen, er hat die wildesten Pläne für unsere Zukunft gemacht. Wir haben uns ein Leben wie im Märchen ausgemalt. Ich hatte die Vorstellung, jede Nacht würde so unvergleichlich werden wie jene, in der er uns die Nordlichter gezeigt hat. Es war die schönste Nacht in meinem Leben, und ich bin ihm ewig dankbar dafür. Ich habe diese starke körperliche Anziehung gefühlt, seine Umarmungen haben direkt in mein Innerstes gezielt. Und als ich ihn dann zufällig wiedergesehen habe, da waren diese Gefühle auf einmal wieder da. Jedenfalls für den Moment. Weil ich so allein gewesen bin und jemanden gebraucht habe. Aber ich habe mich für Jakob entschieden, aus Gründen, die du kennst.« Sie putzte sich die Nase und wischte sich die Tränen ab. »Jakob war von Anfang an überaus zärtlich und aufmerksam. Und so verständnisvoll. Er war ja schon erfahren in der Liebe, und er … er hat mich geradezu angebetet. Ich hatte Angst vor der ersten Nacht mit ihm, ich war in Panik, weil ich befürchtet habe, Hans' Namen zu rufen. Aber er hat sich so rührend um mich bemüht. Ich habe eine gewisse Zeit gebraucht, um es selbst zu bemerken, aber ich habe begonnen, ihn zu lieben. Auf eine ganz andere Art als Hans. Die Liebe zu Hans war ein Feuer, das hell aufgelodert und schnell wieder erloschen ist. Meine Gefühle für Jakob sind ganz anders, stiller, aber auch viel tiefer, beständiger. Mit Jakob will ich alt werden. Ich möchte Kinder von ihm.« Fanny brach ab.

Meine Güte, was für eine verdrehte Welt, dachte Paula. »Wann hat er gemerkt, dass Lea nicht seine Tochter ist?«, fragte sie dann.

»Ich bin nicht sicher, ob er es wirklich weiß. Aber er sieht Lea manchmal so merkwürdig an. Und er hat sich von mir zurückgezogen. Er würde niemals unhöflich oder gemein werden, dazu liebt er mich viel zu sehr. Dessen bin ich mir sicher. Aber er bleibt Monate auf See, und wenn er da ist, dann …«, sie fing wieder an zu weinen, »… er nimmt mich nicht mehr in die Arme, und er kommt nachts nicht mehr in mein Bett. Oh, Paula, ich kann es nicht ertragen, dass er unglücklich ist. Und dass ich schuld daran bin. Was soll ich denn nur tun? Ich will ihn zurück!«

Paula legte ihr die Hand auf den Arm. »Du musst es ihm sagen.«

»Was soll ich ihm sagen?« Fanny sah sie verständnislos an.

»Na, alles. Dass Lea nicht seine Tochter ist und dass du ihn trotzdem liebst. Versetz dich doch in seine Lage: Er muss annehmen, dass du nach wie vor in Hans verliebt bist. Deshalb zieht er sich von dir zurück.«

»Aber ich habe ihn betrogen. Warum sollte er mir das vergeben?«

»Aus Liebe vielleicht?«, platzte Paula heraus. Dann dachte sie kurz nach. »Ja, ich glaube, es ist die einzige Möglichkeit, die dir bleibt. Sag ihm die Wahrheit. Sag ihm alles, was du mir erzählt hast. Sag ihm, dass du ihn liebst.« Sie stand auf. »Ich mache jetzt mit Lea einen Spaziergang rüber zu Alma, und du setzt dich hin und schreibst deinem Mann einen Brief.«

»Wenn ich mal heirate, dann nur einen Mann, den ich von ganzem Herzen liebe. Und ich werde mir sehr viel Zeit nehmen, mindestens drei Jahre, um mir über meine Gefühle klar zu werden. Hans hat nämlich Unrecht mit dem, was er mir auf dem Schiff gesagt hat: Liebe ist kein Luxus nur für die Reichen. Gerade weil wir kleinen Leute nichts haben als die Liebe, müssen wir ihr folgen. Sie ist doch das Einzige, das nichts kostet!«

Paula beugte sich über Leas Kinderwagen. Natürlich hatte die Kleine nichts von dem verstanden, was sie gesagt hatte.

Aber die Locke aus Paulas Haar kitzelte sie im Gesicht und brachte sie zum Kichern. Paula bewunderte die weißen Zähnchen und kitzelte sie noch einmal. Dann tippte sie mit dem Zeigefinger auf die kleine Nase.

»Und weil Hans mich nicht liebt und deine Mutter nicht vergessen kann, werde ich seinen Antrag ablehnen. Zu meinem Besten und zu seinem, hörst du, meine kleine Lea?«

Ihr war leichter, als sie ihre Entscheidung laut ausgesprochen hatte. Und jetzt, wo sie sich innerlich von Hans verabschiedet hatte, schob sich plötzlich ein anderes Gesicht vor seines: das von Julian Frenzen.

Sie machte sich gleich am nächsten Tag auf den Weg zu Hans. Sie wollte reinen Tisch machen. Aber sie fürchtete sich vor dem Gespräch mit ihm. Sie würde seinen Heiratsantrag ablehnen, aber sie wollte ihn nicht als Freund verlieren. Trotz des Abends auf dem Hamburger Dom. Etwas sagte ihr, dass er an diesem Abend nicht er selbst gewesen war. Und sie hatte zu wenige Freunde, um sie leichtfertig aufzugeben.

Sie nahm einen Pferdebus nach Wandsbek hinaus, wo seine Mutter in einem winzigen Haus mit Garten wohnte. Frau Wichert öffnete die Tür. Sie hatte rot geweinte Augen.

»Er ist doch heute Morgen in aller Frühe an Bord. Er ist auf ein anderes Schiff gegangen. Er wollte unbedingt aus Hamburg weg. Dabei hatte er doch Landurlaub. Was ist denn passiert? Hat er Ihnen etwas gesagt?«, fragte sie. »Jetzt kommen Sie doch erst einmal herein.«

Paula wollte eigentlich gleich wieder gehen, aber die Verzweiflung in Frau Wicherts Stimme ließ sie bleiben.

»Jetzt haben Sie den ganzen weiten Weg umsonst gemacht«, sagte sie und stellte Paula eine Tasse Kaffee hin.

Paula mochte Frau Wichert, und die Frau tat ihr leid. Sie war zwar nicht schuld daran, dass Hans gleich wieder auf See gefahren war, aber sie fühlte sich dafür verantwortlich.

Frau Wichert nahm einen Schluck Kaffee und setzte die Tasse wieder auf dem Wohnzimmertisch ab. »Was ist zwischen Ihnen und meinem Sohn vorgefallen? Ich habe Ihren Namen gestern Abend erwähnt, und er ist furchtbar wütend geworden.«

Paula seufzte tief auf. »So etwas habe ich mir beinahe gedacht«, sagte sie. Dann erzählte sie, dass Hans ihr einen Heiratsantrag gemacht hatte.

»Aber das ist ja ganz wunderbar!«, rief Frau Wichert aus.

»Nein, das ist es nicht, denn ich werde seinen Antrag ablehnen. Ich wollte es ihm heute sagen, aber ich nehme an, dass er meine Antwort bereits kannte.«

»Und da hat er Reißaus genommen. Das sieht ihm ähnlich. Warum haben Sie abgelehnt? Würden Sie mir das sagen?«

»Wir haben uns gestritten. Sehr heftig. Aber das ist nicht der Grund.« Sie sah Frau Wichert an. »Hans liebt mich nicht, und deshalb kann ich ihn nicht heiraten. Und auch ich habe mich in meinen Gefühlen für Ihren Sohn getäuscht.« Es tat gut, die Wahrheit auszusprechen. »Hat er gesagt, wann er wiederkommt?«

Frau Wichert nickte. »In sechs Wochen. Zu Weihnachten.«

Paula schüttelte langsam den Kopf und seufzte. »Ich werde ihm schreiben, noch heute.«

Es war Dezember geworden, und es war kalt und ungemütlich. Paula ging nach der Arbeit auf ein Plauderstündchen zu Fanny hinüber. Als sie die Küche betrat, kam Lea auf sie zugelaufen. Paula nahm sie auf den Arm, wirbelte sie herum und drückte ihr einen Kuss auf die Wange. Lea, die seit ein paar Wochen lief, ließ sich die Schmuserei nur einen Augenblick gefallen, dann strampelte sie sich ungeduldig frei. Sie wollte zurück zu dem großen Korb mit Kastanien, die Paula für sie gesammelt hatte. Paula sah ihr dabei zu, wie sie mit ihren kleinen Händen die Früchte umfasste, sie anhob und fallen ließ, sodass sie über den Holzfußboden kullerten.

Fanny hatte eine Schürze umgebunden und steckte bis zu den Ellenbogen in einem Hefeteig. Jakob wollte in zwei Tagen zurück sein, und Fanny war schon seit Tagen mit Vorbereitungen beschäftigt. Deshalb war Paula auch herübergekommen. Um Fanny von ihrer Nervosität abzulenken.

In diesem Augenblick kam auch Fannys Schwester Sara zur Tür herein. Sie trug einen großen Weidenkorb mit nasser Wäsche vor sich her.

»Meine Güte, ist das schwer«, japste sie.

Sara Klingerman war das genaue Gegenteil ihrer älteren Schwester. Sie war klein und stämmig. Das glatte blonde Haar trug sie meistens zu zwei Zöpfen gebunden. Sie war sechzehn. Und sie durfte von den Dingen, die Fanny so beschäftigten, nichts wissen. Paula und Fanny mussten immer aufpassen, was sie sagten, wenn sie in der Nähe war. Sara spürte, dass ihre Schwester Geheimnisse vor ihr hatte, was sie manchmal mürrisch machte. Sie arbeitete für einen Bauern aus den Vierlanden auf den verschiedenen Märkten Hamburgs und musste morgens immer sehr früh aus dem Haus. Wenn sie nach Hause kam, half sie Fanny im Haushalt und mit Lea.

»Bin ich froh, dass ihr da seid«, sagte Fanny. »Ich bin ein einziges Nervenbündel. Wenn ich mir vorstelle, dass Jakob bald hier zur Tür hereinkommt ...« In ihrem Gesicht wechselten sich Furcht und freudige Erwartung ab.

Paula trat von hinten an Fanny heran und legte die Arme um sie, wobei sie aufpasste, nicht mit dem Teig in Berührung zu kommen. »Du hast ihm doch geschrieben und ihm alles erklärt. Und er hat dir geantwortet, dass er die nächste Gelegenheit zu einem Heimaturlaub nutzen wird, um sich mit dir auszusprechen. Es wird schon alles gut gehen«, flüsterte sie dicht an ihrem Ohr.

Fanny sah sich um, ob Sara sie gehört hatte, aber sie war mit der Wäsche beschäftigt.

Paula löste die Arme von ihrer Freundin. »Aua!«, sagte sie laut, mehr zu sich selbst als zu Fanny.

»Was ist denn? Tut dir was weh?«, fragte Fanny.

Paula rieb sich die Oberarme. »Ich habe bis vorhin die Läuterbottiche geschrubbt, das ist anstrengend.«

»Läuterbottiche?«, fragte Fanny und schlug den Teig auf den Tisch.

»Das sind die riesigen Gefäße, in denen sich die Maische, das ist das, was von der gekeimten Gerste übrig bleibt, von der Bierwürze trennt.«

»Aha«, sagte Fanny, und man konnte erkennen, dass sie nicht verstanden hatte, wovon Paula sprach.

Paula winkte lachend ab. »Ist auch egal. Wer kein Bierbrauer ist, für den sind das böhmische Dörfer. Auf jeden Fall müssen die riesigen Bottiche geschrubbt werden, und das ist sehr anstrengend, deshalb tun mir die Arme weh. Und vorher wird stundenlang gerührt, und dabei muss man sehr genau sein. Du kannst dir vorstellen, dass die Witwe da in ihrem Element ist. Heute war sie in Höchstform, weil sie wieder mal Post vom Brauerbund bekommen hat. Die versuchen immer, ihr ins Geschäft hineinzureden, angeblich wollen sie ihr helfen, weil sie ja nur eine Frau ist.«

»Pah«, sagte Fanny. »Die wollen ihr doch nur ihre Brauerei abluchsen. Sie liegt schließlich in allerbester Lage. Hier würde sicher so mancher Reeder gern seine Residenz bauen. Sag ihr, sie soll bloß nicht nachgeben. Dann müssen auch wir hier weg, und das will ich nicht.«

»Wo müssen wir weg?«, fragte Sara dazwischen.

»Ach nichts, mach dir keine Sorgen«, gab Fanny zurück.

Paula kicherte und machte Almas sich überschlagende Stimme nach: »›Stärker rühren, stärker! Und Holz nachlegen, aber nein, doch nicht zu viel! Jetzt rühr doch, Junge!‹

Für das Rühren ist nämlich Norbert zuständig, der Ärmste. Dem tun heute die Arme noch mehr weh als mir!«

»Und die Ohren erst«, rief Fanny lachend dazwischen.

Paula war stolz, weil sie über das Bierbrauen so gut Bescheid wusste. Sie hatte die Witwe mit ihren Fragen gelöchert und sie halb wahnsinnig gemacht, »rammdösig«, also schwindlig, hatte Alma Janssen es bezeichnet. Sie war so oft wie möglich beim Brauen dabei und hatte das eine und andere Geheimnis der Braukunst gelüftet.

So wusste sie Bescheid über die Wichtigkeit der richtigen Temperatur, über die notwendige Qualität von Hefe und Hopfen und Wasser, sie konnte den Alkoholgehalt bestimmen und Lager- von Exportbier unterscheiden. Und sie hatte gelernt, den herben Geschmack eines gut gebrauten Bieres zu schätzen, besonders im Sommer, wenn es heiß war.

Lea nahm Anlauf und warf sich in Fannys Arme. Die nahm ihre Tochter hoch und bedeckte ihr kleines Gesicht mit Küssen, was Lea zum Kreischen brachte. Paula sah den beiden zu, die so innig miteinander waren und jetzt Kuchenteig im Haar hatten.

Fanny setzte Lea auf den Fußboden und wandte sich wieder dem Teig für ihren Hefezopf zu. Sie legte ihn in eine Schüssel, die sie sorgfältig mit einem Tuch abdeckte. Dann wischte sie sich die Hände ab.

»So, das hätten wir. Meine Arme tun mir übrigens auch weh, vom Teigkneten.« Ihr Blick fiel auf die Zeitung, die wie immer auf einem kleinen Tisch neben dem Fenster lag. »Ach, ich wollte dir doch etwas zeigen. Ich habe nämlich eine Idee«, rief sie aus. »Sieh mal, was ich heute gelesen habe.« Sie begann, die Zeitung von hinten nach vorne durchzublättern. »Na, wo habe ich es denn, ich hätte es gleich ausschneiden sollen, ah, hier, genau!«

Sie hielt Paula die Zeitung vor die Nase und wies auf eine Anzeige:

Wer kennt Fritz Mangels? 40 Jahre alt, groß und dunkelhaarig, kräftig, zuletzt in Lübeck gesehen.

Darunter stand eine Adresse mit Telefonnummer.

»Ich verstehe nicht«, sagte Paula und sah Fanny fragend an.

»Na ja, ich habe gedacht, du könntest auch eine Suchanzeige aufgeben!«

»In einer amerikanischen Zeitung!« Paula war wie elektrisiert. Dann ließ sie mutlos die Schultern sinken. »Aber in welcher?«

»Du fängst mit einer Zeitung in New York an, ist doch klar. Und dann siehst du weiter. Einen Versuch ist es wert.«

Paula nickte bedächtig, während sie überlegte. »Ich könnte versuchen, jemanden zu finden, der für mich in New York zum Büro einer Zeitung geht und die Anzeige aufgibt. Ich weiß auch schon, wen ich frage.« Sie sprang auf und küsste Fanny auf die Wange. »Vielen Dank. Ich mache mich sofort auf den Weg.«

Sie nahm ihren üblichen Weg an der Hafenkante entlang. Von der Wandrahm-Insel auf der Höhe des Dovenfleets drang ein Geräusch an Paulas Ohr, das sie anfangs nicht einordnen konnte. Wie ein rhythmisches Brummen klang es. Irritiert blieb sie stehen, um besser hören zu können. Das Geräusch kam näher, und jetzt erkannte sie, dass es die wütenden Rufe einer großen Menschenmenge waren. Sie kam aus der Speicherstadt und näherte sich über die Brücke bei St. Annen. Ihre Rufe, die nicht länger durch die hohen Häuser geschluckt wurden, wurden lauter. Der Schluss des Zuges bewegte sich noch auf auf Brücke, während die ersten Marschierenden nur noch wenige Meter von Paula entfernt waren. Wer der Menge im Weg stand und nicht rechtzeitig in Hauseingänge und Höfe auswich, wurde mitgezogen.

Paula erkannte die Monturen der verschiedenen Arbeiter und Handwerker, die im Hafen ihr Brot verdienten. Doch es waren auch Frauen und Kinder dabei. »Wir wollen Arbeit!«, riefen sie. »Wir wollen Wohnungen!« Auf ein unsichtbares Kommando hin verstummten sie plötzlich alle. Nur noch das gleichmäßige Schlagen ihrer hölzernen Absätze auf dem Pflaster war zu hören. Der entschlossene Gleichschritt hörte sich bedrohlich an, noch beängstigender als die gebrüllten Parolen. Die Menge ging am Dovenfleet direkt an ihr vorüber. Einer der Protestierenden entdeckte sie und forderte sie mit einer herrischen Armbewegung auf, sich der Menge anzuschließen. Zum Glück war er einige Meter entfernt und Menschen zwischen ihnen. Paula drückte sich schnell in einen Hausgang. Sie war froh, dass sie immer noch das alte Kleid trug, in dem sie die Läuterbottiche geschrubbt hatte. Die Männer und Frauen sahen nicht so aus, als wären sie gut auf die besser gestellten Hamburger Bürger zu sprechen.

Paula konnte sich erinnern, dass es seit der Choleraepidemie immer wieder Proteste in der Stadt gegeben hatte, manchmal waren sie organisiert, manchmal entstanden sie spontan, und oft endeten sie in Schlägereien mit der Polizei. Die Quarantäne vor drei Jahren hatte den gesamten Handel zum Erliegen gebracht, und die Folgen waren noch heute zu spüren. In Hamburg herrschte Massenarbeitslosigkeit. Die Sozialdemokratische Partei warf dem Senat vor, durch die zögerliche Bekämpfung der Seuche die Wirtschaft zusätzlich geschwächt zu haben. Noch schlimmer wogen die Vorwürfe, einzelne Unternehmen hätten die Krise zum Anlass genommen, Arbeiter in großer Zahl zu entlassen und die Löhne zu kürzen. Jeder Hamburger, der durch den Hafen ging, kannte den traurigen Anblick der in langen Schlangen wartenden Tagelöhner, die tagtäglich vergebens um Arbeit anstanden. Nicht einmal ein Drittel derjenigen, die zu den Vermittlungsstellen kamen, fand Arbeit für den Tag. Von festen Anstellungen, die einen gesicherten Lebensunterhalt boten, ganz zu schweigen. Dazu kam, dass diese Vermittlungsstellen oft in Kneipen waren und die Wirte verlangten, dass die Arbeitssuchenden Bier bestellten. Der Handel und das Bauwesen lagen am Boden, es kam zu Hungermärschen und Diebstählen in Bäckereien und auf Märkten. Die Reichen und die Arbeitgeber der Stadt schürten den verzweifelten Zorn noch, indem sie der Arbeiterschaft selbst die Schuld an ihrem Elend gaben und von Alkoholismus, Bettelei, Verwahrlosung und politischem Radikalismus sprachen.

Die Fronten waren so verhärtet, dass immer häufiger die Rede von Generalstreik die Runde machte.

Obwohl Paula sich beim Anblick der wütenden Gesichter unwohl fühlte, hatte sie Verständnis für die Demonstranten. Sie musste sich nur die tief liegenden Augen der frierenden Frauen und die zerrissenen Kleider und freudlosen Blicke der Kinder ansehen. Sie bekam Angst bei dem Gedanken, wohin das alles führen sollte. Die Stadt Hamburg konnte doch nicht länger zusehen, wie ein Großteil ihrer Bewohner in Hunger und Elend versank!

Sie hatte nur noch wenige Schritte bis zum Hapag-Haus zu gehen, aber die Protestierenden versperrten ihr den Weg. Sie blieben vor dem Haus der Reederei stehen und schüttelten hitzig die Fäuste. Sie hatten nicht vergessen, dass auch die Hapag wegen der Cholera Löhne gekürzt hatte. Paula blieb nichts übrig, als zu warten, bis sich der Zug wieder in Bewegung setzte und auch die Letzten an ihr vorübermarschiert waren.

Als sie es endlich wagte, die Tür des Kontors aufzustoßen, merkte sie, dass sie verschlossen war. Natürlich! Bei der Hapag hatte man Angst vor dem Zorn der Menge. Sie wollte sich gerade umdrehen und unverrichteter Dinge nach Hause gehen, als sie Julian Frenzen durch die große Eingangshalle auf die Tür zukommen sah.

»Fräulein Klausner! Kommen Sie herein. Draußen ist es zurzeit etwas ungemütlich. Und damit meine ich nicht nur das Wetter.« Er stutzte. »Sie gehören doch nicht etwa zu den Demonstranten?«

»Nein«, erwiderte sie knapp. »Obwohl ich ihre Not verstehe, beziehungsweise ich verstehe sie nicht. Der Senat lässt sie allein und würdigt sie herab. Die Armen hatten die meisten Toten bei der Cholera zu beklagen, und die Unternehmer haben die anschließende Quarantäne zum Anlass genommen, Leute zu entlassen und Löhne zu kürzen. Aber schließlich tragen doch gerade die Hafenarbeiter, die Schauerleute und die Schutenführer, die Schiffszimmerer und Eisenschiffbauer und all die anderen, die im Hafen arbeiten, zum Reichtum der Stadt bei. Und jetzt will man sie auch noch vom Wandrahm vertreiben, nachdem sie vor ein paar Jahren schon das Kehrwiederviertel räumen mussten! Wo sollen die Leute denn alle hin? Arbeit haben sie nicht, und jetzt nimmt man ihnen auch noch das Dach über dem Kopf.«

Er sah sie überrascht an. »Sie interessieren sich für Politik? Alle Achtung.«

»Ich weiß nicht, ob man das Politik nennt, aber ich habe Augen im Kopf, und ich kann Mitleid empfinden. Sie hätten einmal in die Gesichter der Frauen und Kinder sehen sollen! Ich weiß nicht, wann die das letzte Mal richtig satt gewesen sind.« Ihre Worte klangen vorwurfsvoll, als wäre Julian Frenzen ihr Gegner. »Und wissen Sie, was das Schlimmste ist? Man nimmt ihnen ihre Würde. Wenn sie Brot stehlen, um ihre Kinder satt zu bekommen, stellt man sie als Diebe vor Gericht, wenn sie protestieren, geht die Polizei gegen sie vor!«

Frenzen sah sie nachdenklich an und sagte dann: »Sie fühlen mit ihnen, Sie haben Herz, das imponiert mir.«

»Ja, weil es so ungerecht ist!«, entgegnete sie heftig. Sie musste plötzlich an ihren Vater und an Erwin Suder denken.

»Sie haben da etwas«, sagte Frenzen.

Paula sah an sich herunter, konnte aber nichts entdecken.

»Nein, im Haar. Darf ich?«

Er machte einen Schritt auf sie zu und nahm eine Strähne ihres Haars zwischen zwei Finger. Es zog ein bisschen, und Paula spürte die Wärme seiner Hand an ihrer Wange. »Das ist Kuchenteig«, sagte er lachend. »Dann kann das an Ihrer Wange nur Mehl sein.«

Paula wischte sich hastig über das Gesicht. Warum war sie so überstürzt losgerannt und hatte sich nicht wenigstens umgezogen?

Frenzen lächelte sie an. »Das tut Ihrer Anziehungskraft keinen Abbruch, glauben Sie mir. Wollten Sie eigentlich zu mir?«

Paula nickte.

Frenzen sah auf die Uhr. »Ich habe gerade Dienstschluss, und ich glaube, Ihnen ist der Schrecken in die Glieder gefahren. Was halten Sie davon, wenn ich Sie zu einem Tee einlade und Sie mir dabei erzählen, um was es sich handelt?«

Paulas Zorn war verflogen. »Aber nur, wenn ich keinen Kuchenteig mehr im Haar habe.«

»Sie sehen ganz entzückend aus, das sagte ich doch schon.«

Er lächelte sie an und hielt ihr den Arm hin.

»Moment, bitte.«

Paula ging an ihm vorbei auf einen der vielen Spiegel zu, fuhr sich mit der Hand ordnend durch das Haar und steckte den Schildpattkamm wieder fest. Dabei bemerkte sie im Spiegel den nachdenklichen Blick, mit dem Julian Frenzen sie beobachtete. Er stand nur einen Schritt von ihr entfernt, in seinem gut sitzenden Mantel, den Hut hatte er noch in der Hand. Wir würden ein schönes Paar abgeben, dachte sie unwillkürlich. Dann drehte sie sich um und hakte sich frohgemut bei ihm ein.

Sie gingen in eine Konditorei in der Deichstraße. Frenzen bestellte Tee und Kuchen, und Paula erklärte ihm ihre Idee, eine Suchanzeige in New Yorker Zeitungen aufzugeben.

»Sie sind nicht unterzukriegen, stimmt's?«, sagte er. Wieder sah er sie mit diesem merkwürdigen Blick an, in dem Paula Anerkennung oder Bewunderung und noch etwas anderes las, das sie nicht recht benennen konnte. Sie senkte verlegen den Blick und kratzte den Rest Schlagsahne vom Teller. Sie war froh, als er weitersprach.

»Es gibt gut zwei Dutzend Zeitungen in New York, darunter auch ein paar auf Deutsch für die Auswanderer. Die wären sicherlich geeignet. Ich denke da an die *Staats-Zeitung*, aber es gibt bestimmt noch andere.«

Paula wusste nicht, ob das die beste Lösung war. »Wie ich meinen Vater kenne, wird er Englisch gelernt haben, er hat schon in Hamburg damit angefangen. Hm, aber es ist gut möglich, dass er trotzdem eine deutsche Zeitung liest. Vielleicht inseriert er sogar selbst dort, um Kunden für seine Öfen zu finden.«

Sie setzten einen kurzen Text auf, und er versprach, sich um alles zu kümmern.

Als sie merkte, dass es schon beinahe sieben Uhr war, erschrak sie.

»Ich muss nach Hause. Alma macht sich sonst Sorgen. Sie glaubt, ich sei bei meiner Freundin Fanny.«

»Ich würde Ihre Alma gern einmal kennenlernen«, sagte Julian. »Und Fanny auch.«

»Wirklich?«

Wieder einer dieser langen Blicke. »Ja, Paula, wirklich. Ich würde gern mehr über Sie, Ihre Freunde und Ihr Leben erfahren.«

Paula zuckte zusammen. Interessierte er sich etwa für sie?

»Schließlich fühle ich mich verantwortlich.«

Paula ließ geräuschvoll die Luft aus ihren Lungen. Ach, so meinte er das.

»Wenn Sie sich verantwortlich fühlen, dann müssen Sie mich nach Hause begleiten«, sagte sie mit einem koketten Augenaufschlag.

»Das hatte ich ohnehin vor«, gab er mit einem Lächeln zurück.

Auf dem Weg in die Rosenstraße begegneten ihnen vereinzelte Gruppen aufgebrachter Arbeiter. Aber Paulas Gedanken waren anderswo. Bei der Möglichkeit, über eine Zeitungsannonce ihre Familie wiederzufinden, und bei Julian Frenzen, der dicht neben ihr ging, was sie verwirrte.

Vor der Haustür sah er ihr lange in die Augen. Dann beugte er sich zu ihr hinunter, und Paula stockte der Atem, weil sie glaubte, er würde sie auf den Mund küssen. Aber seine Lippen berührten nur ganz sanft ihre Hand.

In gewissem Sinne ist es ein Vorteil, arm zu sein.
Deshalb kommen so viele erfolgreiche Leute aus der East Side.
Wer hier ein Talent für etwas Besseres hat, hat wirklich
jeden Grund, dieses Talent auch zu nutzen.

Marcus Loew, geboren Mai 1870 in der Lower East Side

12

»Natürlich kommst du mit, es war doch schließlich deine Idee. Beeil dich, wir sind um zehn verabredet, und die Herren schätzen es bestimmt nicht, wenn wir zu spät kommen.«

Alma Janssen hatte keine Zeit für lange Erörterungen. Sie war schon in Hut und Mantel und ließ sich auf einen der grünen Lederstühle im Kontor fallen, um dort auf Paula zu warten.

Insgeheim hatte Paula darauf gehofft, Alma würde sie zu dem Gespräch mit der Exportagentur Städing und Wichmann mitnehmen. Schließlich war sie es, die die Produktion des neuen Exportbiers der Brauerei Janssen forcierte, um es unter anderem nach Amerika zu verschiffen. Es war ebenfalls Paulas Idee gewesen, Kontakt mit der Exportagentur aufzunehmen. Städing und Wichmann standen im Ruf, das amerikanische Geschäft so gut zu kennen wie niemand sonst. Aber jetzt schien es, als wollte Alma sich völlig aus den Verhandlungen heraushalten und Paula alles allein überlassen. Daher war ihr ein wenig mulmig.

Während sie rasch ihr Haar hochsteckte und die Granatohrringe anlegte, die Alma ihr neben dem blauen Kleid zum achtzehnten Geburtstag geschenkt hatte, dachte sie über das bevorstehende Gespräch nach. Wie verhandelte man eigentlich mit Agenten? Was, wenn die Herren Fragen stellten, auf die sie keine Antwort wusste?

»Bist du jetzt endlich so weit?«, hörte sie Alma ungeduldig

rufen. Alma wurde sehr schnell ungehalten, wenn man nicht pünktlich war, und sie selbst erschien gern einige Minuten vor dem verabredeten Zeitpunkt.

»Ich bin schon fertig!« Ein letzter prüfender Blick in den Spiegel, dann griff Paula nach ihrer Handtasche. Sie hatte alle nötigen Unterlagen eingepackt: Geschäftszahlen, eine Auflistung der Biersorten, die die Brauerei Janssen produzierte, Leumundszeugnisse von Geschäftspartnern und so weiter.

Sie bogen an der Kirche St. Petri nach links ab und waren nach wenigen Hundert Metern an der angegebenen Adresse in der Brandstwiete 17.

»Sieht ja ganz ordentlich aus«, brummte die Witwe, als sie in der Eingangshalle des Kontorhauses standen.

Paula sah auf die Firmenschilder, die von einem Holzrahmen umgeben waren. »Das Büro ist im Erdgeschoss«, sagte sie, und Alma Janssen, mit Blick auf den rumpelnden Paternoster, seufzte erleichtert.

»Na, Gott sei Dank.«

Sie hatten den Klopfer kaum betätigt, als die Tür von innen aufgerissen wurde.

»Ach, die Herren der Firma Janssen …?« Dem kleinen dicken Mann blieb der Rest des Satzes im Halse stecken.

»Ich bin die Brauerei Janssen, Herr …«, sagte Alma.

»Städing, Anton Städing«, stellte er sich mit einer nachlässigen Verbeugung vor.

Paula runzelte die Stirn. Na, der Empfang war ja gründlich danebengegangen. Alma hatte jetzt schon schlechte Laune.

»Dann nehme ich an, das ganz reizende junge Fräulein ist Ihre Tochter?«, wagte der Dicke einen zweiten Versuch.

»Nein, das junge Fräulein ist als meine Geschäftspartnerin verantwortlich für das Kontor. Und es ist ihre Idee, unser Bier nach Amerika zu exportieren.«

Jetzt sahen Paula und der Dicke sie gleichermaßen verblüfft an.

»Oh, wie Sie meinen. Ich habe nur gedacht, also, ich will Ihnen selbstverständlich nicht zu nahe treten, aber die junge Dame sieht mir noch sehr jung aus. Darf ich fragen, wie alt Sie sind?« Seine unbewegten Augen straften sein Lächeln Lügen. »Bitte nehmen Sie mir meine Frage nicht übel, unter anderen Umständen würde ich mir nie die Freiheit nehmen, eine Dame nach ihrem Alter ... aber es gibt im internationalen Handel, für den wir anerkannte Fachmänner mit jahrzehntelanger Erfahrung sind – was Ihnen von allen Seiten bestätigt werden wird –, also, es gibt da gewisse Regeln und Gepflogenheiten, wenn Sie verstehen ... Allein die Tatsache, dass Sie eine Frau sind, also, nicht dass Sie meinen, ich würde Ihnen Ihren Charme absprechen, aber in der rauen Welt der Handelsbeziehungen kann Ihnen das manchmal zum Nachteil ... Sie verstehen doch?« Er hatte sich jetzt völlig in seiner Entschuldigung verheddert und ließ hilflos die Arme sinken.

»Ich bin achtzehn, wenn Sie das meinen«, sagte Paula knapp.

Herr Städing fasste sich nur mühsam. »Folgen Sie mir doch bitte ins Besprechungszimmer.«

»Sie müssen sich erst daran gewöhnen, dass wir Frauen sind. Mit dressierten Affen hätten sie vermutlich weniger Probleme«, flüsterte Alma böse, während sie ihm folgten.

Im Besprechungszimmer wartete Herr Wichmann, der noch dicker war als sein Kompagnon. Herr Städing ging zu ihm hinüber und flüsterte ihm rasch ein paar Worte ins Ohr. Paula konnte sehen, wie Alma angesichts dieser Unverschämtheit nach Luft schnappte, und lächelte ihr beruhigend zu. Sie sah sich in dem mit dunklen Möbeln überladenen Raum um, der Gediegenheit und Wohlstand ausstrahlen sollte, auf sie aber eher protzig wirkte. Zwei Vitrinen waren vollgestellt mit scheußlichem Nippes aus aller Herren Länder. Jede Menge ausgestopfter exotischer Tiere hing an den Wänden und in einer Ecke sogar ein Schrumpfkopf – sie wagte nicht darüber nachzudenken, ob von einem Affen oder einem Menschen. Zwischen den beiden Fenstern stand eine klobige Standuhr mit einer abenteuerlichen Bemalung, die in diesem Augenblick mit einem Geräusch, das zwischen Quietschen und Dröhnen lag, die Uhrzeit verkündete. Das ganze Gehäuse zitterte unter der Wucht der zehn Schläge, und sie mussten warten, bis der Lärm abgeklungen war.

Als es wieder still war, hüstelte Städing. »Sie planen also, das Bier Ihrer Brauerei in die Vereinigten Staaten von Amerika zu exportieren? Eine gute Idee, eine ausgezeichnete Idee. Janssen-Bier hat einen guten Ruf in der Stadt. So etwas spricht sich herum. Die Beziehungen zwischen unserer schönen Stadt und New York sind ja sehr eng.«

Sein Kompagnon rieb sich die Hände. »Ja, ja, deutsches Bier für unsere Landsleute in Amerika, genau so muss es sein. Wenn man schon in der Fremde ausharren muss, dann soll man es sich wenigstens ab und an gemütlich machen, nicht wahr? An welche Mengen hatten Sie gedacht?« Sein Blick bekam etwas Lauerndes, und auch Städing beugte sich vor, um besser hören zu können.

Paula entging sein Blick auf ihren Busen keineswegs. Und der gönnerhafte Ton in Wichmanns Stimme ging ihr auf die Nerven. Sie hob beinahe unmerklich die Brauen und schenkte den Herren das Lächeln, das eigentlich keines war und das ihre Mutter früher für Menschen gehabt hatte, die sie nicht mochte. Das Mienenspiel, für das ihre Mutter gefürchtet war, zeigte Wirkung.

Herr Wichmann ruderte zurück. »Nun, lieber Städing, jetzt geben Sie den Damen doch erst einmal die Möglichkeit, ihre Pläne vorzustellen. Kaffee? Tee?« Er griff nach einer Glocke, die in seiner fettgepolsterten Hand wie ein Miniaturspielzeug aussah.

»Danke, nein. Wir nehmen nichts«, sagte Alma mit eisiger Stimme, und Wichmann ließ die Hand wieder sinken.

Städing nahm das Gespräch wieder auf. »Also, meine Damen, bitte sagen Sie uns doch – wenn Sie darüber bereits nachgedacht haben –, wie viel Bier Sie in Amerika verkaufen möchten.«

Paula hatte genug. »Nun, das dürfte doch wohl in Ihren Zuständigkeitsbereich fallen. Wir liefern so viel Bier, wie Sie drüben an den Mann bringen können. Unsere Kapazitäten sind jedenfalls groß genug.« Als sie »unsere« sagte, reckte sie das Kinn in die Höhe und sah ihr Gegenüber von oben herab an.

Städing blieb glatt die Luft weg. Das hatte er von der kleinen Göre, die da frech vor ihm saß und ihn kühl ansah, nicht erwartet. Und die alte Vettel saß daneben und grinste dazu.

»Alle Achtung, so schnell ist ja schon lange keine Geschäftsbeziehung mehr in die Brüche gegangen«, sagte Alma Janssen trocken, als sie wieder auf der Straße standen.

Paula war immer noch wütend. »Wie die uns behandelt haben! Haben Sie die Blicke des Dicken gesehen? Als wollte ich kein Bier verkaufen, sondern mich selbst.«

Alma winkte ab. »Daran wirst du dich gewöhnen. Die Herren sind einfach damit überfordert, wenn ihnen im Geschäft plötzlich eine Frau begegnet. Ihnen wäre es am liebsten, wir würden uns auf die Küche und das Schlafzimmer beschränken.«

»Aber was machen wir denn nun?« Paula runzelte die Stirn und überlegte fieberhaft, während sie die Straße entlanggingen. »Wir könnten uns nach einer anderen Agentur umsehen.« Dann blieb sie mit einem Ruck stehen. »Sie wollen doch nicht von der Idee zurücktreten, oder?«

Alma sah Paula, die sie im Geheimen schon als ihre Ziehtochter bezeichnete, lange an. »Unsinn«, sagte sie dann forsch. »Du wirst fahren und unser Bier in Amerika verkaufen.«

Fanny freute sich von ganzem Herzen für Paula.

»Du wirst wieder nach Amerika fahren, genau wie du es auf dem Schiff vorhergesagt hast …«

»… und dieses Mal reise ich in einer Kajüte!«, warf Paula übermütig ein.

»Genau. Und dann lachst du dir einen reichen Amerikaner an, der dich die ganze Reise über auf Händen trägt. Und in New York residierst du in einem schönen Hotel und suchst in aller Ruhe nach deiner Familie. Mein Gott, ich beneide dich. Wie gern würde ich mit dir fahren!« Fanny nahm Paula in die Arme. »Ich wünsche dir alles Glück dieser Erde.«

Sara Klingerman saß bei ihnen am Tisch und lauschte dem Gespräch mit großen Augen.

»Wieso fährst du *wieder* nach Amerika?«, mischte sie sich nun ein. »Bist du denn schon einmal dort gewesen? Und was ist das für eine Geschichte mit dem Schiff? Ihr habt euch auf einem Schiff getroffen? Auf welchem?« Das Misstrauen stand ihr ins Gesicht geschrieben.

Fanny senkte verlegen den Blick. Sie hatte ihrer Familie immer noch nicht von ihrer missglückten Amerikareise erzählt. Und deshalb musste sie immer sehr vorsichtig sein, was sie zu Paula sagte. Und sie musste ihre Schwester anlügen, was ihr ein schlechtes Gewissen bereitete.

Paula versuchte, die Situation zu retten. »Wir sind mal zusammen mit einem Boot durch den Hafen geschippert und haben uns dabei vorgestellt, wie es wäre, nach Amerika zu reisen, stimmt's, Fanny?« Aber sie merkte selbst, wie lahm ihre Ausrede klang.

»Ihr belügt mich doch«, rief Sara wütend. »Immer schließt ihr mich aus!« Türenschlagend verließ sie das Zimmer.

»Ich hasse es, unaufrichtig zu sein«, seufzte Fanny.

»Dann sei froh, dass du wenigstens Jakob endlich die Wahrheit gesagt hast.«

Fanny sah sie mit einem Blick an, in dem Furcht und

Trauer lagen. »Er kommt nächste Woche. Ich kann es kaum erwarten, ihn endlich wiederzusehen, und auf der anderen Seite ist da immer noch eine kleine Angst.«

»Aber warum? Ihr habt euch doch bei seinem letzten Urlaub im Dezember ausgesprochen, und er hat dir verziehen.«

»Ja, sicher, aber woher soll ich wissen, dass er es sich in den letzten zwei Monaten auf See nicht anders überlegt hat?« Ihre Stimme verlor sich in einem Flüstern.

»Weil er ein viel zu integrer und guter Mann ist. Und er liebt dich.«

»Das hoffe ich. Ich erwarte nämlich wieder ein Kind«, sagte Fanny und lächelte.

Julian war der Nächste, dem sie von der geplanten Reise erzählen wollte. Sie stürmte an dem Zeitung lesenden Portier im Hapag-Haus vorbei, der sie mittlerweile kannte und sie mit einer Handbewegung grüßte. Während der Paternoster viel zu langsam nach oben rumpelte, trat sie ungeduldig von einem Fuß auf den anderen.

Im vierten Stock angekommen, konnte sie es kaum abwarten, bis der Aufzug die Höhe des Flurs erreicht hatte. Sie stürmte in Frenzens Büro, ohne anzuklopfen. »Stellen Sie sich vor, ich fahre bald nach Amerika. Ich habe alles mit Frau Janssen besprochen. Ich reise als Vertreterin der Brauerei, aber ich werde genügend Zeit haben, um nach meiner Familie zu suchen!«

Julian Frenzen sah von seiner Arbeit auf. Er zögerte, bevor er sich etwas schwerfällig, wie es sonst gar nicht seine Art war, erhob. Er reichte Paula wortlos die Hand zur Begrüßung.

»Jetzt beglückwünschen Sie mich schon! Ich darf nach Amerika. Und dieses Mal wird es niemand wagen, mich zurückzuschicken, ich reise schließlich standesgemäß in der zweiten Klasse!« Sie kicherte. »Fanny meint, ich könnte mir dort gleich einen reichen Mann angeln.«

Frenzen sagte immer noch nichts. Sie standen dicht voreinander, und er hatte immer noch ihre Hand in seiner. Paula hielt inne und blickte ihm direkt in die Augen, die sie noch nie von so Nahem gesehen hatte. Sie konnte goldene Einsprengsel erkennen und neben den Augen kleine Fältchen, die vom Lachen kommen mussten. Einige Strähnen seines immer etwas unordentlichen Haares fielen ihm in die Stirn. Am liebsten hätte sie sie weggeschoben, um besser in seinen Augen versinken zu können. Mein Gott, ich glaube, ich bin verliebt, dachte sie, und der Gedanke ließ sie innerlich jubeln.

Julians Gesicht kam noch näher, und Paula hielt den Atem an. Gleich würde er sie an sich ziehen und sie küssen, zart und weich, wie sie es sich erträumt hatte. Erwartungsvoll schloss sie die Augen und öffnete leicht die Lippen. Sie lehnte sich sogar ein wenig nach vorn, über die Ecke des Kontortischs hinweg, und berührte mit ihrer Schulter seinen Brustkorb.

Als Julian sich abrupt abwendete, verlor sie beinahe das Gleichgewicht. Sie suchte mit den Händen auf dem Tisch Halt, einige Papiere segelten auf den Fußboden. Schwer atmend wich sie zurück und ließ sich auf den Besucherstuhl fallen.

Julian sah sie kühl an.

»Ich freue mich sehr für Sie. Da ist die Annonce ja vielleicht gar nicht mehr vonnöten«, sagte er mit eisiger Stimme.

Paulas Wangen brannten. Wie hatte sie sich so in seinen Gefühlen für sie täuschen können? Er freute sich nicht für sie. Er musste sie für völlig übergeschnappt halten. Als wenn ein aufstrebender, gut aussehender Ingenieur sich für ein hinkendes Mädchen aus dem Waisenhaus interessieren könnte! Die Scham schnürte ihr die Kehle zu.

Damit er ihre Verwirrung nicht sehen konnte, bückte sie

sich, um die zu Boden gefallenen Blätter aufzuheben. Julian Frenzen half ihr dabei. Er duftet gut, bemerkte sie. Während sie noch darüber nachdachte, berührte seine Hand zufällig die ihre. Sie sprang wie von der Tarantel gestochen auf.

»Entschuldigung«, sagte er und erhob sich ebenfalls, einen Stapel Blätter in der Hand. Seine Stimme hatte den kühlen Ton verloren. Er ging hinter seinen Schreibtisch zurück, zog eine Schublade auf und holte eine Zeitung hervor. »Hier, ich wollte Ihnen etwas zeigen. Sehen Sie.«

Paula musste sich konzentrieren, um die Anzeige in der linken unteren Ecke der Zeitungsseite zu entdecken. Vor lauter Verwirrung verschwammen ihr die Buchstaben vor den Augen. Sie sah immer noch Julians sinnliche Lippen vor sich.

Gesucht: Fam. Heinrich Klausner, Ofenbauer …

Wieder und wieder las sie den Text. Sie zwang sich, Wort für Wort zu lesen, und langsam beruhigte sie sich. Sie ließ das Blatt auf den Tisch sinken und hob selbstvergessen den Arm, um eine Strähne ihres Haars in den Knoten zurückzuschieben.

»Und? Gibt es schon Antworten?«, fragte Paula schließlich, und es gelang ihr, Julian einigermaßen gefasst in die Augen zu sehen und normal zu atmen.

Er schluckte schwer. »Leider nein«, erwiderte er. »Das heißt, ich weiß es nicht, weil immer einige Wochen vergehen, bis ich wieder Neuigkeiten per Schiff aus Amerika erhalte … Wir müssen geduldig sein.«

»Um Ihre Eltern handelt es sich ja auch nicht«, bemerkte sie spitz.

Das kleine Lächeln, das eben noch sein Gesicht erhellt hatte, verschwand. »Nein, ich habe keine Eltern mehr.«

Paula wurde feuerrot.

»Das … das tut mir leid. Das hätte ich nicht sagen dürfen«, stotterte sie. Abrupt stand sie auf und wandte sich zur Tür. Weil sie nicht aufpasste, verhakte sie sich mit ihrem kranken

Bein am Stuhlbein. Der Stuhl kippte um und knallte auf den Holzfußboden. Julian sprang auf, um ihr zu Hilfe zu kommen. »Bleiben Sie, wo Sie sind«, schrie sie und streckte ihm abwehrend die Hände entgegen. Sie spürte, wie sich ein dicker Kloß in ihrem Hals bildete. »Es tut mir leid!«, rief sie noch einmal. Dann verließ sie den Raum und stürzte zum Paternoster.

Während sie nach unten fuhr, ließ sie ihren Tränen freien Lauf. Als sie an der Loge vorbeistürmte, kam der Portier hinter ihr her und fragte, ob er ihr helfen könne. Doch Paula rannte an ihm vorbei, ohne zu reagieren.

Sie bemerkte auch Julian Frenzen nicht, der ihr hinterhereilte. Kurz nach ihr durchquerte er die Eingangshalle und trat auf die Straße hinaus. Dort blieb er stehen, die Fäuste geballt, sodass ihm die Nägel tief ins Fleisch schnitten. Er wollte diesen Schmerz spüren, um den anderen in seinem Herzen zu übertönen. »Es muss sein. Ich tue das einzig Richtige«, murmelte er und erschrak über den Klang seiner Stimme, die mehr einem Krächzen glich.

Mein Gott, wie sehr liebte er diese junge Frau, die sich da hinkend von ihm entfernte, als sei der Teufel hinter ihr her. Sie hielt sich für jung und schwach, sie haderte mit ihrer Behinderung und zweifelte daran, attraktiv zu sein! Dabei war sie die begehrenswerteste Frau, die er je getroffen hatte. Wie anziehend waren ihre Zielstrebigkeit und ihr Mut im Vergleich zu der platten Wohlerzogenheit der Damen, die er kannte. Mit Paula an seiner Seite würde sein Leben nie langweilig werden.

Er atmete heftig ein bei dem Gedanken daran, wie nah sie ihm gerade eben gewesen war. Er hätte sie küssen können, sie hatte es sogar erwartet. Es hatte ihn beinahe unmenschliche Kraft gekostet, seinem Verlangen nicht nachzugeben. Seine Lippen hatten die ihren schon fast gestreift, als er sich besonnen hatte. Als er an die Anmut dachte, mit der sie die Haarsträhne zurück in den Knoten gesteckt hatte, wenn er die perfekte Linie ihres schmalen Halses und das zarte Ohrläppchen vor seinem inneren Auge wiedersah, dann überkam ihn der Wunsch, ihr nachzulaufen und sie an sich zu reißen, um sie nie wieder loszulassen.

Aber das durfte er nicht. Er kannte Paulas Unbedingtheit, und er fürchtete, sie würde in ihrem Entschluss, nach New York zu fahren, wanken, wenn er ihr seine Liebe erklärte. Das durfte er auf keinen Fall zulassen.

Julian hatte für Paula sogar eine andere Frau verlassen, der er bereits ein Heiratsversprechen gegeben hatte. Am Tag, als Paula in seinem Büro erschienen war, war die andere jedoch verblasst wie Kerzenschein in gleißendem Sonnenlicht. Das hatte er Paula natürlich nicht erzählt. Er liebte sie schmerzlich, und immer wenn er sie sah, überfiel ihn das Bedürfnis, sie in die Arme zu nehmen und sie zu beschützen. Dabei wusste er längst, dass sich hinter ihrer äußeren Zerbrechlichkeit eine Stärke verbarg, die ihr selbst noch nicht bewusst war.

Weil Julian sie aber kannte, wollte er sie nicht bevormunden oder in ihren Freiheiten beschneiden. Paula hatte ihm von ihrem toten Zwillingsbruder erzählt, der denselben Vornamen trug wie er selbst. Sie hatte von seiner Neugierde auf die Welt und seiner Leidenschaft für Entdeckungen geschwärmt. Julian Frenzen hatte instinktiv gespürt, dass Paula ganz ähnliche Sehnsüchte in sich trug und dass er sie nicht einschränken durfte, wollte er sie nicht unglücklich machen. Nur aus diesem Grund hatte er während der letzten Monate immer wieder gegen seine aufwallende Leidenschaft angekämpft. Und er lebte nur noch für Paulas Besuche.

Immer noch sah er Paula hinterher, bis sie hinter einer Ecke aus seinem Blickfeld verschwand. Er würde sie nach Amerika gehen lassen, in der Hoffnung, sie würde zu ihm zurückkehren. Die Angst, ihr könnte etwas zustoßen, war dabei nicht die größte. Er befürchtete, sie könnte sich in seiner Abwesenheit in einen anderen Mann verlieben, jemanden, der vorgab zu wissen, was gut für sie sei. Und obwohl es ihm das Herz brach, würde er bis zu ihrer Abfahrt seine Gefühle ihr gegenüber verbergen, um es ihr nicht so schwer zu machen. Ich liebe dich, Paula, sagte er in Gedanken.

Dann wandte er sich um und begab sich wieder an seinen Schreibtisch.

Paula lief blind vor Tränen in Richtung Hafen. Sie wollte allein sein. Immer wieder sah sie Julians kühlen Blick vor sich, sein Gesicht dicht vor ihrem. Wie hatte sie sich so erniedrigen können? Was für eine Närrin war sie gewesen, zu glauben, er würde etwas für sie empfinden. Niemand empfindet etwas für ein hinkendes Mädchen! Bei diesem Gedanken kamen ihr erneut die Tränen. Sie konnte nicht verhindern, dass eine andere Szene vor ihrem inneren Auge auftauchte, die sie eigentlich für immer hatte vergessen wollen: wie die Einwanderungsbeamten sie beim Arm nahmen und sie abführten. Auch in ihren Gesichtern hatte sie die gleiche kühle Gleichgültigkeit gelesen wie eben in Julians.

Sie hatte die letzten Häuser hinter sich gelassen und war am Elbstrand angelangt. Ihr Bein schmerzte von dem schnellen Marsch, aber sie verlangsamte ihre Schritte trotzdem nicht. Sie wandte sich stromabwärts in Richtung Blankenese. Dort setzte sie sich am Ufer unter eine Trauerweide. Ein Schiff fuhr vorüber, und sie nahm das gleichmäßige Kommen und Gehen der Wellen wahr. Sie sog die frische Luft ein und betrachtete den knallblauen Himmel, der sich im Fluss spiegelte und weite Blicke zuließ. Das half ihr, ein wenig zur Ruhe zu kommen. Sie musste nachdenken.

Mehr als alles in der Welt wollte sie nach Amerika, um ihre Familie wiederzusehen. Bei dem Gedanken an ihren Vater und ihre Mutter stiegen ihr Tränen der Sehnsucht in die Augen. Wie groß Anna wohl inzwischen geworden war? Und wie fand sich Dorothea in dem neuen Land zurecht? Sie würde alles geben, um sie wieder in die Arme schließen zu können. Sie wollte sich vergewissern, dass es ihnen gut ging, sehen, wie sie lebten. Ein großer Passagierdampfer schob sich an ihr vorbei, an der Reling standen Auswanderer, die zu ihr herüber winkten, und Paula wünschte sich, mit ihnen an Bord zu sein.

Aber starke Bande hielten sie auch in Hamburg. Sie hatte sich hier ein Leben aufgebaut, sie hatte eine Zukunft vor sich. Auch hier gab es Menschen, die sie liebten und zu ihr standen … Sie hatte geglaubt, auch Julian Frenzen zu ihnen zählen zu dürfen, aber sie hatte sich bitter in ihm getäuscht. Bei dem Gedanken an ihre verlorene Liebe kamen ihr wieder die Tränen. Trauer und Wut brachen sich in wilden Schreien Bahn. Die Auswanderer auf dem Schiff schienen zu glauben, dass Paula ihnen etwas mitteilen wollte, sie riefen und winkten. Paula nahm es kaum wahr.

Sie stand auf und ging auf das Wasser zu. Es war jetzt, Ende Februar, noch sehr kalt. Wer hineinfiel, der hatte es in wenigen Minuten hinter sich. Der Gedanke hatte plötzlich etwas Verlockendes. Sie hatte Julian verloren, sie hatte ihre Familie verloren. Niemand wartete auf sie, niemand würde sie vermissen. Sie stand am Saum der Elbe, als die Heckwellen des großen Schiffs sie erreichten. Bis zu den Waden stand sie im Wasser, die Kälte drang durch das Leder ihrer Schuhe und biss in ihre Knöchel. Sie sah zu dem Schiff hinüber, von dem die Rufe der Menschen noch immer zu ihr herüberschallten. Ein Mann hob einen Rettungsring über den Kopf und holte aus, um ihn in ihre Richtung zu werfen.

Paula machte einige Schritte rückwärts und ließ sich in den Sand fallen. Mechanisch rieb sie mit beiden Händen das schmerzende Knie. Die Sonne hatte ihren Zenit überschritten und die wärmende Kraft verloren. Eisige Kälte kroch in ihr hoch. Paula zog sich fröstelnd das Tuch über die Schultern. Dann stand sie auf, und der scharfe Schmerz in ihrem Bein ließ sie wütend aufschreien. Sie humpelte den Hügel bis zur Elbchaussee hinauf und suchte nach einer Pferdedroschke. Sie war völlig erschöpft und wollte nur noch nach Hause.

Als sie dort ankam, kam Alma ihr besorgt entgegen.

»Ist etwas passiert?«, fragte sie. »Wie siehst du denn aus? Mein Gott, deine Stiefel sind ja völlig durchnässt!«

Paula schüttelte nur stumm den Kopf und hinkte an ihr vorbei in ihr Zimmer. Alma brachte ihr eine Bettflasche, nahm sie aber gleich wieder mit, als sie bemerkte, dass Paula vor Fieber glühte.

In den nächsten Tagen musste Paula das Bett hüten und war niedergedrückt und in sich gekehrt. Almas Fragen blieben unbeantwortet. Zu groß war Paulas Verwirrung angesichts der Erkenntnis, dass sie Julian Frenzen liebte. Auf eine ganz andere, tiefer gehende Weise als Hans Wichert. Aber kaum hatte sie dieses Gefühl erfahren, war es ihr wieder genommen worden. Jetzt schämte sie sich nur noch für das, was geschehen war.

Während sie krank und fiebrig im Bett lag, grübelte sie immer wieder über ihre Situation nach. Sie fühlte, wie sie härter wurde, und versuchte sich einzureden, dass es besser sei, wenn sie keinen Mann an ihrer Seite hatte. Angenommen, sie wäre mit Julian verlobt. Was würde er wohl dazu sagen, wenn sie allein nach Amerika führe? Würde sie in dem Fall überhaupt die Kraft dazu aufbringen? Nein, es war schon alles richtig so, wie es jetzt war. Und der Schmerz in ihrem Herzen würde irgendwann nachlassen. Sie musste nur aufpassen und sich nie wieder so fest an einen Mann binden.

Nach drei Tagen im Bett ging es ihr wieder so gut, dass sie einen kurzen Besuch bei Fanny machen konnte. Mit Wehmut betrachtete sie das Glück der kleinen Familie.

Fannys Befürchtungen hatten sich als gegenstandslos erwiesen. Es war unübersehbar, dass die beiden verliebt waren. Sogar Sara lebte in der fröhlichen Umgebung auf. Und das Glück war perfekt, als Fanny ihrem Mann von ihrer Schwangerschaft erzählte. Jakob konnte sein Glück kaum fassen.

»Dieses Mal werde ich zu Hause sein, wenn das Kind kommt«, rief er aus. Er hob Lea hoch und wirbelte mit ihr durchs Zimmer. »Und du bekommst ein Brüderchen«, sagte er.

»Und wenn es ein Mädchen wird?«, fragte Fanny.

»Dann versuchen wir es eben noch einmal«, gab er mit einem Augenzwinkern zurück.

Bei der Vorstellung, bald an Bord eines Schiffs zu gehen und allein nach Amerika zu fahren, wurde Paula die Brust eng. Um sich abzulenken, stürzte sie sich in die Reisevorbereitungen. Sie reservierte eine Schiffspassage zweiter Klasse für Ende April. Um die Zeit waren die großen Winterstürme vorüber, und sie konnte auf eine ruhige Überfahrt hoffen. Die »Fürst Bismarck« fuhr zwar auch zur selben Zeit, aber auf dieses Schiff wollte sie wegen der vielen Erinnerungen nicht. Sie engagierte eine Lehrerin, um ihre Englischkenntnisse aufzufrischen, die einmal gar nicht so schlecht gewesen waren. Zwei Abende in der Woche saß sie mit Miss Harris über Vokabeln und Grammatik. Dabei bemerkte sie wieder einmal, wie viel Spaß ihr das Lernen bereitete.

Alma machte den Vorschlag, für Paula als Vormund aufzutreten. »Das bedeutet nicht, dass ich mich zwischen dich und deine Eltern drängen will«, sagte sie, als sie Paulas fragendes Gesicht bemerkte. »Es geht nur darum, dass du keine Schwierigkeiten mit den amerikanischen Behörden bekommst. Außerdem sollten wir versuchen, für dich eine vorzeitige Volljährigkeitsbescheinigung zu bekommen. Ich kümmere mich darum.«

Bald war Paula so weit, dass sie die Überschriften und den Inhalt einer englischen Zeitung verstehen konnte. Sie fühlte sich gut vorbereitet für die Neue Welt.

Eines Tages, als es schon dunkel wurde, klopfte es an die Tür. Paula wollte öffnen gehen, aber Alma kam ihr zuvor.

Als sie Julian Frenzens Stimme erkannte, stockte ihr der Atem. Er stellte sich Alma Janssen vor und fragte nach Paula.

»Warten Sie bitte einen Moment«, sagte Alma und bat Julian ins Wohnzimmer.

Einen Augenblick später klopfte sie an Paulas Tür und trat ein.

»Da ist Besuch für dich.«

»Sagen Sie ihm, ich bin nicht da, bitte«, flehte Paula.

Als Alma die Tür hinter sich geschlossen hatte, spitzte sie die Ohren, um zu verstehen, was nebenan gesagt wurde.

Atemlos hörte sie, wie Julian sich bei Alma nach ihrem Befinden erkundigte. Er sei gekommen, um Briefe an ihre Eltern abzuholen, weil am nächsten Tag ein Schiff auslaufe, dessen Kapitän er gut kenne.

Wieder klopfte Alma an ihre Tür.

»Ich habe keinen Brief für ihn«, flüsterte Paula hektisch.

»Du benimmst dich kindisch«, sagte Alma nur und ging wieder.

Erneut hörte Paula die beiden miteinander reden, aber sie sprachen jetzt so leise, dass sie nichts verstehen konnte. Dann geleitete Alma Julian zur Tür.

»Wenn Fräulein Klausner Hilfe braucht – ich bin jederzeit für sie da«, hörte sie Julian noch sagen, bevor er das Haus verließ.

Paula setzte sich aufs Bett und sackte in sich zusammen. So fand Alma sie vor, als sie ins Zimmer kam.

»Soll ich eigentlich jeden Mann wegschicken, der nach dir fragt? Was ist denn los mit dir? Du kannst es mir doch sagen? Ich sehe doch, dass etwas nicht stimmt.« Alma hatte sich ihr gegenübergesetzt und machte nicht den Eindruck, als wollte sie so schnell wieder aufstehen.

Paula sah sie mit Tränen in den Augen an. »Es ist alles in Ordnung«, flüsterte sie. »Bitte fragen Sie nicht.«

Der Gedanke an Julian raubte ihr immer noch den Schlaf, zigmal am Tag durchzuckte sie unvermutet der Schmerz. Die Aussicht, bald nach Amerika zu fahren und so weit von ihm entfernt zu sein, machte ihr Angst, brachte aber gleichzeitig etwas Trost. In New York hätte sie so viel zu tun, dass sie nicht die Zeit finden würde, um ihn zu trauern, so hoffte sie.

Aber Paula brachte es nicht über sich, Alma von ihrem Kummer zu erzählen. Sie konnte sich ja selbst nicht erklären, was genau mit ihr los war. Eigentlich müsste sie sich doch freuen, endlich nach New York zu kommen. Aber warum fürchtete sie sich dann gleichzeitig davor?

Fanny verstand sie, aber hatte wenig Zeit für sie, seitdem Jakob da war.

Als die Familie Spitzer für kommenden Sonntag einen Ausflug zu Hagenbeck's Tierpark plante, lud Fanny sie ein, mitzukommen, aber Paula las in ihren Augen, dass sie am liebsten mit ihrer Familie allein wäre.

Nachdem Alma wieder davon angefangen hatte, warum sie so traurig sei, verließ Paula fluchtartig das Haus in der Rosenstraße. Sie ging in Richtung der Außenalster und nahm den Weg am linken Ufer entlang. Ohne es zu bemerken, fand sie sich vor ihrem ehemaligen Haus in der Sophienterrasse wieder und erschrak, als ihr bewusst wurde, dass sie vor dem geschmiedeten Tor stand, das in den kleinen Vorgarten führte. Ihre Familie hatte die sechs Zimmer im Erdgeschoss bewohnt. Der große Wintergarten, der zur Straßenseite hin lag, war mit seinen bunten Glasfenstern Sophie-Luises ganzer Stolz gewesen. Wenn die Sonne am späten Nachmittag hineinschien, zauberten sie magische Farbenspiele an die Wand. Im angrenzenden Wohnzimmer hatte das Klavier gestanden. Dahinter hatte ihr Kinderzimmer gelegen. Wenn ihre Eltern Besuch hatten, hatte Paula oft wach gelegen und dem Klingen der Gläser und dem Gelächter gelauscht. Auf diese Weise hatte sie auch so manches Gespräch zwischen ihrer Mutter und ihrem Vater über ihre Krankheit und über die Geschicke der Ofenwerkstatt mitbekommen. Damals hatte ihre Großmutter noch gelebt, die Mutter ihres Vaters. Christine Klausner war der Aufstieg ihres Sohnes zu schnell gegangen. Wie oft hatte sie mit ihm wegen des großen Hauses, wegen der vielen Feste, der neuen Kleider für die Kinder gestritten. Glücklicherweise hatte sie den Bankrott und den Auszug aus dem Haus nicht mehr miterlebt.

Paula machte noch einen Schritt auf das Gartentor zu. Genau hier, mitten auf dem Gehweg, hatte das Klavier gestanden, als sie eines Tages mit ihrer Mutter von Einkäufen in der Stadt zurückgekehrt war. Sophie-Luise hatte die Möbelpacker angeherrscht, was sie in Gottes Namen da täten, aber die hatten nur die Schultern gezuckt und weitere Möbelstücke aus dem Haus getragen. Kurze Zeit später waren sie in die kleine Wohnung auf St. Pauli gezogen.

Die Haustür öffnete sich, und für den Bruchteil einer Sekunde glaubte Paula, ihren Vater zu sehen, wie er morgens eilig das Haus verließ, um in die Werkstatt in Barmbeck zu fahren.

»Kann ich Ihnen helfen?«, fragte der Mann, als er das Gartentor öffnete.

Wortlos drehte Paula sich um und ging davon.

Sie war schon fast wieder zu Hause angelangt, als sie plötzlich Julian Frenzen auf sich zukommen sah. Er musste in der Rosenstraße gewesen sein. Er hielt den Blick gesenkt und war tief in Gedanken versunken. Ihr Herz machte einen Sprung, und sie fühlte Panik in sich aufsteigen. Sie wollte ihm um keinen Preis der Welt begegnen. Was sollte sie ihm sagen? Sie war nicht dazu in der Lage, ein einigermaßen normales Gespräch mit ihm zu führen.

So bog sie in eine kleine Gasse ein und verbarg sich in einem Hauseingang. Sie schloss die Augen, als sie seine Schritte vorbeieilen hörte.

»Herr Frenzen war heute wieder hier. Du hast ihn knapp verpasst. Er scheint echtes Interesse an dir zu haben.« So wurde sie beim Heimkommen von Alma begrüßt.

Paula hatte ein undurchdringliches Gesicht aufgesetzt.

Alma nahm ihre Hand, zog sie zu einem Sessel und setzte sich ihr gegenüber.

»Lass mich dir etwas sagen. Nein, du bleibst jetzt hier sitzen.« Alma drückte sie sanft wieder in den Sessel. Dann lehnte sie sich zurück und konzentrierte sich. »Wenn man erwachsen wird, dann wird die Welt manchmal ganz schön kompliziert«, sagte sie dann. »Ich sehe doch, dass du etwas für diesen Frenzen empfindest. Nein, du sollst jetzt gar nichts sagen. Ich kann mir gut vorstellen, wie du dich fühlst. Du bist hin und her gerissen zwischen deinen Gefühlen für diesen Mann und dem Wunsch, deine Familie wiederzufinden. Du hast ein schlechtes Gewissen, weil, egal, wie du dich entscheidest, immer eine Seite zurückbleibt.« Sie beugte sich vor und schaute Paula eindringlich an. »Ich liebe dich wie eine Tochter, und ich lasse dich nur ungern gehen. Ginge es nur um deine berufliche Zukunft, könntest du genauso gut in Hamburg bleiben. In der Brauerei bist du mir mit deiner Sorgfalt und Weitsicht unverzichtbar geworden.« Sie lehnte sich wieder zurück. »Für das Geschäft ist dieser Unsinn nicht nötig. Janssen-Bier verkauft sich gut in Hamburg, wir müssen nicht vergrößern oder neue Absatzmärkte suchen, um anständig zu leben. Wir wissen beide, dass der eigentliche Grund für diese Reise anderswo liegt. Du bist bei der Trennung von deinen Eltern zu jung gewesen, und die erste Zeit allein in Hamburg hat dich zutiefst verunsichert und verletzt. Um zu dir selbst zu finden, musst du deine Eltern wiederfinden. Du musst von ihnen erfahren, wie sie damals auf dein Verschwinden reagiert haben, und jeden Zweifel auslöschen, im Stich gelassen worden zu sein. Nur so wirst du die innere Kraft finden, dich auf dich selbst zu verlassen – und an die Liebe eines Mannes zu glauben.«

Paulas Augen waren immer größer geworden, während Alma geredet hatte. »Woher wissen Sie das alles? Ich bin gerade selbst dabei, mir diese Dinge zusammenzureimen, aber ich hätte sie nie so deutlich aussprechen können.«

»Ich erzähle dir jetzt etwas, das ich noch niemandem sonst erzählt habe, außer meinem seligen August.«

Und so erzählte Alma ihr, dass sie selbst im Waisenhaus aufgewachsen war, nachdem ihre Mutter sie im Alter von vier Jahren ausgesetzt hatte. Man hatte die Mutter später verhaftet und verurteilt. Alma hatte sie auf der Polizeistation gesehen, und ihr kalter, hasserfüllter Blick hatte sie seitdem nicht mehr losgelassen. Sie las darin, dass ihre Mutter ihr die Schuld dafür gab, dass man sie ins Arbeitshaus steckte.

Die kleine Alma war fortan ganz auf sich allein gestellt gewesen. Im Waisenhaus musste sie um jedes Stückchen Brot kämpfen. Oft war sie nah dran gewesen, einfach aufzugeben, doch immer hatte ihr Überlebenswille gesiegt. Weil sie ganz unten gewesen war, hatte sie die Kraft in sich entdeckt, sich durchzuboxen.

Sie konnte es nicht fassen, als August Janssen sich in sie verliebte, nachdem sie als Dienstmädchen zu ihm ins Haus gekommen war, und sie heiratete. In den folgenden Jahren machten sie die Brauerei gemeinsam zu einem florierenden, stadtbekannten Unternehmen mit fünfzehn Angestellten. Als er starb, glaubte Alma vor Kummer auch sterben zu müssen.

»Aber das habe ich Ihnen nie angemerkt. Wenn ich daran denke, wie Sie in der Nacht, als Fanny Lea geboren hat, an die Tür geklopft haben. Mit ihrer resoluten Art haben Sie auf mich nie den Eindruck gemacht, verzweifelt zu sein!«, sprudelte Paula überrascht hervor.

Alma machte eine wegwerfende Handbewegung. »Das ist ja jetzt auch schon wieder lange her. Ich bin jetzt über sechzig. Glaub mir, manchmal muss man mit seiner Vergangenheit abschließen, um sein Leben leben zu können. Vielleicht wäre auch alles anders gekommen, wenn ich dich nicht getroffen hätte. Aber als ich dir in jener Nacht bei Fanny begegnet bin und gehört habe, dass du kein Zuhause hast, da habe ich sofort gewusst, dass ich an dir vergelten soll, was mir durch August Gutes widerfahren war. Und um gleichzeitig das Unrecht wiedergutzumachen, das mir meine Mutter zugefügt hat. Wenn man die Möglichkeit hat, aus der Vergangenheit zu lernen, dann soll man es tun … So, jetzt kennst du meine Geschichte, wie ich deine«, beendete Alma ihren Bericht. Sie schloss für eine Sekunde erschöpft die Augen. »Die Zeiten sind nicht günstig für glückliche Familien«, fügte sie dann hinzu.

Paula sah sie an. »Als es die Firma Runge & Klausner noch gab, waren wir eine glückliche, behütete Familie …«

Alma nahm vorsichtig ihre Hand. »Du solltest alles daransetzen, dass es wieder so wird. Versuche es zumindest. Sonst wirst du dir früher oder später Vorwürfe machen.«

Paula gab jeden Widerstand auf und breitete ihre Bedenken vor Alma aus. »Sie können so gut nachempfinden, wie ich fühle. Ich möchte nichts mehr als nach Amerika und meine Familie wiederfinden. Aber ich habe Angst, hier alles zu verlieren. Sie und Fanny und …«

»Und Julian?«

»Er liebt mich nicht.«

»Bist du dir da sicher?«

Paula sah sie überrascht an. »Und wenn es anders wäre? Welcher Mann sieht schon zu, wenn die Frau, die er liebt, ihn verlässt?«

»Hast du denn nie daran gedacht, zurückzukommen?«

»Aus Amerika?«

»Warum denn nicht?«

Paula sah sie voller Schmerz an.

Alma seufzte tief. »Kindchen, Kindchen …«

»Können Sie nicht mit mir nach Amerika kommen?«

Alma schaute sie traurig an. »Nein. Das musst du ganz allein machen. Selbst wenn ich hier in der Brauerei abkömmlich wäre, würde ich nicht mit dir gehen.«

Paula verstand das. Sie bemerkte auch, wie schwer Alma diese Antwort fiel. Sie ging auf die ältere Frau zu und küsste sie auf die Wange. »Ich verdanke Ihnen so viel. Sie sind wie eine Mutter für mich.«

»Und trotzdem musst du deine richtige Mutter wiederfinden«, sagte Alma. Dann stand sie abrupt auf und verließ das Zimmer.

Ellis Island – Tor zum Leben.

13

New York, 30. März 1896

Meine liebe Paula,
ich habe aufgehört, meine Briefe an Dich zu zählen, aber dieser ist etwas ganz Besonderes. Du musst die verschmierte Tinte auf dem Papier entschuldigen, Du weißt, ich hätte eine derartige Nachlässigkeit bei Deinen Hausaufgaben niemals geduldet. Die Flecken kommen daher, weil ich weine, vor Bestürzung und vor Glück.
Ich kann immer noch nicht glauben, was mir gestern beim Fensterputzen passiert ist. Du weißt doch, dass ich zum Nachreiben gern alte Zeitungen benutze. Gestern habe ich einige Seiten gefunden, die hinter den Ofen gerutscht waren (das kann ja mal vorkommen). Während ich die Scheiben gewienert habe, ist mir plötzlich eine Anzeige ins Auge gefallen:
Gesucht: Fam. Heinrich Klausner, Ofenbauer, von ihrer Tochter Paula …
Du kannst mir glauben, dass ich vor Schreck beinahe von der Leiter gefallen wäre. Ich habe so laut geschrien, dass Dorothea und Anna angelaufen kamen, weil sie genau das dachten.
Mein größtes Unglück ist nun aber, dass wir den letzten Teil der Anzeige nicht lesen konnten, weil er nicht da war. Wir haben stundenlang jeden Schnipsel der Zeitung

umgedreht, wieder und wieder! Wir haben den Ofen abgerückt, um nachzusehen, ob der fehlende Teil vielleicht immer noch dort liegt, wir haben jede Zeitung im ganzen Haus gelesen, den Müll durchsucht, die Seiten, die ich bereits zum Putzen benutzt hatte, glatt gestrichen und getrocknet, um sie entziffern zu können. Wir haben alles getan, aber der zweite Teil der Anzeige blieb verschwunden. Gleich heute Morgen bin ich zum Redaktionsgebäude der Deutschen Staatszeitung gelaufen.
Das ist die Zeitung, die wir hier immer lesen, und ich hoffte, die Annonce würde aus dieser Zeitung stammen. Ich habe die letzten beiden Jahrgänge komplett durchgesehen, vergebens!
Es stürzt mich in tiefste Verzweiflung, Dir so nahe gewesen zu sein und Deine Spur wieder verloren zu haben. Was muss denn noch alles passieren? Womit haben wir das verdient? Dein Vater versucht mich zu trösten, indem er sagt, dass wir immerhin ein Lebenszeichen von Dir haben. Er glaubt, du bist in New York, weil die Anzeige hier in der Zeitung stand. Hätten wir doch nie unseren Namen geändert, wie sollst Du uns unter unserem neuen Namen je finden? Wir werden jetzt selbst Suchanzeigen aufgeben, in der Hoffnung, Dich endlich wieder in unsere Arme schließen zu können. Möge Gott mit uns sein.
Ich werde diesen Brief morgen weiterschreiben, denn ich muss schon wieder anfangen zu weinen …

Wir sind umgezogen, obwohl ich dagegen war, denn es könnte unsere Spuren verwischen. Aber wir haben allen ehemaligen Nachbarn von Dir erzählt, und wir werden unsere Suchanzeige in den hiesigen Läden aushängen, für den Fall, dass Du uns hier suchst.
Jetzt wohnen wir ein ganzes Stück weiter nördlich, den

East River hinauf, in einer Gegend, die Yorkville heißt. Hier sammeln sich immer mehr Deutsche, die es zu bescheidenem Wohlstand gebracht haben. Die Wohnungen sind neu und größer, und die Straßen sind gepflegter. Wahrscheinlich wird man auch diese Gegend irgendwann Kleindeutschland nennen. In das Viertel, in dem wir früher gewohnt haben, strömen immer mehr bettelarme Einwanderer aus Italien und Osteuropa. Du würdest doch eher hier, in Yorkville, nach uns suchen, nicht wahr? Der Gedanke tröstet mich.

In einem meiner ersten Briefe (sie liegen immer noch in der untersten Schublade und warten auf Dich. Ich habe nicht den Mut, sie hervorzuholen) habe ich Dir davon berichtet, dass wir alle, die alten und die neuen Amerikaner, dieses Land selbst erschaffen müssen. Dein Vater ist fest dazu entschlossen. Es fing damit an, dass er sich mit einigen Handwerkern, auch anderen Ofenbauern, zusammengeschlossen hat, um den Bauherren entgegentreten zu können. Die versuchen wirklich den letzten Cent aus den Handwerkern herauszupressen. Aber noch schlimmer ist die Stadtverwaltung, wenn es um öffentliche Aufträge geht: Jeder Beamte, jeder Polizist hält die Hand auf, für jeden Auftrag gibt es jemanden, der geschmiert sein will. So werden Gebäude manchmal um ein Vielfaches teurer als geplant, und oft müssen die Handwerker die Zeche zahlen. Deinem Vater ist das einige Male so gegangen, und er allein konnte sich nicht wehren. Aber nun ist es so, dass alle Handwerksbetriebe, die an einem großen Gebäude arbeiten, gemeinsam dafür sorgen, dass alles mit rechten Dingen zugeht. Damit hat Dein Vater sich nicht nur Freunde gemacht, und die Leute hier sind ziemlich direkt in ihren Äußerungen, das kannst Du mir glauben. Aber es hat ihm auch die Aufforderung der republikanischen Partei ein-

gebracht, für den Stadtrat zu kandidieren. Ich war sehr dafür, dass er sich aufstellen lässt, denn es wird ihn bekannt machen und ihm bessere Möglichkeiten geben, nach Dir zu suchen. Und natürlich weiß ich auch, dass Dein Vater ein guter, gewissenhafter Abgeordneter wäre. Du musst ihm fest die Daumen drücken!
Dein Vater bezeichnet dieses Land als seine Heimat, und Deutschland ist für ihn so etwas wie eine Zwischenstation in seinem Leben. Meine anfänglichen Hoffnungen, wir würden nach einigen Jahren nach Hamburg zurückkehren, habe ich längst aufgegeben.
In der letzten Woche hat der Ausflug zum Ende des Sonntagsschuljahrs stattgefunden. Anna gehörte zu den diesjährigen Abgängern, und es war ein sehr schönes Fest. Wir sind nach New Jersey an den Strand gefahren, wo es ein riesiges Picknick gab. Die ganz Mutigen haben schon im Meer gebadet. Das Wasser ist noch eiskalt, aber die Sommerhitze kündigt sich bereits wieder an!
Erich und Annelie Harms waren dabei, sie sind gute Freunde geworden, und Dorothea ist nach wie vor in Erich verliebt.
Habe ich Dir das eigentlich schon erzählt? Deine Schwestern haben sich viel besser in diesem Land eingelebt als ich, sie sprechen die Sprache und bewegen sich hier so natürlich wie die Fische im Wasser. Stell Dir vor, Deine Schwester Anna will das Lehrerinnenseminar besuchen und anderen Kindern die englische Sprache beibringen. Sie ist klug, so wie Du. Dorothea arbeitet als Verkäuferin in einem der großen Kaufhäuser, in der Schmuckabteilung. Die Frauen dort musst Du einmal sehen! Sie tragen Kleider, die oft an der Grenze des Schicklichen sind, benutzen Lippenrot, lutschen abwechselnd an demselben Bonbon und kommen einem immer nur zu zweit oder zu dritt untergehakt auf der Straße

entgegen. Sie erlauben sich Dinge, die in Hamburg ganz und gar unmöglich wären. So wäre Dorothea auch gern, das weiß ich, und ich beobachte ihre Entwicklung mit einiger Sorge. Aber es ist so schwierig, hier seine Töchter im Auge zu behalten. Aber warum erzähle ich Dir das, Du bist ja auch meine Tochter, und ich frage mich, wer auf Dich aufpasst.

Ich bete für Dich,
Deine Mutter

Vor dieser Tür, die sich ihnen erst nach hundert Fragebögen und unzähligen Formalitäten auftut, stehen sie und warten – mal kürzer, mal länger, um Aufnahme bittend, planmäßig geordnet, zusammengetrieben, aufgeteilt und sortiert, überprüft, durchsucht und desinfiziert. Es ist ein Drama, das sich ohne Pause fortsetzt, Tag für Tag, Jahr für Jahr … eine Uhr, die niemals aufhört zu ticken.

Henry James, 1907

14

Durch die Lektüre amerikanischer Zeitungen erfuhr Paula, wenn auch mit einiger Verspätung, vom Alltag in New York: Der Verkehr musste geradezu mörderisch sein, fast täglich war von Toten und Verletzten zu lesen. Mit Schaudern dachte Paula an ihre kleine Schwester Anna, die in Hamburg nie auf den Verkehr geachtet hatte. »Sie ist doch jetzt schon fast groß«, gab Fanny zu bedenken, aber Paula machte sich dennoch Sorgen. Glaubte man den Zeitungen, waren die Straßen in New York mit Pferdekot und Unrat übersät, und die Müllabfuhr war fest in den Händen der Mafia, während die Polizei bis ins Mark korrupt war. Außerdem bereitete man sich in der Stadt bereits auf den mörderischen Sommer vor. Im letzten Jahr waren mehr als dreitausend Menschen und zweitausend Pferde in der Hitze umgekommen.

Solche und andere Nachrichten beunruhigten Paula zunehmend. Als dann noch die schreckliche Geschichte von einem Brand in den oberen Stockwerken eines New Yorker Hochhauses durch die Presse ging, bei dem fast einhundert frisch aus Osteuropa eingewanderte Näherinnen ums Leben kamen, weil die Betreiber der Hosenmanufaktur die Notausgänge verriegelt hatten, um die Mädchen besser unter Kontrolle zu haben, sank ihr der Mut.

Paulas Schiff sollte am Montag auslaufen. Am Freitag vor der geplanten Abfahrt ertönte wie üblich beim Aufladen der Fässer Almas Wutgebrüll. Doch dann riss es plötzlich ab. Statt der Brauerswitwe begann nun Friedrich zu schreien. Paula stürzte ins Lager und fand Alma stöhnend am Boden liegend. Sie kniete neben ihr nieder, und Alma klammerte sich an Paulas Arm. Ihr rechtes Bein lag seltsam verdreht unter ihr.

»Bleib ganz ruhig liegen. Wie es aussieht, hast du dir das Bein gebrochen«, sagte Paula. »Friedrich, du läufst, so schnell du kannst, zu Doktor Hagelüken und bringst ihn her. Du weißt doch, wo er seine Praxis hat?«

Friedrich nickte. »Und was ist mit den Lieferungen?«

»Darum kümmere ich mich später. Jetzt mach!«

»Jawoll«, sagte Friedrich und lief los.

Mittlerweile standen fast alle Angestellten der Brauerei um Alma und Paula herum. Paula scheuchte sie weg, bat nur den Lehrling, bei Alma zu bleiben, während sie Kissen und eine Decke aus der Wohnung holte, damit Alma es bequemer hatte, bis der Doktor kam.

»Du hast mich eben geduzt«, sagte Alma zu ihr, während Paula neben ihr auf dem Boden hockte und ihre Hand hielt.

»Entschuldigen Sie. Das habe ich nicht bemerkt.«

»Mir hat es gefallen, wir sollten dabei bleiben«, entgegnete Alma, und ihr gelang ein winziges Lächeln. Sie wollte sich ein wenig aufrichten, doch der Schmerz trieb ihr die Tränen in die Augen.

Kurze Zeit später kam der Doktor. Er hatte gleich Material zum Schienen des Beins mitgebracht.

»Zum Glück kein offener Bruch«, konstatierte er, während er Almas Hüfte betastete. »Scheint ein glatter Durchbruch des Oberschenkels zu sein. An sich kein Problem ...«

»Aber ich bin zu dick, wollen Sie sagen«, meinte Alma.

»Ich sage Ihnen das als Ihr Hausarzt schon seit Jahren.« Er legte eine provisorische Schiene an. »Sie müssen ins Krankenhaus, damit das Bein gerichtet werden kann. Ich habe schon nach einem Krankenwagen geschickt.«

Alma holte Luft, um zu protestieren, doch der Arzt schnitt ihr mit einer Handbewegung das Wort ab. »Diesmal geht es nicht anders, liebe Frau Janssen. Und Sie haben mit Fräulein Klausner doch jemanden in der Brauerei, der sie bestens vertritt.«

Doktor Hagelüken wandte sich an Paula. »Bitte packen Sie ein paar Sachen zusammen. Fahren Sie mit ins Krankenhaus?«

Paula nickte.

Als sie aus dem Krankenhaus nach Hause kam, war sie ein Nervenbündel. Die plötzliche Angst, Alma könnte etwas passieren, schnürte ihr die Kehle zu. Was würde dann aus ihr werden? Die Vorstellung, Alma wäre nicht mehr da, war ihr unerträglich. Sie merkte, wie sehr sie diese herzensgute, vor Energie überbordende Frau liebte und wie viel sie ihr verdankte.

Am nächsten Morgen gab Paula die Fahrkarte zurück. Sie musste sich jetzt um die Brauerei und um Alma kümmern, obwohl es der nach der ersten Nacht schon wieder erstaunlich gut ging. Sie tyrannisierte die Schwestern im Krankenhaus genau so, wie sie es sonst mit ihren Angestellten tat. Paula hörte sie schon zetern, als sie den Flur betrat, von dem ihr Zimmer abging.

»Ich will nach Hause«, sagte sie erbost. »Ich will hier nicht mit den Kranken und Sterbenden herumliegen. Ich bin nicht krank, und ich will auch noch nicht sterben. Da müssen Sie sich keine Hoffnungen machen!«, rief sie einer Schwester hinterher. »Hol mich hier raus, Paula.«

»Du hast ein gebrochenes Bein«, wandte Paula ein.

»Na und? Ist doch einerlei, ob ich hier an Krücken laufe oder zu Hause. Hol mich hier raus!«

»Ich versuch's«, versprach Paula, beschloss aber, damit einige Tage zu warten.

Am Montagmorgen legte das Schiff, auf dem Paula nach Amerika hatte fahren wollen, ohne sie ab.

Am Montagabend läutete es an der Tür. Paula freute sich, denn sie nahm an, Fanny würde sie auf einen kleinen Schwatz besuchen. Doch als sie öffnete, stand nicht Fanny, sondern Julian vor ihr. Erschrocken prallte sie zurück.

»Ich habe mir Sorgen um Sie gemacht. Sie sind heute Morgen nicht an Bord gegangen. Ist etwas passiert?« Erregt stieß er die Worte hervor, ohne sie zu begrüßen.

»Woher wissen Sie, dass ich das Schiff nicht genommen habe?«

»Ich war dort. Ich wollte … Ich wollte Sie noch einmal sehen, bevor Sie fahren«, sagte er heftig.

»Und warum wollten Sie mich noch einmal sehen?«, fragte sie. Das Gespräch nimmt eine sehr gefährliche Wendung, schoss es Paula durch den Kopf. Hätte sie ihre Frage doch bloß hinuntergeschluckt!

»Darf ich vielleicht hereinkommen? Es regnet.«

»Oh, natürlich, kommen Sie. Ich mache uns einen Tee.«

»Nein, danke. Ich will einfach nur hören, dass es Ihnen gut geht. Warum sind Sie nicht gefahren? Sie haben doch Ihren Plan nicht etwa aufgegeben?« Er sagte das mit einer Angespanntheit in der Stimme, die Paula aufhorchen ließ. Wünschte er sich das etwa?

»Nein, das habe ich nicht. Aber ich musste meine Reise verschieben.« Sie erzählte Julian von Almas Unfall. »Ich muss mich um sie kümmern. Um sie und die Brauerei.«

Julian hätte sie am liebsten in die Arme genommen, so stolz war er auf sie, so sehr liebte er sie. Aber er beherrschte sich. »Sie sind eine ganz außergewöhnliche Frau, wissen Sie das?«

»Ich? Außergewöhnlich?« Paula lachte auf.

»Eines Tages werden Sie es wissen«, gab er zurück.

Paula fühlte den Blick seiner braunen Augen auf sich ruhen. Viel zu intensiv, wie sie fand.

Um ihre Verunsicherung zu überspielen, erzählte sie davon, wie sie es damals erlebt hatte, sich plötzlich nicht mehr bewegen zu können, als sie an Kinderlähmung erkrankt war, von der Hilflosigkeit.

Julian hörte ihr zu und nickte dabei nachdenklich. Sie standen sich immer noch im Torweg gegenüber. Schließlich sagte Julian: »Ich bin froh, dass mit Ihnen alles in Ordnung ist. Grüßen Sie bitte Frau Janssen von mir. Sie ist auch eine ganz außergewöhnliche Frau. Großmütig, herzenswarm und zupackend. Sie beide passen gut zueinander.«

Mit diesen Worten war er auch schon weg.

In den nächsten Tagen wusste Paula kaum, wo ihr der Kopf stand. Den Tag über war sie mit der Leitung der Brauerei beschäftigt, wobei sie nun auch Almas Arbeit übernehmen musste. Sie war froh, dass sie so viel über das Brauen von Bier gelernt hatte. Natürlich musste sie den Arbeitern an den Sudkesseln vertrauen, aber sie musste auch den Eindruck erwecken, genau zu wissen, was sie taten. Zwischendurch kamen immer wieder Leute, um sich nach Alma zu erkundigen. Die Gäste im Schankraum mussten länger als gewöhnlich auf ihr Essen warten, bis Paula auf die Idee kam, Sara einzuspannen. Sie kam von ihrer Arbeit auf dem Markt früh zurück und konnte ab mittags aushelfen. Oft kam auch Fanny dazu, nachdem sie ihre Näharbeiten erledigt hatte. So weit funktionierte alles ganz gut, und Paula konnte abends zu Alma ins Krankenhaus.

Die Arbeiter der Brauerei waren aufs Höchste beunruhigt durch den Unfall ihrer Chefin. Sie fragten sich, ob sie überhaupt wiederkommen würde und wie es mit der Brauerei weitergehen sollte. Am dritten Tag nach Almas Sturz versammelten sie sich in der Mittagspause vor Paulas Kontor.

Als sie die Männer im Hof stehen sah, von einem Bein aufs andere tretend, einige die Mütze in den Händen knetend, andere die Fäuste drohend geballt, holte sie tief Luft und ging zu ihnen hinaus.

»Na, Friedrich, was ist los?«, fragte sie den Kutscher, der am längsten von allen für die Brauerei arbeitete und mit dem sie sich am besten verstand.

Friedrich trat einen Schritt nach vorn. »Nichts für ungut, Fräulein Klausner, aber was wird denn aus uns, wenn die Chefin das Geschäft nicht mehr führen kann?«

»Wer sagt denn, dass sie das nicht kann?«, entgegnete Paula. »Sie hat sich doch nur das Bein gebrochen! Sie wird bald wieder hier sein.«

»Und wann soll das sein?«, fragte einer der Lehrlinge, ein pickeliger, schlaksiger Junge, der immer schlechte Laune hatte.

»Sobald sie wieder gesund ist. Ich gehe nachher wieder ins Krankenhaus und hoffe, dort mehr zu erfahren.«

»Und wer leitet den Laden so lange?«, wollte der Lehrling noch wissen.

Paula straffte ihren Rücken. »Ich, das seht ihr doch.«

»Was für eine gottverdammte Weiberwirtschaft!«, schimpfte Alwin Müller, der am Sudkessel stand. Er hatte Paula nie akzeptiert.

»Bisher sind Sie doch ganz gut mit dieser Weiberwirtschaft gefahren, oder?«, zischte Paula ihn an.

»Schämen muss man sich, wenn man erzählt, dass man unter einer Frau arbeitet!« Das sagte ein anderer, der Mut gefasst hatte.

Jetzt wurde Paula richtig wütend. »Wenn es euch hier nicht gefällt, dann geht doch zu einer der anderen Brauereien. Vielleicht zu Export-Tivoli? Die sind gerade aufgekauft worden. Oder zu Buhmann & Wiese in Itzehoe? Gehören seit Kurzem zur Elbschloss-Brauerei, alle Arbeiter sind entlassen worden. Ach ja, ich habe Brenningsen vergessen. Brauerei mit Renommee, hat zu allen Zeiten die feine Gesellschaft beliefert. Seit vier Wochen pleite! Soll ich noch weitere aufzählen?«

Murren und gesenkte Köpfe waren die einzige Reaktion der Arbeiter.

Paula schlug einen versöhnlicheren Ton an.

»Ich bitte euch, wieder an die Arbeit zu gehen. Uns geht es gut, und wir haben Pläne für die Zukunft.«

»Ja, ja, Amerika!«, höhnte Alwin Müller, und ein Kollege knuffte ihn unsanft in die Seite.

»Ja, Amerika gehört auch dazu. Aber auch hier wird sich etwas ändern. Wir werden demnächst unser Bier selbst auf Flaschen ziehen.« Paula hielt eine der neuen Flaschen mit Bügelverschluss hoch, der aus einer Drahtfeder und einem Porzellanpfropfen bestand. Damit konnte man seine Bierflasche wieder verschließen, damit das Bier nicht schal wurde. »In einigen Wochen werden wir die ersten Flaschen mit Janssen-Eindruck bekommen. Dem Flaschenbier gehört die Zukunft. Und die Brauerei Janssen wird ganz bestimmt dabei sein.«

Damit drehte sie sich um und ging mit wackeligen Knien in ihr Kontor zurück. Sie ließ sich auf einen Stuhl fallen und tat so, als würde sie ein Schriftstück lesen.

Tatsächlich aber jagten die Gedanken in ihrem Kopf umher, und sie zitterte vor Aufregung. War es ihr gelungen, die Arbeiter zu beruhigen? Sie mochte nicht daran denken, was passieren würde, wenn sie die Arbeit verweigerten oder kündigten.

Es klopfte, und Friedrich trat ein. »Ich fahr dann mal. Ich weiß schon, wohin.« Er machte einen Schritt auf die Tür zu und drehte sich dann noch einmal um. »Das haben Sie gut gemacht, gerade eben. Die Männer haben erst mal an dem zu knabbern, was Sie ihnen gesagt haben.«

»Danke, Friedrich«, sagte Paula dankbar.

Zehn Minuten später stahl Fanny sich für einen Augenblick aus der Schankstube. Sie klopfte Paula anerkennend auf die Schulter.

»Alle Achtung! Diese Seite von dir kannte ich noch gar nicht. Wenn du damals schon so gewesen wärst, hätten die in Ellis Island es niemals geschafft, dich gegen deinen Willen wieder aufs Schiff zu verfrachten.«

»Habe ich mich so verändert?«, fragte Paula.

Fanny lächelte sie liebevoll an. »Ja, das hast du. Von dem kleinen, verängstigten Mädchen auf dem Schiff ist nicht mehr viel übrig geblieben.«

Als sie am späten Nachmittag Alma besuchte, erzählte sie nichts von dem kleinen Aufruhr der Arbeiter. Sie wollte sie nicht beunruhigen. Alma war auch so gereizt wie ein Tiger im Käfig.

»Ich muss hier raus, sonst bringe ich noch eine dieser Schwestern um«, knurrte sie. »Entweder sind sie strohdumm, oder sie benehmen sich wie Folterknechte. Was sind das für Frauen, die Krankenschwestern werden?«

Paula musste lachen.

»Ich habe hier einen Brief vom Deutschen Brauerbund.«

»Du sollst die Post aufmachen. Ich habe keine Geheimnisse vor dir«, sagte Alma, nahm ihr den Brief aber doch aus der Hand und riss ihn auf.

»Hab ich's mir doch gedacht«, rief sie, noch bevor sie zu Ende gelesen hatte. »Diese Halsabschneider!«

»Was steht in dem Brief?«, fragte Paula.

»Sie fragen scheinheilig an, ob ich – zu meiner Entlastung!, das muss man sich mal vorstellen, als wäre es eine Gnade ihrerseits! – über einen Verkauf der Brauerei nachdenke, jetzt, wo ich doch nicht mehr so gut kann und kein Nachfolger in Sicht ist, und überhaupt, eine Frau an der Spitze einer Brauerei …« Angewidert zerknüllte sie den Brief. »Ich muss hier raus. Heute noch! Bitte, Paula, hol mich hier raus!«, sagte sie.

»Also gut, ich tue, was ich kann«, versprach Paula.

Sie marschierte zum Büro des Chefarztes. Den Namen, der an der Tür stand, kannte sie gut.

»Guten Abend, Herr Doktor«, sagte sie, nachdem sie geklopft hatte und gleich eingetreten war.

»Paula? Entschuldigung, ich meine natürlich Fräulein Klausner«, erwiderte der Arzt erstaunt und stand auf, um ihr die Hand zu schütteln. »Das ist ja eine Überraschung. Wie geht es Ihnen? Das muss ja Jahre her sein, dass wir uns gesehen haben. Ich hätte Sie beinahe nicht erkannt. Sie sind eine hübsche junge Frau geworden. Mein Kompliment!« Anerkennend nickte er. »Sie kommen bestimmt wegen Ihres Beins! Machen Sie mal ein paar Schritte, zur Tür und zurück. Na, das hat sich doch ganz gut zurechtgewachsen. Wobei dieser lange Rock Ihre kleine Unpässlichkeit ganz wunderbar kaschiert. Wo ist denn Ihr Herr Vater? Glauben Sie mir, es gibt keine neuen Behandlungsmethoden, so leid es mir tut. Ich fürchte, ich kann Ihnen nicht helfen. Aber da muss man ja zweimal hinsehen, um Ihr Hinken zu bemerken. Also, ich muss schon sagen ...«

Paula unterbrach seinen Redeschwall. »Es geht gar nicht um mich«, sagte sie und setzte ein Lächeln auf, das keinen Widerspruch duldete. »Und diesmal können Sie helfen. Ganz einfach, indem Sie eine Patientin entlassen.«

Am Tag darauf übernahm Alma wieder das Zepter in der Rosenstraße. Sie saß in einem monströsen Stuhl mit Rollen, das geschiente Bein wie eine Waffe von sich gestreckt. Der Stuhl ließ sich auf dem Kopfsteinpflaster nur sehr schwer bewegen, weshalb sie fluchte und schrie: »Friedrich, du kannst Bierfässer rollen, dann wirst du doch auch diesen blöden Stuhl von der Stelle bewegen können! Ich will im Lager nach dem Rechten sehen, jetzt schieb mich dahin! Friedrich ...!«

Paula zwinkerte dem Altgesellen zu, um ihm Mut zu machen. Obwohl Alma durch ihre Unbeweglichkeit schlechte

Laune hatte und den ganzen Tag vor sich hin zeterte, war Paula froh, dass sie wieder da war. Sie wusste ja, dass sich hinter Almas rauer Schale ein Herz aus Gold verbarg. Es war beruhigend, die Verantwortung für die Brauerei wieder teilen zu können. Und die langen Abende ganz allein in dem großen Gebäude waren auch nicht schön gewesen.

Nach einer Woche begann die Witwe auf Krücken zu humpeln. Ihr Hausarzt kam regelmäßig vorbei, ermahnte sie, es langsam angehen zu lassen, und ging kopfschüttelnd ob ihrer Sturheit wieder.

Zwei Wochen später überreichte Alma Paula einen Briefumschlag, der eine Schiffspassage erster Klasse für Mitte Juni enthielt.

»Damit du während der Überfahrt schönes Wetter hast«, sagte sie.

»Aber …«, stammelte Paula.

Alma schnitt ihr das Wort ab. »Papperlapapp! Du hast mich während meiner Krankheit wunderbar vertreten, und du hast dich um mich gekümmert. Jetzt bist du mal dran. Du fährst nach New York und bleibst so lange, bis du deine Familie gefunden hast. Basta. Und noch etwas: Du weißt, dass ich diese Geschichte mit dem Export unseres Biers für Unsinn halte. Obwohl … wer weiß schon, was dabei herauskommt?« Sie kicherte in sich hinein. »Wie dem auch sei: Ich habe im Krankenhaus nachgedacht. Man weiß nie, was morgen ist. Ich war beim Notar und habe ein Testament aufsetzen lassen. Ich vermache dir die Brauerei. Aber erst, wenn ich tot bin. Dann musst du den Laden ohnehin führen. Vielleicht hast du recht mit deiner Exportidee. Bring die Sache drüben voran, aber mach es richtig.«

Paula wollte etwas sagen, aber die Witwe ließ sie nicht zu Wort kommen. »Kein Wort mehr. So ist es entschieden.«

»Ich will mich nur bedanken«, protestierte Paula.

»Das musst du nicht. Finde deine Eltern und verkaufe mein Bier. Ach, noch etwas …« Auf Almas Gesicht stahl sich ein diebisches Lächeln. »In zwei Wochen veranstaltet der Brauerbund seinen alljährlichen Hamburger Brauertag. Vorträge und eine Schiffsreise die Elbe hinauf. Und abends ein Feuerwerk, so war es bisher in jedem Jahr, und so wird es auch diesmal wieder sein. Eigentlich eine langweilige Sache, aber wir beide gehen da hin. Wir müssen denen doch zeigen, dass wir gut zurechtkommen und keine männliche Hilfe brauchen, nicht wahr?«

Gleich am nächsten Tag, sobald sie sich für ein paar Minuten freimachen konnte, lief Paula zu Fanny hinüber, um ihr von Almas Testament zu berichten.

»Kannst du dir das vorstellen? Ich hatte gar nichts, und jetzt fahre ich erster Klasse und bin Besitzerin einer Brauerei!«

»Erst nach Almas Tod.«

»Der hoffentlich noch lange auf sich warten lässt!«

Am 16. Mai, einem Sonnabend, standen Alma Janssen und Paula um neun Uhr vor dem großen Spiegel in Almas Schlafzimmer, um sich für den Brauertag zurechtzumachen. Alma hatte sich unglaublich aufgedonnert. In ihrem schwarzen Kleid aus Taft und Spitze sah sie schon imposant aus. Jetzt setzte sie noch einen wagenradgroßen Hut auf und steckte ihn mit einer goldenen Hutnadel fest.

»Ein wahres Ungetüm, sag's ruhig«, forderte sie Paula auf.

»Wie ein Ozeandampfer«, erwiderte Paula kichernd. Wegen ihrer Leibesfülle war Alma wirklich nicht zu übersehen. Dazu hatte sie Unmengen von Schmuck angelegt.

»Ich habe gar nicht gewusst, dass du so schöne Stücke besitzt«, rief Paula und bewunderte die lange Perlenkette, die zweireihig auf ihrem üppigen Busen prangte. Dazu trug

Alma an fast jedem Finger einen steinbesetzten Ring und ein Armband.

»Alles von meinem August selig.« Alma sah zweifelnd in den Spiegel. »Ich komme mir vor wie ein Weihnachtsbaum voller Lametta, aber heute muss das sein. Wir werden es den Herren zeigen. Hier!«

Sie reichte Paula ein Collier mit einem Amulettanhänger aus schweren Granatsteinen. Es gehörte zu den Ohrringen, die Alma ihr zum Geburtstag geschenkt hatte. Dazu ein Armband, ebenfalls mit Granaten und einem kleinen Diamanten besetzt.

»Was soll ich damit?«, fragte Paula.

»Tragen sollst du es. Dreh dich um, damit ich dir den Schmuck umlegen kann.«

Paula fühlte die Kühle und die Schwere der Steine im Ausschnitt ihres cremefarbenen Kleides. Unwillkürlich berührte sie das Schmuckstück und strich darüber. Dabei klimperte leise das Armband an ihrem Handgelenk. »Ich komme mir ganz merkwürdig vor. Das ist ja richtig schwer. Bin ich nicht zu jung dafür?« Paula drehte sich vor dem Spiegel und beobachtete fasziniert, wie der Schmuck dabei glitzerte. »Meine Mutter hatte einen ähnlichen Halsschmuck. Mein Vater hat ihn ihr zum zehnten Hochzeitstag geschenkt.«

»Dann wirst du wissen, dass man damit Eindruck macht.«

Sie waren fertig zum Gehen, aber Alma setzte sich noch einmal. Paula kam das ungewöhnlich vor, wo Alma doch sonst so viel Wert auf Pünktlichkeit legte.

»Wir kommen zu spät«, sagte sie schließlich, als Alma sich seelenruhig die Zeitung vornahm.

»Genau das wollen wir ja auch«, antwortete Alma und lächelte grimmig.

Als die Kutsche vor dem Schiff hielt, das der Brauerbund für diesen Tag gemietet hatte, verstand Paula, warum Alma heute absichtlich zu spät kam: Aller Augen waren auf sie gerichtet, als sie ankamen und ausstiegen.

An Bord waren nur Männer, die Brauereibesitzer und großen Aktieninhaber der Hamburger Bierbrauereien. Die Ehefrauen und älteren Töchter würden erst zum Konzert und zum Feuerwerk dazukommen.

Ein Raunen ging durch die Menge, als sie an Bord gingen. Die Herren machten höflich Platz und tuschelten hinter ihrem Rücken.

»Das sind Alma Janssen und ihre Ziehtochter.«

»Von der habe ich schon gehört. Niemand weiß, woher sie kommt. Ich glaube, sie heißt Klausner.«

Jemand lachte hämisch. »Doch. Anton Städing hatte schon das Vergnügen. Er hat gesagt, sie sei ein unerzogenes Biest.«

»Genau wie die Witwe Janssen.«

»Frauen an Bord bringen nur Unglück«, hörte Paula jemanden hinter sich sagen.

Alma ging vorneweg und begrüßte die Herren. Sie kannte fast alle persönlich. Immer stellte sie Paula mit den knappen Worten vor:

»Meine Geschäftspartnerin, Paula Klausner. Merken Sie sich den Namen.«

Anfangs empfand Paula die Aufmerksamkeit und die teilweise offene Geringschätzung als unangenehm, aber nach dem zehnten Händeschütteln wurde sie mutiger. Was konnten diese alten Männer ihr schon? Weil sie sich ganz langsam bewegte und immer wieder stehen blieb, konnte sie ihr Hinken verbergen. Sie warf den Kopf in den Nacken und ließ ihren Schmuck blitzen. Mit festem Blick und einem bezaubernden Lächeln ging sie die Reihe der Männer entlang. Und siehe da: der eine oder andere lächelte ihr aufmunternd zu. Ein jüngerer Herr, »Oskar Finneisen, Elbschloss-Brauerei«, stellte er sich vor, flüsterte ihr ein »Mein Kompliment« zu.

Das Schiff legte ab und fuhr die Elbe hinunter. Es war ein warmer Tag, und Alma schwitzte schon jetzt, am zeitigen Morgen, in ihrem schweren Kleid. Sie setzte sich in einen Korbsessel unter eines der Segel, Paula nahm neben ihr Platz. Herr Finneisen beeilte sich, eiskalten Champagner zu bringen.

»So lass ich mir das gefallen«, sagte Alma. Sie hielt quasi Hof. Und sie hatte ihren Platz so geschickt gewählt, dass sie bequem im Schatten saß, während die Herren in der prallen Sonne vor ihr stehen mussten. Einer nach dem anderen kamen die Herren vorbei, erkundigten sich nach dem Gang der Geschäfte und boten ihre Hilfe an. Alma wies sie alle ab. Der besonders unangenehme, mäusegesichtige Direktor einer kleinen Brauerei aus dem Lauenburgischen machte seiner Wut Luft.

»Frauen sollte man das Brauen verbieten. Wenn sie ihr monatliches Unwohlsein haben, wird doch nur das Bier schlecht«, rief er erregt.

»Ja, ja«, rief Alma ihm hinterher. »Und bei Gewitter legen Sie wahrscheinlich Brennnesseln auf den Bottich, damit der Blitz nicht einschlägt!«

Kaum hatte sie sich zu Ende amüsiert, als plötzlich Anton Städing vor ihnen stand, einen Schritt hinter ihm sein Kompagnon Wichmann. Beiden sickerte der Schweiß unter der Hutkrempe hervor. Dicke Tropfen liefen über ihre feisten Wangen.

Das Gespräch war kurz und unerquicklich. Städing scharwenzelte herum und brachte das Gespräch schließlich auf den Export von Janssen-Bier nach Amerika.

»Sind Sie da weitergekommen?«, fragte er.

Alma setzte einen gelangweilten Gesichtsausdruck auf. »Sind wir, Herr Städing, sind wird. In vier Wochen wird unsere erste Lieferung in Amerika eintreffen. Wir haben uns einen kompetenten Geschäftspartner vor Ort gesucht.«

Städing schnappte nach Luft. Als er merkte, dass hier für seine Agentur nichts zu holen war, machte er, dass er wegkam, sein Kompagnon folgte ihm. Alma lehnte sich entspannt zurück und tat, als wäre nichts gewesen.

»Aber das stimmt doch gar nicht«, flüsterte Paula, kaum dass Städing weit genug entfernt war.

»Vielleicht nicht ganz. Aber du fährst doch in drei Wochen hin. Und dort wirst du einen Vertreter engagieren.«

Paula beteiligte sich nicht an den Unterhaltungen. Sie saß neben Alma und lächelte. Aber sie beobachtete das Treiben aufmerksam und beschloss, sich den einen oder anderen von Almas Winkelzügen zu merken. »Wie du mit den Herren umspringst!«, sagte sie zu Alma. »Die haben einen Heidenrespekt vor dir.«

»Die glauben, sie könnten mir meine Brauerei abluchsen. Da haben sie sich aber geschnitten«, schnaubte sie. »Unsere Brauerei«, korrigierte sie sich dann mit einem kecken Seitenblick auf Paula.

Paula begann sich beinahe wohlzufühlen. Sie genoss die Blicke der Männer, die ihre feine Garderobe und den Schmuck bewunderten. Kleider machen eben doch Leute, dachte sie. Je selbstverständlicher sie die kleinen Aufmerksamkeiten der Herren einforderte, um so eher wurden sie ihr auch gewährt, stellte Paula erstaunt fest. Gegen ihre unverbindliche Höflichkeit kamen diese wohlerzogenen Herren nicht an.

Doch dann begegnete sie einem Mann, der jeden Anstand fahren ließ und von dem sie gehofft hatte, ihn nie wiedersehen zu müssen.

Das Schiff hatte jetzt richtig Fahrt aufgenommen. Die Segel hatten sich aufgebläht und knatterten im Wind. Paula machte einen Spaziergang über das Deck und sah den Matrosen zu, die hoch oben in den Masten hingen und ein weiteres Segel setzten. Dabei spielte sie mit dem kleinen Sonnenschirm, den Alma passend zum Kleid gekauft hatte, und hob ab und zu die Hand an ihren Hinterkopf, um ihre Frisur zu richten. Dabei erntete sie den einen oder anderen bedeutungsvollen Blick der Männer.

In Finkenwerder legten sie an, um weitere Passagiere aufzunehmen. Paula stand an der Reling und sah zu, wie die Herren in dunklen Anzügen und Hüten die Gangway heraufkamen.

Und dann sah sie plötzlich Erwin Suder an Bord kommen. Du meine Güte, was machte der denn hier? Ihre Hochstimmung war wie weggeblasen. Hilfesuchend sah sie sich nach Alma um, aber sie war zu weit entfernt. Paula wollte sich wegdrehen und hinter ihrem Sonnenschirm verstecken, aber Suder hatte sie bereits gesehen. Anfangs setzte er ein höfliches Lächeln auf, dann stutzte er. Paula verfolgte an seinem Mienenspiel, wie er sein Gedächtnis durchforstete und sie dann erkannte. Sein Gesicht verzerrte sich vor Wut. Sie wusste, dass sie keine Möglichkeit hatte, ihm auf dem Schiff zu entkommen. Obwohl die Angst ihr die Luft abschnürte, entschloss sie sich, den Kampf aufzunehmen. Sie hob ihren Sonnenschirm ein wenig, damit die Steine ihres Armbands in der Sonne blitzten. Das hatte sie in der letzten Stunde ein paar Mal ausprobiert und wusste jetzt, wie es funktionierte.

Suder holte tief Luft. »Also das ist doch …! Wen haben wir denn da? Die kleine Klausner. Entsprungen aus dem Waisenhaus. Und so herausgeputzt …« Er redete immer weiter, während er die letzten Schritte die Gangway hinaufstürmte. Dann stand er direkt vor ihr, und sie konnte deutlich den Hass in seinem Gesicht sehen. Auch Verachtung und Empörung entdeckte sie.

»Was machen Sie hier?«, herrschte er sie an.

Einige der anderen Passagiere hatten mitbekommen, dass etwas Ungewöhnliches im Gange war, und drängten heran, bis sie einen Kreis um die beiden bildeten.

Paula nahm sich zusammen und sagte möglichst beiläufig: »Guten Tag, Herr Suder. Ich glaube nicht, dass wir uns etwas zu sagen haben.« Damit wollte sie sich entfernen, aber es standen zu viele Leute um sie herum.

Suder hob in einer theatralischen Geste der Entrüstung die Arme. »Sie haben mir nichts zu sagen? Also, das ist doch die Höhe!« Er wandte sich den Umstehenden zu. »Darf ich Sie über diese Person aufklären? Sie war bis vor zwei Jahren Zögling im Waisenhaus. Hat uns eine aberwitzige Geschichte von ihrer Familie aufgetischt, die in Amerika sein soll. Ihr Vater ist Heinrich Klausner, vielleicht erinnern sich einige von Ihnen noch, der Ofenbauer, der sein Geschäft ruiniert hat.«

Paula hörte, wie jemand sagte: »Soll's morgens früh gemütlich sei, dann heiz mit Klausners Öfen ein. Und das ist seine Tochter?«

»Genau die ist es.« Suder nickte heftig. »Und aus dem Waisenhaus ist das undankbare Ding geflohen! Sie hat die Unterstützung der Gesellschaft schamlos ausgenutzt. Sehen Sie sie sich doch an. Sieht so eine bedürftige Waise aus?« Und zu Paula gewandt: »Ich werde die Polizei informieren. So kommen Sie mir nicht davon. Sie unterstehen immer noch dem Waisenhaus.«

In diesem Augenblick ertönte Almas schneidende Stimme von weiter hinten: »Sie reden von meinem Mündel. Ich bin ihr Vormund. Wenn Sie etwas zu sagen haben, dann reden Sie mit mir!« Sie pflügte durch die Menge und baute sich vor Suder auf.

Das machte auch Paula wieder Mut. »Ich habe im Waisenhaus gearbeitet und nie einen Pfennig dafür erhalten. Und für Sie sollte ich auch arbeiten. In Ihrem Haus, ohne Bezahlung. Ich schulde Ihnen gar nichts. Außerdem haben Sie und ein paar andere Leute meinen Vater in den Bankrott getrieben.«

Suder griff sich ans Herz. »Also, da hört sich doch alles auf. Rufen Sie die Polizei!«

Niemand rührte sich. Die meisten sahen betreten zu Boden, aber einige amüsierten sich köstlich über die Szene.

Schließlich trat ein kleiner Mann vor. Mit leiser, aber bestimmter Stimme sagte er: »Soweit ich mich erinnere, hat es damals nach dem plötzlichen Baustopp in Barmbeck einen Riesenskandal und auch einen Prozess gegeben. Und Tatsache ist, dass einige kleinere Handwerksbetriebe zumachen mussten, während die Banken – und die Architekten – ungeschoren aus der Sache herausgekommen sind. Mein Schwager war damals auch betroffen. Tischlerei Haberkorn. Seit drei Generationen in der Familie.«

Zustimmendes Gemurmel ertönte.

»Genau wie mit den kleinen Brauereien. Die werden alle nach und nach von den Großen geschluckt. Ein paar Leute schwimmen eben immer oben.«

»Was macht Suder eigentlich hier an Bord?«, fragte ein anderer.

»Wissen Sie das nicht? Er ist seit Kurzem im Aufsichtsrat des Brauerbundes. Die Einladung für den heutigen Tag trägt auch seine Unterschrift.«

»Aber er ist doch gar kein Brauer«, empörte sich der Erste.

Erwin Suder merkte, wie die Stimmung zu seinen Ungunsten kippte. Aber er ließ sich nicht kleinkriegen.

»Das wird ein Nachspiel haben, das verspreche ich Ihnen«, drohte er Paula.

Dann verließ er das Schiff unter dem beifälligen Getuschel einiger Anwesender.

Oskar Finneisen kam mit zwei Gläsern Champagner auf sie zu. »Mein Kompliment«, bemerkte er erneut.

Paula und Alma und die von Frauen geführte Brauerei Janssen blieben Gesprächsstoff während der ganzen Fahrt. Oskar

Finneisen erkundigte sich auf charmante Weise danach, wie sie das Unternehmen führten. Ob es da Unterschiede zu den Männern gebe? Ob Frauen mit weicherer Hand regierten? Paula war ihm dankbar, da er sie ablenkte und ihr das Gefühl gab, alles sei in Ordnung. Ihr war der Schreck gehörig in die Glieder gefahren, aber sie gab sich alle Mühe, sich nichts anmerken zu lassen. Diese Blöße wollte sie sich nicht geben. Sie sah genau, dass alle sie beobachteten. Dankbar ließ sie sich auf das Geplauder ein. Es dauerte eine Weile, bis sie bemerkte, dass der Mann vor ihr anfing, dem Gespräch eine andere Wendung zu geben. Er machte ihr Komplimente über ihre Jugend und was sie in ihrem Alter schon alles leistete. Und über ihr Aussehen. Paula ging nicht darauf ein. Mit seiner wächsernen Haut und den weichen Gesichtszügen fand sie Oskar Finneisen nicht gerade attraktiv. Am irritierendsten waren jedoch seine Augen, die einen Stich ins Gelbe hatten und von weißen, beinahe durchsichtigen Wimpern umrahmt waren. Dennoch war sie froh, in ihm einen Gesprächspartner gefunden zu haben. Sie bedachte seine Worte zerstreut mit einem gelegentlichen Nicken, und ab und zu gab sie eine knappe Antwort. Ihre Gedanken waren aber immer noch bei Erwin Suder. Was, wenn dieser machtbesessene Mann seine Drohung wahrmachte? Was konnte das für Konsequenzen für sie haben?

War Flucht aus einem Waisenhaus ein Verbrechen?, fragte sie sich. Plötzlich erstarrte sie vor Angst. Konnte man sie dafür ins Arbeitshaus stecken?

»In drei Wochen bist du auf dem Schiff. Du bist vorzeitig volljährig, und ich bin dein Vormund«, sagte Alma zu ihr, als hätte sie ihre Gedanken erraten. Sie gab sich völlig gelassen, aber Paula wusste nicht, ob sie es wirklich war.

»Und wenn er Geld von mir fordert?«, fragte Paula, »für die Zeit, die ich im Waisenhaus war? Für Kost und Logis und was weiß ich noch? Dieser Mann ist gefährlich.« Sie sah sich um, aber es war zum Glück niemand in der Nähe, um ihre Worte zu hören. Oskar Finneisen hatte sich aufgemacht, um ein weiteres Glas Champagner und ein paar der ersten Erdbeeren des Jahres für sie zu holen.

Alma legte ihr beruhigend die Hand auf den Arm. »Das wollen wir erst mal sehen. Und zur Not spenden wir dem Waisenhaus einen kleinen Betrag. Aber so, dass es nicht in die Tasche von diesem Suder geht. Da kommt übrigens dein Verehrer zurück ...«

Das Feuerwerk über der Außenalster war wunderschön. Die Brauer hatten die Terrasse des Uhlenhorster Fährhauses gemietet, eine Kapelle sorgte für Musik. Aber Paula konnte sich nicht richtig freuen. Die Begegnung mit Erwin Suder hatte böse Erinnerungen in ihr wachgerufen und ihr Angst gemacht. In Gedanken sah sie sich schon im Gefängnis. Unruhig blickte sie um sich, ob Suder nicht in der Nähe war. Einige Feuerwerksraketen wurden vom Wind auf die andere Alsterseite getrieben und erleuchteten den Garten auf der Sophienterrasse. Der Anblick war zu viel für Paula. Sie merkte, wie ihr die Tränen in die Augen stiegen. Sie bat Alma, nun nach Hause zu gehen.

»Ich will hier weg«, sagte sie zu ihr.

Und sie wollte nicht nur weg von diesem Fest, sie wollte weg aus Hamburg. Dessen war sie sich jetzt ganz sicher.

Anfang Juni kam der Sommer mit aller Macht. Es wurde richtig warm, die Stadt ergrünte von Tag zu Tag mehr. Hans Wicherts Schiff lief in Hamburg ein.

Schon vor Monaten hatte er Paula einen langen Brief geschrieben, in dem er sich noch einmal für sein Verhalten auf dem Dom entschuldigte und seinen Heiratsantrag wiederholte. Paula hatte ihm ebenso ausführlich zurückgeschrieben und ihm ihre Gründe für die Ablehnung des Antrags genannt. Sie hatte auch erwähnt, dass sie bei seiner Mutter gewesen war. Danach hatten sie sich Postkarten geschrieben, unverfängliche, herzliche Mitteilungen unter Freunden. Genau so, wie Paula es haben wollte.

Und deshalb freute sie sich aufrichtig auf seine Ankunft.

Hans hatte Segeln gelernt und lud sie zu einer Partie auf der Außenalster ein. Es wurde ein aufregender, fröhlicher Nachmittag. Gegen Abend kehrten sie sonnenverbrannt und übermütig im Uhlenhorster Fährhaus ein. Die riesige Terrasse des Traditionslokals war wie immer überfüllt, die Gäste drängten sich auf den Bänken, und immer noch setzte sich jemand dazu.

»Ich könnte ein Vermögen machen, wenn in diesem Lokal Janssen-Bier ausgeschenkt würde.«

»Was du immer für Ideen hast«, sagte Hans kopfschüttelnd.

Paula ließ sich jedoch nicht davon abbringen. »Ich werde mit Alma darüber reden. Sie kennt Herrn Schwegler, den Betreiber des Fährhauses, soviel ich weiß. Sie muss ihm ein Angebot machen, das er nicht ablehnen kann.«

Hans lachte. »Du bringst die alte Dame ganz schön auf Trab.«

»Man muss an die Zukunft denken«, antwortete Paula.

Hans erzählte auf ihre Bitte hin noch einmal von New York.

»Viel Zeit hatte ich nicht. Wir waren nur drei Tage dort.«

»Erzähl mir trotzdem von der Stadt. Ich will alles wissen.«

Er berichtete von seiner Suche nach Paulas Eltern. Von der unendlichen Größe der Stadt, von ihrer Schnelllebigkeit, die es so schwierig machte, jemanden zu finden.

»Alle ziehen ständig um, und niemand weiß, wo sie hingehen. Ich habe mir wirklich Mühe gegeben und überall nach deinen Eltern gefragt, aber ich habe nichts erreicht.« Er sah die Enttäuschung in Paulas Augen. »Aber ich habe einige Kameraden auf anderen Schiffen angestiftet, die Augen offen zu halten. Irgendwann wird uns der Zufall zu Hilfe kommen.«

Paula nickte. »Ich fahre in zwei Wochen selbst hinüber. Erster Klasse! Alma hat mir die Fahrkarte geschenkt.«

Hans riss die Augen weit auf. »Aber das ist ja wunderbar! Wie lange wirst du bleiben?«

»Ich weiß es noch nicht. Ein paar Wochen bestimmt. Ich reise im Auftrag der Brauerei. Ich will unser Exportbier in Amerika an den Mann bringen.«

»Das ist eine gute Idee. Wenn du wüsstest, was sie einem drüben als Bier verkaufen. Die reinste Plörre.«

Sie lachten ausgelassen.

»Fräulein Klausner? Was für eine Überraschung!«

Überrascht sah Paula auf. Sie musste gegen die tief stehende Sonne anblinzeln, um zu erkennen, dass Julian Frenzen vor ihr stand. Diesmal konnte sie sich nicht vor ihm verstecken.

»Oh, guten Tag«, sagte sie und erhob sich langsam. Ihr wurde plötzlich bewusst, wie derangiert sie aussehen musste, das Haar vom Wind zerzaust, die Wangen gerötet von der Sonne. Sie machte eine Bewegung, um ein paar lockere Strähnen festzustecken.

Julian sah fragend von ihr zu Hans.

»Das ist Hans Wichert. Herr Wichert – Julian Frenzen. Herrn Wichert kenne ich von der Rückreise aus Amerika. Er ist mir damals sehr behilflich gewesen. Ich weiß nicht, wie ich ohne ihn zurechtgekommen wäre.«

»Sie haben offenbar ein Talent dafür, die Ritterlichkeit von uns Männern zu provozieren«, warf Julian lächelnd ein. Hans nickte zustimmend.

Paula überhörte die Bemerkung. »Herr Frenzen ist Ingenieur bei der Hapag …«

Die beiden Männer begrüßten sich. Sie waren sich offensichtlich sympathisch, denn Hans lud Julian ein, sich zu ihnen zu setzen.

Paula zuckte zusammen. Sie wollte nicht neben Julian sitzen, ihm womöglich nahe sein und ihn berühren. Aber ihr blieb nichts anderes übrig, als mitzuspielen. Sie setzte sich wieder auf die Holzbank und machte Platz für ihn. Jetzt saß sie zwischen Hans und Julian.

»Nur für einen Moment. Ich bin zum Segeln verabredet«, sagte er.

»Wie, Sie segeln? Paula und ich haben auch gerade eine Partie gemacht.«

Die nächste halbe Stunde war die reinste Tortur für Paula. Während die beiden Männer sich bestens unterhielten, natürlich über die Schifffahrt und über das Segeln, saß sie die meiste Zeit stumm in ihrer Mitte und bemühte sich, Julian nicht zufällig zu berühren. Was nicht ganz einfach war, denn auf den hölzernen Bänken saßen die Gäste dicht gedrängt. Paula machte sich ganz steif, um jeden Körperkontakt mit Julian zu vermeiden. Dabei sah sie von rechts nach links und beobachtete beide Männer verstohlen.

Hans erschien in seiner weiten Seemannshose und dem weißen Hemd so jugendlich und unbekümmert, dass Julian neben ihm wie ein reifer Mann wirkte. Hans gestikulierte wild herum und stellte Segelmanöver nach, Julian sah ihm lächelnd zu und kommentierte. Paula hatte Gelegenheit, sein Profil zu betrachten, die gerade Nase und darunter die weichen Lippen, die beinahe einmal ihre berührt hatten. Julians Hand streifte Paulas Nacken, als der Kellner das Bier herüberreichte. Er zuckte zurück und entschuldigte sich umgehend. Paula verwirrte diese unabsichtliche Berührung zutiefst. Sie fühlte, wie sich die Härchen in ihrem Nacken aufstellten. Eigentlich war sie ganz froh, dass die beiden Männer ausreichend Gesprächsstoff hatten, sie hätte keine geistreiche

Unterhalterin abgegeben, solange Julian so dicht neben ihr saß.

Nach einem Blick auf die Uhr erhob sich Julian. »Ich muss gehen. Es tut mir leid, Fräulein Klausner, ich glaube, wir waren sehr unhöflich mit der Wahl unseres Gesprächsstoffes«, sagte er. Dann drückte er Hans kräftig die Hand und ging. Paula sah ihm nach und konnte sehen, dass er am Ausgang mit einer Frau sprach. Dann schritten beide davon.

»Was für ein netter Mann«, sagte Hans, als sie wieder allein waren.

Paula seufzte.

»Er hat dich einige Male so intensiv angesehen ... Ist er etwa in dich verliebt?«

Paula brauste auf. »So ein Quatsch. Du hast doch gesehen, dass er mit einer anderen Frau verabredet war.«

Sie bemerkte nicht, dass Julian sich noch einmal umdrehte, um einen Blick auf Paula zu erhaschen. Dieser Hans Wichert ist ein netter Kerl. Er passt viel besser zu Paula als ich, dachte er traurig.

Die letzten Tage bis zur Abfahrt vergingen rasend schnell. Obwohl in der Brauerei noch viel zu erledigen und vorzubereiten war, hatte Alma es sich plötzlich in den Kopf gesetzt, Paula neu einzukleiden.

»Du fährst schließlich im Namen meiner Brauerei!«, lautete ihr Beschluss, während sie auf dem Weg zu Schmoelcke am Neuen Wall waren. Insgeheim dachte Alma jedoch auch an Hans Wichert und Julian Frenzen. Und Oskar Finneisen hatte Paula ein Briefchen geschrieben, um sich für die charmante Gesellschaft am Brauertag zu bedanken. Das Interesse der Männer an Paula zeigte Alma, dass sie zu einer jungen Frau geworden war. Alma wollte einfach, dass Paula hübsch und anziehend aussah. Außerdem machte es ihr Spaß, sie auszustaffieren. Schließlich hatte sie nie selbst eine Tochter gehabt. Und noch etwas bewegte sie. Obwohl sie die Begegnung mit Erwin Suder leichthin abgetan hatte, war sie doch beunruhigt. Nicht so sehr wie Paula, die jeden Tag ängstlich die Post durchsah und immer damit rechnete, einen bösen Brief aus dem Waisenhaus zu bekommen. Wenn es zu ungewöhnlichen Zeiten an der Tür klingelte, zuckte sie zusammen, als erwartete sie, die Polizei würde draußen stehen. Aber auch Alma hatte das ungute Gefühl, dass Erwin Suder die Sache nicht auf sich beruhen lassen würde. Allein schon deshalb, weil sie ihn auf dem Schiff blamiert hatten. Ein kleiner Einkaufsbummel sollte sie und Paula ablenken.

Als sie die Tür zu Schmoelcke öffneten, kam ihnen die Verkäuferin entgegen, über deren vorlautes Geplapper sich schon Paulas Mutter früher geärgert hatte.

»Guten Tag. Was kann ich für Sie tun?«

Die Verkäuferin stutzte und musterte Paula nachdenklich. Dann erkannte sie sie wieder.

»Ach, Sie sind das?«, fragte sie dann mit einem Zögern in der Stimme.

Paula fühlte sich sofort unbehaglich. Alma bemerkte das.

»Genau, wir sind das«, platzte sie dazwischen. »Und wir brauchen drei sommerliche Ensembles. Die junge Dame fährt nämlich nächste Woche nach Amerika.« Sie ließ sich in einen Sessel fallen und eine Tasse heiße Schokolade servieren, während die Verkäuferinnen, sie waren mittlerweile zu zweit, Kleider anschleppten und vor ihr ausbreiteten.

Es war fast ein wenig wie früher, als sie mit ihrer Mutter und ihren Schwestern in dieses Geschäft gegangen war und Sophie-Luise die Ladenmädchen herumgescheucht hatte und sich Stoffe, Knöpfe und Schirme hatte zeigen lassen.

Paula lächelte versonnen bei der Erinnerung. Sie registrierte den anerkennenden Blick der Verkäuferin, nachdem sie ihr in ein schlichtes dunkelrotes Kleid geholfen hatte. Sie drehte sich, sodass sie ihre Seitenansicht im Spiegel betrachten konnte. An das eng anliegende Oberteil musste sie sich noch gewöhnen, denn obwohl es hochgeschlossen war, betonte es sehr ihre Brust. Ihr gefielen die Rundungen schon, aber sie war es nicht gewohnt, sie derart zu präsentieren. In der Taille war ein schwingender Rock in feinster Wolle angesetzt. Er war extra weit geschnitten, was ihr Bein gut verbarg.

»Das ist perfekt, das nehmen wir«, beschied Alma. »Das ist genau der Schnitt, der dir steht«, sagte sie zu Paula.

Sie erstanden noch zwei weitere Kleider, eines in Cremeweiß mit hoch angesetzter Taille und einem gelblichen Gürtel. Die Ärmel waren kurz, darunter waren lange Spitzenärmel angebracht. Und dann ein zartrosa, sehr luftiges Kleid aus mehreren Chiffonschichten. Und zwei Röcke in Braun und Hellblau mit dazu passenden gestreiften Blusen. Dazu Unter- und Nachtwäsche.

»Sehr schön«, meinte Alma. »Und jetzt noch einen Mantel.«

»Aber die Sommer in New York sind unerträglich heiß«, protestierte Paula.

»Das macht nichts. Eine Dame reist nicht ohne Mantel. Zudem weiß man nie …«

Damit war Alma allerdings noch lange nicht zufrieden. Sie gingen zu Lederwaren Lüdge gleich um die Ecke und orderten Stiefel und Koffer. Und Handschuhe und ein Necessaire. Alma ließ überall Paulas Monogramm einsticken.

»Schließlich reist du im Namen meiner Firma, da musst du Eindruck machen. Keine Widerrede!«

»Aber das ist es doch gerade: Ich reise in Geschäften und suche keinen Mann!«

»Und ich sagte: Keine Widerrede!«

Dann war der Vortag der Abreise da. Paulas Gedanken wanderten zurück zu dem Tag vor zweieinhalb Jahren, als ihre Familie sich auf den Weg nach Amerika gemacht hatte. Sie hatten ein letztes Frühstück eingenommen und sich dann auf den Weg zum Amerikakai gemacht, um die letzte Nacht dort zu verbringen.

Jetzt war das anders. Paula konnte wie immer in ihrem Bett schlafen. Die Kabinenpassagiere mussten sich nicht schon Tage vorher in die Auswandererhallen begeben, um genauestens untersucht und kontrolliert und dann für die Nacht eingesperrt zu werden. Sie dachte an die Hoffnungen, die ihre Familie gehabt hatte, an Annas quirlige Aufgeregtheit, an das Entsetzen ihrer Mutter, als sie die Schlafräume gesehen hatte. Sie lächelte bei dem Gedanken daran, wie Sophie-Luise um die Betten gekämpft hatte. Ob sie in Amerika auch kämpfen mussten? Um eine Wohnung, um ihr Auskommen?

Sie blickte auf die Mahagoniuhr, die gegenüber dem Schreibtisch an der Wand hing. Es war schon sechs. Rasch räumte sie die allerletzten Dinge im Kontor auf, sah noch einmal die laufenden Bestellungen und Geschäftsbriefe durch. Sie hatte alles erledigt, was zu tun gewesen war. Von nun an würde Alma sich um alles allein kümmern müssen. Paula seufzte, als sie über die ordentlich aufgereihten Aktenordner und Korrespondenzen in den Regalen sah. Wenn sie wiederkam, würde wahrscheinlich alles in Unordnung sein. Wenn sie wiederkam … Paula setzte sich an ihren Schreibtisch und verinnerlichte noch einmal das beruhigende Gefühl, das sie hier stets empfunden hatte, fast ein Glücksgefühl. Die Arbeit in diesem Büro, in das nur morgens für einige Stunden die Sonne fiel und das den Rest des Tages in einem Dämmerlicht lag, hatte ihr innere Ruhe gegeben. Sie hatte es genossen, immer zu wissen, wie der vor ihr liegende Tag aussehen würde. Alles war so gewesen, wie sie es haben wollte. Es war ihr Zuhause gewesen. Sie spitzte ein letztes Mal die Bleistifte, wie sie es früher im Kontor ihres Vaters getan hatte, und legte sie dann in die kleine Ablage. Dann stand sie auf und schloss die Tür hinter sich.

Ihr blieb noch, sich von Fanny zu verabschieden, die nicht mit ans Schiff kommen würde.

»Ich weiß nicht, ob ich das aushalten würde«, sagte sie zu ihrer Entschuldigung. Paula und sie saßen in der Küche und tranken Tee. Sara war ausgegangen, Lea war schon im Bett.

»Ich kann mir vorstellen, was du meinst. Ich muss auch ständig an unsere erste Abfahrt denken. An die Demütigungen, an das dunkle Tor zur Hölle, durch das wir in den Schiffsbauch gegangen sind, an die Befehle der Matrosen ...«

»Diesmal wird es leichter für dich.« Fanny legte ihre Hand auf Paulas und drückte sie.

»Ich weiß. Ich bin fest entschlossen, die Überfahrt zu genießen. Und dennoch wandern die Gedanken derzeit immer zurück nach Hamburg, zu den letzten Jahren.«

»Und meine wandern in die Zukunft. Ich habe ein bisschen Angst davor und frage mich, wie ich ohne dich zurechtkommen soll. Ohne dich hätte ich nie den Mut gefunden, mit Jakob zu reden und ihm alles zu sagen.« Sie strich über ihren leicht gewölbten Leib. »Außerdem hätte ich dich gern dabei, wenn mein Kind auf die Welt kommt.« Sie schwieg für einen Moment. »Du wirst doch wiederkommen?«, fragte sie dann ängstlich.

Paula wusste nicht, was sie darauf erwidern sollte. Sie hatte sich diese Frage ja selbst schon tausendmal gestellt. Würde sie zurückkommen? Wenn sie drüben ihre Familie fand, würde sie die Kraft haben, sich ein weiteres Mal von ihr zu trennen?

»Natürlich komme ich zurück. Schließlich habe ich hier ein Unternehmen zu leiten.« Es sollte unbeschwert und fröhlich klingen, aber der Versuch misslang. »Du hast doch Sara«, sagte Paula. »Und Lea.«

Fanny nickte. »Wir beide aber haben uns in den schlimmsten Stunden unseres Lebens beigestanden. Das werde ich nie vergessen.«

»Ich werde alles tun, um zur Geburt Anfang September zurück zu sein«, versprach Paula. Sie umarmte Fanny ein letztes Mal, dann ging sie tief in Gedanken versunken die paar Schritte zu Almas Haus hinüber.

Sie ging ins Wohnzimmer, um Alma zu sagen, dass sie zurück sei. Aber Alma war nicht allein. Auf dem Sessel vor dem Fenster saß Julian.

Er erhob sich.

»Wollen Sie zu mir?«, fragte Paula mit einem Seitenblick auf Alma.

Die stand ebenfalls auf. »Ich habe noch etwas zu erledigen«, sagte sie und verließ den Raum.

Unversehens war Paula allein mit Julian. Sie setzte sich, und auch Julian nahm wieder Platz.

Er betrachtete sie lange, ohne etwas zu sagen. Paula begann sich unbehaglich zu fühlen. Sie sah ihn an, konnte jedoch sein Antlitz nur erahnen, denn er saß mit dem Rücken zum Fenster, und sein Gesicht lag im Schatten. Sie fragte sich, was Julian eigentlich hier wollte. Eine kleine Hoffnung begann sich in ihrem Herzen zu regen.

»Ich habe gehört, Sie reisen morgen nach Amerika«, begann er endlich. Seine Stimme war belegt.

Paula sah ihn an. »Ja, Frau Janssen ist so weit wiederhergestellt, dass sie ohne mich zurechtkommt.«

»Ich bin gekommen, um Ihnen Adieu zu sagen und Ihnen Glück zu wünschen.«

»Das ist sehr freundlich.«

»Sie wären wohl gefahren, ohne sich von mir zu verabschieden.« Er sagte das in einem freundlichen Ton, in dem ein Hauch Ironie lag.

Paulas Kopf flog herum. »Aber … Ich verstehe nicht.«

Er räusperte sich, und sie meinte, ein gekränktes Flackern in seinen Augen zu sehen. »Ich will Sie nicht länger belästigen. Ich nehme an, Sie sind mit Reisevorbereitungen mehr als beschäftigt.« Er nahm einen Stapel Papiere aus seiner Aktentasche, die zu seinen Füßen stand. »Ich möchte Ihnen einige Adressen geben, Personen, an die Sie sich um Unterstützung wenden können. Ich verbürge mich für jeden einzelnen Namen auf dieser Liste.« Er bedachte sie mit einem intensiven Blick. »Ich möchte nicht, dass Ihnen etwas zustößt.« Er stand auf und machte einen Schritt auf sie zu. »Ich bedaure sehr, dass sich unser gutes Verhältnis getrübt hat.«

Paula hatte vor, ihr Sophie-Luise-Lächeln aufzusetzen und die Unnahbare zu spielen. Doch der Versuch scheiterte kläglich. In ihrem Gesicht spiegelten sich Verwirrung und Aufgewühltheit.

Plötzlich packte Julian sie hart am Oberarm und zog sie zu sich nach oben, sodass ihr Gesicht dicht vor seinem war.

»Lassen wir doch diese Spielchen, Paula«, sagte er heftig. »Sie wissen doch längst, was ich für Sie empfinde. Ihre gespielte Gleichgültigkeit ist mir zunehmend unerträglich.«

Paula riss überrascht die Augen auf. »Was sagen Sie da?« Sie war sich nicht sicher, ob sie die letzte Bemerkung richtig verstanden hatte. »Meine gespielte Gleichgültigkeit?« Ihr kam der Tag im Februar in den Sinn, als er sie zurückgewiesen hatte. Zorn stieg in ihr auf. Was will er hier nur?, dachte sie wieder.

Julian hatte sie die ganze Zeit über angesehen. Sein Atem streifte ihr Gesicht. Plötzlich zog er sie noch dichter an sich heran und presste seinen Mund in ihr Haar. Dann berührten seine Lippen ihren Hals. Er stöhnte auf. Paula fühlte, wie ihr die Kraft aus den Beinen wich, aber Julian hielt sie fest. Er hob den Kopf und blickte ihr tief in die Augen. Dann küsste er sie. Lang und innig.

Paula ließ alles widerspruchslos mit sich geschehen, sie genoss das Gefühl seiner weichen Lippen, die nach herbem Honig schmeckten, auf ihren. Sie schloss die Augen und gab sich ganz dem berauschenden Gefühl hin. Der Kuss schien eine Ewigkeit zu dauern, aber als Julian sich von ihr löste, schrie alles in ihr nach mehr, danach, dass er niemals aufhören sollte.

Julian strich sich das Haar aus dem Gesicht, das seine Anspannung verriet. Seine Lippen waren zu einem schmalen Strich zusammengepresst.

»Ich weiß nicht, was in mich gefahren ist«, sagte er. »Bitte verzeihen Sie mir. Das ist unverzeihlich. Gehen Sie nach Amerika und finden Sie Ihre Familie.«

Fassungslos sah Paula zu, wie er die Fäuste ballte und den Raum verließ, als sei der Teufel hinter ihm her.

Die ganze Nacht lag sie wach und wälzte sich im Bett umher. Immer wieder dachte sie daran, wie es gewesen war, Julians Kuss zu spüren, die kraftvolle Berührung seiner Arme um ihren Oberkörper. Und dann sah sie ihn wieder aus dem Haus stürmen. Sie war froh, als endlich der Morgen anbrach.

Am frühen Nachmittag machten sie sich auf den Weg zum Hafen. Alma brachte sie zum Schiff, und Hans, der immer noch auf Landurlaub war, begleitete sie. Er schleppte die beiden großen Reisetaschen bis zur Gangway, wo sofort ein Steward angelaufen kam, um sie in Paulas Kabine zu bringen.

Hans lächelte sie an. »Beim letzten Mal hast du es nicht so bequem gehabt«, sagte er.

Paula seufzte. »Bei der letzten Reise warst du dabei und hast für Fanny und mich gesorgt.« Sie sah in seine hellblauen Augen, die von Lachfältchen umrahmt waren.

»Ich muss dir noch etwas sagen: Ich bin so froh, dass du einfach nur mein Freund sein kannst. Mein guter Freund ...«

Hans räusperte sich. »Bis bald. Wenn du nicht wiederkommst, besuche ich dich in New York.« Er küsste sie auf beide Wangen, dann ging er.

Nun waren nur noch Paula und Alma übrig. Alma zwinkerte seltsam mit den Augen. Paula hatte sie im Verdacht, mit den Tränen zu kämpfen. Ihr ging es ebenso.

»Ich weiß nicht, was ich sagen soll. Danke für alles«, fing sie an, doch Alma unterbrach sie.

»Lass doch den Blödsinn. Ich muss dir danken. Ich weiß nicht, was ich ohne dich getan hätte.«

»Und ich nicht ohne dich.«

»Bitte schreib mir gleich, wenn du drüben bist. Und ich meine damit nicht, dass du mir von Absatzzahlen und Handelswegen berichten sollst.« Sie hob drohend den Zeigefinger.

»Du bist die Erste, die Nachricht erhält.«

»Viel Glück. Pass auf dich auf.«

»Pass du lieber auf dich auf. Keine Aufregung mehr, hat der Arzt gesagt.«

»Keine Sorge. Ich werde mich zurückhalten«, sagte sie. »Es muss doch jemand für dich da sein, wenn du zurückkommst.« Sie nahm Paula in den Arm, und jetzt weinte sie wirklich. Auch Paula ließ ihren Tränen freien Lauf.

Dann lösten sie sich voneinander, und Paula ging die Gangway hinauf. Als sie sich oben umdrehte, war Alma bereits verschwunden.

Und das Deck wurde fast zu eng, denn nie waren alle oben gewesen. Es waren ja Hunderte und Hunderte. Gegen Schluss kamen diejenigen, die sonst nie erschienen waren. Frauen mit kleinen, altgesichtigen Kindern, in Fetzen gewickelt, und die Alten. Sie keuchten die steile Stiege herauf und hielten atemlos an der Schwelle.

Ann Tizia Leitich, Die vor den Toren

15

Paula ließ sich von einem zuvorkommenden Steward den Weg zu ihrer Kabine zeigen. Diesmal ging es die Treppen hinauf, nicht hinunter. Die schmalen Gänge mit den dicken Teppichen kamen ihr bekannt vor, ebenso die großen Spiegel an den Wänden. Der Gang, der zu ihrem Zimmer führte, war in glänzendem Holz getäfelt, kein Staubkörnchen war zu entdecken. Am Ende des Gangs, vor der vorletzten Kabine, hielt der Steward an und öffnete ihr die Tür.

»Eine gute Reise und einen angenehmen Aufenthalt an Bord«, wünschte er, dann war er wieder verschwunden.

Das Zimmer wurde von einem breiten Bett beherrscht, auf dem viele Kissen lagen. Vor dem Bullauge stand ein Schreibtisch, auf dem sie einen gedruckten Willkommensgruß des Kapitäns vorfand, der sie für den dritten Abend an seinen Tisch einlud. Gegenüber dem Fenster stand ein stoffbezogener Lehnstuhl, davor ein niedriges Tischchen. Und auf der anderen Seite ein Kleiderschrank, vor dem schon ihre Reisetaschen standen.

Paula wollte gerade die Schließen öffnen, als es an der Tür klopfte.

»Ich bin Marie, die Zofe. Ich bin hier, um ihre Taschen auszupacken.« Marie war höchstens sechzehn und schüchtern.

»Ist das Ihre erste Reise?«, fragte Paula.

Sie nickte.

»Ich erledige das selbst, vielen Dank.« Als sie das Zögern

der Zofe bemerkte, fügte sie lächelnd hinzu: »Ist schon in Ordnung. Ich melde mich, wenn ich Sie brauche.«

Das Mädchen machte einen Knicks und ging.

Daran werde ich mich gewöhnen müssen, dachte Paula und begann, ihre Kleider einzuräumen.

Neben dem Schrank führte eine schmale Tür in das Bad mit Wanne. Der pure Luxus, wie Paula fand. Sogar frische Blumen standen auf einem kleinen Tisch mit verschiedenen Toilettenartikeln.

Als sie alles ausgepackt und verstaut hatte, stand Paula ratlos in ihrer Kabine. Sie brachte es nicht über sich, das Einschiffen der Passagiere der dritten Klasse zu beobachten, die ihre schweren Gepäckstücke selbst schleppen mussten. Die langen Menschenschlangen, die sie gesehen hatte, als sie an Bord gegangen war, hatten ihr genügt. Außerdem war sie viel zu aufgewühlt, um jetzt unter Menschen sein zu wollen. Die Abreise und mehr noch die Begegnung mit Julian am Abend zuvor hatten sie erschüttert.

Fast wäre sie ihm gestern nachgelaufen, um ihn zur Rede zu stellen. Was fiel ihm ein, sie zu küssen und dann derart wütend zu verschwinden? Es war ihm wieder einmal gelungen, sie völlig zu verwirren. Gerade war sie einigermaßen über die peinliche Situation im Februar hinweggekommen, da stellte er ihr Seelenleben wieder auf den Kopf. Wie er sie geküsst hatte – es hatte sich angefühlt, als würde er sie lieben. Sonst küsste man doch nicht so, so innig, so leidenschaftlich. Sie wusste nicht weiter und war zutiefst verunsichert. Und wütend, wütend auf Julian, der ihr immer wieder den Frieden raubte. Vor allem jetzt, wo sie eine wichtige Aufgabe zu erledigen hatte.

Mit einem Kopfschütteln setzte sich Paula an den kleinen Sekretär und nahm die Unterlagen aus der feinen roten Lederaktentasche mit den silbernen Schließen, die Alma ihr zum Abschied geschenkt hatte: die Zollerklärungen und

Handelsbeschreibungen, die englischen Notizen, in denen sie Verkaufsgespräche skizziert hatte, die Liste mit Adressen, die Julian Frenzen ihr gegeben hatte.

Schon wieder Julian … In einer plötzlichen Eingebung nahm sie die Papiere, die sie am Vorabend von ihm erhalten hatte, und blätterte sie durch, einmal und noch einmal. Sie suchte nach ein paar Zeilen von ihm, nach einer Nachricht, nach irgendetwas, das ihr sein Verhalten erklärte. Aber sie fand nichts. Lediglich Adressen, ab und zu eine Anmerkung über die Funktion der genannten Person und wie sie ihr vielleicht helfen könnte.

Wütend nahm Paula die Blätter und zerriss eines nach dem anderen in kleine Schnipsel, die sie in den Papierkorb warf. In ihrem Leben war kein Platz für Julian. Sie musste sich jetzt auf ihre Aufgabe konzentrieren.

Ordentlich sortierte sie die restlichen Unterlagen und ließ ihren Blick über Sätze und Formulierungen gleiten, die sie im Grunde schon auswendig kannte. Doch ihre Gedanken schweiften immer wieder ab. Resigniert ließ sie die Zettel vor sich auf den Schreibtisch sinken.

Als es schließlich Zeit zum Abendessen war, zog sie das burgunderfarbene Kleid an, das sie bei Schmoelcke gekauft hatte, und richtete ihr Haar. Dann betrachtete sie sich in dem großen Spiegel, der an der Tür des Kleiderschranks angebracht war. »Für ein Mädchen aus dem Waisenhaus habe ich es weit gebracht«, sagte sie laut und schenkte sich selbst ein übermütiges Lächeln. Im Spiegel überprüfte sie, wie ihre Brust wirkte. Das Kleid war nicht tief dekolletiert, aber durch den engen Schnitt des Oberteils konnte man ihre Rundungen gut erkennen. Die schmale Taille wurde durch den weiten Rock noch betont. Sie musterte ihre Augen. So dunkel waren sie ihr noch nie vorgekommen. Sie beherrschten ihr Gesicht unter den locker zurückgebundenen Haaren.

Den Türgriff schon in der Hand, zögerte sie dann plötzlich. Sie konnte sich einfach nicht dazu überwinden, in den festlich erleuchteten Speisesaal zu gehen und sich von den eilfertigen Stewards bedienen zu lassen. Ihre Gedanken waren bei den Passagieren des Zwischendecks, die nur ein paar Meter unter ihr hausten, bei ihren Ängsten und Hoffnungen und bei ihren eigenen Erinnerungen.

Entschlossen zog sie ihr schönes Kleid wieder aus und hängte es in den Schrank. Dann nahm sie ihr englisches Wörterbuch zur Hand – es war die Ausgabe, die sie von ihrem Vater erhalten hatte – und legte sich ins Bett. Vor Erschöpfung schlief sie beinahe sofort ein.

Am nächsten Morgen trieb sie der Hunger in den Speisesaal. Ein Angestellter, nicht viel älter als sie selbst, hielt ihr mit einer vorwitzigen Verbeugung die schwere Tür auf. Runde Tische waren in dem Raum verteilt, gedeckt mit weißem Damast, silbernen Leuchtern und Kelchen aus geschliffenem Kristall. Die Teppiche waren dick und schluckten die Geräusche von klapperndem Geschirr und den bei Tisch geführten Gesprächen, und die Absätze ihrer neuen Kalbslederstiefel versanken fast in ihnen. Man musste schon sehr genau hinsehen, um ihr Hinken zu bemerken.

Ein Steward führte Paula zu einem Tisch für sechs Personen, an dem bereits zwei Ehepaare und ein alleinstehender Mann frühstückten. Zu ihrer Rechten saß eine Frau, die zwei Windspiele mit sich führte. Sie lagen halb unter Paulas Stuhl und sprangen nervös auf, als er zurechtgerückt wurde. Die Frau winkte einem Kellner, der ihr die Leine abnahm und die Tiere aus dem Saal führte.

»Und wir haben schon gedacht, der Platz würde leer bleiben«, sagte die Hundebesitzerin. »Wo waren Sie denn gestern Abend?«

Bevor Paula antworten konnte, begann die Frau jedoch, die

Anwesenden vorzustellen. Sie selbst hieß Eleonore Ehrenberg, neben ihr saß ihr Mann Hugo. Ihnen gegenüber saßen die Millers, Brian und seine Frau Betsy. Und dann war da noch Andrew LeBlanc.

»André«, sagte der Mann barsch. »André LeBlanc aus Frankreich.«

»Und Sie sind?«, fragte Frau Ehrenberg.

»Paula Klausner. Aus Hamburg.«

Paula setzte sich und konzentrierte sich für eine Sekunde, um die Namen ihrer Mitreisenden im Geiste zu wiederholen und sie nicht zu vergessen. Ich brauche einfach mehr Übung im gesellschaftlichen Umgang, dachte sie bei sich.

Der Luxus und die vielen Gerichte auf der Speisekarte schüchterten sie ein. Bereits zum Frühstück konnte man hier alles essen, was man wollte, und viele Gerichte kannte Paula gar nicht erst. Einiges stand dort auf Französisch.

Sie bestellte Brot und Butter und Marmelade. Der Steward brachte das Gewünschte unter einer silbernen Servierglocke und stellte ein Glas Champagner daneben.

»Ein kleiner Willkommensgruß für unsere Passagiere.«

Paula nahm ihr Frühstück ziemlich hastig ein und verabschiedete sich anschließend schnell.

»Sehen wir uns nachher im Schwimmbad?«, rief Frau Ehrenberg ihr nach.

»Vielleicht«, entgegnete Paula.

Als sie in ihre Kabine zurückkam, war dort alles penibel aufgeräumt, das Bett gemacht, und ihr Nachthemd lag gefaltet auf dem Kopfkissen.

Eleonore Ehrenberg war fest entschlossen, Paula während des Abendessens in eine lebhafte Unterhaltung zu verwickeln.

»Wie schade, dass Sie heute Vormittag nicht zu uns gestoßen sind«, sagte sie. »Wir haben uns prächtig amüsiert. Ein schönes Kleid haben Sie da an, Sie sollten den Schal ablegen, damit man Ihre gute Figur sieht.«

Sie selbst trug eine Robe, die in Paulas Augen eher auf einen Ball gehört hätte, viele Meter rosa Seide und Spitzen, und mit einem ziemlich gewagten Ausschnitt.

Eleonore – »Nennen Sie mich ruhig so, in Amerika ist das absolut üblich!« – war Amerikanerin, ihr Mann, Hugo Ehrenberg, war in Deutschland geboren, in Frankfurt, lebte aber schon seit dreißig Jahren in Amerika.

»Ehrenberg?«, fragte Paula, und plötzlich war ihre Schüchternheit überwunden. »Es gibt eine Brauerei dieses Namens in New York, wenn ich mich nicht irre.« Sie hatte Anzeigen der Brauerei in den amerikanischen Zeitungen gelesen.

Hugo Ehrenberg strahlte über das ganze Gesicht. »Ich habe nicht gewusst, dass sich mein Ruhm bis in die Alte Welt herumgesprochen hat«, sagte er, sichtlich geschmeichelt. »Wenn Sie in New York sind, müssen Sie unbedingt ein Ehrenberg-Bier probieren. Das beste Bier der Stadt. Besser als die Brühe, die man uns hier serviert.« Obwohl er behauptete, das Bier schmecke ihm nicht, bestellte er ein Glas nach dem anderen. »Etwas anderes trinke ich nie. Wenn ich das Wort ›Champagner‹ schon höre!«

»Hugo!«, mahnte seine Frau und erklärte dann, an Paula gewandt: »Die Brauerei gehört meinem Mann. Sie liegt in Yorkville. Kennen Sie es?«

»Nein, leider nicht. Yorkville sagen Sie?«

»Das ist ein Stadtteil in Manhattan, im Norden, in der Nähe des Central Park. Bis vor einigen Jahren sind dort hauptsächlich Sümpfe gewesen, und es hat nicht mal richtige Straßen gegeben. Aber die Feuchtgebiete sind trockengelegt worden, und jetzt ziehen immer mehr Menschen dorthin. Fast alles Deutsche übrigens. Mein Mann und ich wohnen seit Kurzem auch dort. Sie müssen uns einmal in Kleindeutschland besuchen.«

»Kleindeutschland?«

Das Gespräch sprang von einem Thema zum nächsten und wurde immer fröhlicher. Paula beglückwünschte sich innerlich zu ihren Mitreisenden. Eleonore Ehrenberg war ihr von Anfang an sympathisch, außerdem war ihr Mann Brauereibesitzer, und sie lebten in einem deutschen Viertel in New York.

Das Dessert war längst serviert und aufgegessen, und eigentlich hatte Paula sich schon in ihre Kabine zurückziehen wollen, doch als Brian Miller den Vorschlag machte, noch eine Flasche Champagner zu bestellen, sagte sie nicht Nein. Der Franzose, der ohnehin den ganzen Abend kaum ein Wort gesagt hatte, verabschiedete sich.

»Ich glaube, er ist seekrank. Er hat ja kaum etwas gegessen.« Hugo Ehrenberg flüsterte diese Sätze, aber so laut, dass alle es hören konnten

»Hugo!«, mahnte seine Frau wieder.

»Jetzt schon seekrank? Wir haben doch die ruhigste See, die man sich denken kann«, entfuhr es Paula.

»Tatsächlich?«, fragte Eleonore. »Haben Sie damit Erfahrung?«

Paula winkte ab. Es war ihr unangenehm, von ihrer früheren Reise zu erzählen. Um nicht antworten zu müssen, hob sie ihr Glas zum Mund und leerte es.

»Sie haben uns noch gar nicht gesagt, was Sie eigentlich nach Amerika treibt«, erkundigte sich Eleonore Ehrenberg, während Paulas Glas erneut gefüllt wurde. »Ich nehme an, drüben wartet ein Mann auf Sie?« Sie zwinkerte ihr zu.

Der Champagner hatte Paula Mut verliehen. Sie richtete ihren Oberkörper auf und sagte, so lässig sie konnte: »Ich reise in Geschäften. Ich vertrete eine Hamburger Brauerei und baue unser Amerikageschäft auf.« Es hörte sich an, als mache sie so etwas jeden Tag.

Ehrenberg schnappte nach Luft. »Hört, hört!«, platzte er

heraus. »Alle Wetter, das hätte ich Ihnen nicht zugetraut. Da hat sich doch eine Konkurrentin an unseren Tisch geschlichen. Womöglich eine Spionin?« Dabei sah er sie aber voller Wohlwollen an.

»Aber nein, wir sind eine kleine Hamburger Brauerei. Bisher verkaufen wir unser Bier nur in Hamburg. Und wir haben knapp zwanzig Angestellte, nicht dreihundert, so wie Sie!«

»Woher haben Sie diese Informationen?«

»Ich lese Zeitung, Sie nicht?«

»Also ich finde das sehr mutig von unserem Fräulein Klausner«, sagte Mr. Miller leicht lallend.

»Ich bitte Sie, Miller, eine Frau in diesem Geschäft! Überhaupt Frauen in Unternehmen. Wozu gibt es denn uns Männer?« Ehrenberg lachte gutmütig.

Die Stimme seiner Frau war eisig, als sie erwiderte: »Die Zeiten ändern sich, mein Lieber, auch wenn du es nicht wahrhaben willst. Ich finde Fräulein Klausners Plan außerordentlich beflügelnd.«

Ehrenberg ruderte kichernd zurück. »Entschuldige, Liebes, so war es nicht gemeint.«

Seine Frau beugte sich zu Paula hinüber. »Meine Unterstützung haben Sie. Mein Mann redet sich gern ein, er habe die Brauerei ganz allein hochgebracht. Dabei habe ich eine ganze Menge Geld und vor allen Dingen meine guten Beziehungen eingesetzt, ohne die wir heute gewiss nicht so gut dastünden.« Sie lächelte ihren Mann liebevoll an.

Brian Millers Frau Betsy, die bisher ziemlich schweigsam gewesen war, meldete sich nun zu Wort.

»Ich weiß nicht, ob das die richtige Branche für eine so junge Frau ist.«

Betsy Miller hatte das schönste Haar, das Paula je gesehen hatte. Immer wieder bewunderte sie es verstohlen. Es fiel ihr in dicken, sorgfältig gebrannten Locken bis in die Taille und glänzte im Licht der vielen Kerzen wie Kupfer.

»Brian, muss das denn sein?«, sagte sie jetzt zu ihrem Mann, als der eine weitere Flasche orderte.

»So jung kommen wir nie wieder zusammen«, sagte er unbeeindruckt. »Und außerdem sind wir hier weit weg von diesen elenden Prohibitionisten. Was halten Sie von ihnen, Ehrenberg?« Er stützte den Kopf in die Hand und stierte ihn an. Offensichtlich hatte er zu viel getrunken.

Bei Ehrenberg war er mit diesem Thema an den Richtigen geraten. »Ach, alles Quatsch, mit dem Pfaffen und alte Weiber sich die Zeit vertreiben. Wenn man den ganzen Tag arbeitet, wird man doch wohl abends mal ein Bier trinken dürfen. Irgendwo muss doch auch die Freude am Leben herkommen!«

Millers Frau mischte sich ein. »Der Missbrauch von Alkohol ist eine der schlimmsten Geißeln New Yorks. Wie viel Elend entsteht durch die Trinkerei!«

»Papperlapapp!«, erwiderte ihr Ehemann. »Solange ich Abgeordneter in New York bin, wird es kein Gesetz gegen den Bierausschank geben.«

»Sehr vernünftig«, pflichtete ihm Ehrenberg bei. »Sie sind Abgeordneter? Das ist ja interessant.« Er beugte sich zu ihm hinüber und begann mit leiser Stimme auf ihn einzureden.

Paula hatte nicht so recht verstanden, um was es in dem Gespräch ging. »Können Sie mich aufklären?«, bat sie Eleonore. »Was sind das für Leute, diese Prohibi…?«

»Prohibitionisten«, antwortete Betsy Miller an ihrer Stelle. »Sie werden auch Anti-Saloon-Liga genannt. Sie wenden sich gegen den übermäßigen Genuss von Alkohol.«

»Sie wollen den Alkohol gänzlich verbieten«, rief Ehrenberg dazwischen. »Dabei gehört für uns Deutsche ein Sonntag im Biergarten einfach zum Leben.«

»Am heiligen Sonntag!«, rief Mrs. Miller aus. »Und die Frauen trinken auch. Sogar die Kinder! Seit die transkontinentale Eisenbahn fertiggestellt ist, wird das Bier bis in den

Westen transportiert. Bevor in einer neu gegründeten Stadt eine Kirche gebaut wird, eröffnet jemand einen Saloon.«

»Sie meinen Busch und sein Budweiser-Bier? Der Mann ist doch ein Phänomen! Kolossal erfolgreich. Er hat meine ganze Bewunderung«, sagte Ehrenberg.

»Er fährt mit einem eigenen Eisenbahnwaggon durchs Land, in dem sollen die Wasserhähne aus Gold sein!«, begeisterte sich Brian Miller.

Seine Frau unterbrach ihn empört. »Übermäßiger Alkoholkonsum – ebenso wie übermäßiger Luxus – passt nicht zu uns Amerikanern. Und am Sonntag geht man in den Gottesdienst, nicht in die Wirtschaft. Wer in unser Land kommt, sollte sich unseren Sitten und Gebräuchen anpassen. Das ist meine Meinung. Sogar auf Ellis Island bekommen die Einwanderer Bier zu trinken. Das Erste, was sie von unserem schönen Land sehen, ist Bier. Das ist ein Skandal! Wenn Sie mich entschuldigen wollen.«

Mit diesen Worten stand Betsy Miller auf und verließ in großen Schritten den Speisesaal.

Paula sah ihr nach und bewunderte die Locken, die bei jedem Schritt auf und ab wippten.

»Das mit dem Bier und Ellis Island stimmt«, meldete sich ihr Mann zu Wort. »Aber nur, weil das Wasser in den dortigen Zisternen ungenießbar ist.« Er legte die Hand vor den Mund und stieß hörbar auf.

»Na, jetzt wissen Sie, mit wem Sie es zu tun haben, wenn Sie Ihr Bier in Amerika an den Mann bringen wollen«, bemerkte Eleonore Ehrenberg trocken.

Die Tage an Bord verliefen nach dem immergleichen Rhythmus. Paula hatte keine Mühe, sich daran zu gewöhnen. Nach einem ausgiebigen Frühstück besuchten Eleonore und ihr Mann das Schwimmbad. Hugo Ehrenberg aber nur, weil seine Frau ihn dazu drängte.

»Du wirst dick, mein Lieber. Ich verlasse dich, wenn du so weitermachst.«

Einmal ging auch Paula in das Bad, jedoch ohne die anderen und nur, um sich die Pracht anzusehen. Es lag am Heck des Schiffs und war drei Decks hoch. Türkisfarbene Kacheln mit Blumenornamenten bedeckten die Wände und die in einer Kuppel auslaufende Decke. Sie wurde von einem Dutzend Säulen getragen, die rund um das Wasserbecken standen. Es drang zwar kein Sonnenlicht in den Raum, aber Dutzende von Lampen erhellten ihn und warfen farbige Flecken an die Wand, was Paula an die Nordlichter erinnerte, die sie einst gesehen hatten. Paula wäre gern schwimmen gegangen, aber wegen ihres Beines tat sie es nicht. Niemals hätte sie sich in einem Schwimmanzug fremden Blicken ausgesetzt.

Betsy Miller und ihr Mann hatten offensichtlich gravierende Auseinandersetzungen, erzählte Eleonore Paula. Beim Dinner bestellte er eine Flasche Champagner nach der anderen, und vor dem Essen hatte Paula ihn gesehen, wie er an der Bar stand und Whiskey trank. An einem Abend war er so betrunken, dass er ein Glas Rotwein umkippte. Während einer der Stewards die Flecken vom Tischtuch wischte und die Scherben einsammelte, stand seine Frau wortlos auf und verließ den Raum. Brian Miller sah ihr mit glasigen Augen nach. Er kämpfte kurz mit sich, ob er aufstehen und ihr nachgehen sollte, doch dann ließ er sich schwer auf seinen Stuhl zurückfallen und bestellte neuen Wein.

André LeBlanc erschien nach dem ersten Abendessen nicht wieder an ihrem Tisch. Als Eleonore den Steward fragte, was denn mit ihm los sei, murmelte der etwas von Seekrankheit und dass der junge Mann lieber in seiner Kabine bleibe. Er fragte Paula, ob sie einen anderen Tischherrn wolle, doch Paula lehnte ab, und Eleonore meinte, sie wären eine so nette kleine Gesellschaft, sie bräuchten niemand anderen.

Als der Steward gegangen war, beugte sich Betsy Miller vor. »Da habe ich aber etwas ganz anderes gehört«, sagte sie und berichtete, der junge Mann sei aus guter Familie und habe sich in eine Frau verliebt, die als Dienstmädchen auf dem Weingut seines Vaters arbeitete.

»Sie ist schwanger geworden. Der junge Mann wollte sie heiraten, aber der Vater hat ihn nach Amerika geschickt.«

»Der arme Mann«, entfuhr es Paula.

Betsy Miller war da anderer Meinung. »Es war dumm und unverantwortlich von Monsieur LeBlanc, sich unter seinem Stand zu verlieben. Und diese Dienstmagd hätte sich ihm niemals hingeben dürfen.«

Nach der sportlichen Ertüchtigung traf man sich im Spielsalon, lauschte einem der kleinen Konzerte auf dem Promenadendeck oder im barocken Musikzimmer oder setzte sich in die Bibliothek, um die Schiffszeitung zu lesen. Das tat Paula am liebsten, und wenn sie einen der ledergebundenen Bände aus dem Regal nahm und wahllos eine Seite aufschlug, dann dachte sie an die Nacht mit Hans und Fanny. Die Bibliothek hier sah fast genauso aus wie die andere, sie war nur ein wenig kleiner. Aber die behagliche Gediegenheit war dieselbe. Und immer stand ein Steward bereit, um ihr eine Tasse Schokolade oder eine Erfrischung zu bringen.

Nach dem Mittagessen verbrachte Paula Zeit in ihrer Kabine, um zu lesen und ihr Englisch zu verbessern. Eleonore korrigierte ihre Aussprache, und Paula musste feststellen, dass in Amerika ein ganz anderes Englisch gesprochen wurde als das, das Miss Harris ihr beigebracht hatte. Die Wörter klangen viel runder und breiter, und manchmal verstand sie ein Wort gar nicht, obwohl es ihr geläufig war. Sie hörte immer begierig zu, wenn Eleonore und ihr Mann sich auf Englisch unterhielten und von der Brauerei sprachen. Sie bemühte sich, die englischen Ausdrücke zu lernen.

Sie hatte zwei längere Gespräche mit Hugo Ehrenberg. Sie mochte den gemütlichen Mann, der keiner Fliege etwas zuleide tun konnte und gutmütig hinnahm, dass seine Frau die beeindruckendere Persönlichkeit in ihrer Beziehung war. Ehrenberg hatte sie am zweiten Abend beiseitegenommen und sie nach der Janssen-Brauerei befragt. Paula erzählte ihm alles. Auch dass sie anfangs die Idee hatten, eine Agentur mit der Vertretung ihrer Interessen in Amerika zu beauftragen, und warum das nicht funktioniert habe. Als sie den Brauertag erwähnte, sagte Ehrenberg, er sei eingeladen gewesen. Paula erschrak bei dem Gedanken, er könnte vielleicht Zeuge der Szene zwischen ihr und Erwin Suder gewesen sein. Aber er war an dem Tag entgegen seinen Plänen in Berlin gewesen, weil seine Frau dort unbedingt noch ein Konzert besuchen wollte.

»Ich würde Sie gern unser Bier kosten lassen, aber die Warenproben sind irgendwo in den Laderäumen unter uns verstaut«, sagte Paula.

Ehrenberg sah von den Papieren auf, die Paula ihm hingelegt hatte. »Das macht nichts, das holen wir in New York nach. Und dann werden wir mal sehen, ob wir beide nicht Geschäftspartner werden können. Ich habe da so eine Idee …«

Er streckte ihr mit einem Lächeln die Hand hin, und Paula schlug ein.

Beim Kapitänsdinner, an dem Paula am dritten Abend teilnahm, redeten alle nur über die beiden blinden Passagiere, die am Nachmittag aufgefunden worden waren. Die Nachricht von den beiden holländischen Jungen, die sich im Maschinenraum versteckt hatten und halb verdurstet von der Mannschaft entdeckt worden waren, hatte sich rasch herumgesprochen. Vom Kapitän erhofften sich die Passagiere Aufklärung.

»Was passiert mit ihnen?«, fragte Paula den Kapitän, der ihr gegenübersaß.

»Wenn Sie es unbedingt wissen wollen: Sie werden die Passage abarbeiten, und in New York wird man sie in Gewahrsam nehmen und mit dem nächsten Schiff zurückschicken.«

»Wie alt sind diese Bengel denn überhaupt?«, fragte ein anderer Gast, ein dicker Offizier mit rasiertem Schädel und von brutalem Aussehen. »Sind sie alt genug, um sie in die Armee zu stecken? Dann haben sie keine Zeit mehr für solchen Unfug.«

Der Kapitän, der zwar keine Lust hatte, das Gespräch fortzusetzen, aber zur Höflichkeit verpflichtet war, antwortete: »Dreizehn und vierzehn.«

»Stimmt es, dass der eine es schon mehrfach probiert hat?«

Er seufzte. »Ja. Es ist seine vierte Überfahrt, und jedes Mal wurde er erwischt und zurückgeschickt.«

»Kann man denn nichts für ihn tun?«, fragte Paula und erntete deswegen erstaunte Blicke.

Auch der Kapitän sah Paula ernst an. »Natürlich«, sagte er und legte sein Besteck neben den Teller, von dem er kaum gegessen hatte. »Sie können eine Bürgschaft für ihn übernehmen und sich in New York um ihn kümmern, ihm Wohnung, Essen, Arbeit und eine Schulbildung ermöglichen. Wollen Sie das?«

Paula wusste nicht, was sie darauf antwortete sollte. Sie beugte sich über ihren Teller, aber der Appetit war ihr vergangen.

Jeden Abend vor dem Schlafengehen machte sie einen kleinen Rundgang auf dem Promenadendeck. Sie hoffte, wieder das Naturschauspiel des Nordlichts zu sehen und noch einmal eine ähnlich verzauberte Nacht wie damals mit Fanny und Hans zu erleben, aber der Himmel blieb während der ganzen Überfahrt bedeckt. Auch Delfine entdeckte sie nicht. Manchmal klang vom Achterdeck das schnelle Spiel einer Violine zu ihr herauf. Paula sah zu den Einwanderern hinunter, die sich um den Spieler scharten und mit den Händen den Takt klatschten. Sie winkte einem kleinen Mädchen zu, wandte sich dann aber rasch ab.

An einem Abend überraschte sie einen Mann und eine Frau in enger Umarmung. Sie wollte sich gerade abwenden, als sie hörte, wie die Frau ihn »Julian« nannte. Wie angewurzelt blieb sie stehen. Natürlich war es nicht Julian Frenzen, aber die Erwähnung des Namens brachte ihre mühsam gewahrte Gefasstheit wieder ins Wanken. Dann erkannte sie die Frau. Sie saß einige Tische weiter im Speisesaal, und sie war mit ihrem Mann und einer kleinen Tochter unterwegs. Dieser Julian aber war nicht ihr Mann.

In dieser Nacht träumte sie viel. Von Stürmen auf See und von Delfinen. Und morgens erwachte sie mit einem Schrei, weil sie von dem Mann geträumt hatte, der sie auf der Rückfahrt wegen ihres Hinkens verhöhnt hatte. Der Traum verunsicherte sie, denn bisher hatte niemand auf dem Schiff sie deswegen angesprochen. Nicht einmal Eleonore, die sonst kein Blatt vor den Mund nahm. Ihre guten Kleider und der Umstand, dass sie in der ersten Klasse reiste, löschten ihr Hinken offensichtlich aus. Oder waren diese Menschen einfach nur zu gut erzogen, um eine Bemerkung zu machen?

Während der Überfahrt lernte sie interessante Dinge über das Brauereigeschäft in den Staaten und erfuhr mehr über die gehobenen Kreise. Bei den Damen guckte sie sich ab, was man in New York für Kleider trug und wie man sich in Gesellschaft benahm. Eleonore Ehrenberg nahm sie gern unter ihre Fittiche und unterwies sie. Paula staunte immer wieder, wie viele Freiheiten sie sich herausnahm. Streitlustig mischte sie sich in das Gespräch der Männer ein, die das nicht als absoluten Affront erachteten, wie es in Deutschland der Fall gewesen wäre.

Als die ersten Möwen neben dem Schiff auftauchten und der Kapitän sagte, sie würden am nächsten Morgen in aller Frühe Amerika erreichen, war Paula um eine Menge Erfahrungen reicher. Den Schal über ihrem eng anliegenden Oberteil hatte sie ganz nach unten in ihren Schrank verbannt.

In der letzten Nacht ging Paula nicht ins Bett. Um nichts in der Welt wollte sie den Moment der Ankunft verpassen. Sie legte sich in einen der bequemen Liegestühle auf dem Promenadendeck und ließ sich Wolldecken und etwas Tee bringen.

»Sie wollen wohl die Erste sein, die die Freiheitsstatue entdeckt?«, fragte der Steward.

Paula nickte. Für sie war es wie ein Versprechen, die grüne Frau und Ellis Island vorübergleiten zu sehen. Ein Versprechen dafür, ihre Familie wiederzusehen. Denn diesen Zweck ihrer Reise vergaß sie nicht eine Sekunde, auch wenn sie den Ehrenbergs davon kein Wort verraten hatte.

»Da werden Sie aber noch ein wenig Geduld aufbringen müssen«, sagte der Steward. »Vor morgen früh gegen drei Uhr werden wir die Verrazanoenge nicht erreichen. Und dann dauert es noch ein bisschen.«

Paula schenkte ihm ein strahlendes Lächeln. »Ach, das macht überhaupt nichts.«

Sie musste doch eingeschlafen sein. Als sie die Augen öffnete, stand der Steward vor ihr und räusperte sich.

»Entschuldigen Sie, aber Sie sagten doch, Sie wollten die Statue sehen. Wir sind jetzt da.« Er wies mit dem linken Arm nach vorn.

Paula war augenblicklich hellwach.

»Vielen Dank«, sagte sie, wickelte sich aus ihren Decken und trat an die Reling. Der Anblick war überwältigend. Auf gleicher Höhe mit dem Schiff erhob sich im Morgendunst, der durch die aufgehende Sonne rasch aufgesogen wurde, die Freiheitsstatue.

Diesmal konnte Paula sie in ihrer ganzen Größe sehen. Sie kam ihr viel größer und majestätischer vor als bei ihrer letzten Begegnung. Ihr Blick hatte etwas Großzügiges und Mildes an sich.

Diesmal schaffe ich es, dachte Paula. Diesmal zwinkert sie mir zu. Diesmal wird alles gut. Sie merkte nicht, dass sie bei diesen Worten die Hände wie zum Gebet faltete.

Der magische Moment, in dem sie sich ganz allein im Zwiegespräch mit der Statue fühlte, war vorüber, denn mittlerweile waren auch andere Passagiere an Deck gekommen.

Paula wunderte sich, dass sich die ersten Männer so früh am Morgen in Sportkleidung auf den Weg zu der am anderen Ende des Promenadendecks gelegenen Gymnastikhalle machten. Ein Herr, den sie vom Nebentisch im Speiseraum kannte, wünschte ihr fröhlich einen guten Morgen, während er einige Kniebeugen absolvierte. Er ließ sich nur kurz vom Anblick der Freiheitsstatue ablenken, dann setzte er seine Leibesübungen fort.

Unter ihr wurden Stimmen laut. Sie konnte sie von ihrem Standort aus nicht sehen, wusste aber, dass es die Passagiere des Zwischendecks waren, die nun unter lautem Rufen das Wahrzeichen der Stadt begrüßten.

Mittlerweile war Ellis Island ins Blickfeld gekommen. Wieder erinnerte der vieltürmige Bau Paula an ein Hotel an der Ostsee. Nur dass dieser Ort einem ganz anderen Zweck diente.

Zwei Stunden später saß sie am Frühstückstisch. Sie war etwas zu spät, und Eleonore fragte sie, wo sie gewesen sei, denn sie habe schon an ihre Tür geklopft. Als Paula sagte, sie habe sich die Freiheitsstatue angesehen, sah Eleonore sie verständnislos an.

Ein Offizier betrat den Frühstückssaal und verkündete, dass das Schiff soeben anlege und dass alle Passagiere das Schiff innerhalb der nächsten zwei Stunden verlassen könnten. Dann wünschte er weiterhin guten Appetit.

Während die letzten Passagiere noch ihren Kaffee tranken, wurde ihr Gepäck von Dienstmädchen gepackt und von Stewards von Bord gebracht.

Eleonore Ehrenberg hatte darauf bestanden, Paula in ihrer Kutsche mitzunehmen und sie in ihrem Hotel abzusetzen. So sah Paula nicht viel von der Stadt, denn sie musste mit Eleonore plaudern. Sie war sogar ein wenig dankbar dafür. Bereits als sie die Gangway hinuntergegangen war, hatte sie ganz automatisch nach ihren Eltern Ausschau gehalten, obwohl sie wusste, dass es völlig ausgeschlossen war, dass sie ausgerechnet zu diesem Zeitpunkt am Pier waren. Durch das Gespräch mit Eleonore und ihrem Mann war sie wenigstens abgelenkt.

»Bitte besuchen Sie uns. Ich kann Ihnen behilflich sein«, sagte Eleonore mit einem liebenswürdigen Lächeln, als sie sich vor dem Hotel von ihr verabschiedete.

»Meine Liebe, das haben Fräulein Klausner und ich bereits alles in die Wege geleitet. Bis nächste Woche«, sagte Hugo Ehrenberg, lächelte Paula verschwörerisch zu und küsste ihr zum Abschied die Hand.

Es sind gerade mal drei Meilen vom Madison Square bis zur Hester Street. Doch wüsste man es nicht besser, man würde niemals annehmen, derart unterschiedliche Örtlichkeiten und Menschen in ein und derselben Stadt so nahe beieinander vorzufinden.

E. S. Martin, Harper's Monthly, 1898

16

Als sie am ersten Morgen die gediegene Stille der Hotelhalle hinter sich ließ und auf den Broadway hinaustrat, wusste sie kaum, wie ihr geschah. Als hätte man sie von einer Sekunde auf die nächste in einen Höllenschlund geworfen! Die unglaubliche Lebendigkeit New Yorks drohte sie zu verschlingen. Wohin sie auch sah: Pferdewagen, Straßenbahnen, Baustellen, Reklametafeln und Menschen, Menschen, Menschen. Dazu der Lärm von Motoren, Pferdehufen, Trillerpfeifen, Stimmen. Das Gewimmel um sie herum schüchterte sie ein, und weil sie mitten auf dem Bürgersteig stand, wurde sie prompt angerempelt. Rasch machte sie ein paar Schritte zurück in den Eingang des Hotels. Der Portier wurde auf sie aufmerksam und eilte herbei.

»Kann ich Ihnen helfen? Soll ich eine Kutsche rufen?«

»Nein, es geht schon, vielen Dank«, erwiderte Paula möglichst würdevoll, obwohl die Angst ihr die Kehle zuschnürte. Welche Adresse hätte sie dem Kutscher angeben sollen? Wo sollte sie in dieser riesigen Stadt nur nach ihrer Familie suchen?

Der Portier sah immer noch neugierig zu ihr herüber. Sie durfte hier nicht länger unschlüssig stehen bleiben. Sie holte tief Luft. Dann wandte sie sich nach rechts und ging einfach die Straße hinunter. Sie beschloss, sich als Erstes einen Überblick zu verschaffen.

In den folgenden Tagen dankte Paula der Stadt New York für ihre Hektik. Ihre Tage waren so ausgefüllt, dass sie kaum Gelegenheit hatte, nachzudenken, geschweige denn Heimweh nach Hamburg zu haben.

Sie hatte kaum Zeit zum Schlafen oder zum Essen, so kam es ihr zumindest vor. Aber nach der Verwirrung des ersten Morgens hatte sie sich einen Plan für die ersten Tage zurechtgelegt, und dem folgte sie akribisch.

In aller Frühe verließ sie nach einem hastigen Frühstück ihr Hotel am nördlichen Broadway, denn vor ihr lag eine Aufgabe, die nicht eine Sekunde Aufschub duldete. Sie musste ihre Familie wiederfinden, die sie seit fast drei Jahren nicht mehr gesehen hatte.

So verbrachte sie die Tage damit, durch New York zu laufen, wobei sie sich jeden Tag ein Stück weiter südlich bewegte. Weil die Straßen nummeriert waren, konnte sie sich bald orientieren. Bevor sie in eine neue Straße einbog, die genauso schnurgerade war wie die, aus der sie kam, blieb sie stehen, um den Anblick in sich aufzunehmen. Sie bewunderte die großartige Architektur der Stadt, die Häuserfluchten mit ihren prächtigen Fassaden und den kühnen Formen, die sie in Hamburg noch nie gesehen hatte. Leider wurde die Aussicht getrübt durch die allgegenwärtigen Telegraphenleitungen und Kabel, die in der Höhe des ersten Stockwerks von einem Haus zum nächsten und quer über die Straße verliefen und gefährlich tief durchhingen. Paula hatte sich bereits einmal an ihnen den Hut vom Kopf gerissen. Neben den Kabeln musste sie auf die vielen Laternen- und Leitungsmasten achten, auf die Reklametafeln, gegen die man leicht laufen konnte, wenn man unachtsam war, nicht zu reden von den Schlaglöchern und Abfallhaufen auf den Gehwegen. Mehr als einmal war sie so in ihre Betrachtungen versunken, dass sie nur knapp einem Unfall entging. Glücklicherweise hatte sie herausgefunden, dass man in den großen Hotels wunderbar bequem sitzen und Tee bestellen konnte. Wenn ihr die Füße schmerzten und der Kopf sich drehte, gönnte sie sich eine halbe Stunde Entspannung, bevor es sie wieder hinaustrieb.

Je weiter sie in Richtung Süden und East River ging, umso düsterer wurden die Straßen und Häuser, und die Menschen ähnelten hier den Passagieren ihrer ersten Atlantiküberquerung. Am vierten Tag stieß sie in der Nähe des Tompkins Square auf viele Bäckereien und Metzger mit deutschen Inhabern. Und in jeder Querstraße war mindestens eine Gastwirtschaft untergebracht. Sie war in einem deutschen Viertel gelandet. Ihr Herz schlug schneller. »Eine Bockwurst umsonst zu jedem Bier!«, stand mit Kreide an eine Tür geschrieben. Paula nahm ihren Mut zusammen und ging hinein. Die Tür ließ sich nur schwer öffnen. Paula musste sich mit aller Kraft dagegenstemmen.

Als sie endlich in dem kleinen Raum stand, glotzten einige Männer sie vom Tresen her an. Die Wirtin sah mit ihrem blassen, teigigen Gesicht so aus, als würde sie ihren düsteren Schankraum nie verlassen. Sie brachte unaufgefordert ein Bier, nachdem Paula sich an einem Tisch nahe dem Ausgang niedergelassen hatte. Es schmeckte Paula nicht, es war schal, nicht gekühlt, was angesichts der Wärme draußen doppelt ärgerlich war, und es war viel zu süß. Nach dem zweiten Schluck verstand Paula auch, warum. Der Zucker sollte den strengen Beigeschmack überspielen. Paula schüttelte angewidert den Kopf.

»Ist was?«, brummte die Wirtin, und die Männer sahen neugierig zu ihr herüber.

Paula sah in die missmutigen Gesichter, ließ das angetrunkene Bier stehen, zahlte und ging.

Nebenan war eine Bäckerei, die mit echtem Butterkuchen nach deutschem Rezept warb. Hoffnungsvoll ging Paula hinein, kaufte ein Stück und fragte, ob hier im Viertel eine Familie Klausner bekannt sei.

»Klausner? Nie gehört«, entgegnete der Bäcker, der gerade mit einem Blech dampfender Brote aus der Backstube kam. »Aber wenn Sie wüssten, wie schnell die Leute hierher kommen und wieder wegziehen, dann würde Sie das auch nicht wundern. Man kennt ja seine eigenen Nachbarn nicht mehr.«

Nun, da sie einmal damit begonnen hatte, konnte Paula nicht mehr aufhören: Sie ging in jedes Geschäft mit deutschem Namen und fragte nach Familie Klausner. Überall schüttelten die Befragten bedauernd oder gleichgültig die Köpfe. Paula hatte sich ganz fest vorgenommen, ihre Hoffnungen nicht zu hoch zu stecken, aber als sie an diesem Abend in ihr Hotel zurückkehrte, warf sie sich völlig erschöpft auf ihr Bett und weinte vor Enttäuschung.

Am folgenden Tag führte sie ihr Rückweg über den Broadway zwischen der vierzehnten und der dreiundzwanzigsten Straße. Der Portier des Hotels hatte ihr die Gegend empfohlen, die er »Ladies' Mile« nannte. Dabei schnalzte er voll Entzücken mit der Zunge. Auch hier waren die Straßen verstopft, allerdings mit vornehmen Kutschen und edlen Pferden. Elegante Frauen bevölkerten die Fußwege und bewunderten die Auslagen der Geschäfte. Auch Paula war von der Üppigkeit und dem unglaublichen Luxus der Waren beeindruckt. Die Schaufenster zeigten Hüte, eigens aus Paris importiert, Foulards und Handschuhe in den schillerndsten Farben, in einem Fenster entdeckte sie sogar zierliche Äffchen und andere Tiere. Dazwischen gab es immer wieder Delikatessengeschäfte, in deren Auslagen man raffinierte Köstlichkeiten zu Bergen aufgetürmt hatte. Ein merkwürdiges Gebäck, kreisrund mit einem Loch in der Mitte, erregte ihre Neugierde. Weil sie Hunger hatte, ging sie in das Geschäft und bestellte eines dieser Teilchen. Sie wollte protestieren, als der Verkäufer es wie ein Brötchen aufschnitt, mit raschen Bewegungen eine Art Senf darauf schmierte und dann Sauerkraut und dünn geschnittenes Fleisch zwischen die beiden Hälften legte. »Your bagel«, sagte er zu ihr, als er es über die Ladentheke reichte.

Paula setzte sich an ein Tischchen in der Ecke des Ladens und biss hinein. Sie hatte noch nie etwas so Köstliches gegessen. Bagel, das Wort würde sie sich merken.

In den ersten Tagen nach Paulas Ankunft berichteten die Zeitungen ausführlich über zwei junge Italiener, Brüder von sechzehn und achtzehn Jahren, die des Landes verwiesen werden sollten. Sie waren von Ellis Island geflüchtet und hatten versucht, das Ufer von New Jersey schwimmend zu erreichen. All das drang an die Öffentlichkeit, weil sie einem Mitgefangenen von ihrem Fluchtplan erzählt hatten. Immer wieder schlugen solche Schwimmversuche fehl, denn die Strömung trieb auch geübte Schwimmer ins offene Meer hinaus, wenn sie nicht vorher von Schiffsschrauben zermalmt wurden. Auch von den beiden Italienern fehlte jede Spur. Ein Onkel der beiden meldete sich und hatte ein Foto zur Hand, und so nahm die ganze Stadt Anteil an ihrem Schicksal. Die Ufer wurden abgesucht, Reporter befragten im italienischen Viertel die Anwohner. Zwei Tage später kam die Nachricht, der jüngere der Brüder – vielmehr das, was von ihm übrig war – sei in einem Fischernetz gefunden worden.

Auch Paula hatte an diesem Morgen, bevor sie das Hotel verlassen hatte, vom tragischen Ende der Flucht gelesen. An diesem Tag nahm sie ihre Erkundungen einige Straßen südlich des Tompkins Square wieder auf, in der Allen Street. Hier begann die Lower East Side, und in dieses Viertel hätten die beiden Italiener wohl nach der Ankunft ihre ersten Schritte gelenkt. Weil Sonntag war, hatte Paula angenommen, dass es ruhiger zugehe. Die Straßen waren jedoch schwarz von Menschen. Viele von ihnen waren Juden, und jetzt verstand Paula auch, warum die Sonntagsruhe hier nicht galt. Neugierig sah sie einigen Frauen nach, die dicke Perücken trugen, als sich plötzlich ein Donnern näherte, das mit jeder Sekunde lauter wurde. Die Frauen schienen den Lärm nicht zu hören, obwohl er ohrenbetäubend war. Sie gingen einfach weiter, als wäre nichts. Dann begann das Straßenpflaster zu vibrieren. Ein Erdbeben!, dachte Paula entsetzt. Die Äpfel in einer Auslage vor ihr gerieten in Bewegung und kullerten auf die Straße, der Ladenbesitzer stürzte schimpfend aus seinem Geschäft und verpasste einem Jungen eine Ohrfeige. All das sah Paula nur, hören konnte sie bei dem Krach nichts. Der Lärm schwoll immer noch an, und Paula hatte das Gefühl, als würde über ihrem Kopf etwas explodieren. Sie schrie laut auf, doch auch ihr Schrei wurde verschluckt. Sie klammerte sich an einen der Stahlpfeiler, die auf der Straße standen, und sein Zittern übertrug sich auf ihren Körper. Paula fürchtete, auf dieser Straße sterben zu müssen.

Und plötzlich war alles vorbei, selbst die Straße kam ihr jetzt, nach dem Dröhnen, ruhig vor. Der Junge, der eben die Ohrfeige bekommen hatte, grinste sie frech an. Er zeigte mit dem Finger nach oben. »Elevated Train«, sagte er. Paula folgte seinem Blick und erkannte endlich, dass sie direkt unter den Schienen der Hochbahn stand, die auf der Höhe der oberen Fenster durch die Straßen donnerte. Erleichtert atmete sie aus. Der Junge hielt ihr die offene Hand hin, und Paula verstand, dass er sie anbettelte. Sie suchte nach einem Penny und legte ihn in die schmutzige kleine Hand.

Dann wandte sie sich wieder dem Treiben zu. Die Straßen und Fußwege quollen über vor Menschen, die zweirädrige Karren schoben und lauthals ihre Waren anpriesen: Obst, Brot, Fisch und Schweinsköpfe. An den Ecken standen Zeitungsjungen, die ihre Blätter über dem Kopf schwenkten und mit den neuesten, möglichst blutrünstigen Schlagzeilen um

Leser warben: »Kopf bei Unfall abgetrennt!«, »Zwei Arbeiter im Sand erstickt!«, »Italiener geht Fischer ins Netz!« Einen Teil der Gehwege nahmen ausladende Baldachine ein, die die Waren vor der Sonne schützen sollten. Ein Junge mühte sich mit einem Wagen ab, der mit großen tropfenden Eisblöcken beladen war. Er stieß beinahe mit einem anderen zusammen, auf dem Töpfe und Pfannen klapperten. Ein Mann mit Bauchladen pries Zigaretten an, ein anderer versuchte Knöpfe und Lumpen zu verhökern. Auf dieser Straße gab es nichts, was man nicht kaufen konnte.

Durch das Gedränge fuhren Kutschen und Pferdewagen, einige von ihnen in vollem Trab. Laut hinter ihnen her schimpfend, brachten die Menschen sich in Sicherheit. Neben den Hökern, den Händlern und Schnorrern bevölkerten vor allem Hunderte von Kindern die Straße, die lautstark spielten und herumsausten.

Die Gehwege waren mit den Waren der Geschäfte vollgestellt, nur ein schmaler Durchgang zu den Treppenaufgängen wurde freigelassen, auf denen Männer und Frauen saßen und sich unterhielten. Vor einem Polsterergeschäft stand eine komplette Esszimmergarnitur, allerdings waren die Polster zerschlissen, und die Sprungfedern ragten aus den Sitzflächen heraus. Es fehlten nur noch die Anrichte und die dampfende Suppenschüssel.

Paula wurde schwindlig von dem Gewimmel und übel von den Gerüchen. Jeder Schritt brachte neuen Gestank: nach blutigem Fleisch, nach Abfällen, die sich in den Rinnsteinen sammelten, nach Pferdekot, nach menschlichem Schweiß und Elend. Das Geschrei in einem Dutzend verschiedener Sprachen überwältigte sie. Sie wagte kaum nach rechts oder links zu sehen, aus Angst, überfahren oder angerempelt zu werden. Über die geschmiedeten Balkongitter hingen Wäschestücke herunter, zum Teil verdeckten sie die darunterliegenden Fenster. In diesem Augenblick näherte sich wieder ein Zug, diesmal aus der anderen Richtung, und tauchte alles in höllenartigen Lärm. Das schrille Geräusch wollte kein Ende nehmen, auch als der Zug weitergefahren war. Paula brauchte einen Moment, um zu erkennen, dass es vom Geschrei eines Fuhrmanns abgelöst worden war, der direkt vor ihr erbarmungslos auf sein Pferd einprügelte. Der Wagen war mit Bierfässern beladen, und das abgemagerte Tier war am Ende seiner Kraft. Der Fuhrmann sprang von seinem Bock, stellte sich vor sein Pferd und griff ihm mit aller Brutalität in das weiche Maul. Das Pferd verdrehte vor Schmerz die Augen, dass nur noch das Weiße zu sehen war, und stieß ein Keuchen aus. Die ersten Schaulustigen blieben stehen, einige beschimpften den Kutscher, die meisten grinsten aber und feuerten ihn an, es der Mähre zu zeigen. Der Kutscher holte weit mit der Peitsche aus und schlug dem Tier auf den Kopf. In wilder Wut schlug er immer wieder zu, bis das Pferd zitternd in die Knie ging und schließlich auf die Seite fiel, wobei es den anhängenden Wagen mit sich riss. Die vollen Bierfässer rollten auf die Straße, einige zerplatzten. In wilder Gischt spritzte die Flüssigkeit auf die Straße. Die Umstehenden brachten sich in Sicherheit – bis auf die Straßenjungen, die johlend die Hände in den Strom hielten und zu trinken versuchten. Der Kutscher war jetzt außer sich vor Zorn und schlug abwechselnd auf das tote Pferd und die Jungen ein.

Paula bebte vor Ekel und Empörung und kämpfte mit ihrer Übelkeit. Ein paar Meter entfernt näherte sich mit raschen Schritten ein Polizist. Wie verrückt blies er in seine Trillerpfeife, um die Leute zu vertreiben, und schwang einen Schlagstock über dem Kopf. Paula raffte ihre Röcke, um sie vor der Bierlache in Sicherheit zu bringen, und rannte davon. Ein paar Straßen weiter hielt sie keuchend an, bis sie wieder zu Atem gekommen war. Was für grässliche, brutale Menschen! Sie musste daran denken, dass der Portier in ihrem Hotel sie vor gewissen Gegenden in Manhattan gewarnt hatte. »Wenn die Straßen keine Nummer mehr haben, sondern richtige Namen, dann sollten Sie umkehren«, hatte er zu ihr gesagt.

Sie würde nie wieder einen Fuß in die Lower East Side setzen, das schwor sie sich. Und sie hoffte inständig, ihr Vater würde niemals zulassen, dass seine Familie an einem solchen Ort lebte!

Niedergeschlagen kehrte sie in ihr Hotel zurück. An der Rezeption fragte sie nach Post, erntete aber nur ein bedauerndes Kopfschütteln. Es war natürlich zu früh, um bereits Nachrichten aus Hamburg zu bekommen, und sie war ja auch erst zwei Wochen weg. Dennoch hätte sie nur zu gern ein paar liebe Zeilen gelesen. Von Alma oder von Fanny.

Sie ließ sich auf das Sofa vor dem Fenster fallen und lauschte dem immerwährenden Lärm, der von der Straße zu ihr heraufdrang. Zerstreut fiel ihr Blick auf die Zeitung, die sie am Morgen gelesen hatte und die jetzt neben ihr lag. Sie erinnerte sich, am Morgen etwas gelesen zu haben, das wichtig für sie war. Sie nahm die Zeitung noch einmal zur Hand und blätterte sie durch. Da stand es:

DETEKTIVBÜRO PINKERTON.
ERMITTLUNGEN ALLER ART.
UNSERE SPEZIALITÄT:
SUCHE NACH VERMISSTEN.
WIR SCHLAFEN NIE!

Darunter war eine Telefonnummer angegeben. Paula wusste, was sie zu tun hatte. Sie griff zum Telefon, eine Handlung, die ihr in den letzten Tagen ganz selbstverständlich geworden war, und vereinbarte für den nächsten Nachmittag einen Termin mit einem Mr. Waterhouse von Pinkerton.

In den vergangenen Tagen war sie den Broadway in südlicher Richtung hinuntergegangen, bis sie die Südspitze Manhattans erreicht hatte, von wo aus man die Freiheitsstatue sehen konnte.

Am nächsten Morgen wandte sie sich nach Norden, die Lexington Avenue hinauf.

Dort erregten riesige Schaufenster ihre Aufmerksamkeit. Die Waren hatte man auf eine Art dekoriert und ausgestellt, die Paula noch nie gesehen hatte. Lebensgroße Puppen saßen dort wie in Theaterdekorationen: in Teesalons, am Küchenherd, auf einer Parkbank, hinter sich Bäume und Sträucher, von denen sie nicht sagen konnte, ob sie echt oder künstlich waren. Dabei trugen sie extravagante Kleider und teuren Schmuck und hielten Zigaretten zwischen den Fingern. Eine Frau hatte eine Tasse Kaffee in der Hand und schien damit auf Paula zuzugehen. Paula ging langsam an den Schaufenstern entlang, bis sie zur Eingangstür kam, die sich zu Bloomingdale's Reich öffnete.

Meine Güte, das sollte Schmoelcke mal sehen, dachte sie, als sie die kirchengroße Halle betrat. Vor ihr erhoben sich Vitrinen in dunklem Holz, in denen Parfums und Cremes in edlen Flakons und Tiegeln präsentiert wurden. Blank poliertes Messing und Kupfer wurde von Hunderten von Spiegeln reflektiert. Der Boden aus schwarzen und weißen Fliesen war gewienert und sah so blank und rutschig aus, dass sie automatisch vorsichtig ging. Sie blieb staunend stehen. Keine Verkäuferin kam auf sie zu, um sie zu fragen, was sie denn wünsche. Um sich herum sah Paula viele Frauen, die von Auslage zu Auslage schlenderten, offenbar ohne feste Kaufabsicht.

Rechts mussten die Fahrstühle sein, sie hörte das vornehme Klingeln, mit dem die einzelnen Stockwerke angezeigt wurden. Und geradeaus lagen die Rolltreppen. Paula hatte schon von dieser neuen Erfindung gehört. Sie ging darauf zu und setzte ihren Fuß auf die erste Stufe. Es ruckelte ein wenig, und nur wenige Sekunden später hatte sie schon die erste Etage erreicht. Hier standen und saßen Frauen in wunderschönen Kleidern. Paula wunderte sich über ihre regungslosen Gesichter, bis sie erkannte, dass auch sie leblose Puppen waren.

Sie fuhr weiter hinauf, bis sie schließlich ganz oben anlangte. Unter ihr lag ein Labyrinth von Treppen und Fluren und Waren, das Summen vieler Stimmen drang zu ihr herauf, ebenso wie der Duft von Parfum. Es roch nach Wohlstand und Müßiggang.

Aber es waren nicht nur reiche Damen, die hier einkauften. Paula entdeckte auch einfache Frauen so wie sie, die Stoffe befühlten und sich gegenseitig auf ein Kleid aufmerksam machten, die ein Halstuch an den Mantel hielten, um die Farben zu vergleichen, und sehnsüchtig auf ein Paar feine Handschuhe blickten. An den Waren befanden sich kleine Zettel, die den Preis anzeigten. Auch dies war neu für Paula. Offensichtlich konnte man sich hier ganze Tage aufhalten, alles besichtigen und sich in aller Ruhe überlegen, ob man sein Geld für eins der schönen Dinge ausgeben wollte, ohne dass man von schnippischen Verkäuferinnen taxiert wurde.

Auf jeder Etage waren besondere Tische, auf denen koffergroße Instrumente mit vielen Messingknöpfen standen, die die Verkäuferinnen energisch herunterdrückten. In diese Maschinen wurden die zu zahlenden Beträge gehämmert, die dann oben auf dem Metallgehäuse angezeigt wurden, anschließend wurde eine Kurbel gedreht, und mit einem lauten Klingeln flog eine Lade auf, die das Geld der Kunden verschlang.

Bei Bloomingdale's wurde wirklich an alles gedacht, um den Kunden den Einkauf so angenehm wie möglich zu machen. Es gab sogar Waschräume, in denen man sich erfrischen konnte. Junge Negerinnen in weißen Schürzen standen dort bereit, um den Kundinnen behilflich zu sein. Paula ließ sich von einer von ihnen einen Tropfen Parfum auf das Handgelenk geben und musste immer wieder verstohlen daran riechen. Sie fühlte sich ganz außergewöhnlich, denn ein Parfum hatte sie noch nie besessen.

Sie entdeckte einen Teesalon. An den kleinen Tischen saßen elegant gekleidete Frauen und aßen winzige Törtchen, die nur so groß waren wie Pralinés. Nur das Summen von Stimmen und das leise Klingen von silbernen Löffeln auf Porzellan waren zu hören.

»Darf ich Sie zu einem freien Tisch führen?« Eine Servierin hatte sich ihr genähert.

Aber Paula winkte ab. »Ein andermal«, sagte sie und wandte sich zum Gehen. Die Kellnerin hielt ihr zuvorkommend die Tür auf.

Paula lief durch jede Etage des Warenhauses, bis sie wieder im Erdgeschoss ankam. Zum Schluss flanierte sie durch die Schmuckabteilung. Sie betrachtete die zarten Damenuhren in den Vitrinen und stellte erschrocken fest, dass sie sich schon seit fast zwei Stunden hier aufhielt. Und sie war doch zu einem Besuch bei Eleonore Ehrenberg verabredet! Eleonore hatte sogar eine auf wappengeschmücktem Briefpapier verfasste Nachricht ins Hotel geschickt, die sie an den Termin erinnern sollte.

Hastig wandte sie sich dem Ausgang zu und verließ das Kaufhaus.

Und übersah dabei eine hübsche Verkäuferin, die ein helles Schürzenkleid trug und über den Unterarm einer älteren Dame gebeugt war, um ihr beim Anlegen eines schmalen goldenen Armbands zu helfen. Die Verkäuferin war ihre Schwester Dorothea.

Paula saß voller Ungeduld in der Droschke.

»So fahren Sie doch schneller«, bat sie den Kutscher.

»Sie sehen doch, dass es nicht schneller geht«, brummte er.

Paula seufzte. Er hatte ja recht. Vor ihr wimmelte die Straße von Fuhrwerken. Immer wieder liefen Menschen über die Straße, mehr als einmal musste die Kutsche ausweichen. Nie hätte sie gedacht, dass eine Straße so lang sein konnte wie die Lexington Avenue. Sie musste zur Querstraße mit der Nummer einundachtzig, und auf dem Schild, an dem sie vorüberfuhren, stand die Nummer zweiundsechzig. Sie lehnte sich zurück. Sie konnte nichts daran ändern, sie würde zu spät zu ihrer Verabredung mit Eleonore kommen.

Die breite Straße zog sich schier endlos in nördlicher Richtung dahin, gesäumt von immer prächtigeren Häusern, und die Nummern der Querstraßen hatten bald die siebzig erreicht. Endlich hielt die Droschke.

Paula hatte schon auf dem Schiff bemerkt, dass die Ehrenbergs reich waren, aber ein Haus dieser Größe hatte sie nicht erwartet. Es sah eher wie ein wahrhaftiges Schloss aus und glich den Gebäuden, die Paula von Bildern aus Venedig kannte. Die überladene Marmorfassade in blendendem Weiß hob sich von den umliegenden Häusern aus düsterem Sandstein ab. Eine große Freitreppe führte zu einem überdachten, von Säulen getragenen Eingang, zwischen den Fenstern der oberen Stockwerke sah sie Putten und Erker.

Niemals hätte sie ein derartiges Haus in Amerika erwartet. Es schien aus einem anderen Jahrhundert zu stammen. Es fiel aus der Zeit und aus dem Raum. Was für ein merkwürdiger Gegensatz zu der Geradlinigkeit und der Zweckmäßigkeit, die die Ehrenbergs auf dem Schiff an den Tag gelegt hatten, dachte sie. Oder lebten sie im Zuckerbäckerstil ihres Hauses ihren Hang zu Romantik und Geschichtsträchtigkeit aus, den sie sich beruflich nicht leisten konnten? Während Paula sich noch mit diesen Gedanken beschäftigte, wurde bereits die Tür geöffnet, ohne dass sie die Klingel gezogen hätte.

»Folgen Sie mir bitte in den rückwärtigen Garten«, sagte eine hübsche Hausangestellte. Bestimmt eine junge Irin, denn sie hatte rotes Haar und sehr helle Wimpern und Augenbrauen.

Sie durchquerten eine riesige dunkle Diele, die wohl als Salon diente. Vor dem größten Kamin, den Paula je gesehen hatte und in dem man ohne Probleme ein ganzes Schwein hätte braten können, standen fünf Sessel, die für sehr große Menschen gemacht zu sein schienen. Die Wände rechts und links neben dem Kamin hatte man mit grüner Seide bespannt, in die Jagdszenen eingewebt waren. Vor den Fenstern waren üppige Samtvorhänge drapiert, ebenfalls in Grün. Rechts und links gingen Türen zu weiteren Zimmern ab, vor den Räumen des ersten Stocks verlief ein Gang, aber die Treppe, die hinaufführte, konnte Paula nicht entdecken. Auf der anderen Seite der Halle ging es durch einen kleineren Raum mit einer weiteren Sitzgarnitur auf die Veranda hinaus, wo Eleonore ihr mit ausgestreckten Armen entgegenkam.

Auch hier draußen standen viel zu viele, viel zu große Möbel sowie ein Dutzend Palmen in riesigen Kübeln. Eleonore drängte Paula, sich auf eine gepolsterte Bank zu setzen, die an zwei Bändern wie eine große Schaukel aufgehängt war. Sie hatte so etwas noch nie zuvor gesehen.

»Nun erzählen Sie schon. Wie gefällt Ihnen unsere Stadt? Was haben Sie gemacht? Und wie laufen die Geschäfte?«, frage Eleonore, während sie selbst den Tee eingoss. Das Dienstmädchen hatte sie weggeschickt.

»Ich habe festgestellt, dass das Bier in New York nicht schmeckt, es ist wässrig und trüb«, entgegnete Paula.

»Tatsächlich? Na, das sind ja deutliche Worte. Mein Mann wird nicht gerade begeistert sein.« Eleonore zeigte ein feines Lächeln.

Paula ließ sich nicht beirren. »Na ja, ich war in verschiedenen Biergärten und Schankwirtschaften und habe jedes Mal ein Bier bestellt. Aber es schmeckt einfach nicht so, wie ein Bier schmecken sollte. Entweder wird dort gepanscht, oder die Wasserqualität ist schlecht, oder sie nehmen minderwertige Hefe oder Hopfen. Und das Bier, das Ihr Mann herstellt, habe ich noch nicht probiert«, fügte sie hinzu und lächelte ebenfalls.

»Sie sind ganz allein in diese Lokale gegangen?«, fragte Eleonore. »Wo denn?«

»Auf dem Broadway und ganz im Süden der Stadt.«

»Kindchen«, rief Eleonore aus. »Dorthin haben Sie sich getraut? Das ist doch keine Gegend für eine Dame!«

Paula fühlte sich unbehaglich. Eleonore würde nie verstehen, dass sie selbst in ähnlichen Vierteln gelebt hatte. Würde sie Paula auch einladen, wenn sie davon wüsste? Zum ersten Mal hatte sie das Gefühl, eine Rolle zu spielen, die ihr nicht zukam und die sie nicht ausfüllen konnte.

»Ich habe vorher schon darauf geachtet, in welcher Gegend ich mich befinde.«

Eleonore sah Paula zweifelnd an. Dann goss sie Tee nach und bemerkte dabei: »Nun, offensichtlich sind Sie heil aus der Sache herausgekommen. Sie sind wirklich eine außergewöhnlich mutige junge Frau.«

»Was für einen wunderschönen Garten Sie haben«, sagte Paula, um das Thema zu wechseln. »Er erinnert mich an einen der Parks in Hamburg. Oh, ist das dort etwa ein Pfau? Wie schön!«

»Kommen Sie, wir machen einen Spaziergang, dann zeige ich Ihnen alles«, sagte Eleonore. Sie führte Paula durch Alleen und an Buchsbaumhecken vorbei, zeigte ihr das Rosarium, in dem es betörend duftete, und die große Voliere. Sogar einen Tennisplatz gab es.

Als sie wieder auf die Terrasse zurückkamen, waren sie durstig geworden und tranken in großen Schlucken von dem Eiswasser, das mittlerweile serviert worden war.

»Wie sehen denn Ihre weiteren Pläne für den Aufenthalt hier aus?«, erkundigte sich Eleonore.

Paula war die Frage unangenehm. Sie mochte Eleonore sehr und hätte ihr gern von ihrer Familie erzählt, aber irgendetwas hielt sie davon ab. Diese Frau war so weit entfernt von allen Problemen, sie würde sie nicht verstehen, wenn sie von Bankrott und Waisenhaus berichtete.

»Nun ja, Sie kennen meine geschäftlichen Interessen. Ich bin auf der Suche nach einem Kooperationspartner hier in New York. Mich würde interessieren, wie in Amerika Bier gebraut wird.«

»Dabei werde ich Ihnen sehr gern behilflich sein.« Hugo Ehrenberg war unbemerkt aus dem Haus getreten. Er kniff die Augen gegen die Sonne zusammen. »Schön, Sie zu sehen. Eleonore sagte mir, Sie würden kommen. Herzlich willkommen in meinem Haus.« Er gab Paula die Hand, dann beugte er sich zu seiner Frau herunter und gab ihr einen Kuss auf die Stirn.

»Fräulein Klausner schmeckt unser amerikanisches Bier nicht.«

Ehrenberg sah sie verdutzt an. »Tatsächlich? Dann lassen Sie mich doch endlich mal Ihr berühmtes Janssen-Bier kosten. Ich habe die Warenlieferung immer noch nicht erhalten.«

»Aber ich habe sie doch abgeschickt. Gleich am Tag nach unserer Ankunft!« Paula dachte nach. »Die Fässer und Flaschen sind in einem Schuppen im Hafen eingelagert. Ich werde mich gleich nachher darum kümmern.« Sie lächelte kokett. »Da ist Ihnen etwas entgangen.«

Hugo Ehrenberg lachte. »Sie machen mir Spaß! Bringen Sie es doch einfach morgen mit. Wir sind doch für morgen früh verabredet? Und dass man Ihren Auftrag nicht ausgeführt hat, könnte daran liegen, dass Sie vergessen haben, dem richtigen Mann etwas zuzustecken.«

Paula wunderte sich. »Sie meinen Bestechung?«

Ehrenberg wiegte leicht den Kopf hin und her. »So würde ich es nicht nennen. Eher ein Trinkgeld, das einen Mann dazu bringt, einen Auftrag gleich und einen anderen später auszuführen.«

»Das werde ich mir merken«, sagte Paula.

»Wissen Sie was? Ich lasse Sie morgen früh um acht Uhr abholen, wir fahren am Hafen vorbei, und dann zeige ich Ihnen meine Brauerei. Einverstanden? Um Punkt acht.«

Paula nickte. »Vielen Dank. Ich werde pünktlich sein.« Sie stand auf, um sich zu verabschieden.

Eleonore brachte sie zur Tür.

»Es wird in den nächsten Tagen noch sehr viel heißer werden. Ich hoffe für Sie, dass Sie leichte Sommergarderobe mitgebracht haben?« Sie warf einen besorgten Blick auf Paulas rotes Kleid.

Sie hatte recht, es war viel zu warm. Paula nahm sich vor, in den nächsten Tagen einen Einkaufsbummel bei Bloomingdale's zu machen.

Auf dem Rückweg ins Hotel geriet sie in die Rushhour. Diese New Yorker Besonderheit hatte sie schon ein paar Mal am eigenen Leib erfahren. Die Kutsche kam nicht mehr vom Fleck, weil die Straße vor ihnen mit Fahrzeugen verstopft war. Der Kutscher wandte sich entschuldigend zu ihr um.

»Da vorne hat es einen Unfall gegeben. Wir können leider nicht weiterfahren, Miss.«

»Ich gehe den Rest des Wegs zu Fuß«, sagte sie und stieg aus. Sie seufzte, als sie aus der schattigen Kutsche hinaus in die Sonne trat. Kein Lüftchen bewegte sich, und es war unglaublich heiß. Der Himmel war zwar bedeckt, aber in der schwülen Hitze fühlte sie sich wie in einem Kochtopf.

Auch die Bürgersteige waren verstopft. Ein Strom von Menschen kam ihr entgegen, der sich einem Fischschwarm gleich bewegte. Am Anfang hatte Paula sich als störend in diesem Fluss empfunden, sie war den anderen im Weg, sie wich nicht schnell genug aus, mit ihrem hinkenden Bein stieß sie gegen andere Beine. Einmal hatte sie sogar aufgegeben, sich umgedreht und sich von dem Menschenstrom mitreißen lassen.

Auch heute schien es ihr unmöglich, gegen den Sog der vielen Menschen anzukommen, die gerade in Trauben das Gebäude einer Versicherung verließen. Ohne nachzudenken, verlagerte sie ihr Gewicht leicht auf die Seite, wenn ihr jemand entgegenkam, und die Person lächelte sie an und neigte sich zur Gegenseite, und man ging aneinander vorüber, ohne sich anzurempeln. Als Paula das bewusst wurde, hatte sie das Gefühl, die erste Hürde in diesem Land genommen zu haben.

Die Hollywood-Juden glaubten an den amerikanischen Traum; und nicht nur das. Sie wollten ihn auf keinen Fall scheitern sehen, also machten sie sich, ebenso verzweifelt wie erfolgreich, daran, den Nachweis zu erbringen, dass er überleben wird.

Hy Kraft, Drehbuchautor

17

»Ich wollte es mir doch nicht nehmen lassen, Sie persönlich zu kutschieren!«

Pünktlich um acht Uhr morgens und mit formvollendetem Schwung zog Hugo Ehrenberg seinen Zylinder und reichte Paula den Arm, um ihr in sein Automobil zu helfen. Der Einstieg war etwas hoch, und Paula konnte nicht verhindern, dass ihr krankes Bein einen komischen Schlenker machte. Sie versuchte es zu überspielen, indem sie sagte: »Wo ist denn das Pferd, das uns zieht?«

Ehrenberg lachte. »Sie sind wohl noch nie mit einem Automobil gefahren?«, fragte er, während er aufpasste, dass sie auch bequem saß. Dann räusperte er sich.

»Kinderlähmung?«, fragte er ernst.

Paula nickte. »Aber woher wissen Sie das?«

»Hat mein Bruder auch gehabt. Schreckliche Sache, er ist daran gestorben, als er zwanzig war. Aber es passt zu Ihnen, dass Sie mit dieser verfluchten Krankheit fertigwerden. Sie machen das verdammt gut, wenn Sie meine Ausdrucksweise entschuldigen.« Er lächelte sie an. »So, dann hätten wir das geklärt. Nun zu meinem Auto: Ich glaube, ich besitze eines der ersten Modelle in New York. Ich habe meinen Benz aus Europa mitgebracht. Passen Sie auf, jetzt werden Sie etwas erleben!« Er startete den Motor und setzte sich hinter das Steuer. »Halten Sie sich fest!«, rief er übermütig.

Etwas erleben? Paula wusste nicht genau, was Ehrenberg

damit meinte. Dachte er an die rasante Autofahrt unter ständigem Knallen und Bocken des Motors, die ihr anfangs Angst einjagte? Oder an die fassungslosen Gesichter und schrillen Angstschreie der Menschen auf den Straßen, die glaubten, eine Maschine direkt aus der Hölle vor sich zu haben? Wie ein Verrückter betätigte Ehrenberg eine quäkende Hupe, um die Fußgänger aus dem Weg zu scheuchen.

Nach einer Weile fasste sich Paula aber und begann, die seltsame Fahrt und die öffentliche Aufmerksamkeit zu genießen, allerdings nicht in dem Maße wie ihr Fahrer. Ehrenberg saß neben ihr und lachte gerade aus vollem Halse, weil er einem Schutzmann davonfuhr, der ihn mit schrillen Tönen aus seiner Trillerpfeife zum Anhalten aufforderte.

Paula ließ ihren Blick auf Hugo Ehrenberg ruhen und wunderte sich über das ungleiche Paar. Ehrenberg war von ganz anderem Schlag als seine Frau. Er war zwar bodenständig, zeigte aber trotzdem seinen Reichtum, der ihm die Freiheit gab, auf die amerikanischen Gepflogenheiten zu pfeifen, obwohl er sie seit dreißig Jahren kannte. Er trug teure, aber unmodische Anzüge und nannte seine Frau in der Öffentlichkeit »Schätzchen«. Er bestellte in piekfeinen Restaurants Bier. Und er hatte die, wie Paula fand, liebenswerte Eigenschaft zu lispeln, wenn er nervös wurde oder sich aufregte. Paula verstand sich ausgezeichnet mit ihm, und sie mochte ihn. In einigen Charakterzügen erinnerte er sie an ihren Vater.

Zuerst steuerten sie ein großes Lagerhaus in der Nähe der Piers an.

»Lassen Sie mich das machen«, sagte Ehrenberg und streckte die Hand nach den Papieren aus, die Paula aus ihrer roten Aktentasche zog.

Paula sah ihm nach, wie er mit schweren Schritten auf das Lagerhaus zuging. Schon nach wenigen Minuten war er zurück, gefolgt von einem Arbeiter, der auf einer Sackkarre zwei kleine Fässer Exportbier beförderte.

»Bin ich froh, dass Sie wieder da sind«, rief sie. Das Automobil wurde mittlerweile nämlich von Neugierigen umringt, die staunend den glänzenden Lack berührten. Und Paula Fragen nach der Funktion stellten, die sie beim besten Willen nicht beantworten konnte.

»Wie haben Sie das so schnell bewerkstelligt?«, fragte sie.

Ehrenberg rieb Daumen und Zeigefinger aneinander. »Hab ich Ihnen doch gesagt! Übrigens: Der Rest Ihrer Waren ist sicher verstaut. Und wenn Sie was davon brauchen, wenden Sie sich an Henry Johnson hier. Er weiß Bescheid.« Wieder machte er die Bewegung von Daumen und Zeigefinger. »Es kommt doch alles auf die innere Einstellung, auf den Charakter und die Willenskraft an«, rief er aus, als sie weiterfuhren. »Der Tüchtige wird es immer zu etwas bringen, mit etwas Glück und einer Portion Skrupellosigkeit. Erben kann jeder«, sagte er und lächelte sie verschmitzt von der Seite an.

Paula lehnte sich in ihrem Sitz zurück und genoss die Fahrt in vollen Zügen. Wenn Ehrenberg wüsste, wie sehr sie ihm zustimmte! Es war keine Schande, zu fallen, wenn man nur wieder aufstand und es von Neuem versuchte. Ehrenberg würde ihren Vater nicht für seinen Bankrott verurteilen. Er wusste, dass solche Dinge passieren konnten, und nahm sie sportlich. Nur aufgeben durfte man nicht. Sie schenkte ihrem Fahrer ein strahlendes Lächeln und strich sich eine Haarsträhne aus dem Gesicht.

Es störte sie nicht, dass ihre sorgfältig zu einem Knoten zusammengefasste Frisur verrutscht war. Sie hielt ihr Gesicht in den Fahrtwind, der ein bisschen Kühlung brachte. Über Nacht war es beinahe unerträglich heiß geworden, genau wie Eleonore es vorausgesagt hatte. Paula hätte noch stundenlang so weiterfahren können, bis an die Strände des Atlantischen Ozeans, aber nach einer Fahrt von gut zwanzig Minuten fuhr Hugo Ehrenberg durch das Tor eines großen Fabrikgeländes.

Mehrere dreistöckige Backsteingebäude erhoben sich dort, zwei Schornsteine ragten empor. Paula roch den typischen Geruch von Hopfen und Maische.

»Das ist die Ehrenberg-Brauerei?«, fragte sie. »So groß?«

»Was haben Sie denn gedacht?« Ehrenberg hielt mit dem Wagen auf eines der Gebäude zu. Ein Portier salutierte.

Das Gelände war nicht sehr dicht bebaut, und es gab sogar noch Bäume und Sträucher.

»Vor ein paar Jahren hat an diesem Platz noch pure Wildnis geherrscht«, sagte Ehrenberg, als sie die Fabrikhalle betraten.

Paula hatte noch nie so moderne Produktionsanlagen gesehen. Man hatte so viele Arbeitsschritte wie möglich automatisiert. Hier musste niemand die Sudkessel mit der Hand ausleeren und die Temperatur mühsam per Hand einstellen. Die einzelnen Kessel waren meterhoch. Der Lärm in der Abfüllanlage, in der die Flaschen gegeneinanderklirrten, war abenteuerlich. Im angrenzenden Raum standen einige Dutzend Frauen an langen Tischen und brachten Leim und die Etiketten auf die Flaschen auf. Junge Burschen stellten die Flaschen dann in Holzgebinde und transportierten sie auf einem mechanischen Förderband in eine weitere Halle, die groß genug war, dass Pferdegespanne dort wenden konnten. Von hier aus wurde das Bier in der Stadt verteilt.

Das mit den Frauen wollte Paula sich merken. Frauenhände waren schneller und genauer, um die Etiketten aufzukleben. Und so ein Förderband würde in Hamburg den Weg der Fässer und Krüge von den hinteren Lagern bis an die Straße doch sehr vereinfachen … In Gedanken machte sie sich eine Notiz für Alma.

Nachdem sie alles besichtigt hatten, saßen sie in Hugo Ehrenbergs Büro. An der Wand hing ein Foto des deutschen Kaisers neben dem des amerikanischen Präsidenten.

»Wir haben im letzten Jahr vierzigtausend Hektoliter ausgeliefert«, sagte Ehrenberg. »Noch mehr geht nicht, ohne dass wir die Produktionsanlagen noch einmal vergrößern. Wir arbeiten jetzt schon in drei Schichten.« Er lehnte sich in seinem Chefsessel zurück und verschränkte die Finger vor dem mächtigen Bauch. »Und nun erzählen Sie mir mal: Wie wollen Sie dagegen«, er wies mit dem Arm auf die riesigen Kupferkessel, die durch eine Glaswand von seinem Büro aus sichtbar waren, »wie wollen Sie dagegen ankommen, mit Ihrem Hamburger Bier? Wollen Sie alles per Schiff hierherbringen? Die Transportkosten würden Sie auffressen.«

Diese Frage hatte Paula erwartet, und sie hatte lange darüber nachgedacht. Sie holte tief Luft und verblüffte Ehrenberg dann mit ihrer Idee.

»Die einzige Möglichkeit liegt darin, eine Marke zu schaffen. Und einen Markt. Die Leute kaufen doch auch teure Weine, um etwas Besseres zu trinken als die große Masse. Warum sollte das nicht auch bei Bier möglich sein? Echtes deutsches Bier direkt aus Hamburg importiert! Mit dem unverwechselbaren Geschmack der alten Heimat. Auf den Etiketten wären berühmte Stadtansichten zu sehen, der Hamburger Hafen oder das neue Rathaus, die Alster oder Hagenbecks Tierpark. Etwas, das beim Käufer Sehnsucht und Erinnerungen weckt. Wir müssen bei den Kunden einen Appetit wecken, von dem sie bisher noch gar nichts wussten.« Der letzte Aspekt war ihr erst beim Sprechen gekommen.

Ehrenbergs Interesse war geweckt, das spürte Paula. Das Gespräch fing an, ihr Spaß zu machen.

»Darf ich um ein Glas Wasser bitten?«, fragte sie.

»Aber gern, natürlich!« Ehrenberg wollte ihr aus einer Karaffe einschenken.

»Bitte, ich hätte gern Wasser direkt aus der Leitung.«

Er drückte einen Knopf auf seinem Schreibtisch, und eine

Sekretärin erschien augenblicklich, als hätte sie schon hinter der Tür gewartet.

»Bitte ein Glas Leitungswasser für meinen Gast.«

Kurz darauf kam sie mit einem kleinen Tablett zurück, auf dem zwei Gläser standen.

Paula nahm einen Schluck und verzog das Gesicht. Das Wasser schmeckte leicht modrig und war viel zu hart, damit hatte sie gerechnet.

»Damit brauen Sie Ihr Bier?«

Ehrenberg lachte. »Etwas anderes gibt es hier nicht.«

»Sehen Sie«, sagte Paula und lächelte versonnen.

Ehrenberg sagte für eine ganze Weile nichts. Er überlegte, das war unübersehbar. Dann räusperte er sich.

»Nun lassen Sie mal die Katze aus dem Sack. Sie führen etwas im Schilde, und ich habe das komische Gefühl, dass es etwas mit mir zu tun hat. Also, was ist es?«

»Wie Sie wollen«, begann Paula. Jetzt setzte sie alles auf eine Karte. Bisher hatte sie sich selten in ihrer Meinung über andere Menschen getäuscht – wenn man von Julian Frenzen absah, aber den Gedanken an ihn schob sie energisch zur Seite –, und sie war immer gut damit gefahren, wenn sie sich wohlmeinenden Älteren anvertraut hatte. Sie glaubte, auch Ehrenberg trauen zu können. Er war grundehrlich und konnte niemandem etwas zuleide tun, den er in sein Herz geschlossen hatte. Er hatte Mitleid wegen ihres lahmen Beines und empfand gleichzeitig Hochachtung für ihren Mut.

Noch etwas hatte Paula bei Ehrenberg entdeckt: Abenteuerlust, die Freude am Risiko. Sie hob das Glas, aus dem sie eben getrunken hatte.

»Das ist das Wasser, mit dem Sie Ihr Bier brauen.«

Ehrenberg nickte.

»Es schmeckt nicht.«

»Das sagten Sie bereits.«

»Gibt es keine Möglichkeit, anderes Wasser zu bekommen?«

»Woher zum Beispiel?«

»Haben Sie einmal daran gedacht, einen Tiefenbrunnen zu bohren? Das Wasser ist meistens reiner und geschmacksneutraler. In Deutschland haben wir damit gute Erfahrungen gemacht.«

Ehrenberg sah sie verblüfft an. »Also, das ist doch …« Das kleine Lispeln schlich sich in seine Aussprache. Dann breitete sich ein Grinsen in seinem Gesicht aus, und an dem lustvollen Flackern in seinen Augen erkannte Paula, dass er angebissen hatte. Er überlegte nur einen Augenblick.

»Warum versuchen Sie, mein Bier besser zu machen?«

»Weil ich vielleicht einen, wie sagt man hier, einen Job brauche.«

Ehrenberg stand auf und streckte ihr die Hand hin. »Den haben Sie. Wann immer Sie ihn wollen.«

Paula zupfte mit bedächtigen Bewegungen an jedem einzelnen Finger ihres Spitzenhandschuhs, um ihn abzustreifen. Dann stand sie ebenfalls auf und reichte Hugo Ehrenberg die Hand, um ihre Verabredung zu besiegeln. Sie setzte dazu das distanzierte Lächeln ihrer Mutter auf, das sie in den letzten Wochen perfektioniert hatte.

»Das haben Sie von Anfang an geplant, nicht wahr?«, sagte Ehrenberg.

»Ich wusste, dass Sie an einem guten Geschäft interessiert sind«, antwortete Paula.

»Und jetzt«, sie kippte den Rest Wasser aus ihrem Glas in den Topf einer großen Zimmerpflanze neben ihrem Stuhl, »jetzt trinken wir beide ein gutes Hamburger Janssen-Bier.«

Am Nachmittag dieses Tages traf sie sich mit Mr. Waterhouse von der Detektei Pinkerton. Er war ein unangenehmer Mensch mit einem pockennarbigen Gesicht und aufgesetzter Freundlichkeit. Als er sie, nach einem langen Blick auf ihr Bein, fragte, ob sie sicher sei, dass auch ihre Eltern sie wiedersehen wollten, stand sie ohne ein Wort auf und ließ ihn in der Lobby sitzen.

»Sie wollen doch wohl nicht etwa ins Untergeschoss?«, fragte Eleonore und sah Paula mit großen Augen an. »Dort werden nur Ausschussware und Modelle der letzten Saison angeboten. Kommen Sie!« Energisch zog sie Paula am Ellenbogen mit sich, auf den Aufzug zu.

Sie tippte ungeduldig mit dem Fuß auf, als die junge Negerin, die den Fahrstuhl bediente, nicht gleich die Türen schloss, sondern auf eine junge Frau wartete, die sich mit einem Kind an der Hand näherte.

In der ersten Etage, wo die Modellkleider hingen, eilte sie zielstrebig auf eine Verkäuferin zu. Diese wandte sich ihr sofort zu, obwohl sie sich gerade um eine andere Kundin kümmerte.

»Mrs. Ehrenberg, ich bin sofort für Sie da.« Sie winkte einer Kollegin, die die andere Kundin weiter bediente.

Paula betrachtete alles mit einiger Verwunderung. Eleonore sprach mit der Verkäuferin auch ganz anders, als sie es sonst tat. Sie benutzte einfachere Wörter und Sätze, als würde sie mit einem Kind reden. Ihre ganze Haltung strahlte eine Überheblichkeit aus, die Paula unangenehm war.

Eleonore lehnte alle Kleider, die die Verkäuferin brachte, mit einer wegwerfenden Handbewegung ab. Während die Verkäuferin hin und her eilte, saßen Eleonore und Paula in bequemen Sesseln, ein Glas Eiswasser vor sich. »Zu altmodisch, zu lang, viel zu viele Falten, die falsche Farbe.« An jedem Kleid hatte sie etwas auszusetzen. Irgendwann reichte es Paula. Wieso nur hatte sie sich darauf eingelassen, als Eleonore vorschlug, ihr bei der Kleidersuche behilflich zu sein? Aber sie hatte darauf bestanden, Paula jetzt, wo sie und ihr Mann so etwas wie Geschäftspartner waren, »anständig« auszustatten.

»Eleonore, entschuldigen Sie, aber *ich* will doch ein Kleid kaufen, und ich fand das letzte sehr schön. Ich weiß, dass mir korallenrot steht. Außerdem habe ich mich vor meiner Abreise in Hamburg neu eingekleidet«, fügte sie mit einem leicht beleidigten Unterton hinzu.

Die Verkäuferin warf ihr einen dankbaren Blick zu.

Eleonore sah sie in aller Unschuld an. »Aber Sie konnten doch gar nicht wissen, was man in diesem Sommer in New York trägt!«

Paula schämte sich, weil sie nicht den Mut fand zu sagen, dass ihr die Kleider viel zu teuer waren. Sie hätte sie sich leisten können, aber es widerstrebte ihr einfach, für ein paar Kleider, die sie im Grunde nicht brauchte, Almas Geld zu verpulvern. Schließlich nahm sie ein pfirsichfarbenes Kleid aus leichter Baumwolle und einen dazu passenden Hut, der ihr knapp auf dem Kopf saß und nur über der Stirn eine große Krempe hatte.

»Ja, wollen Sie denn nur eines?«, fragte Eleonore.

Paula lächelte sie liebenswürdig an. »Ich muss doch erst einmal ausprobieren, wie ich mich in einem New Yorker Kleid fühle.«

Vor ihrem Hotel hatte sich ein älterer Mann auf die Stufen gesetzt, um ein wenig auszuruhen. Seine ungewöhnliche Kleidung verriet, dass es sich um einen kürzlich angekommenen Einwanderer handeln musste. Müde nahm er den groben Filzhut ab und strich sich das schweißverklebte Haar aus der Stirn. Sofort kam der Portier herbeigerannt und jagte ihn weg. Er rief ihm etwas nach, das Paula nicht verstehen konnte, aber dem Ton nach war es eine Beschimpfung. Er lächelte Paula komplizenhaft an. »Wir wollen uns doch nicht den Tag verderben lassen.«

Bereits zum zweiten Mal an diesem Tag sagte Paula nichts, obwohl ihr eine scharfe Bemerkung auf der Zunge lag.

So viel hatte sie schon gelernt, seit sie in der Stadt war: Es war ungeheuer wichtig, wer man war und wie viel Geld man hatte. Es gab für jede gesellschaftliche Schicht besondere Umgangsformen, eine eigene Kleiderordnung, eigene Stadtviertel und Theater. Unsichtbare, von allen respektierte Grenzen liefen durch New York. Ein Ire aus der Lower East Side hatte seine Sprache und las seine Zeitung, er würde niemals in ein Varieté auf dem Broadway gehen, und wenn er sich in die besseren Viertel verirrte, wurde er garantiert verjagt. Die einfachen Leute, die hier in den Häusern und Fabriken der Reichen arbeiteten, gingen diskret durch den Hintereingang. Und obwohl es keine Aristokratie gab und alle Amerikaner nach den Buchstaben des Gesetzes gleich waren, versuchten die, die es sich leisten konnten, sich von der großen Masse abzuheben. Daher ihre verzückte Begeisterung für alles, was europäisch war, für Häuser im italienischen Renaissancestil und europäische Manieren. Was sie alle einte, war ein ungeheurer Patriotismus.

Eleonore war derart in ihrer sozialen Schicht gefangen, dass sie außerstande war zu begreifen, dass ihre Haltung gegenüber Verkäuferinnen, Einwanderern und Negern nichts anderes als Herablassung war. »Aber ich liebe doch all diese Menschen!«, sagte sie auf eine höchst aufreizende Weise. »Schließlich geben wir ihnen Arbeit und Brot.«

Paula begann sich in ihrer Gegenwart unwohl zu fühlen. Sie hatte zunehmend das Gefühl, ihre Eltern zu verraten, indem sie sich mit Eleonore gemein machte. Als Eleonore bei einem Caféhausbesuch eine Serviererin von oben herab belehrte, wie sie den Tee anzurichten habe, konnte Paula nicht länger schweigen.

»Sie haben ein völlig falschen Bild von mir«, platzte sie heraus, sobald die Bedienung gegangen war. »Sie halten mich für jemanden, der ich nicht bin. Ich gehöre nicht zu Ihrer gesellschaftlichen Schicht. Ich bin in Hamburg im

Waisenhaus gewesen, und meine Eltern sind hier irgendwo in New York, und ich weiß nicht mehr, wo ich sie noch suchen soll. Es ist gut möglich, dass meine Schwester auch irgendwo als Serviererin arbeitet. Ich möchte nicht, dass auch sie so behandelt wird.« Sie stand auf und nahm ihre Tasche. Sie wandte sich zum Gehen, doch Eleonore hielt sie am Ärmel fest.

»Setzen Sie sich wieder hin«, sagte sie mit resoluter Stimme. »Sie erzählen mir jetzt alles.«

Am Abend darauf folgte Paula Eleonore in ein großes Apartmenthaus in der Nähe des Central Park. Beide trugen große Hüte mit Schleiern vor dem Gesicht, damit sie nicht erkannt wurden.

Paula hatte anfangs gezögert, ihre Geschichte preiszugeben. Aber Eleonores Bestürzung, als sie von ihrer verschwundenen Familie erzählte hatte, war echt gewesen. Es war Paula nicht leichtgefallen, von der Weichherzigkeit ihrer Mutter zu berichten, von dem Stolz, den sie für ihren Vater hegte, von der zärtlichen Liebe für ihre Schwestern. Zum ersten Mal sprach sie laut aus, was sie schon lange dachte: dass sie die Hoffnung auf ein Wiedersehen schon beinahe aufgegeben hatte.

Eleonore legte ihre Hand auf Paulas Unterarm und sagte: »Ich weiß einen Weg, wie wir Ihre Eltern finden können. Vertrauen Sie mir.«

Und so war sie in diesen langen Hausflur geraten, in dem nur spärlich Gaslichter brannten. Ganz am Ende öffnete sich eine Tür, aus der Wohnung drang unterdrücktes Geflüster. Ein Hausmädchen führte sie in einen großen Raum, der bis auf einen langen Tisch mit darum angeordneten Stühlen leer war. Die Fenster waren verhängt, und im Raum herrschte eine stickige Wärme. Es waren ungefähr zehn Personen anwesend, darunter aber nur zwei Männer. Alle saßen bereits, und nur zwei Stühle waren noch frei. Man murmelte Begrüßungen, ohne den Kopf zu heben. Die anderen Frauen hatten die Gesichter ebenfalls unter Hüten und Schleiern verborgen, die beiden Männer trugen Augenmasken.

»Wo sind wir hier?«, flüsterte Paula Eleonore zu, die sie auf einen der freien Plätze am Tisch schob. Sie holte einen Zettel aus ihrer Handtasche und übergab ihn zusammen mit einem Geldschein einer Frau, die am Kopfende saß und den Mittelpunkt der Gesellschaft bildete. Sie hatte einen dunklen, olivfarbenen Teint, und ihre Lippen waren auf groteske Weise dunkelrot geschminkt. Mit gerunzelter Stirn las sie den Zettel. Dann legte sie das Geld und das Papier in eine mit Edelsteinen besetzte kleine Schatulle, die aussah, als käme sie direkt aus dem Morgenland. Die geschminkte Mulattin musste die Hausherrin sein, sie hatte ihr Gesicht als Einzige nicht verborgen.

Eleonore setzte sich neben Paula.

Die Mulattin führte den Zeigefinger an die Lippen. »Psst! Ich bitte um äußerste Konzentration!«, sagte sie in einem singenden Ton, der Paula an den Pfarrer in der Kirche erinnerte. Das Licht wurde gelöscht, und der Raum lag fast im Dunkeln, nur eine einzelne Kerze flackerte in der Mitte des Tisches und ließ die Gesichter der Umsitzenden gespenstisch aufleuchten. Die rot geschminkten Lippen der Hausherrin glänzten wie Blut. Paula fühlte, wie Eleonore nach ihrer linken Hand griff, gleichzeitig wurde ihre Rechte von der Frau auf der anderen Seite gepackt.

»Nicht loslassen, was auch geschieht!«, befahl die geschminkte Frau.

Die nächste Stunde erschien Paula wie ein schlechter Traum. Sie hatte davon gehört, dass es so etwas wie spiritistische Sitzungen gab, in denen versucht wurde, mit den Toten in Kontakt zu treten, aber sie hätte nicht für möglich gehalten, selbst jemals an einer Séance teilzunehmen. Die Mulattin war das Medium und leierte mit monotoner Stimme immer wieder dieselben Worte herunter: »Wenn du da bist, dann erlöse uns. Gib uns ein Zeichen.« Dabei rief sie die Namen, die man ihr auf den Zetteln genannt hatte. Es geschah nichts. Paula merkte, dass ihre rechte Hand mittlerweile schweißnass war, weil ihre Nachbarin offensichtlich schwitzte. Eleonores parfümierte Hand blieb angenehm trocken und kühl.

In der stickigen, duftgeschwängerten Luft und der Dunkelheit fielen Paula die Augen zu. Der Singsang ließ ihre Gedanken abschweifen. Sie erschrak heftig, als sie den Namen ihrer Mutter hörte. Eleonore musste ihn auf den Zettel geschrieben haben.

»Sophie-Luise Klausner, wenn du da bist, dann erlöse uns. Gib uns ein Zeichen!«

Plötzlich erlosch die Kerze, und der Raum lag in absoluter Finsternis. Gleichzeitig hob sich der Tisch einige Zentimeter an und setzte mit einem dumpfen Geräusch wieder auf dem Boden auf. Es hörte sich an, als würde jemand klopfen. Einmal, zweimal, dreimal. Einzelne spitze Schreie waren zu hören und tiefe Seufzer. Stoff raschelte. Die Frau neben Paula presste ihre Hand vor Erregung so fest, dass es wehtat.

»Sophie-Luise Klausner, geht es dir gut, dort, wo du bist? Gib uns ein Zeichen«, murmelte die Stimme des Mediums wie aus weiter Ferne.

Unter Paulas Händen hob sich der Tisch erneut. Sie nahm eine sachte Bewegung unter dem Tisch wahr. Wie zufällig berührte ein Bein das ihre. Sie wollte es nicht glauben, aber da rieb jemand tatsächlich seinen Unterschenkel an ihrem, und jetzt drängte sich ein Fuß zwischen ihre Knie. Sie erinnerte sich an den Mann mit der schwarzen Augenmaske, der ihr gegenüber am Tisch saß. Die Empörung nahm ihr beinahe den Atem. Sie ließ ihr linkes Bein mit aller Kraft nach vorn schnellen und hörte, wie jemand schmerzhaft die Luft einsog und unterdrückt fluchte. Unter dem Tisch fiel etwas zu Boden, wahrscheinlich ein Herrenschuh. Laute des Unmuts erhoben sich, eine Frau begann zu schluchzen, jemand ließ die Hand seiner Nachbarin los, der Kreis war unterbrochen, Kerzen wurden angezündet. Paula musterte abschätzig den Mann ihr gegenüber, der eine Hand unter dem Tisch hatte und sich wahrscheinlich sein schmerzendes Schienbein rieb. Die Mulattin erhob sich.

»Der Kontakt ist abgerissen«, sagte sie vorwurfsvoll.

Paula stand ebenfalls auf. »Und meine Mutter ist nicht tot«, sagte sie laut und deutlich und verließ den Raum, ohne auf Eleonore zu warten.

»Na gut, aber einen Versuch war es doch wert!«, meinte Eleonore zu Paula. Sie war am nächsten Morgen ins Hotel gekommen, um sich bei Paula zu entschuldigen. »Und es ist doch wirklich eine ganz besondere Erfahrung.«

»Glauben Sie wirklich an diesen Hokuspokus?«, fragte Paula. Das passte so wenig zu Eleonores sonstiger Art.

»Es gibt natürlich auch andere Möglichkeiten. Zum Beispiel das Sankt-Raphaels-Werk bei Castle Garden, eine Hilfsorganisation, die sich um katholische Einwanderer kümmert.«

Paulas Antwort war knapp. »Meine Familie ist protestantisch. Aber ich werde trotzdem hingehen und sie fragen, ob es noch andere Organisationen dieser Art gibt.«

Vielleicht hatte Eleonore ein schlechtes Gewissen. Jedenfalls machte sie weitere Vorschläge. »Haben Sie mal daran gedacht, ein Detektivbüro zu beauftragen? Kennen Sie die Agentur Pinkerton? Sie haben schon spektakuläre Fälle gelöst, Entführungen und solche Dinge.«

Paula schnaubte. »Das Vergnügen hatte ich bereits.«

Eleonore sah sie nachdenklich an. »Wir könnten uns an Mr. Miller wenden, den wir auf dem Schiff getroffen haben. Hat er nicht gesagt, er sei bei der Stadtverwaltung?«

Paula hob den Kopf. »Das ist endlich mal eine gute Idee«, sagte sie. »Ich werde ihm schreiben.«

»Und wissen Sie, was ich tun werde? Ich gehe nach Tammany Hall, und zwar heute noch!«

Paula sah sie verständnislos an. »Tammany Hall?«

Eleonore hob die Arme und ließ sie wieder sinken. »Sie haben recht, so etwas gibt es wohl nur in New York. Das Gebäude von Tammany Hall ist in der vierzehnten Straße, in der Nähe des Union Square. Aber was diese Organisation eigentlich ist, kann ich Ihnen auch nicht wirklich sagen. Sie ist alles und nichts: eine Parteizentrale, die faktische Stadtverwaltung, eine Wahlmaschinerie und die größtmögliche Ansammlung von korrupten Beamten. Auf jeden Fall geht in New York nichts ohne sie. Ich kenne dort einige Leute, die uns vielleicht behilflich sein können.«

»Uns?«

Eleonore senkte kurz den Kopf und sah zerknirscht aus. Aber nur für ein paar Sekunden. Dann schenkte sie Paula ein unwiderstehliches Lächeln. »Ich habe, glaube ich, etwas gutzumachen.«

Gegen ihren Willen lachte Paula. Man konnte Eleonore einfach nicht lange böse sein.

Paula verlagerte ihre Rundgänge in das nördliche Manhattan, dorthin, wo die Ehrenbergs wohnten. Der Kutscher, der sie fuhr, war Schwabe und gab ihr ungefragt Auskunft: »Man muss es sich schon leisten können, hier zu wohnen. Hier direkt gegenüber dem Central Park stehen die großen Prachtvillen, die Mansions.«

»Ich will dahin, wo die kleinen Leute wohnen«, befahl Paula, »die Deutschen.«

Er fuhr die vierundsiebzigste Straße in Richtung Osten, dann nach Norden und die sechsundachtzigste wieder nach Westen. Die Mietshäuser hier waren neuer und stattlicher als in der Lower East Side. Als hätte er ihre Gedanken erraten, sagte der Kutscher:

»Wir haben jetzt einmal Kleindeutschland umfahren. Einige der Häuser sind schon nach den neuen Bestimmungen gebaut. Sie müssen Innentoiletten und fließendes Wasser haben und vor allem die Brandschutzbestimmungen einhalten. Manche verfügen sogar über Dampfheizung und Fahrstühle. Hier leben viele unserer Landsleute. Wer immer es sich leisten kann, zieht hierher. Sehen Sie nur die Namen der Bäcker und Schlachter: fast alles Deutsche. Viele arbeiten aber auch in den umliegenden Brauereien.« Er drehte sich lachend zu ihr um. »Wer hier lebt, der hat's geschafft!«

»Wo wohnen Sie?«, fragte Paula. »Auch hier in Yorkville?«

»Ich arbeite noch dran, aber wenn mein Großer aus der Schule kommt und mitverdient, dann ziehen wir um. Tammany wird uns helfen, ich habe schon mit ihnen gesprochen.«

Schon wieder dieses Wort, dachte Paula und fragte: »Tammany?«

»Die sollten Sie sich merken, wenn Sie Hilfe brauchen. Die sind die Einzigen, für die wir kleinen Leute zählen. Wenn Sie krank sind oder aus Ihrer Wohnung fliegen, wenn Sie einen Job brauchen oder frisch angekommen sind und nicht wissen, wohin: Tammany hilft Ihnen. Ohne Tammany hätten meine Kinder in den letzten Jahren zu Weihnachten nichts zu beißen gehabt. Die haben jedes Jahr einen Truthahn und einen Sack Kohlen vorbeigebracht. Und was meinen Sie, wer mir zu dieser Kutsche verholfen hat?«

»Sie haben sie Ihnen geschenkt?« Paula machte große Augen.

Der Mann wieherte vor Lachen. »Wo denken Sie hin? Sie geben mir Kredit, und ich wähle sie!«

»Kennen Sie zufällig einen deutschen Ofenbauer?«

»Nein, wieso? Ist Ihnen etwa kalt?« Wieder erklang sein

wieherndes Lachen, und Paula glaubte, dass er sie für ein wenig einfältig hielt. »Da vorn gibt es übrigens einen Laden, der echtes Lübecker Marzipan verkauft. Soll ich sie dort absetzen?«

Paula nickte.

Den ganzen Nachmittag lief sie die sechsundachtzigste Straße und die Seitenstraßen ab. Wie immer ging sie in jedes einzelne Geschäft und fragte nach ihrer Familie. Die Leute waren hilfsbereit, manchmal ein wenig verwundert, aber von einer Familie Klausner hatte niemand je gehört. In einer Nebenstraße entdeckte sie eine protestantische Kirche. Das Gebäude war noch relativ neu. Sie ging hinein und setzte sich in eine leere Bank. Die Kühle des Holzes tat ihr gut, und sie schloss für einen Moment die Augen. Dann erhob sie sich und suchte das Büro des Pfarrers. Sie schilderte ihm ihr Anliegen. Der Pfarrer war noch sehr jung. Er wollte ihr wirklich helfen, konnte es aber nicht. Er lud sie zu einem Picknick ein, das seine Gemeinde veranstalten wollte. Paula bedankte sich und ging. Mutlos und erschöpft kehrte sie in ihr Hotel zurück.

Dort warteten gleich zwei Briefe auf sie. Alma schrieb, in Hamburg sei alles in Ordnung, in der Brauerei laufe alles bestens, sie habe einen jungen Kontoristen eingestellt, bis Paula wieder da sei. Und Hans sei bei ihr gewesen, sie hätten lange von ihr, Paula, gesprochen, er lasse sie herzlich grüßen. »Ich glaube, Hans macht sich nichts aus Briefeschreiben«, sagte Paula plötzlich laut und erschrak über ihre eigene Stimme. »Meine Güte, jetzt rede ich vor lauter Einsamkeit schon mit mir selbst.« Sie nahm den Brief wieder zur Hand. In einem letzten Absatz schrieb Alma, dass Erwin Suder von der Verwaltung des Waisenhauses zurückgetreten sei. »Ich nehme das als gutes Zeichen«, schrieb sie. »Ich glaube, um diesen Mann müssen wir uns keine Sorgen mehr machen.«

Paula nickte erleichtert. Sie hatte Alma im Verdacht, dem Rücktritt Suders irgendwie nachgeholfen zu haben, und beschloss, ihr zu schreiben und sie danach zu fragen.

Der andere Brief war von Fanny. Sie berichtete von Leas Fortschritten und davon, dass ihr Bauch immer dicker wurde. »Denk daran, du hast versprochen, bis zur Geburt zurück zu sein!« In keinem der Briefe fand sie ein Wort über Julian Frenzen.

Es war Mitte Juli geworden. An diesem Tag hatte die Hitze auf den Straßen sie beinahe umgebracht. Wieder war sie stundenlang umhergelaufen. Sie hatte sich auf der Straße bei einem Konstabler nach einer Familie Klausner erkundigt, doch der Polizist antwortete ihr in einem derartigen Kauderwelsch, dass sie kaum ein Wort verstand. Sie hatte sich nicht die Mühe gemacht, noch einmal zu fragen. Sie hatte längst eingesehen, dass sie auf diesem Weg ihre Eltern nie finden würde.

Und auch Eleonore hatte schlechte Nachrichten für sie. In Tammany Hall hatte ihr niemand helfen können. Keiner dort kannte eine Familie Klausner, obwohl man die Akten der Polizeidirektion eingesehen und sogar eine Befragung auf allen derzeitigen städtischen Baustellen durchgeführt hatte. Eleonore erwähnte nicht, dass viele Geldscheine in zahllose Hände gewechselt waren, um diese Auskünfte zu bekommen.

Paula war zutiefst niedergeschlagen. Als sie im Hotel ankam, hatte sie rasende Kopfschmerzen und nur noch den Wunsch, ihr verschwitztes Kleid auszuziehen und sich auszuruhen. In der Hotellobby kam ein Mann auf sie zu, gut aussehend, selbstbewusst, mit federndem Gang. Er gab vor, ihre Eltern in Kalifornien gesehen zu haben. Paula war zu erschöpft, um vorsichtig zu sein. »Auch meine Schwestern?«, fragte sie atemlos. Ja, die auch, hübsche junge Frauen, aber nicht so hübsch wie sie selbst. Er schlug vor, dass er ihre Familie in Kalifornien suchen könne, allerdings müsse sie ihm das Fahrgeld vorstrecken und etwas für seine Auslagen. Da merkte Paula, dass sie einem Betrüger aufgesessen war. Sie rief den Portier, der ihn hinauswarf.

In ihrem Zimmer warf sie sich weinend aufs Bett. Es war alles so sinnlos! Sie vergeudete in dieser Stadt, in der die Hitze einen schier umbrachte, ihre Zeit. Sie hatte nichts erreicht. Sie war sogar über die Friedhöfe gegangen, aber hier bekamen viele Tote ja nicht einmal einen Grabstein! In den letzten Tagen hatte sie mehr als einmal daran gedacht, aufzugeben und wieder nach Hamburg zu fahren. Es war hoffnungslos, hier weiter nach ihrer Familie zu suchen, sie hatte alles Menschenmögliche getan. Sie wusste nicht mehr, was sie noch unternehmen sollte.

Eleonore hatte wohl doch recht gehabt, als sie einige Tage zuvor von der Möglichkeit gesprochen hatte, dass ihre Familie gar nicht mehr in New York sei. Vielleicht waren sie weiter in den Westen gezogen? Angesichts der Vorstellung von der unendlichen Weite Amerikas verlor Paula den Mut. Ihre Gedanken schweiften ab nach Hamburg. Wie einfach war das Leben dort, unter Freunden, bei Alma, mit ihrer Arbeit, die sie ausfüllte. Wie schön wäre es, jetzt dort zu sein, an der Elbe, den frischen Wind auf dem Gesicht, weit weg von dieser mörderischen Stadt!

Paula schlief ein und hatte einen wirren Traum. Sie schwamm, aber in ganz flachem Wasser, unter sich spürte sie etwas Weiches, wie Algen oder Heu. Und sie verspürte Angst. Als sie aufwachte, war es immer noch unerträglich heiß, ihr Kleid klebte an ihrem Körper, und ihr Kopf dröhnte.

Mühsam erhob sie sich und ging zu dem kleinen Sekretär, auf dem ihr Stadtplan lag. In ihm hatte sie alle Straßen, die sie abgelaufen war, rot markiert. Es gab kaum einen Winkel in New York, in dem sie nicht gewesen war.

Neben dem Stadtplan lag die Adresse eines Schiffsagenten. Paula nahm sich vor, am nächsten Tag zu ihm zu gehen und die Rückpassage zu buchen.

»Nein, nein, das ist ganz unmöglich!«, rief Hugo Ehrenberg aus. »Sie können doch jetzt nicht fort. Ich brauche Sie! Und Sie brauchen mich, wenn ich das sagen darf. Ich lerne von Ihnen, Sie von mir.«

Er kam um den Schreibtisch herum, um ihr die ersten Entwürfe für die neuen Flaschenetiketten zu zeigen: eine Ansicht des Hamburger Hafens mit einem weißen Hapag-Schiff im Vordergrund, die Speicherstadt mit leuchtenden Kupferdächern, eine Aufnahme vom Raubtiergehege in Hagenbeck's Tierpark.

»Und was ist das?« Paula zeigte mit dem Finger auf die amerikanische Fahne, die auf jedem Bild zu sehen war, beim einen auf dem Mast des Hapag-Schiffs, beim anderen auf einem der Dächer der Speicherstadt gehisst und beim letzten über dem Eingang zu Hagenbeck's.

»Ah, Sie haben es gleich entdeckt! Das ist gut so, so sollte es sein. Wir sind doch alle Amerikaner und stolz auf unser Land, auch wenn wir Bier nach deutscher Brauart trinken. Und? Wie gefallen Ihnen die Entwürfe? Die sind doch sehr schön geworden, finden Sie nicht? Ich habe einen der besten Zeichner der Stadt beauftragt und ihm genau beschrieben, wie Sie es haben wollen. Hat mich eine Stange Geld gekostet.«

Paula nickte. Die Entwürfe waren wirklich sehr plastisch, als könnte man in die Bilder hineingehen. »Ja, sie sind sehr gelungen, so schön, dass ich Heimweh bekomme.«

»Nein, nein, das sollen Sie doch nicht! Nun drehen Sie mir doch nicht die Worte im Mund herum!« Er rang in gespielter Verzweiflung die Hände.

Paula musste lachen. »Jetzt muss man die Leute nur noch

auf das Bier aufmerksam machen«, sagte sie. »Ich hätte da eine Idee ... Haben Sie mal Papier und Bleistift?«

Sie skizzierte einen Flaschenöffner. »Und in den Griff kommt ein kleines Guckloch.«

»Wozu das?«, fragte Ehrenberg gespannt.

»Die meisten werden voll Neugierde hindurchblicken und das Konterfei einer blonden oder brünetten Schönheit erwarten. Doch wenn sie hindurchsehen, entdecken sie nicht etwa ein lächelndes Girl, sondern den Ehrenberg-Schriftzug – oder auch Ihr Foto.«

Ehrenberg klatschte vor Begeisterung in die Hände. Er konnte sich gar nicht wieder beruhigen, so sehr gefiel ihm ihre Idee. Plötzlich wurde er ernst.

»Vielleicht sollten wir *Ihr* Foto auf den Flaschenheber bringen, damit jeder in New York *Sie* kennt.«

In Paula keimte neue Hoffnung auf. »Meinen Sie?«

»Ja, genauso machen wir es. In den nächsten vier Wochen verteilen wir diese Flaschenöffner mit Ihrem Foto. Ich werde sie so schnell wie möglich herstellen lassen. Und so lange bleiben Sie noch hier und arbeiten für mich. Einverstanden?«

Paula war immer noch nicht ganz überzeugt, obwohl die Idee sie lockte.

Ehrenberg spürte ihr Zögern und gab nicht auf. Dazu gefielen ihm die außergewöhnlichen Ideen, die diese junge Frau hatte, viel zu sehr. Zudem hätte er es wirklich bedauert, wenn er ihre Gesellschaft fortan missen müsste.

»Hören Sie, Paula«, begann er. »Ich darf Sie doch Paula nennen? Ich werde Ihnen jetzt etwas erzählen. Vor ein paar Jahren, na ja, vor beinahe fünfzehn Jahren, wenn ich ehrlich sein soll, habe ich eine Schankwirtschaft an der Ecke Broadway und Fulton Street gehabt, in der Nähe der City Hall. Die Straße war dermaßen belebt, dass die Leute sie nicht gefahrlos überqueren konnten. Fast täglich ist vor meinem Laden jemand angefahren und verletzt worden. Also habe ich eine Fußgängerbrücke aus Stahl bauen lassen, damit die Leute sicher zu mir kommen konnten, um ihr Bier zu trinken. Meinem Konkurrenten auf der anderen Straßenseite gefiel das aber gar nicht. Er hat geklagt, meine Brücke würde ihm das Sonnenlicht nehmen. Es ist zu einem Prozess gekommen, ich musste die Brücke wieder abbauen, die mich fünfzehntausend Dollar gekostet hatte.« Er sah Paula eindringlich an. »Sie fragen sich jetzt, warum ich Ihnen das erzähle, nicht wahr?« Er wartete ihre Antwort nicht ab. »Weil ich Sie davon überzeugen will, dass Sie bleiben müssen. Sie dürfen nicht aufgeben! Ich habe damals auch weitergemacht. Und schauen Sie, was aus mir geworden ist! Wenn ich mir etwas in den Kopf setze, dann erreiche ich es, auch wenn ich zu unkonventionellen Mitteln greifen muss. Und wenn ich einen Rückschlag erleide, dann überlege ich mir etwas anderes. Bleiben Sie noch ein Weilchen hier. Ich werde für Ihren Aufenthalt aufkommen, es soll Ihr Schaden bestimmt nicht sein. Wenn Sie für mich arbeiten, können Sie für die Zukunft ein hübsches Sümmchen zurücklegen. Bleiben Sie so lange, bis sich Janssen-Bier hier etabliert hat. Wir werden einen Weg finden, den New Yorkern zu zeigen, dass die Brauereien Ehrenberg und Janssen zusammengehören und die besten Biere brauen. Ich habe das Gefühl, dass Sie noch mehr geniale Ideen im Kopf haben. Bleiben Sie hier und arbeiten Sie für mich, ich gebe Ihnen ein eigenes Büro, eine Sekretärin, alles, was Sie wollen. Und vielleicht hilft Ihnen in der Zwischenzeit der Zufall, Ihre Familie zu finden.«

Er streckte ihr die Hand hin.

»Also gut«, sagte Paula, »sagen wir bis Anfang September.«

Die Flaschenöffner und das Bier der Brauerei Ehrenberg waren bald Stadtgespräch in Yorkville. In nur zwei Wochen hatte Ehrenberg die Werbegeschenke zu Tausenden produzieren lassen. Darüber hinaus brachte er Paula mit einem Journalisten zusammen, der sie für seine Zeitung porträtierte. Die junge deutsche Frau, »fast noch ein Kind!«, die nach Amerika kam, um ihre Familie zu suchen und nebenbei eine geniale Geschäftsidee nach der anderen entwickelte. »Limping Paula« wurde sie in dem Artikel genannt, die hinkende Paula.

Mitte August übertraf die schwüle Hitze alles, was Paula bis dahin gekannt hatte. Manchmal war ihr jeder Schritt zu viel, und sie beglückwünschte sich zu dem schattigen Büro, in dem sie neuerdings ihre Tage verbrachte. Sie hatte Alma in einem langen Brief von der neuen Entwicklung berichtet. *Hast du zufällig Nachricht von Julian Frenzen?*, schrieb sie und fragte sich, ob man eine Frage, die so wichtig war wie das Leben selbst, schriftlich in möglichst beiläufiger Form einfließen lassen konnte.

Und dann traf ein Brief von Julian ein. Der Portier überreichte ihn ihr, und als Paula die Schrift erkannte, presste sie ihn an ihr plötzlich heftig klopfendes Herz.

»Alles in Ordnung?«, fragte der Portier besorgt.

Paula nickte.

In ihrem Zimmer saß sie lange vor dem verschlossenen Umschlag und überlegte, was Julian wohl geschrieben hatte. Dann öffnete sie ihn. Es war nur eine kurze Nachricht.

Liebe Paula,

sechs Wochen sind vergangen, seit ich von Ihnen Abschied nehmen musste. Wie geht es Ihnen? Ich hoffe von Herzen, dass Ihre Erwartungen an New York und Amerika sich erfüllen.
Jetzt darf ich es Ihnen gestehen: Ich liebe Sie, Paula. Ich

nehme an, Sie haben es bereits geahnt. Es tut mir unendlich leid, dass ich Sie zurückgewiesen habe. Ich habe es meinen Gefühlen zum Trotz getan. Erinnern Sie sich, als Sie in mein Büro kamen und mir sagten, Sie würden nach Amerika fahren? Sie waren so glücklich. Da durfte ich Sie nicht mit einer Liebeserklärung ins Wanken bringen. Obwohl es mir beinahe das Herz gebrochen hat, als sie gingen, so verletzt, so verwirrt.

Am Vorabend Ihrer Abreise habe ich die Kontrolle über mich verloren, was ich zutiefst bedaure. Aber glauben Sie mir, in diesem Augenblick waren meine Gefühle für Sie tief und echt. Paula, ich möchte, dass Sie wissen, wie sehr ich Sie liebe. Gerade für Ihren Mut, allein nach Amerika zu gehen. Sie sind die schönste und aufregendste Frau, die ich je getroffen habe.

Wenn Sie zurückkommen, werde ich da sein, wann immer das auch ist. Und wenn Sie wollen, dass ich zu Ihnen komme, dann sagen Sie es.

In Liebe, Julian

Paula las den Brief wieder und wieder, während ihr Tränen des Glücks über das Gesicht liefen. Plötzlich war alles leicht.

Während man in London morgens die Fensterläden öffnet, um nachzusehen, ob es regnet, tut man es in New York, weil man herausfinden will, ob nicht möglicherweise jemand über Nacht ein neues Transportsystem mit Flugapparaten installiert hat.

Charles Whibley, 1908

18

Die Bowery ist die südliche Verlängerung des Broadway. An der Ecke zur Canal Street lag das »Luchow's«. Wie jeden Morgen stand Erich Harms als Erster hinter dem Tresen. Er hatte immer noch die kräftige Statur des ehemaligen Hamburger Hafenarbeiters, aber er kleidete sich jetzt besser. Seine Kragen waren immer blütenweiß, und er ging nie ohne gebürsteten Bowler aus dem Haus. Seine Augen waren nicht mehr ungesund gerötet und sahen durch eine penibel geputzte randlose Brille. Bei der Einwanderungskontrolle in Ellis Island war er nach der Augenuntersuchung zwar aussortiert worden, aber nach drei Tagen im Krankenhaus hatte man ihn entlassen. Seine Schwester Annelie hatte die ganze Zeit auf ihn gewartet. Allein hätte man sie nicht nach Manhattan gelassen. Zwei Wochen nach seiner Ankunft hatte er mit dem Geld, das die Geschwister nach dem Tod der Eltern geerbt und sich mühsam zusammengespart hatten, das »Luchow's« aufgemacht, genau wie er es sich vorgenommen hatte. Anfangs hatten am Sonntagmorgen regelmäßig deutsche Blaskapellen Märsche gespielt. Aber er hatte sich in die moderne amerikanische Musik verliebt. Jetzt gab es bei ihm in langen Nächten Trompeten und Banjos zu hören. Viele Negermusiker aus Harlem kamen, um bei ihm aufzutreten. Einige, die bei ihm angefangen hatten, waren jetzt groß und berühmt, und darauf war er besonders stolz. Die Wand hinter dem Tresen war gepflastert mit Plakaten und signierten Autogrammkarten. Auch Fotos von ihm und seinen Gästen hingen dort. Eines liebte er besonders. Es zeigte ihn und Dorothea Klausner am Abend ihrer Verlobung. Er hatte den Arm um sie gelegt, als würde sie ihm schon gehören. Wie immer wenn er das Bild betrachtete, überkam ihn die Erinnerung an den Duft ihres Haars an seiner Schulter, an die Verheißung, die ihre vollen Lippen bedeuteten. Hinter dem Paar standen ihre Angehörigen: seine Schwester Annelie und Dorotheas jüngere Schwester Anna sowie deren Eltern. Jeden Morgen betrachtete er dieses Foto voll Vorfreude auf die Tage, in denen sie endlich verheiratet sein würden.

Erich Harms mochte diese frühe Stunde, wenn alles still war. Die Jungen waren schon da gewesen, um die Dielen zu scheuern, Tische und Stühle standen dort, wo sie hingehörten, die Zigarrenstumpen waren vom Boden gefegt. Die Sonne schien schräg in die Fenster, die Staubkörnchen tanzten in ihrem Licht. Es würde wieder heiß werden, und der Tag würde ein gutes Geschäft bringen.

Wie jeden Morgen in den letzten Monaten dachte Erich darüber nach, sein Lokal an der Bowery zu schließen und es woanders neu zu eröffnen. Die Gegend war einfach nicht mehr gut genug. Die Deutschen verließen das Viertel, stattdessen kamen die Iren, die seine Musik nicht mochten. Immer häufiger gab es spät abends Streit, die Polizei war schon einige Male gekommen und hatte alle Anwesenden ohne Umschweife verhaftet. Auch ihn, den Besitzer. Es hatte ihn eine Stange Geld gekostet, freigelassen zu werden. Er hatte sich geschworen, dass es nun genug sei. Als verheirateter Mann hatte er für Dorothea zu sorgen. Seine Frau und seine Kinder sollten in einer ordentlichen Nachbarschaft leben und aufwachsen.

Er trug schon länger eine Idee mit sich herum, von der er Dorothea aber noch nichts gesagt hatte. Er war kürzlich zufällig in ein Filmtheater geraten. Ungefähr eine Minute lang war in hüpfenden und unscharfen Bildern ein Kuss zu sehen gewesen, dann eine Slapstickszene, in der ein Mann immer wieder über ein Fass stolperte. Alle im Saal hatten erst mit angehaltenem Atem das sich küssende Paar betrachtet und sich dann über den stolpernden Mann halb totgelacht. Seitdem hatte er immer wieder Filmtheater besucht, und er träumte davon, selbst eines zu besitzen, wo er seinen Gästen gediegene Unterhaltung bieten konnte in Form von Filmen und Musik.

Erst gestern hatte er sich einen leer stehenden Laden ungefähr zwei Kilometer weiter nördlich am Astor Place angesehen. Hierher kamen die gut situierten New Yorker, die sich für ein paar Stunden amüsieren wollten, und hier wollte er ihnen geben, was sie suchten.

»Du wirst dich umstellen müssen. Hier kennt dich und deinen Laden jeder. Am Broadway bist du ein Niemand«, hatte sein zukünftiger Schwiegervater gemeint, als er ihn eingeweiht hatte. Als wenn er das nicht selbst wüsste! Versonnen nahm er den Flaschenöffner in die Hand, dessen Griff aus Hirschhornimitat bestand. Er sah durch das kleine Guckloch, obwohl er schon wusste, dass dort die Adresse der Ehrenberg-Brauerei in Yorkville stand. Er brauchte eine ähnliche Idee, um sein geplantes Theater bekannt zu machen.

Die Tür öffnete sich, und Dorothea kam herein. Manchmal knapste sie ein paar Minuten ihrer wertvollen Zeit ab, um ihrem Verlobten einen guten Morgen zu wünschen, bevor sie an ihren Arbeitsplatz in der Schmuckabteilung bei Bloomingdale's eilte. Seit sie weiter nördlich in Yorkville wohnte, war der Weg weit.

Erich strahlte sie an. Er nahm sie in die Arme und küsste sie heftig, bis sie sich von ihm losmachte.

»Ich muss gehen. Wenn ich in diesem Monat noch einmal zu spät komme, werde ich entlassen.«

Sie wandte sich zur Tür.

»Wann heiratest du mich endlich?«, rief er ihr nach.

»Wenn meine Schwester wieder da ist!« Damit war sie verschwunden.

Es war, als würde der Sommer noch einmal alles an Kraft aufbieten, um seine Macht zu beweisen. Die Hitze dorrte alles aus, die Menschen waren reizbar und aufbrausend, jeden Tag konnte man in der Zeitung von neuen Toten lesen, die an den Folgen der Hitze gestorben waren, von Frauen, die in ihren geschnürten Korsetts auf der Straße zusammenbrachen. Alle sehnten sich nach Abkühlung, nach Regen.

Oder wenigstens nach dem Ausflug, den die deutsche Gemeinde von Manhattan alljährlich organisierte. Üblicherweise wurde ein Schiff gechartert, man fuhr hinüber nach Staten Island, um, begleitet von den Klängen einer Musikkapelle, zu baden, zu essen, zu spielen, und vor allem, um für ein paar Stunden der mörderischen Hitze zu entkommen.

Für Sophie-Luise, die den größten Teil des Tages an das Haus gefesselt war, bedeutete dieser Ausflug noch mehr als für Heinrich und die Mädchen. In diesem Jahr gehörte sie zum Organisationskomitee. Ihre Aufgabe war es, für die Verpflegung zu sorgen. Das bedeutete, alle mitfahrenden Familien um Kuchenspenden zu bitten.

»Denken Sie an die Hitze«, mahnte sie jedes Mal. »Verzichten Sie lieber auf Sahne. Und verspäten Sie sich nicht. Das Schiff fährt pünktlich ab.«

Zu Hause hatte sie eine Liste erstellt, auf der sie die jeweilige Spenderin und ihren Kuchen vermerkte. Die Anmeldungen kamen aus verschiedenen Bezirken von Manhattan, aus der Lower East Side, aus der Gegend um den Tompkins Square und aus Yorkville, einige sogar aus Brooklyn. Alle waren sie aus Deutschland eingewandert und kannten sich aus den ersten Jahren, als sie noch in der Lower East Side gewohnt hatten. Auch wenn sie es geschafft hatten, von dort wegzuziehen, ihre Kirche und die Freunde hatten sie immer noch dort. Sophie-Luise überprüfte ihre Liste: Für die rund hundert Teilnehmer, Männer, Frauen und Kinder, würde genug zu essen da sein. Außerdem würde sie selbst auch backen, das gebot ihr die Ehre. Sie warf einen kritischen Blick aus dem Fenster. Am Himmel zogen Wolken auf, aber morgen würde es hoffentlich nicht regnen, nicht ausgerechnet morgen. Vielleicht in der nächsten Woche, dachte sie seufzend.

Hugo und Eleonore Ehrenberg luden Paula ein, sie zum Ausflug der deutschen Gemeinde zu begleiten.

»Kommen Sie mit. Abwechslung und frische Luft werden Ihnen guttun.«

»Es ist ein Ausflug der deutschen Gemeinde?«, fragte Paula.

»Ja«, erwiderte Eleonore. »Ich gehöre ja eigentlich nicht dazu, aber mein Hugo kennt dort so viele Leute, noch von seinen Anfangsjahren in New York. Er nimmt jedes Jahr teil, und ich begleite ihn. Sie werden viele Deutsche treffen und können nach Ihren Eltern forschen.«

Die Abfahrt des Schiffs war auf acht Uhr morgens festgesetzt, aber bereits lange vor der Zeit fanden sich die ersten Familien vor Ort ein. Alle waren festlich gekleidet und aufgeregt. Die Kinder rannten wild herum, froh, den engen Straßen zu entkommen, und in Erwartung eines unbeschwerten Tages.

Heinrich, Sophie-Luise und die Mädchen waren ebenfalls rechtzeitig dort. Sophie-Luise und Anna waren schon an Bord, wo sie die Kuchen in Empfang nahmen und sie auf einem Büfett anrichteten, das unter einem Baldachin an Deck aufgebaut war. Dorothea blieb am Pier und hielt ungeduldig nach Erich Harms Ausschau.

»Na, kommt er mal wieder zu spät?«, rief Anna, über die Reling gebeugt, zu ihr hinunter. Dorothea warf ihr einen wütenden Blick zu.

Sophie-Luise sah beunruhigt nach oben. Die Wolken hatten sich über Nacht nicht verzogen, sondern waren immer dichter geworden. Auf der anderen Seite des East River, über Brooklyn, war der Himmel bereits schwarz. Ein Windstoß bauschte den Stoff des Baldachins auf. Anna hielt ihr erhitztes Gesicht in die leichte Brise, in der Hoffnung auf ein wenig Kühlung.

Ausgerechnet heute sieht es nach Regen aus, dachte Heinrich ärgerlich. Er stand am oberen Ende der Gangway und erklärte den Ankommenden, wohin sie gehen sollten: Kuchen gleich hier vorn, der Salon ist unten, ebenso die Waschräume, die Plätze für die Musikkapelle sind auf dem Vorderdeck. In Gedanken war er auf der Baustelle in der siebzehnten Straße. Er hatte seine komplette Dampfheizungsanlage am Vortag zum neuen Wolkenkratzer geliefert, es aber nicht mehr geschafft, sie einzubauen. Der Vorarbeiter hatte sich nämlich schmieren lassen und die Lastenaufzüge für Badewannen und Waschbecken reserviert, sodass die zwanzig Öfen im Erdgeschoss bleiben mussten. Normalerweise wurde alles, was an einer Baustelle nicht niet- und nagelfest war, über Nacht gestohlen. Wenn man Glück hatte, konnte man seine Waren am nächsten Tag zurückkaufen. Aber Heinrich hatte zusammen mit anderen Handwerkern einen Wachdienst organisiert, zuverlässige Leute mit Hunden. Aber man konnte nie wissen. Wenn jemand anderes ihnen ein besseres Angebot machte ... Wieder sah er zum Himmel hinauf. Wenn es erst einmal regnete, würde sich auch der Bau verzögern.

Hugo Ehrenberg hatte angeboten, Paula mit seinem Auto vom Hotel abzuholen. Weil sein Motor nicht anspringen wollte, erschien er mit einer halben Stunde Verspätung.

»Wir müssen uns beeilen, wenn wir das Schiff noch erreichen wollen«, rief Eleonore und winkte Paula zu sich in den Fond des Wagens. Ihre Röcke aus hauchfeinem Tüll bauschten sich derart, dass sie kaum darüber hinwegsehen konnte. Neben ihr kam Paula sich in ihrem neuen schmalen Kleid vor wie eine brave Tanzschülerin. Hugo Ehrenberg aber bedachte ihr Aussehen mit einem überschwänglichen Kompliment.

»Außerdem hätten Sie mit einem ähnlichen Kleid nie beide gleichzeitig in mein Auto gepasst!« Er zwinkerte ihr zu.

Paula sah sich um und bemerkte, wie recht er damit hatte. Zwischen Eleonore und Paula stand ein Picknickkorb, darauf eine Tasche mit Decken, Handtüchern und Tennisschlägern. Ein zarter rosa Schirm mit Rüschen musste auch noch Platz finden.

»So, meine Damen, dann wollen wir mal«, sagte Ehrenberg und fädelte sich in den Verkehr ein. »Hoffentlich hält das Wetter.«

Sie fuhren am East River entlang bis hinunter zur Anlegestelle. Als sie ausstiegen, klatschten erste dicke Tropfen auf das Pflaster. Zwei Minuten später goss es wie aus Eimern, ein wahrer Wolkenbruch.

Schirme, die eigentlich gegen die Sonne schützen sollten, wurden hektisch aufgespannt, einige Frauen kreischten, andere riefen nach ihren Kindern, die in die sich rasch bildenden Pfützen hüpften und dabei ihre Sonntagskleidung schmutzig machten.

»Schnell an Bord, dort sind wir geschützt«, rief Ehrenberg und versuchte, für seine Frau und Paula Platz zu machen. Doch alle anderen drängten jetzt auch zur Gangway.

»Ich gehe zurück ins Auto!«, rief Eleonore und wandte sich um. Aber Paula hörte sie nicht. Sie strebte weiter auf die Gangway zu.

An Deck stand Sophie-Luise und sah bekümmert auf die durchweichten Leckereien. Der Regen kam mit dem auffrischenden Wind bis unter den Baldachin, Kuchen und Torten schwammen in ihren Tellern. Einige hatte sie rechtzeitig unter Deck bringen können, aber für die, die noch hier draußen standen, war es zu spät.

»Mein schöner Quarkkuchen!«, hörte sie eine Frau klagen. »Warum steht der denn hier im Regen?«

»Mach dir nichts draus«, raunte Heinrich seiner Frau ins Ohr. »Wenigstens bekommen wir eine Abkühlung.«

»Aber was wird denn jetzt aus unserem Ausflug?«, jammerte Sophie-Luise.

In diesem Augenblick stieß in dem Gedrängel jemand gegen einen der Tische, der zu schwanken begann und schließlich umkippte. Alles, was darauf stand, landete auf den Holzbohlen des Decks. Sahne, Tortenböden und Früchte verbanden sich zu einer glitschigen Masse, über die man hinwegsteigen musste, wollte man an Bord gelangen.

Inzwischen hatte Paula den Fuß der Gangway erreicht. Es ging nur langsam vorwärts. Von hinten schoben die Nachkommenden, aber vorn ging es nicht weiter. »Vorsicht, hier liegt überall Kuchen«, hörte sie eine Stimme rufen. Paula rutschte auf dem nassen Holz aus und konnte sich nur mit Mühe festhalten. Sie griff nach den Seilen, mit denen der Aufgang seitlich gesichert war.

Eine andere Szene schoss ihr in den Kopf, mit all ihren Details: die Ankunft in Ellis Island. Auch dort hatte sie sich mitten in einer dichten Menschenmenge befunden, war ihr auf Gedeih und Verderb ausgeliefert gewesen. Die Angst von damals überkam sie plötzlich. Sie rief nach Eleonore und Hugo, konnte sie aber nirgends entdecken. Direkt neben ihr stolperte eine Frau, die einen zitronengelben Schirm über dem Kopf hielt. Sie schleuderte den Schirm von rechts nach links und traf Paula mit Wucht am Kopf. Paula schrie vor

Schmerz auf, ihr Schrei vermischte sich mit dem der Frau, die auf die Knie fiel. Paulas Hut war durch den Stoß verrutscht und verdeckte ihr die Sicht. Sie bekam keine Luft mehr und spürte wieder den stechenden Schmerz in ihrem Knie, die aufsteigende Panik. Sie hatte keine Augen mehr für die Frau neben sich oder für die anderen Leute. Plötzlich meinte sie aus den Augenwinkeln Anna zu sehen, ihre kleine Schwester, die ihr mit beiden Armen zuwinkte und ihren Namen rief. Genau wie damals. Gleich würde die Tür unerbittlich ins Schloss fallen und sie für immer von ihrer Familie trennen. Mein Gott, gleich würde etwas ganz Schreckliches passieren! Oh, nein, bitte nicht!

Jemand packte sie hart am Oberarm und riss sie aus der Menge zu sich heran, nahm sie in die Arme und presste sie fest an sich, sodass sie nur mit Mühe atmen konnte. Paula wollte sich losmachen, doch der Geruch und irgendetwas in der Umarmung, die Haltung, der Druck, kamen ihr vertraut vor. Als sie aufsah, erkannte sie vor sich das Gesicht ihres Vaters. Und neben ihm stand Anna und hatte ebenfalls die Arme um sie gelegt.

»Paula!«, rief ihr Vater und wieder: »Paula!« Tränen liefen ihm über die Wangen. Er hielt Paula immer noch in den Armen, schob sie auf Armeslänge von sich weg, um sie anzusehen, und zog sie wieder an sich. »Sophie-Luise!«, rief er dann, er brüllte es hinaus, »Dorothea! Kommt her! Seht, wer hier ist! Paula ist wieder da! Jetzt kommt doch!«

Sophie-Luise war noch hektisch dabei, die Kuchen vom Ober- zum Unterdeck zu bringen, obwohl es ein sinnloses Unterfangen war. Annelie Harms eilte ihr nach.

»Frau Klossner, kommen Sie schnell. Ihr Mann!«

Sophie-Luise fuhr herum. »Was ist mit meinem Mann?«

»Nichts ist mit ihm. Ich glaube, er hat Ihre Tochter gefunden!«

Sophie-Luise verstand immer noch nicht. Ihre Tochter? Anna und Dorothea waren doch mit ihr an Bord gegangen.

»Es ist Paula«, flüsterte Annelie.

Paula stand zwischen ihrem Vater und Anna und umarmte sie abwechselnd. Auch Dorothea hatte mitbekommen, was geschehen war. Sie hatte die ganze Zeit oben an der Reling gestanden und nach ihrem Verlobten Ausschau gehalten und beobachtet, wie ihr Vater ihre Schwester aus der Menge befreit hatte. Mittlerweile hatten auch die Umstehenden erfahren, was für ein wundersames Wiedersehen sich dort vor ihren Augen abspielte, und einen dichten Kreis um Heinrich und seine Töchter gebildet. Dorothea musste sich zu ihnen durchboxen. Sie rief die ganze Zeit Paulas Namen, dann umfasste sie ihre Schwester und drehte sich lachend mit ihr im Kreis.

Paula musste viele Hände schütteln und hörte zahlreiche Willkommensgrüße und Glückwünsche. Fragen prasselten auf sie ein. Sie ließ alles an sich abprallen. Jemand fehlte. Wo war ihre Mutter? Sie suchte sie mit den Augen, wagte aber nicht zu fragen. Dann sah sie sie plötzlich aus der Luke treten, die unter Deck führte. Sophie-Luise wandte den Kopf hektisch nach allen Seiten, bis eine junge Frau, die Paula bekannt vorkam, mit dem Finger in ihre Richtung wies.

Als Sophie-Luise ihre Tochter entdeckte, blieb sie wie angewurzelt stehen. Plötzlich war es totenstill. Ihr Mund öffnete sich und schloss sich wieder, ohne dass ein Laut zu hören gewesen wäre. Sophie-Luise starrte Paula an und versuchte zu begreifen, dass diese elegante Frau, der der Regen nichts anhaben konnte, ihre kleine Tochter war, die sie seit drei endlosen Jahren nicht mehr gesehen hatte.

Paula hatte erneut das starke Gefühl, in Ellis Island zu sein. Sie sah ihre Mutter vor sich, die jetzt ebenso hilflos zu ihr herübersah wie damals. Sie war weicher geworden, das konnte Paula auf einen Blick erkennen, und gleichzeitig hatte der Kummer sie härter gemacht. Sie stand wenige Meter von ihr entfernt und öffnete den Mund, sagte aber nichts.

»Mutter«, brachte Paula schließlich heraus.

»Paula«, sagte Sophie-Luise, »endlich bist du da.«

Ellis Island, kleine Insel in der Upper New York Bay, USA, nahe der Freiheitsstatue; auf ihr befand sich 1892–1943 die Kontrollstelle für Einwanderer, bis 1954 ein Internierungslager.

Brockhaus Enzyklopädie

19

Der Ausflug der deutschen Gemeinde von New York im Jahr 1896 fand ohne die Familie Klausner, die jetzt Klossner hieß, statt. Auch Erich Harms und seine Schwester Annelie sowie die Ehrenbergs blieben zurück, als der Dampfer ablegte. Eleonore hatte schließlich ihren trockenen Platz im Auto aufgegeben, um nachzusehen, wo Paula blieb, und so alles erfahren. Sie war so gerührt, dass sie darauf bestand, bei der Wiedersehensfeier dabei zu sein. »Wenn wir sie nicht eingeladen hätten, uns auf dem Ausflug zu begleiten …«, wiederholte sie immer wieder.

Die Gesellschaft fand sich in der Wohnung von Heinrich und Sophie-Luise ein, um dort zu feiern.

Erich konnte gar nicht fassen, dass mit der Frau, von der er in der Zeitung gelesen hatte, seine zukünftige Schwägerin gemeint war. »Ich hatte sie beinahe gefunden, aber wer hätte das ahnen können!«, rief er ein ums andere Mal.

»Aber wir haben sie eingeladen«, warf Eleonore ein. Sie hatte die beiden Flaschen Champagner aus ihrem Picknickkorb auf den Tisch gestellt, selbst aber am meisten davon getrunken.

Erich überging ihren Einwand. Er erzählte Paula von seinen Plänen, ein Filmtheater zu gründen. »Vielleicht kaufe ich mir auch selbst so ein Gerät und werde Kameramann«, sagte er. »Du bist bekannt für deine guten Ideen. Wenn dir etwas einfällt, dann lass es mich wissen.«

Hugo Ehrenberg war mehr als zufrieden mit der Entwicklung. »Sehen Sie, ich habe Ihnen gesagt, bleiben Sie noch, dann werden Sie die Ihren wiederfinden«, sagte er, als er sich verabschiedete. »Sie kommen doch morgen ins Büro?« Seine Frau sah ihn strafend an. »Na gut, morgen gebe ich Ihnen frei. Aber übermorgen?«

Paula nickte.

Den folgenden Tag verbrachte sie mit ihrer Familie. Alle redeten unaufhörlich durcheinander, weinten und lachten zusammen, zeigten sich Fotos und Erinnerungsstücke, bis sie spät abends glücklich und aufgewühlt ins Bett fielen.

Paula arbeitete weiterhin für die Ehrenberg-Brauerei und reiste einmal sogar nach Chicago, wo Hugo Ehrenberg ein zweites Werk aufbaute. Die Fahrt mit dem Schiff und dann weiter mit dem Zug zeigte ihr ein Land, dessen Wälder von den intensiven Farben des Laubs zu glühen schienen und dessen Seen von einem unwirklichen Blau waren. Paula verliebte sich vom ersten Augenblick in die amerikanische Weite, die ihr nach den Monaten in der heißen, engen Stadt geradezu unendlich vorkam.

Die Abende und Wochenenden verbrachte sie mit ihrer Familie. Es war ein bisschen wie früher in Hamburg. Sie hatte ihr Hotelzimmer aufgegeben und schlief in einem Bett, das zu Anna ins Zimmer gestellt worden war. Sophie-Luise, die Paula vor der Zeit gealtert und kleiner geworden schien, blühte auf. Sie hatte ihre Tochter wieder, und sie durfte eine Hochzeit vorbereiten.

»Nimmst du mich mit auf eine deiner Baustellen?«

Ihr Vater war dankbar, dass sie danach fragte. »Ich werde dir etwas zeigen, das du nie wieder vergessen wirst«, versprach er ihr. Der Neubau lag in einer Parallelstraße östlich des Broadway, in der Nähe vom Union Square.

Von unten sah das Haus aus wie von Kinderhand aus Bauklötzen zusammengesetzt. »So hat Julian früher immer Häuser aus übereinandergeschichteten Stöckchen gebaut«, sagte Paula, und die Erinnerung an den Bruder schnürte ihr die Luft ab. Erdgeschoss und erster Stock waren bereits mit gemauerten Wänden versehen, dann folgten vier oder fünf Stockwerke, von denen lediglich das Stahlskelett stand, dann folgten einige Etagen mit fertiger Außenfassade, und darüber erstreckten sich wieder Stahlkonstruktionen, deren Ende man nicht erkennen konnte, so hoch ragten sie in den Himmel hinauf.

»Warum stürzt das Haus nicht ein?«, fragte Paula interessiert.

»Weil die Stahlkonstruktion im Inneren es trägt«, antwortete ihr Vater. »Man könnte das Haus theoretisch von oben nach unten ausbauen, es würde dennoch stehen bleiben. Einige New Yorker meinen, die Stahlbauweise würde aussehen, als hätte jemand eine Brücke hochkant gestellt.«

Paula nickte.

Sie stiegen in einen großen Aufzug, der dazu diente, das Material nach oben zu befördern, und fuhren hoch und höher. Durch ein Fenster konnte Paula die Stahlstreben in atemberaubender Geschwindigkeit an sich vorüberziehen sehen.

»Ich vergleiche sie immer mit Adern, mit Lebensnerven, die das Haus einmal tragen werden«, sagte ihr Vater.

Wie Menschen, denen man begegnet, mit denen man ein Stück des Wegs gemeinsam geht, die man dann aus den Augen verliert und später wiederfindet, dachte Paula. Sie war ganz in diese Gedanken verloren, als sich die Tür des Aufzugs öffnete. Ein starker Wind blies ihr hier oben ins Gesicht. Sie traten auf eine Art Plattform hinaus. Arbeiter waren damit beschäftigt, den Fußboden dieser Etage fertigzustellen. Nur ein Teil war bereits begehbar.

»Geht es mit deinem Bein?«, fragte ihr Vater besorgt.

»Zeig mit lieber die Stadt«, antwortete Paula. Sie machte ein paar Schritte, bis sie am Rand des Hauses stand. »Mein Gott, wie hoch!«, rief sie begeistert aus. »Man könnte denken, wie sind gleich in den Wolken!« Sie sah nach oben und hatte tatsächlich den Eindruck, als schwebe eine Wolke nicht weit über ihrem Kopf.

»Wir sind im neunzehnten Stock«, antwortete ihr Vater.

Paula hörte kaum, was er sagte. Noch nie hatte sie etwas derart Überwältigendes gesehen. Tief unter ihr – sie musste sich leicht vorbeugen, um sie zu sehen, und ihr Magen krampfte sich dabei zusammen – zog sich die Straße hin, deren Lärm hier oben nur gedämpft zu hören war. Viel höher, aber immer noch unterhalb ihres Standortes sah sie die Dächer anderer Häuser. Sie konnte Dachgärten ausmachen und Baldachine, Simse und Vorsprünge, verglaste Sonnendächer und gespannte Wäscheleinen. Die Feuertreppen und Brandmauern sahen aus wie kleine Puzzleteile. Sie hob den Blick und sah in westlicher Richtung einige Gebäude, die ungefähr so hoch sein mochten wie das, auf dem sie gerade stand. Und weitere Stahlskelette, die darauf warteten, in Windeseile in Wolkenkratzer verwandelt zu werden. Sie beobachtete Arbeiter, die ein paar Blocks weiter auf den Stahlträgern herumturnten und Stahlteile in Empfang nahmen, wobei sie sich gefährlich weit vorbeugten. Andere hingen an den senkrechten Pfeilern und vernieteten Stahlteile, sodass sie mit verfolgen konnte, wie das Gebäude vor ihren Augen in die Höhe wuchs. Die Arbeiter liefen mit schnellen und sicheren Bewegungen auf den schmalen Graten umher und zündeten sich Zigaretten an glühenden Stahlträgern an, die sie gerade zugeschnitten hatten. Einer winkte Paula zu, und sie winkte zurück. Sie drehte sich in nördlicher Richtung, sie hatte ja immer noch nicht alles gesehen. Dort erstreckte sich, so weit ihr Auge reichte, das Grün des Central Park. Und wenn sie den Blick noch weiter in Richtung Horizont schweifen ließ, sah sie das Wasser, den Hudson im Westen und den East River im Osten, mit den großen Lagerhallen, den Piers, den Schiffsmasten und -schornsteinen. Paula schaute und schaute, sie konnte sich gar nicht sattsehen. Sie entdeckte immer neue Einzelheiten: Rauch, der aus Schornsteinen aufstieg, eine unbebaute Grünfläche am Hudson River, auf der Kühe grasten, eine Katze auf dem Dach, eine spärlich bekleidete Frau, die aus einem Fenster sah …

»Jetzt verstehe ich endlich, wie diese Stadt aufgebaut ist, jetzt erkenne ich die Zusammenhänge. Es ist wunderschön.« Die letzten Worte flüsterte sie.

»Stell es dir bei Nacht vor. Ein Meer von Millionen von Lichtern …«

Paula schloss die Augen und vergegenwärtigte sich das Bild. Dabei kam ihr unvermittelt Julian Frenzen in den Sinn. Auch er wäre von diesem Anblick verzaubert, er würde fühlen wie sie, das wusste sie.

»Ich habe viele Gebäude in dieser Stadt mitgebaut. Aber wenn ich nur ein paar Monate weg wäre und dann wiederkäme, ich würde New York wohl nicht wiedererkennen. Die Stadt verändert sich beinahe täglich«, hörte sie ihren Vater sagen.

Paula öffnete ihre Augen. »Deshalb ist es ja schön, einmal alles von oben, in seiner Gesamtheit zu sehen. Aber warum sind die Häuser so hoch?«

»Wo sollen sie denn sonst hinwachsen?«, fragte ihr Vater lachend. »Manhattan ist eine Insel. Hier kann man nur nach oben bauen.«

»Und wer wird hier einziehen?«

»Alle, beziehungsweise jeder, der es sich leisten kann. Es wird in diesem Haus Wohnungen und Büros geben, eine riesige Eingangshalle mitsamt Springbrunnen, Geschäfte und Friseure, ein Restaurant und einen Klub, eine Post, alles, was du willst. Theoretisch kann man in diesem Gebäude sein ganzes Leben verbringen, ohne irgendetwas zu vermissen. Und einzelne Öfen wird es hier auch nicht geben, sondern Dampfheizungen auf jeder Etage. Du drehst an einem Regler, und es wird warm.«

»Dein Leben ist ein anderes geworden«, sagte Paula.

»Nicht nur *mein* Leben hat sich geändert«, erwiderte ihr Vater. »Aus dir ist eine erfolgreiche Unternehmerin geworden.«

»Ich werde eine Brauerei erben!«, ergänzte Paula übermütig.

Ihr Vater sah sie voller Stolz an. »Du warst schon als Kind etwas ganz Besonderes.«

Ein heftiger Windstoß erfasste sie plötzlich. Paula machte einen Schritt nach hinten, um ihr Gleichgewicht zu halten. Sie spürte, wie ihr schwindlig wurde. Sie griff nach dem Arm ihres Vaters. Vor ihr und unter ihr erstreckte sich diese einzigartige Stadt New York mit all ihren Schönheiten, und doch traf Paula blitzartig die Erkenntnis, dass sie hier nicht bleiben würde. Sie musste zurück nach Hamburg.

»Ich habe es geahnt«, sagte ihr Vater, als sie ihm ihren Entschluss mitteilte. »Kannst du wenigstens bis zu Dorotheas Hochzeit bleiben?«

Sie ging mit ihrer Schwester zu Bloomingdale's. Dorothea wollte ihr voller Stolz zeigen, wo sie arbeitete, »aber nur bis zur Hochzeit, dann bleibe ich zu Hause«. Sie war enttäuscht, dass Paula sich dort bereits auskannte. »Ich habe gedacht, ich habe mich verändert, und du bist, wie soll ich das sagen ...«

»Du meinst, ich bin in Hamburg ein bisschen hinter euch allen zurückgeblieben, weil sich hier alles so rasant weiterentwickelt?«

Ihre jüngere Schwester nickte heftig. »Aber ich stelle fest, dass das nicht stimmt. Du solltest mal Erich hören: Er lobt dich in den höchsten Tönen! Wie du das alles geschafft hast, was du für tolle Ideen hast, dass du einen Beruf hast und eine Brauerei vertrittst, dass du ganz allein über den Atlantik fährst ...« Sie kicherte. »Ich könnte fast eifersüchtig werden.«

Paula sah sie an. »Wenn ich nicht hinken würde?«

Dorothea wurde böse. »Das ist gemein von dir! Das habe ich nicht gesagt und auch nicht gedacht. Und außerdem kann man deine Behinderung kaum noch erkennen. Du bist eine schöne Frau! Du kleidest dich gut. Du siehst aus wie eine waschechte New Yorkerin.«

Dieses Kompliment aus dem Mund ihrer Schwester zu hören, freute Paula besonders. Sie hatte sich vor einigen Tagen eine neue Frisur zugelegt, das dunkle Haar war jetzt in der Mitte gescheitelt und locker zurückgekämmt und im Nacken zu einem großen Knoten geschlungen. Die Veränderung nahm ihr das Mädchenhafte und betonte ihren langen, schlanken Hals und die hübschen Ohren, an denen die Granatohrringe funkelten. Unter der hohen Stirn sahen die Augen intelligent und immer ein wenig kokett in die Welt, außer wenn sie nachdachte oder sich ärgerte, dann bekamen sie einen abweisenden Ausdruck. Jetzt blitzte in ihnen der Übermut.

»Ich kann dich immer noch genauso schnell aus der Fassung bringen wie früher!«

Die Public School in der Lewis Street, in der Anna seit Kurzem nachmittags aushilfsweise während ihrer Lehrerinnenausbildung unterrichtete, besuchten die Kinder der Einwanderer, Kinder aus sechsundzwanzig Nationen. Sie alle wollten nur eines: lernen.

»Einige Väter bringen ihre Sprösslinge mit so feierlichem Gewese in die Schule, als handle es sich um eine Weihe«, sagte Anna stolz. »Sie alle arbeiten sich halb zu Tode, nur damit ihre Kinder es einmal besser haben.«

»Euch beiden, Dorothea und dir, geht es ja schon besser. Aber wie ist es bei Mutter und Vater?«, fragte Paula.

Anna sah zu Boden. »Vater geht es ganz gut, er hat seine Arbeit. Aber Mutter trauert ihrem alten Leben nach. Jetzt, wo du da bist, geht es ihr besser, und dann sind da Dorotheas Hochzeitsvorbereitungen, die sie in Anspruch nehmen, aber ich weiß, dass sie oft einsam ist.« Sie setzten sich auf eine Parkbank, und Anna fügte nach einer kurzen Pause hinzu: »Manchmal habe ich gedacht, es bringt sie um.«

Paula wusste sofort, wovon ihre Schwester sprach.

»Was hast du damals gedacht?«

»Ich? Ich habe gedacht, du bist doch meine große Schwester, die alles kann. Ich hätte verstanden, wenn sie mich nicht haben wollen, aber dich?« Sie schluckte, bevor sie weitersprach. »Und ich habe Vater vorgeworfen, dass er dir nicht geholfen hat.«

»Er konnte nichts tun.«

»Jetzt weiß ich das auch. Es gibt in meiner Klasse mehrere Kinder, die nur mit einem Elternteil oder einer älteren Schwester oder einem Bruder hier sind, weil der Rest der Familie zurückgeschickt wurde. Aber damals habe ich es nicht verstanden.«

Nur ein einziges Mal sprach Paula mit ihrem Vater über den schrecklichen Moment der Trennung. Als er die Sprache darauf brachte, winkte sie ab. »Es tut zu sehr weh«, sagte sie leise. »Außerdem weiß ich, wie ihr euch gefühlt habt.«

»Aber für dich muss es noch viel schlimmer gewesen sein. Du warst ganz allein. Du musst gedacht haben, wir wollen dich nicht zurück.« Zutiefst betrübt legte er die Hand vor die Augen.

»Das habe ich nicht eine Sekunde gedacht«, antwortete Paula mit fester Stimme.

Danach wurde nie wieder darüber geredet.

In den Briefen, die sie nach Hamburg schickte, berichtete sie von dem Glück, ihre Familie wiedergefunden zu haben. Und sie schrieb Fanny, dass sie es nicht bis zur Geburt schaffen würde. Die Antwort kam postwendend: *Aber Du wirst zurückkommen? Dann ist alles gut.* Alma fragte Paula nicht direkt, ob sie zurückkommen würde, aber sie erwähnte Julian Frenzen. *Er ist in den Wochen, die Du fort bist, beinahe täglich gekommen, um sich nach Dir zu erkundigen.*

An Julian schrieb sie nicht. Sie bat Alma aber, ihm auszurichten, dass sie seinen Brief erhalten habe und ihm alles andere mündlich sagen würde. Julian würde wissen, wie es um ihre Gefühle stand. Es brauchte keine weiteren geschriebenen Worte zwischen ihnen.

Die Hochzeit von Dorothea und Erich wurde im »Luchow's« gefeiert. Es sollte die letzte Feier sein, die dort stattfand, denn Erich hatte tatsächlich das Lokal am Astor Place gemietet. Es war Mitte Oktober geworden, und New York zeigte sich in strahlendem Herbstwetter.

Zwei Tage später war Paulas Geburtstag. An diesem Donnerstagmorgen kam ihre Mutter zu ihr ins Zimmer.

»Ich möchte dir etwas geben«, sagte sie.

»Du hast mir doch schon etwas geschenkt«, sagte Paula und strich mit den Händen über den veilchenfarbenen Seidenschal, den ihre Mutter über und über mit Blumen bestickt hatte.

»Es ist etwas anderes. Es ist, was ich in den letzten drei Jahren für dich geschrieben habe.« Sie zog ein Päckchen mit sorgfältig gebündelten Briefen hervor. »Kommst du mit? Dann zeige ich dir einen Platz, an dem du sie lesen kannst.«

Sie gingen ans Ufer des East River, und Sophie-Luise steuerte eine Bank an, von der aus sie einen Blick auf die Brooklyn Bridge hatten. Der Spätsommer war noch einmal zurückgekommen, und in der Sonne war es angenehm warm.

»Ich habe hier sehr oft gesessen und darüber nachgedacht, was ich dir in meinen Briefen schreiben will. Deswegen dachte ich, dass hier der richtige Platz ist, damit du sie liest.«

An diesem Tag ging Paula nicht zur Arbeit. Stunde um Stunde saß sie auf der Bank und las, während ihre Mutter neben ihr saß und ängstlich ihre Reaktionen beobachtete. Paula erfuhr von den ganz alltäglichen Dingen im Leben ihrer Familie, und es gab ihr das Gefühl, doch nicht so weit entfernt von ihnen gewesen zu sein. Aus den Zeilen sprachen aber auch unendliche Liebe, Sehnsucht, Schuld und Verzweiflung. Die Geschichte mit der unvollständigen Anzeige rührte sie zu Tränen. Die letzten Briefe hatte ihre Mutter an sie geschrieben, während Paula schon in New York war.

Paula ließ das Blatt sinken. »Es ist, als hättest du die ganze Zeit mit mir gesprochen«, sagte sie leise.

»Das habe ich.«

Paula legte den Kopf in den Schoß ihrer Mutter und schloss die Augen.

»Es gibt jemanden in Hamburg, nicht wahr?«, sagte ihre Mutter plötzlich.

Paula setzte sich auf und nickte.

»Erzähl mir von ihm.«

Paula redete sich zum ersten Mal alles von der Seele. Wie sie Julian Frenzen kennengelernt hatte, wie sie sich in ihn verliebt hatte, ihre Verzweiflung, als sie glaubte, er habe sich von ihr abgewendet. Von dem Brief, in dem er ihr endlich seine Liebe erklärt hatte. Sie führten ein Gespräch, wie es zwischen Müttern und Töchtern viele geben sollte, nur war ihnen das bislang nicht möglich gewesen.

»Er wollte es dir nur leichter machen zu gehen«, sagte Sophie-Luise, als Paula geendet hatte. Sie zögerte, bevor sie hinzufügte: »Dafür solltest du ihm dankbar sein und es ihm sagen, von Angesicht zu Angesicht.«

Paula sah ihre Mutter voller Liebe an, dann umarmte sie

sie. »Du wirfst mir also nicht vor, wieder nach Hamburg zu fahren?«

»Wie könnte ich. Aber ich werde dich diesmal nicht wieder allein gehen lassen. Das würde ich mir nie verzeihen. Ich werde mit deinem Vater reden. Ich komme mit dir. Ich muss einfach wissen, wie und wo du in Hamburg lebst, bevor ich hier in New York meine Ruhe finden kann.«

Als das Schiff ablegte, standen Paula und Sophie-Luise kerzengerade an der Reling. Vor ihnen lag in der untergehenden Sonne die gestochen scharfe Silhouette der Stadt. Heinrich hatte seine Frau und seine Tochter ans Schiff gebracht.

»Du wirst doch wiederkommen?«, hatte er Sophie-Luise halb im Scherz gefragt.

Paula musste lächeln, als sie sich nun die Szene wieder ins Gedächtnis rief, und dachte daran, dass auch sie das vor wenigen Monaten gefragt worden war.

Vor ihr lag ein anderes Leben, eine andere Welt, roter Backstein und grüne Ufer statt Sandstein, kupfergedeckte Kirchtürme an der Stelle von Wolkenkratzern aus Stahl und Glas. Bei der Ankunft in Hamburg würde sie sich nicht an Land stehlen müssen, auf Gedeih und Verderb fremden Menschen ausgeliefert. Diesmal warteten in Hamburg an den Landungsbrücken Menschen auf sie, die sie liebte und zu denen sie gehörte. Menschen, mit denen sie ihr Leben teilen wollte.

Paula griff nach der Hand ihrer Mutter und drückte sie fest.

PENDO

Lesley Turney

Die fremde Frau

Roman. Aus dem Englischen von Monika Köpfer. 480 Seiten. Gebunden

Als Sarah den geheimnisvollen Alex trifft, ergreift sie die Chance und beginnt mit ihm ein neues Leben. Beide sind noch gezeichnet von ihren jüngsten Beziehungen und stehen vor einem Neuanfang. Warum ihn nicht zusammen wagen? Doch in der kleinen Dorfgemeinschaft Burrington Stoke stimmt etwas nicht. Alex‹ Frau war nicht nur wunderschön, sondern auch allseits beliebt und eine perfekte Ehefrau. Warum ist sie verschwunden? Und warum hat seit ihrem Weggang niemand mehr von ihr gehört? Viele im Dorf verdächtigen Alex, mehr über ihren Verbleib zu wissen, als er vorgibt. Aber Sarah liebt ihn und hat keinen Grund, ihm zu misstrauen. Oder doch? Vor Sarah tut sich ein Abgrund auf, der ihrer neuen Liebe zum Verhängnis zu werden droht.

09/1047/01/R

Judith Lennox

Das Herz der Nacht

Roman. Aus dem Englischen von Mechthild Sandberg. 560 Seiten. Piper Taschenbuch

Eine neue Welt eröffnet sich der jungen Engländerin Kay Garland, als sie in den Dreißigerjahren Gesellschafterin der Millionärstochter Miranda wird. Der Luxus und das mondäne Leben faszinieren sie, doch lernt sie auch die Schattenseiten des Reichtums kennen. Als Kay von Mirandas Vater unvermittelt entlassen wird, muss sie nach England zurückkehren. Miranda hingegen erlebt als Ehefrau eines deutschen Grafen in Ostpreußen den Kriegsausbruch. Die dunklen Zeiten fordern von beiden Freundinnen mutige Entscheidungen …

»Ein Liebesroman voller Gefühl und Spannung – einfach wunderbar.«

Für Sie

05/2640/01/L

Carole Martinez

Das Blau des Himmels zur Mittagsstunde

Roman. Aus dem Französischen von Helene Greubel. 432 Seiten. Piper Taschenbuch

Ein unscheinbares Nähkästchen eröffnet der jungen Frasquita eine völlig neue Welt. Mit den leuchtend bunten Garnen näht und stickt sie wunderbare Dinge, die das Leben der Menschen in dem abgelegenen südspanischen Dorf mit Magie erfüllen. Doch als sie selbst eines Tages in einem Aufsehen erregenden Hochzeitskleid zur Kirche schreitet, erntet sie damit nur Neid und Missgunst. Und so beschließt sie irgendwann, der Enge ihrer Heimat zu entfliehen, und bricht auf zu einer langen Reise durch den trockenen Süden in Richtung Meer …

»Martinez' Stil ist voller mächtiger Bilder, von einer großen poetischen Stärke und einer erschütternden Wahrheit.«

Le Monde des Livres

»Magisch.«

Joy

05/2641/01/R

PIPER

Emma Temple

Der Tanz des Maori

Roman. 480 Seiten.
Piper Taschenbuch

Seltsame Träume plagen Sina, seit sie in Neuseeland angekommen ist: Jede Nacht erscheint ihr ein tanzender Maori. Als sie in einem alten Fotoalbum das Bild einer Frau entdeckt, die ihr bis aufs Haar gleicht, ist sie schockiert: Wer war die mysteriöse Unbekannte, die Anfang des Jahrhunderts hier lebte? Erst, als sich Sina in Brandon verliebt und alle Zeichen gegen ihre Liebe stehen, beginnt sie zu ahnen, dass sie das letzte Glied in einer langen Kette miteinander verbundener Schicksale zu sein scheint …

05/2612/01/L

Susanna Kearsley

Das schottische Vermächtnis

Roman. Aus dem Englischen von Sonja Hauser. 448 Seiten.
Piper Taschenbuch

An der Nordküste Schottlands mietet die Schriftstellerin Carrie McClelland ein Cottage, um in Ruhe und Abgeschiedenheit an ihrem neuen Roman zu schreiben. Doch nahe den Ruinen von Slains Castle trifft sie auf einen Fremden, der ihr seltsam vertraut erscheint und einer Figur aus ihrem Roman ähnelt. Schon bald muss Carrie erleben, wie sie selbst zur Protagonistin einer drei Jahrhunderte dauernden Geschichte von Liebe, Betrug und Verrat wird.

»Ein Schmöker, dessen Geschehen den Leser von Seite zu Seite mehr gefangen nimmt und ihm ganz nebenbei ein Kapitel der schottischen Geschichte näherbringt.«
Buchprofile

05/2467/01/R

PIPER